OD ZŁEJ

do przeklętej

ZŁE DZIEWCZYNY NIE UMIERAJĄ **2**

OD ZŁEJ
do przeklętej

katie alender

PRZEKŁAD:
JAKUB STECZKO

Feeria
WYDAWNICTWO
young

Tytuł oryginału: *From Bad to Cursed*
Przekład: Jakub Steczko
Redakcja: Elżbieta Meissner, Agencja Wydawnicza Synergy
Opieka redakcyjna: Katarzyna Nawrocka
Korekta: Karolina Pawlik
Projekt okładki: Marci Senders
Skład i adaptacja okładki na potrzeby polskiego wydania: Norbert Młyńczak
Druk: Drukarnia Wydawnicza im. W.L. Anczyca S.A.

Zdjęcie na okładce: Andrea Chu

ISBN 978-83-7229-561-3
Wydanie I, Łódź 2016

Wydawnictwo JK, ul. Krokusowa 1-3, 92-101 Łódź
tel. 42 676 49 69
www.wydawnictwofeeria.pl

Dla Julii, George'a i Alexandry

PODZIĘKOWANIA

Chciałabym gorąco podziękować wielu osobom, dzięki którym ta książka mogła powstać, zarówno za bezpośrednią pomoc, zachęty, jak i za to, że mnie po prostu znosiły (co, jak zaczynam podejrzewać, wymaga sporego nakładu cierpliwości).

Agentowi/terapeucie/inspiratorowi/przyjacielowi Matthew Elblonkowi oraz całej załodze z DeFiore i spółka.

Jedynej w swoim rodzaju Arianne Lewin.

Abby Ranger, Stephanie Owens Lurie, Hallie Patterson, Laurze Schreiber, Marci Senders, Ann Dye oraz wszystkim wspaniałym osobom w Disney-Hyperion, których zaangażowanie, przenikliwość i ciężką pracę obserwowałam z podziwem i wdzięcznością.

Mojej rodzinie, a zwłaszcza mężowi, a także rodzicom, rodzeństwu, kuzynom, ciotkom, wujom oraz wielu dalszym krewnym, którzy tak mnie wspierają.

Moim drogim przyjaciołom, którzy, na szczęście dla mnie, są zbyt liczni, aby wszystkich ich tutaj wymienić.

Moim kumpelom od psich wystaw i wszystkim w Soapbox.

Zaprzyjaźnionym autorom, blogerom piszącym o książkach, czytelnikom blogów, obserwatorom na Twitterze, fanom z Facebooka, siostrom debiutantkom oraz wszystkim z Backspace, którzy uczynili tę podróż tak zabawną, a od czasu do czasu ratowali mnie przed popadnięciem w obłęd (i pisząc „od czasu do czasu", mam na myśli „regularnie co tydzień").

Bibliotekarzom, nauczycielom, pracownikom księgarń oraz wszystkim tym, którzy angażują się w szerzenie miłości do książek i propagowanie czytelnictwa.

I, na koniec, wszystkim moim wspaniałym czytelnikom oraz czytelniczkom, rozweselającym mnie i zmuszającym do myślenia, których wdzięk oraz inteligencja bezustannie ułatwiały mi pracę i nadawały moim dniom blasku.

Wasza życzliwość i hojność wywarła na mnie ogromne wrażenie. Grupowy uścisk!

1

NA PIERWSZY RZUT OKA DOMY NA OSIEDLU SILVER SAGE Acres są tak białe i jednakowe jak nieskończony szereg wyszczerzonych zębów. Gdy się spogląda wzdłuż wijącej się pośród zabudowań drogi, ma się wrażenie, jakby patrzyło się w lusterko ustawione przed kolejnym lustrem, a perspektywa zakrzywiała się w nieskończoność.

Jeśli rozejrzycie się uważnie, to, choć okolicę ukształtowano tak, aby nie miała charakterystycznych punktów, z pewnością je dostrzeżecie: figowiec z jedną odstającą gałęzią czy sporą plamę farby (oczywiście białej) na asfalcie – ślad po wycieku z puszki, która spadła budowlańcom z paki auta. Każdy taki dysonans stanowi na krajobrazie niewielką bliznę. A skazie nieustannie grozi usunięcie przez wszechwładne zrzeszenie mieszkańców.

Co kilkaset metrów przy rozjazdach zgrupowano skrzynki pocztowe i zatoczki parkingowe dla odwiedzających. Ponieważ niebiosa brońcie, aby wasi goście zaparkowali na podjeździe przed domem. Lub, co gorsza, na poboczu. Do tego wszystkiego dochodzi milion kolejnych obostrzeń. Nie wolno posiadać dużych psów. Zabronione jest wieszanie dekoracji w oknach. Kubły na śmieci przypominają Kopciuszka – opuszczają dom tylko na kilka godzin, o określonej porze. Jeżeli nie schowacie kubła na czas, na waszej wycieraczce spiętrzą się ostrzeżenia.

Ale, pomimo całej swej powierzchownej atrakcyjności, osiedle sprawia wrażenie prowizorki. Czegoś wzniesionego z myślą o przetrwaniu tylko do momentu, kiedy ktoś wpadnie na lepszy pomysł. W deszczowe dni kanały nie nadążają z odprowadzaniem wody. A to, jeśli nie chcecie przemoczyć butów, zmusza do żabich skoków. Kiedy jest wietrznie, ulice zmieniają się w tunele aerodynamiczne. Lodowate podmuchy przenikają do kości. Sypią w oczy istną lawiną pyłu oraz kawałeczków ułamanych gałązek.

Od roku mieszkaliśmy w domu z numerem dwadzieścia dziewięć. Spośród sąsiadów znaliśmy jedynie rodzinę Munyonów. Mieszkali pod numerem dwadzieścia siedem. Kiedy wyjeżdżali na wakacje, płacili mi pięć dolarów dniówki za opiekę nad swoimi kotami.

Naprawdę, mogło być gorzej.

Jeżeli chodzi o tak strzeżone miejsce, jedna rzecz jest pewna – nie zaskoczą was tu żadne niespodzianki.

Dom z numerem dwadzieścia dziewięć na osiedlu Silver Sage Acres miał wszystkie te cechy, których nasza dawna siedziba nie posiadała, i był: nowoczesny, sterylny, pospolity, oszczędny, nieduży, strzeżony.

I, co najważniejsze, nie snuły się po nim żadne duchy o morderczych skłonnościach.

A to bardzo odpowiadało mojej rodzinie.

2

CIEMNE PLAMY BŁOTA, KROPELKI ZASCHNIĘTEJ KRWI, drobiny kurzu oraz pot zraszający skórę i sprawiający, że koszula z długimi rękawami przywarła mu do pleców... Wszystko to nie złagodziło pokusy, bym rzuciła się w ramiona Cartera Blume'a i zadeklarowała mu swe dozgonne oddanie.

Nie zamierzałam kiedykolwiek jej ulec. Uważam, że słowo--na-literę-M zasługuje na więcej niż rzucanie nim w duszne sierpniowe popołudnie niczym jakimś emocjonalnym krążkiem ringo.

Ponadto, to nie w moim stylu. Carter, chłopak zawsze w świeżo wypranych ciuchach, nawet niezakrwawiony nie należał do facetów zachęcających dziewczynę, aby uwiesiła mu się na szyi.

Otworzyłam mu drzwiczki samochodu, ale to było co innego. Wysiadł i, oparłszy ciężar ciała na lewej nodze, skrzywił się. Kiedy zmierzał w kierunku frontowych drzwi, na ziemię posypały się drobne kamyczki. Odkleiły się od jego kolana, uda oraz innych miejsc, do których przywarły, kiedy podczas wycieczki zarył nosem w ziemię.

– Sam jesteś sobie winien – droczyłam się z nim, sięgając po klucze. – Powstrzymywanie towarzyszki, aby samemu wyrwać się do przodu, przynosi pecha.

– Doprawdy? – zapytał. – Prawie zapomniałem. Upłynęło trzydzieści pięć sekund, odkąd wspominałaś o tym ostatni raz.

Otworzyłam drzwi. Carter z wahaniem przystanął na wycieraczce, niczym dobrze wytresowany pies.

– Nie chcę zabrudzić podłogi.

– Nie przejmuj się – odparłam. – I tak przecieram ją mopem w każdą niedzielę.

Przekrzywił głowę.

– Sądziłem, że mopujesz w środy.

Główną część domu stanowiło wielkie pomieszczenie, w którym dźwięk niósł się echem. Mieściło w sobie aneks kuchenny i stół obiadowy, odgrywało też rolę salonu. Przedpokój zakręcał w lewo, prowadząc do sypialni.

– Właź – poleciłam, ruszając w kierunku spiżarni, gdzie trzymaliśmy apteczkę.

Carter przywlókł się za mną do kuchni i zamarł, bojąc się czegokolwiek dotknąć. Zmoczyłam myjkę i starłam brud oraz krew z jego dłoni, którymi (odnosząc połowiczny sukces) powstrzymał ześlizgiwanie się ze stoku.

– Nie odpowiedziałaś mi – odezwał się cicho. – Mopujesz dwa razy w tygodniu, nieprawdaż?

– Teraz zapiecze – ostrzegłam, spryskując jego rękę dezynfekującym aerozolem.

Zadrżał, ale potem zdołał utrzymać dłoń nieruchomo.

– Nie rozpraszaj mnie, kiedy żartuję sobie z twojej nerwicy natręctw.

– To nie żadna nerwica – odparłam. – Po prostu lubię czystość.

– Nie jestem czysty.

– Nie – przyznałam. – Ale dla ciebie... uczynię wyjątek.

Pochylił się i przyciągnął mnie bliżej, wspomagając się nadgarstkami. Wspięłam się na palce, by spotkać jego usta w pół drogi, i się pocałowaliśmy.

Całowanie z Carterem można opisać tylko w taki sposób: jest jak przejażdżka górską kolejką w ciemnym wagoniku, który mknie w dół, i przez sekundę wasze ciało pozbawione jest wagi, a wy macie ochotę wyrzucić ręce w powietrze i wrzeszczeć.

Po minucie zaświtała mi pewna myśl. Odsunęłam się od niego.

– Będziesz musiał namoczyć te plamy z krwi i wyprać ciuchy w zimnej wodzie.

Carter spojrzał mi w oczy. Odsunął z mojego czoła kosmyk różowych włosów.

– Jesteś szalona.

– Możesz być zmuszony użyć szczoteczki do zębów, by pozbyć się tych plam z błota. Trzymam gdzieś kilka starych, jeżeli nie masz zbędnej.

Posłał mi krzywy uśmiech.

– Najbardziej na świecie pragnę być blisko ciebie. A ty chcesz tylko wyczyścić moje brudne ubranie.

– Żyjemy w dwudziestym pierwszym wieku – odpowiedziałam, przyciągając jego twarz bliżej własnej. – Chcę jednego i drugiego.

Pocałowaliśmy się ponownie. Zimna krawędź wyłożonego płytkami kontuaru wbiła mi się w plecy. Carter położył dłoń na moim ramieniu.

– Och, nie! – rzucił, gwałtownie się cofając. – Przepraszam.

– Nie ma sprawy – odparłam. Zerknęłam na dwie niewielkie plamki krwi na moim podkoszulku z Orłami z Surrey. – Ten ciuch nie jest żadnym rodzinnym skarbem.

Pochylił się. Usta miał teraz rozkosznie blisko mojego ucha.

– Będziesz chciała to namoczyć – wyszeptał. Jego oddech sprawił, że wzdłuż kręgosłupa przebiegł mi dreszcz. – I wyprać w ciepłej wodzie.

– W zimnej wodzie! W ogóle mnie nie słuchasz!

Wyślizgnęłam się z jego objęć, choć chętnie pozostałabym w nich dłużej. Moi rodzice nie mieli nic przeciwko temu, aby podczas ich nieobecności Carter odwiedzał mnie w domu. Ale tylko dlatego, że ufali, iż nie będziemy się migdalić w kuchni całymi godzinami.

– Przyswoiłem już zasób wiedzy na ten dzień – odezwał się. – Sprowadza się do tego, że oszuści nigdy nie wygrywają.

– Oszuści padają na twarz, aby następnie stoczyć się ze stoku – odparłam. – I kończą ze żwirem wciśniętym w różne egzotyczne miejsca.

Omiotłam go spojrzeniem. Na jego nowych tenisówkach widniały ciemne ślady. Kolana miał podrapane, szorty ubłocone, koszulę poplamioną i złachmanioną.

– Wiem, nad czym się zastanawiasz – powiedział. – Jak chłopak z kamykami w tyłku może być tak nieodparcie pociągający?

Pokryta letnią opalenizną skóra Cartera lśniła we wpadających przez kuchenne okno promieniach słońca. Podświetlały na złoto jego kręcone blond loczki.

Uśmiechnęłam się do niego, nie chcąc zakłócić tej doskonałej chwili.

– Czeka nas dobry rok – odezwał się.

– Najlepszy – potwierdziłam.

I wierzyłam w to. Miałam chłopaka, który zostanie przewodniczącym samorządu uczniowskiego, doskonałą najlepszą przyjaciółkę i nawet układało mi się z rodzicami. W tym momencie wyglądało na to, że nic nie może potoczyć się źle.

Wyciągnął do mnie dłoń, którą ujęłam. Kiedy przytuliliśmy się do siebie, coś zwróciło moją uwagę. Jakaś zmiana oświetlenia w pokoju.

Uniosłam wzrok. Gwałtownie się cofnęłam, uderzając plecami o lodówkę, jakbym właśnie ujrzała zjawę.

To nie był duch, ale coś zbliżonego.

W przedpokoju stała moja młodsza siostra Kasey, w workowatym czarnym podkoszulku i dresowych spodniach, z długimi włosami splecionymi w warkocz. Jej niegdyś okrągła dziecinna twarzyczka stała się pociągła. Ostre cienie podkreślały kości policzkowe. Pod oczami dawały się dostrzec szarawe półksiężyce.

W czasie krótszym od uderzenia serca przebiegłam przez pokój i na nią wpadłam. Runęłyśmy splecione na podłogę.

– Lexi! – wycharczała. – Zaczekaj!

– Nie ruszaj się – poleciłam, unieruchamiając jej nadgarstki.

– Bądź ostrożna! – ostrzegł mnie Carter, spiesząc w naszą stronę. – Dzwonię po policję!

– LEXI, PRZESTAŃ! – Skrzek Kasey przeciął powietrze i przedarł się przez całe to zamieszanie. W ciszy, która nagle zapadła, zorientowałam się, że wcale się nie szamoce.

– Co tutaj robisz? – zażądałam odpowiedzi. – Nawiałaś z ośrodka?

– Nawiałam? Nie, Lexi – odparła. – Wróciłam do domu. Po prostu wróciłam do domu.

3

MIAŁAM DZIEWIĘĆ NIEODEBRANYCH POŁĄCZEŃ.

Rzuciłam bezużyteczną komórkę na sofę.

– Była ustawiona na wibracje.

Mama przyciskała dłonie do czoła, jakby zmagała się z bólem głowy.

– Twój ojciec i ja wyszliśmy na nie dłużej niż dwadzieścia minut. Musieliśmy podpisać dokumenty w szkole.

Jakieś trzydzieści sekund po tym, jak w samoobronie zmusiłam siostrę do uległości, moi rodzice, cali w skowronkach, przekroczyli próg i zastali mnie nadal siedzącą na Kasey. Rozpętało się prawdziwe piekło.

Próbowałam przeprosić siostrę, ale zaszyła się w swoim pokoju.

– Ale tak szczerze – powiedziałam. – Od dziesięciu miesięcy przebywała w Harmony Valley. I nie mieliście pojęcia, że wypiszą ją trzy tygodnie wcześniej?

Mama uniosła dłonie i wzruszyła ramionami.

– Kochanie, nie mieliśmy pewności. Nie chciałam robić ci płonnej nadziei.

– Nadziei – powtórzyłam.

Mama zadrżała, słysząc mój beznamiętny ton.

– Alexis... jesteś z tego powodu zadowolona, prawda? Nie z... tej twojej szarży, ale z powrotu Kasey do domu?

Żadnej z nas nie umknęła poprzedzająca moją odpowiedź chwila ciszy.

– Oczywiście – odparłam. – Mamo, zaskoczyła mnie. Wróciłam z wyprawy z Carterem i byłam pewna, że dom jest pusty. A tu nagle wpada ona, cała w stylu „och, hej, pamiętasz mnie, swoją siostrę ze szpitala psychiatrycznego?". Myślałam, że z niego nawiała.

Mama przejrzała trzymane w dłoni papiery. Te pozorowane ruchy zdradzały, jak bardzo się denerwowała.

– Bardzo pragnę, by wszystko jej się ułożyło. Chciałabym, żeby znalazła przyjaciół i radziła sobie w szkole, i... Co będzie, jeśli sobie nie poradzi?

– Nie martw się – odpowiedziałam. – Da sobie radę.

Powrót Kasey do domu oznaczał, że pójdzie do liceum Surrey High. Spędziłam w nim dwa lata, zyskując, a następnie tracąc różnorakich sprzymierzeńców oraz wrogów.

Nie będzie po prostu świeżakiem. Będzie młodszą siostrą Alexis Warren.

A to oznaczało, że do mnie należy upewnienie się, że nie skończy się to dla niej katastrofą.

Choć mama nie próbowała wcale sprawić, bym czuła się odpowiedzialna za Kasey, obie wiedziałyśmy, że poprzedzi ją moja reputacja. Złagodniałam znacznie, ale mimo to wielu w szkole nadal postrzegało mnie wyłącznie jako zbuntowaną punkówę, którą kiedyś byłam.

Cyrus Davenport należał do takich osób.

– Och – zwrócił się do mnie drwiąco ponad tacką serowych koreczków, spoczywającą na stoliku z przekąskami. – Alexis. Nie wiedziałem, że Cecilia cię zaprosiła.

– Hej, Cyrusie – odparłam. – Jak ci się podoba na uniwersytecie stanowym?

– Zakładałem, że do tej pory skończysz już w poprawczaku – powiedział, wydymając wargi i odwracając się.

– W porządku… Ja także się cieszę, że cię widzę. – Powiedziałam to do powietrza w miejscu, w którym jeszcze przed chwilą stał. Szmer zlewających się głosów uczestników imprezki u Davenportów z okazji pierwszego tygodnia szkoły zdawał się mnie otaczać.

– Zatem Cyrus nadal lubi teatralne gesty – skomentowała Megan, pojawiając się u mego boku. – Fajnie jest zobaczyć, że studia nie zawsze zmieniają ludzi.

Kasey stała mniej więcej metr dalej. Ściskała w dłoni butelkę wody niczym koło ratunkowe. Miała na sobie sztywne, zupełnie nowe dżinsy oraz pożyczoną od mamy bluzkę. Złota i bawełniana, nadawała jej wygląd czterdziestolatki.

– Dlaczego ten chłopak cię nienawidzi?

Carter objął mnie w pasie.

– Sam jestem ciekawy.

– Niechęć Cyrusa pochodzi z czasów, kiedy Alexis była niegrzeczna – wyjaśniła Megan. – Jestem pewna, że ta opowieść was znudzi.

Carter pochylił podbródek. Uśmiech błąkał mu się na ustach.

– Co zrobiłaś, potworze?

Spojrzałam na moją siostrę, której oczy miały wielkość ćwierćdolarówek. Nie byłam pewna, czy chcę, by usłyszała tę historię.

– Cóż... Przed dwoma laty – ty uczęszczałeś jeszcze wówczas do Wszystkich Świętych, Carterze – przechodziłam przez jeden z moich... etapów. Włamałam się na stronę kółka teatralnego. Zmieniłam kilka decyzji dotyczących obsady *Dźwięków muzyki*. Wiecie, ich hasło brzmiało „hasło". Sami się o to prosili.

– I Cyrus dostał rolę...

– ...Fräulein Marii – uzupełniła Megan.

– Okazała się jedyną rolą, której zawsze pragnął – dopowiedziałam. – Od tamtego czasu mnie nienawidzi.

Carter przyciągnął mnie bliżej.

– Wiesz, czego ja zawsze pragnąłem? Dojrzałej dziewczyny.

– Ach – odparłam. – A ja zawsze chciałam obiektyw do makrofotografii o ogniskowej od siedemdziesięciu do trzystu milimetrów.

Spojrzał mi w oczy.

Byliśmy parą od niemal pięciu miesięcy, od kwietniowego balu, w którego noc wyznaliśmy sobie uczucia. Lecz kiedy spoglądał na mnie w ten sposób, w moim żołądku nadal kotłował się rój motylków. Ujął moje dłonie i poczułam się tak, jakbyśmy znaleźli się w niewielkim własnym świecie, gdzie w zasięgu wzroku nie było ani jednego rozzłoszczonego aktora.

– Wasze zaloty przyprawiają mnie o mdłości. Zamierzam wmieszać się w tłum. – Megan potrząsnęła sięgającymi ramion ciemnymi włosami. Przeczesała wzrokiem ciżbę gości. – Chcesz mi dotrzymać towarzystwa, Kasey?

– Co? – zapytała moja siostra, dławiąc się łykiem wody. – Nie, dziękuję.

– Tak, chcesz – odparła Megan, odciągając Kasey. – Ponieważ alternatywę stanowi pozostanie tu z Edwardem i Bellą.

Kiedy zostaliśmy sami, Carter spochmurniał zatroskany.

– Wszystko z nią w porządku?

Pokiwałam głową.

– Nadal wzdryga się za każdym razem, gdy wchodzę do pokoju. Ale przyjęła moje przeprosiny.

Dłoń Cartera spoczywała nisko na moich plecach, jakby chciał mnie podeprzeć.

– Jestem zaskoczony, że przyszła.

– Ja także.

Tak po prawdzie, zaprosiłam Kasey tylko dlatego, że byłam pewna, iż odmówi.

Ale nieoczekiwanie przyjęła zaproszenie. Tym samym celem wieczoru, zamiast dobrej rozrywki, stało się raczej upewnienie się, iż nie przydarzy jej się żadna katastrofa.

Zaczynało mnie dręczyć przeczucie, że od teraz bawienie się dobrze okaże się znacznie bardziej skomplikowane.

Impreza pomału zwalniała tempo. Carter ugrzązł w rozmowie o wyborach do samorządu uczniowskiego, a ja ruszyłam poszukać Megan. Znalazłam ją w kuchni – samą.

Poklepałam ją po ramieniu.

– Gdzie moja siostra?

– Och, nie jestem pewna – odparła Megan, jakby to była błahostka.

Rozejrzałam się wokół, czując narastającą panikę.

– Lex – powiedziała Megan, kładąc dłoń na moim ramieniu. – Ona nie jest dwulatką, która zgubiła się w Disneylandzie.

– Ale nigdy wcześniej nie uczestniczyła w takiej imprezie. – Znałam tu większość dzieciaków, lecz nie wszystkich. Kilkoro z obecnych było już w koledżu. A jeśli ktoś wciśnie jej zaprawionego drinka? Zwabi ją daleko od tłumu?

Widząc moją minę, Megan ustąpiła.

– W porządku – rzekła. – Rozpocznijmy operację Odnaleźć Kasey.

Przemierzyłyśmy dom, kończąc poszukiwania w przedpokoju za frontowym wejściem, naprzeciwko zamkniętych drzwi do sypialni. Ktoś niedbale przykleił na nich karteczkę z napisem: TU ZOSTAW BAGAŻ.

– Sprawdź ten pokój – powiedziała Megan. – Ja zajrzę do garażu. Wydaje mi się, że ktoś tam jest.

Otworzyłam drzwi.

– Kasey?

Żadnej odpowiedzi.

W pokoju panowała ciemność, ale ktoś tu był. Trójka dziewcząt, z których żadna nie miała spiętych w kucyk złotych włosów jak moja siostra, siedziała na podłodze pośród rozstawionych wokół świec o drżących płomieniach. Puls przyspieszył mi na ten widok – my, Warrenowie, nie przepadamy za dekoracyjnymi płomieniami (ani też za jakimikolwiek innymi). Przyglądanie się, jak twój dom płonie, aż pozostaje z niego kupa popiołów, odbiera im większość uroku.

Na podłodze między siedzącymi leżała tabliczka Ouija.

– Wiecie, że to nie jest zabawka? – usiłowałam nadać słowom możliwie lekki ton.

– Och, doprawdy? – odpowiedział znajomy głos. – A jednak kupiłam ją w sklepie z zabawkami.

Kiedy moje oczy przywykły już do półmroku, dostrzegłam Lydię Small siedzącą pośród zebranych. Długie, ufarbowane na czarno włosy upięła w sposób celowo niedbały, a nowy kolczyk w brwi lśnił w świetle świec. Jej opuszki spoczywały na planszy. Muskały niewielki drewniany wskaźnik. Palce obu towarzyszących jej dziewczyn spoczywały obok palców Lydii.

Lydia i ja przyjaźniłyśmy się przez pierwszy rok ogólniaka i część drugiego. Ostatnio nasze relacje stały się jednak dość napięte. Nie potrafiła pogodzić się z tym, że wolałam trzymać się z innymi zamiast z nią i resztą pretensjonalnego, ubranego na czarno Szwadronu Zagłady. Ja z kolei nie mogłam znieść tego, jak niemożliwie potrafiła być irytująca.

– Pospiesz się, duchu przemawiający przez tabliczkę Ouija – rzekła, modulując głos. – Powiedz nam coś ciekawego, zanim to strachajło Alexis ucieknie.

Jej towarzyszki zachichotały. Stałam oparta plecami o ścianę.

– Co to było? – odezwała się Lydia. Udała, że przykłada ucho do tabliczki. – Co powiedziałeś? – Uniosła wzrok. – Duch chce wiedzieć, czy zawsze byłaś nudna, czy też stałaś się taka, od kiedy zadajesz się z klonami. Czekaj, odpowiem mu.

Westchnęłam.

– Dorośnij, Lydio.

Nachyliła się nad tabliczką.

– Odpowiedź B – rzuciła. – Klony.

– Och, tak – odparłam. – Powinnam bardziej się starać być niepowtarzalna... taka jak ty i pozostałe pięćdziesiąt osób w szkole, które wyglądają dokładnie tak samo.

Drzwi uchyliły się, wpuszczając do pokoju smugę światła.

– Lexi? – zapytała moja siostra. Przesunęła dłonią po ścianie i pstryknęła włącznikiem światła, oślepiając nas wszystkie. Siedzące na podłodze dziewczyny wyraziły swój protest pomrukami.

Światło ponownie zgasło. Kasey weszła do pokoju, za plecami mając Megan.

– Co to ma być, spotkanie anonimowych frajerów? Potraficie zupełnie popsuć nastrój – powiedziała Lydia, podnosząc się na nogi. – Zamierzam poszukać jakiejś przekąski. – Jej totumfackie podążyły za nią.

Kasey stała w bezruchu. Wbijała spojrzenie w tabliczkę Ouija. Po chwili jej ciałem wstrząsnął lekki dreszcz i uniosła wzrok.

– Megan powiedziała, że mnie szukałaś.

– Tak – odparłam. – Chciałam się upewnić, że sobie radzisz.

– Radzę sobie – odpowiedziała. – Po prostu jestem zmęczona.

Uklękłam, chwyciłam świecę i ją zdmuchnęłam, sięgając równocześnie po kolejną.

– Nie wierzę, że wyszły, zostawiając je zapalone.

– Um... Lexi? Chyba powinnaś... to zobaczyć...

Kiedy ja skupiałam się na świecach, Kasey nie odrywała wzroku od tabliczki.

Przesunęłam spojrzenie i zamarłam.

Wskaźnik się poruszał.

Chrobocząc cicho, ślizgał się po planszy i wskazywał literę po literze.

Megan wstrzymała oddech. Oparła dłoń na moim ramieniu i nachyliła się, aby spojrzeć z bliska.

– Dotąd wskazał U-W – wyszeptała Kasey.

Choć zdawał się poruszać jedynie nieznacznie, bez wątpienia wskazywał litery.

A-Ż-A-J

– Zrobi się – powiedziałam, zastanawiając się, jak sprawić, aby nasza trójka znalazła się najdalej od tabliczki i wskaźnika, jak to tylko możliwe, w jak najkrótszym czasie. – Chodźmy stąd, dziewczyny.

– Nie, Lexi, zaczekaj – odrzekła Megan, łapiąc mnie za nogawkę dżinsów.

Uklękła na podłodze.

Kasey stała z dłońmi płasko przyciśniętymi do tapety w kwiatki.

– To nie moja wina – wyszeptała. – Ja tego nie zrobiłam.

– Wiem, Kase. Wszystko w porządku. Zabierajmy się stąd, Megan – powiedziałam, spoglądając znacząco na siostrę. – Chodźmy.

– Cii – odpowiedziała Megan, nie odrywając spojrzenia od tabliczki. – Uważać? Dlaczego? Kim jesteś?

Wskaźnik drgnął i ponownie zaczął się poruszać. Megan złapała bloczek karteczek oraz krótki drewniany ołówek, spoczywające w otwartym pudełku, i zapisała wskazane litery.

Pomimo chęci, aby się stąd zmyć, obserwowałam, jak ołówek przesuwał się po karteczce.

E-L-S-P-E-T-H

Dość tego. Próbowałam pociągnąć Megan w stronę drzwi, ale ona z płonącymi oczami pochyliła się nad wskaźnikiem. Dekolt jej bluzeczki znalazł się tuż nad tabliczką. Przed oczami przemknęła mi wizja, jak coś stamtąd sięga i ją łapie.

– Elspeth? – zapytała – Dlaczego musimy uważać?

E-X-A-N-I-M-U

Gwałtownie plasnęłam w tabliczkę rozpostartą dłonią i unieruchomiłam wskaźnik. Drżał pod moimi palcami, usiłując się wyswobodzić. Odwróciłam wzrok i napotkałam oburzone spojrzenie Megan.

– Rozmawiałyśmy o podobnych rzeczach – powiedziałam. – O nierobieniu ich, pamiętasz?

– To może być coś ważnego, Lex – odparła Megan. – Ona usiłuje nam coś powiedzieć.

– Nawet nie wiemy, kim ona jest! – zaprotestowałam, ale zanim zdążyłyśmy wplątać się w ostrą dyskusję, drzwi otworzyły się gwałtownie.

Lydia i jej totumfackie wróciły. Czuć je było papierosowym dymem.

– Och, łał – odezwała się jedna z dziewczyn. – Ciemno tu.

Jednak moje oczy zdążyły dostosować się do półmroku i widziałam wszystko dokładnie.

I zobaczyłam to:

Wskaźnik zaczął się kręcić wokół własnej osi, coraz szybciej i szybciej, aż w końcu wirował niczym bączek.

W tym samym momencie, w którym Lydia włączyła światło, machnęłam dłonią na odlew i wskaźnik poszybował przez pokój. Zaklekotał, uderzając o ścianę.

– Co ty wyprawiasz? – zaprotestowała Lydia. – To nie należy do ciebie!

– Uspokój się – odpowiedziałam, czując ulgę, że nikt inny nie zauważył wirowania.

– Zdmuchnęły nasze świece! – zrzędziła jedna z dziewczyn. – To do bani.

– Alexis zasadniczo jest do bani – stwierdziła Lydia. Spojrzała na Megan, która nadal ściskała w dłoni bloczek oraz ołówek. – To także należy do mnie!

– Zbierajmy się stąd – powiedziałam z dłonią na ramieniu Kasey.

Zmierzałyśmy już do drzwi, kiedy Lydia zawołała za mną:

– Hej! – Wpatrywała się w bloczek, który Megan wcisnęła jej w dłoń. Uniosła wzrok i spojrzała na nas, na wpół pytająco, na wpół oskarżycielsko. – Elspeth? Dlaczego to zapisałyście?

– Bez powodu – odparłam. – To nic ważnego.

– O co chodzi, Lydio, czyżbyś się baałaaaaaaa? – zapytała jedna z dziewcząt.

Lydia zmarszczyła brwi.

– Zamknij się. Mam zamiar zwrócić tę głupią grę. Zamierzam odzyskać pieniądze.

– Nici z tego – stwierdziła druga z dziewczyn, chichocząc. – Zobacz, ten kawałek wpadł do świeczki i się stopił.

– Przykro nam, Elspeth! – zatrajkotała pierwsza dziewczyna i wraz z koleżanką zaczęły rechotać.

Czułam, jak płonące spojrzenie Lydii wbija mi się w plecy, kiedy zamykałam za nami drzwi.

Megan zerknęła na swój telefon.

– Muszę być w domu o dziesiątej trzydzieści. Zostajecie, czy chcecie, żebym was podrzuciła?

Ostatnią rzeczą, na jaką miałam ochotę, było tu zostać. Odnalazłam Cartera u końca korytarza, nadal w otoczeniu kujonów. Dosłyszałam takie zwroty, jak „udzielenie pomocy" i „świadomość społeczna". Przerwał jednak konwersację, by mnie do siebie przyciągnąć.

– Co jest grane? – zapytał.

– Megan odwiezie nas do domu – poinformowałam go. – Kasey czuje się zmęczona.

Zmarszczył brwi.

– Mogę się teraz zmyć, jeżeli mnie potrzebujecie.

– Nie, o nas się nie martw – odparłam. – Zostań. Trochę pobajeruj i zdobądź kilka głosów.

Megan wbijała spojrzenie w drogę, w zamyśleniu przekrzywiając głowę.

– Czy sądzisz, że Elspeth…

– Megan, przestań. – Napiętym tonem usiłowałam przypomnieć jej, że Kasey siedzi z tyłu. – Poważnie.

– Co? – odparła, zatrzymując się przed znakiem stopu. – Duchy są wszędzie. Wiesz o tym równie dobrze jak ja. Kasey także to wie.

– Ale nie musimy się z nimi zaprzyjaźniać! – rzuciłam. – Reguła numer jeden: „Nie kumpluj się z duchami".

– Ale ona wydawała się miła.

– Dokładnie to samo – dobiegł nas z tylnego siedzenia zmęczony głos Kasey – myślałam o Sarze.

Megan i ja zamilkłyśmy zaskoczone. Nigdy nie słyszałam, żeby Kasey wspominała Sarę – złego ducha, który opętał ją w październiku zeszłego roku, trzynaście lat po tym, jak zamordował mamę Megan.

– Dzięki, Kasey. Widzisz? – zwróciłam się do Megan. – Kasey sądziła, że Sara jest miła. I zobacz, dokąd ją to zaprowadziło. Chcesz spędzić rok w szpitalu psychiatrycznym?

4

ODWRÓCIŁAM SIĘ OD WYCISZONEGO TELEWIZORA I WBIŁAM wzrok w sufit. Poświata ekranu, niczym płomień ogniska, rozświetlała pokój tęczą barw.

I wtedy to usłyszałam…

Z korytarza dobiegł mnie odgłos kroków.

Zamarłam. Skupiłam się, nasłuchując kolejnego dźwięku. Błyskający ekran telewizyjny znajdował się gdzieś na granicy mojej świadomości. Miałam wrażenie, że patrzę, nasłuchuję i oddycham nastawionymi uszami.

Następne szurnięcie.

Poderwałam się na nogi. Znalazłam się przy wyjściu z korytarza tak szybko, że zakręciło mi się w głowie. Zacisnęłam dłoń w pięść.

Kasey stała w doskonałym bezruchu w połowie przedpokoju. Pochylała się w stronę drzwi do sypialni rodziców. Długa koszula nocna o staromodnym kroju zakrywała ją aż po kostki. Na materiale nadal dawało się dostrzec ślady zagięć, efekt tego, że świąteczny prezent przeleżał zapakowany osiem miesięcy.

Widziałam ją taką już wcześniej. Cichą. Czekającą. Knującą.

Przeciwko naszym rodzicom. Przeciwko mnie.

Powoli, z wahaniem uniosła dłoń.

– Kasey! – zawołałam.

Podskoczyła, a potem zgięła się wpół, przyciskając ręce do piersi.

– Boże, Alexis! – syknęła. – Wystraszyłaś mnie niemal na śmierć!

Nie zbliżałam się do niej.

– Dlaczego nie jesteś w łóżku?

– Szłam do łazienki – wyjaśniła. – A dlaczego ty nie jesteś w łóżku? Jest pierwsza w nocy.

Wzruszyłam ramionami.

– Nie mogłam zasnąć.

– Zatem bawisz się w ochroniarza? Sądzisz, że chcę wszystkich zamordować?

– Nie, oczywiście, że nie – zaprzeczyłam. Choć z drugiej strony… Hmm. Może to właśnie robiłam.

Kasey sięgnęła do klamki w drzwiach od sypialni rodziców.

– Czekaj – powstrzymałam ją.

– Muszę zrobić siusiu, Lexi – powiedziała. – Czy naprawdę chcesz analizować każdy szczegół wszystkiego, co robię?

– Nie próbuję poddawać cię analizie – odparłam. – Usiłuję powstrzymać cię przed nasikaniem na dywan mamy i taty. – Wskazałam drzwi po mojej prawej stronie. – Łazienka.

Jej ramiona oklapły.

– W tym miejscu wszystko wydaje się jednakowe.

– Przyzwyczaisz się.

Wróciłam na kanapę z poczuciem, że jestem taka szlachetna, ponieważ nie wytknęłam siostrze, że – koniec końców – to z jej winy musieliśmy przeprowadzić się do Silver Sage Acres.

Minutę później Kasey wmaszerowała do pokoju i opadła na sofę. Skrzyżowała ramiona na piersi.

– Dlaczego nie ma dźwięku?

Wzruszyłam ramionami. Wpatrywałyśmy się w niemą reklamę stylizowaną na krótki dokument.

Kiedy głowa zaczęła mi się kiwać, Kasey przerwała ciszę:

– Co powiesz na to, żebyśmy jutro zerwały się z lekcji?

– Przestałam już wagarować – odpowiedziałam. – Poza tym wszyscy wiedzą, że nie opuszcza się pierwszego dnia szkoły.

Podciągnęła kolana i się skuliła.

– Może, zanim zegar wybije ósmą rano, zdążę jeszcze złapać ospę wietrzną.

– Wszystko będzie dobrze – odpowiedziałam, usiłując nie myśleć o milionie rzeczy, które mogły potoczyć się źle. – Pomogę ci.

– Żałuję, że straciłam cały pierwszy tydzień. Teraz już wszyscy się znają. A ja jeszcze nie mam nawet planu zajęć. – Pobladła, a może to jedynie niebieska poświata telewizora sprawiła, że tak mi się wydało. – Nie mam pojęcia, gdzie co jest.

– Mama może podrzucić cię nieco wcześniej – powiedziałam. – Ktoś cię oprowadzi, wskaże sale, w których będziesz miała zajęcia.

Kasey zacisnęła usta i spojrzała na mnie wielkimi niebieskimi oczami. Skuliła się w kłębek, podkurczyła nawet palce u stóp.

– Lexi? Czy mogłabym… pojechać z tobą?

Przez cały weekend czekałam, aż jakaś część osobowości mojej siostry utoruje sobie drogę na zewnątrz tej dziwnej i kruchej skorupy. I teraz, zadając to jedno pytanie, po raz pierwszy na powrót była sobą – dawną, przymilną Kasey. Rodzice przezywali ją niegdyś Złotoustą. Tata powtarzał często, że mogłaby wcisnąć miotłę sprzedawcy odkurzaczy.

Nawet jeśli to potrzebująca strona jej osobowości powróciła pierwsza, to był to jednak przebłysk Kasey.

Prawdziwej Kasey.

Pierwszy przebłysk, który widziałam od bardzo, bardzo długiego czasu.

Megan nawet nie mrugnęła, kiedy następnego ranka ujrzała moją siostrę stojącą obok mnie w korytarzu.

– Cześć dziewczyny. Gotowe?

Kiedy wszystkie zapięłyśmy już pasy, Kasey wyglądała niczym skazaniec prowadzony na miejsce kaźni.

– Zdenerwowanie w takiej sytuacji to nic niezwykłego – powiedziała Megan, spoglądając na nią we wstecznym lusterku. – Poradzisz sobie.

– Nie denerwuję się – zaprzeczyła Kasey, ale zdradził ją drżący głos.

Wygramolenie się z tylnego siedzenia, z powodu jej krótkiej i obcisłej dżinsowej spódniczki, wymagało niemałych akrobacji. Kiedy stała już bezpiecznie na ziemi i ryzyko, że zgromadzonej na parkingu młodzieży mignie jej bielizna, minęło, ruszyłam wraz z Megan ku podwojom budynku.

Po przejściu około dziesięciu metrów ogarnęło mnie nieodparte wrażenie, że nikt za nami nie idzie. No jasne, Kasey sterczała jak wmurowana przy samochodzie. Spoglądała na drogę w takiej pozie, jakby zaraz miała poderwać się do biegu.

– Um – odezwałam się do Megan. – Wydaje mi się, że lepiej będzie, jeśli dotrzymam towarzystwa siostrze.

Osłoniła dłonią oczy i się obejrzała.

– Na to wygląda – odparła. – Do zobaczenia na chemii.

Zbliżyłam się do Kasey, która przyciskała do piersi szkolny plecaczek niczym tarczę.

– Kasey – zwróciłam się do niej. – Musisz tam wejść. Inaczej to się nie liczy jako pójście do szkoły.

– Zmieniłam zdanie – odpowiedziała tonem o oktawę wyższym niż zazwyczaj. – Nie chcę tutaj być.

– Całe szczęście, że nikt nie pytał cię o zdanie. – Popchnęłam ją delikatnie.

Kiedy maszerowałyśmy w kierunku budynku, dostrzegłam grupkę znajomych osób. Jednak Kasey zdawała się nie rozpoznawać nikogo z nich. Nawet dzieciaków, z którymi przez lata chodziła do szkoły. One także nie zachowywały się tak, jakby ją znały. Może jej pokolenie ma krótszą pamięć niż moje. Winię za to ich uzależnienie od wiadomości tekstowych.

Kasey nie potrafiła powstrzymać się od gapienia się na dzieciaki pozbijane w szczęśliwe, żywiołowe grupki. Stopniowo zwolniła. Zatrzymała się pośrodku korytarza.

Uniosłam brwi i czekałam.

Nabrała tchu i przytrzymała powietrze w płucach. Jej pierś uniosła się i nie opadła.

– Nie mam szafki.

– Przydzielą ci – powiedziałam. – Dadzą ci nawet kłódkę.

– W pobliżu twojej?

– Nie. W pobliżu sal, w których masz zajęcia.

Kasey zaczęła obgryzać paznokcie. Dlaczego wyglądała tak dziecinnie? Miała czternaście lat, była tylko o dwa lata młodsza ode mnie.

– Posłuchaj. – Odsunęłam palce siostry od jej ust. – Wszystko się ułoży. Pomogę ci. Mogę pokazać ci, gdzie…

– Przestań traktować mnie jak dziecko! – rzuciła, gwałtownie się ode mnie odsuwając.

Gapie spojrzeli na nas z zaciekawieniem. Kasey była ładna, a być może piękna, nawet z pospiesznie spiętymi w kucyk włosami, w swojej dżinsowej spódniczce, podkoszulku z myszką Minnie i w sportowych conversach na nogach.

Ściszyłam głos.

– Kasey, to tylko ogólniak. Jeśli ja sobie poradziłam, ty także dasz radę.

Ruszyła noga za nogą, jak gdyby jej tenisówki były z ołowiu, i podjęłyśmy nasz marsz. Kiedy zbliżyłyśmy się do sekretariatu, wskazałam jej kierunek i pochyliłam się, by ją uścisnąć.

Szarpnęła się do tyłu.

– W porządku – powiedziałam, cofając się o krok. – Zatem dobrego dnia.

– Nie, zaczekaj, nie chciałam… – Bezradnie zatrzepotała dłońmi. – W Harmony Valley nie wolno nam było się dotykać.

– Cóż, a to niespodzianka, Toto – odpowiedziałam, nadal zraniona. – Nie jesteś już w Kansas.

– Niezły aparat – zagaiła dziewczyna. – Ile megapikseli? Mój ma dwanaście i jedną dziesiątą.

– Och, nie jest cyfrowy – odparłam. – Fotografuję na filmie.

Zamrugała.

– Ale ile to megapikseli?

Nacisnęła przycisk i otworzyła się lampa błyskowa, co ją przestraszyło. Dwunastomegapikselowa bestia wylądowała na trawie.

Przyglądałam się, jak oczyszcza z mokrych źdźbeł każdą część urządzenia poza soczewką. Kiedy skończyła, uniosła wzrok, nadal czekając na odpowiedź.

– Um… dziewięć i siedem dziesiątych? – powiedziałam.

– Fajnie. – Uśmiechnęła się. – Chodźmy do biblioteki. Lubię tamtejsze cegły.

Bez słowa protestu ruszyłam za nią.

Podczas jednej z licznych rozmów telefonicznych przeprowadzanych latem przez moich rodziców ze szkolnym doradcą, których tematem była Kasey, wymknęła im się informacja o moich zainteresowaniach fotograficznych. To sprawiło, że urzędas wspomniał o szkolnym kursie fotografiki. Owa wzmianka z kolei spowodowała to, że mama z tatą zaczęli mi wiercić dziurę w brzuchu, abym zapisała się na te zajęcia.

Uległam – po części, aby ich uszczęśliwić, a po części wiedziona ciekawością.

Co okazało się kolosalnym błędem.

Tego dnia przydzielono mi do pary starszą ode mnie dziewczynę, Daffodil, Delilah czy jakoś tak. Wysłano nas z zadaniem wykonania zdjęć poza klasą. Jakby nie dość było tego, że w Surrey High nie ma nic wartego uwiecznienia, to jeszcze Daffodil/Delilah nalegała, abyśmy złaziły cały kampus, przyglądając się korze na drzewach, pęknięciom w bruku, a teraz cegłom w bibliotecznym murze.

Zrobiłam cztery zdjęcia. Filmy są drogie.

Za to cyfrowe fotografie nic nie kosztują i Daffodil wprost nie mogła się ich napstrykać. Zmusiła mnie do obejrzenia osiemnastu identycznych zdjęć szyszki, bym mogła jej powiedzieć, które jest najlepsze. Wybrałam losowe ujęcie.

– To także moje ulubione! – wykrzyknęła.

Chciałabym, aby jej entuzjazm mnie oczarował. Ale słowa, które cisnęły mi się na usta, były mocno niecenzuralne. Zamiast nich wybrałam milczenie. Ważyłam za jego zasłoną argumenty, których użyję, żeby wypisać się z tych zajęć.

Kiedy zmieniłyśmy marszrutę i zmierzałyśmy ku cegłom, mój wzrok przyciągnęło coś po przeciwnej stronie dziedzińca: spóźniona uczennica z matką. Mama, młoda i piękna, siedziała na wózku inwalidzkim. Córka była uosobieniem skrępowania. Miała na sobie dżinsowe ogrodniczki zakrywające tanią, połyskliwą, różową bluzkę, pozostałość po jakiejś imprezie tanecznej. Strąki włosów opadały jej wokół twarzy. Nad jednym uchem przypięła sobie olbrzymi sztuczny kwiat słonecznika.

Pomyślałam, że jest coś dziwnego i nienaturalnego w sposobie, w jaki się porusza, dopóki się nie zorientowałam, że podpierała się laską. Prawdziwą, taką, jakich używają starzy ludzie.

Trzasnęłam dziwnej parze kilka zdjęć. Nagle się zorientowałam, że dziewczyna spogląda wprost na mnie. Zarumieniłam się i odwróciłam głowę, z twarzą nadal skrytą za aparatem.

5

TRZECIĄ LEKCJĄ BYŁ NA SZCZĘŚCIE ANGIELSKI Z PANEM O'Brienem, z którym miałam zajęcia w drugiej klasie. Moje różowe włosy i często drażliwe nastawienie uważał za dowód na to, że jestem jedną z tych osób: kapryśnych i kreatywnych. Innymi słowy, na jego zajęciach wiele uchodziło mi na sucho.

Zapytałam belfra, czy mogę wyjść do sekretariatu w związku ze sprawą osobistą. Odparł, że ma nadzieję, iż wszystko u mnie w porządku. Wypisał mi przepustkę.

Kiedy powiedziałam sekretarce, że muszę porozmawiać z panią Ames o moim planie zajęć, rozparła się na krześle. Spojrzała na mnie zza szkieł okularów do czytania. Powiększały jej oczy, których wyraz mówił: „nie wciskaj mi kitu".

– To szósty dzień szkoły – zwróciła się do mnie. – Wydaje ci się, że dyrektorka nie ma nic lepszego do roboty niż wysłuchiwanie twoich narzekań?

– W porządku, Ivy. – Głosu pani Ames, głębokiego i donośnego w sposób właściwy dla dyrektorów szkoły, nie dało się pomylić z żadnym innym. Dyrektorka pojawiła się w drzwiach. – Mogę poświęcić na to pięć minut. Wejdź, Alexis.

Podczas mojego, nazwijmy to, bardziej „impulsywnego" okresu miejsce na trzeszczącej starej sofie w jej gabinecie zajmowałam mniej więcej raz na tydzień. Teraz awansowałam i wskazała mi krzesło dla gości. Rozejrzawszy się wokół, dostrzegłam nieznaną, zapewne sztuczną roślinę w rogu i nowy dyplom magistra na ścianie.

– Kiedy go pani uzyskała? – zapytałam.

– W czerwcu. – Założyła okulary do czytania. – Dziękuję, że zauważyłaś.

– Proszę bardzo – odparłam. Gapiłyśmy się na siebie nawzajem. Najwyraźniej, pomijając moje nieodpowiednie zachowanie i jego konsekwencje, nie miałyśmy specjalnie o czym rozmawiać.

Po chwili odezwałyśmy się równocześnie.

– Przyszłaś mi na myśl dzisiejszego poranka – powiedziała.

– Muszę się wypisać z zajęć poświęconych fotografii – odezwałam się w tym samym momencie.

Wyprostowała się na krześle.

– A to dlaczego?

Najspokojniej, jak tylko potrafiłam, wyłożyłam w skrócie, czemu nie znoszę tego kursu. Zaczęłam od faktu, że nigdy nie spędzamy czasu w ciemni, ponieważ wszyscy oprócz mnie korzystają z cyfrówek. Zakończyłam zaś płomienną krytyką ceglanego muru. Pani Ames od czasu do czasu kiwała głową, pozornie gotowa do wysłuchania wszelkich skarg płynących z moich ust.

– Gdyby porastał go mech lub coś podobnego, to inna sprawa – podsumowałam. – Ale spójrzmy prawdzie w oczy. To tylko cegły.

W końcu, wystrzelawszy całą amunicję, zacisnęłam palce na podłokietnikach i czekałam.

Złożyła dłonie i westchnęła. A potem przekrzywiła głowę w lewo, a następnie w prawo, zerkając ukradkiem na coś na biurku.

– Polityka obowiązująca w całym dystrykcie szkolnym – powiedziała – nie zezwala na zmianę obranych zajęć, jeżeli nie pojawią się po temu palące przesłanki. Do tych ostatnich nie zaliczają się zaś opinie uczniów na temat wartości estetycznych materiałów budowlanych.

Kiedy tylko nabrałam haust powietrza, wygłosiłam tyradę:

– Ale, pani Ames, poziom tych lekcji nie odpowiada poziomowi moich umiejętności. Jestem szczerze przekonana, że z każdym dniem, w którym zmuszona jestem uczestniczyć w tym kursie, staję się coraz gorszą fotografką.

Uniosła dłoń.

– W porządku, Alexis. Uspokój się.

– Proszę – jęknęłam. – Nawet nie chciałam się zapisywać na te zajęcia. Mój tata się o nich dowiedział. Wiercił mi dziurę w brzuchu, dopóki...

– Przestań. – Posłała mi ostre spojrzenie. – Zanim mnie zniechęcisz. Twoje argumenty lepiej do mnie trafiały, kiedy nie obwiniałaś innych.

Zamknęłam się. Ale nie na długo.

– Nie ma żadnych szans, by to zmienić?

Nadal wbijała spojrzenie w coś leżącego na blacie.

– Twoja wizyta w moim gabinecie dzisiejszego ranka jest niezwykłym zbiegiem okoliczności – powiedziała, jak gdyby sprawa była już zamknięta i miała przejść do kolejnego tematu.

– Dlaczego? – zapytałam, zaczynając coś podejrzewać.

Podała mi kartkę.

POSZUKUJEMY NASTĘPNEGO POKOLENIA GWIAZD FOTOGRAFII, brzmiał nagłówek. OGŁASZAMY PIERWSZY DOROCZNY KONKURS „MŁODZI WIZJONERZY".

– To konkurs dla fotografików – poinformowała mnie dyrektorka. – Nagrodą główną jest stypendium i płatny wakacyjny staż.

– Ach. – Usiłowałam oddać jej ulotkę. – Dziękuję, ale to nie dla mnie.

Nie przyjęła jej.

– Nie zamierzasz nawet się zastanowić?

Wzruszyłam ramionami.

– I tak nie mam szans wygrać.

– A to dlaczego?

„Dlatego że nie zamierzam brać w tym udziału, ponieważ mam do roboty lepsze rzeczy, niż współzawodniczyć w jakimś badziewiastym konkursie, otoczona przez nadgorliwych kujonów pragnących uatrakcyjnić swoje podania na studia", przeleciało mi przez głowę.

Uwagę pani Ames przykuło poprawianie długopisów wetkniętych w kubek, który stał obok telefonu.

– To nie jest tak, że po prostu wysyłasz prace, aby wygrać lub przegrać. To raczej dłuższy proces. Obejmuje rozmowy kwalifikacyjne i spotkania grupowe... ale termin składania aplikacji upływa jutro.

– Konkursy nie są moją mocną stroną – odpowiedziałam, sięgając po torbę.

– To nie jest przekonujący argument. – Jej fotel zaskrzypiał, kiedy obróciła się w stronę komputera. – Ale jak cię znam,

Alexis, to żadna suma pieniędzy nie skłoni cię do zrobienia czegoś, na co nie masz ochoty.

– Proszę zaczekać – odezwałam się. – O jakiej sumie mówimy?

Uśmiechnęła się i usiłowała to ukryć, zanim ponownie odwróciła się w moją stronę.

– Wydaje mi się, że stypendium wynosi pięć tysięcy dolarów. Staż jest płatny, to prawdopodobnie płaca minimalna.

– Och – powiedziałam. – Och – powtórzyłam jeszcze raz.

Dobra, zanim nazwiecie mnie sprzedajną, weźcie coś pod uwagę.

Oboje moi rodzice mają przyzwoitą pracę. Jednak nawet uwzględniając nasze ubezpieczenie zdrowotne, podejrzewałam, że musieli wyłożyć sporo grosza na opłacenie pobytu Kasey w Harmony Valley zamiast w państwowym ośrodku. Nie martwiłam się o koledż. Uznałam, że znajdę wakacyjną pracę i zdołam odłożyć wystarczająco wiele, aby się dostać na stanową uczelnię. Przy odrobinie szczęścia załapię się nawet na jedno z tych stypendiów akademickich typu „hej, przynajmniej próbowaliście".

Ale w tym równaniu była jedna niewielka zmienna.

Chciałam mieć samochód.

Naprawdę, naprawdę, naprawdę pragnęłam posiadać samochód. Pragnęłam bardzo.

I jeśli zdobędę stypendium, to może mama z tatą uszczkną kilka dolców z funduszu przeznaczonego na moją edukację i kupią za nie coś ładnego, na czterech kółkach i z bakiem.

Pani Ames mnie obserwowała.

Przyglądałam się własnym paznokciom.

– Jedynym problemem jest to… że nie jestem pewna, czy znajdę na to wszystko czas – powiedziałam. – Uwzględniając dodatkowe godziny, które zajmują mi te zajęcia z fotografii.

Złożyłam ulotkę na pół i odłożyłam na blat. Usiłowałam przybrać minę zarówno niewinną, jak i przepraszającą.

– No to szkoda – powiedziała miękko.

Uniosłam wzrok i spojrzałam jej w oczy.

– Zdecydowanie nie chciałabym, aby zajęcia fakultatywne kolidowały z twoimi ambicjami.

– Całkowicie się z tym zgadzam – odpowiedziałam cichutko.

– Zatem się rozumiemy? – zapytała.

Bojąc się opuścić oczy, skinęłam głową.

Usiłowała ukryć uśmiech.

– Lepiej wracaj już do klasy.

Wstałam, z wahaniem sięgnęłam po ulotkę i wsunęłam ją do kieszeni torby.

Zanim trzecia lekcja dobiegła końca, dyżurny wpadł do klasy z kartką w dłoni. Wręczył ją panu O'Brienowi, który powiedział:

– Warren. – Machnął świstkiem w moim kierunku. Zabrałam go z jego dłoni i przeczytałam przy belferskim biurku. To była notatka służbowa od szkolnego doradcy: *Zmiana w planie zajęć: Alexis Warren zgłosi się do biblioteki, do pani Nagesh.*

Pan O'Brien uniósł wzrok.

– Dobre wieści?

Przycisnęłam karteluszek do piersi, jakby był to telegram z wiadomością o żołnierzu wracającym do domu.

– Nawet pan nie wie, jak bardzo.

W Surrey High lunch dla wszystkich roczników serwowany jest o dwóch porach. Megan, Carter i ja jadaliśmy w drugiej turze. Nie byłam pewna, którą wybrała Kasey.

Megan położyła stos podręczników na naszym stoliku i ustawiła się z tacą w kolejce.

Tata zawsze pakował dla mnie lunch – a teraz zapewne robił to także dla Kasey – więc nigdy nie musiałam mierzyć się ze stołówkowym jedzeniem. Mignęła mi blond czupryna i pojawił się Carter z ciemnozielonym metalowym lunchboksem. Pudełko pasowało do mojego fioletowego. Jego mama kupiła je dla nas jako prezenty z okazji powrotu do szkoły. Były firmowane nazwiskiem jakiegoś duńskiego projektanta słynącego z „rzemieślniczej metaloplastyki". Miałam ochotę poszukać ich w sieci. Przeczuwałam jednak, że może się okazać, iż kosztują po sto dolców za sztukę. Jeśli to by się potwierdziło, już nigdy nie zdołałabym spojrzeć w oczy pani Blume.

– Hej – powiedział Carter, muskając wargami moje czoło. – Jak tam twoja siostra?

– Nie wiem. Nie widziałam jej.

– Cześć wam! – Emily Rosen postawiła swoją tacę naprzeciwko naszych. Jej twarz o kształcie serca rozjaśnił uśmiech. – Szczęśliwego poniedziałku.

– Cześć, Em. – Odwróciłam się do Cartera. – Mam nieśmiałą nadzieję, że jakimś cudem zdobyła przyjaciół lub coś w tym guście.

– Nie zdobyła – zaprzeczył Carter, wygładzając mankiety koszuli i wyjmując kanapkę z pudełka.

Zamrugałam.

– Dlaczego to powiedziałeś?

– Właśnie weszła na stołówkę – odparł. – Samotnie.

– Mogę się przesiąść – zaproponowała Emily, zbierając swoje rzeczy. Gdyby za uprzejmość wręczano nagrody, przyozdobiono by je figurką Emily. Chodziłyśmy razem do szkoły od pierwszej klasy i Emily co roku zgarniała wyróżnienie przyznawane za wzorowe zachowanie. Z ulgą mogę powiedzieć, że zawsze ją lubiłam. Nawet podczas tego krótkiego okresu w drugiej klasie, gdy za cel postawiłam sobie nie lubić nikogo.

Od kiedy w zeszłym roku Megan i ja zaczęłyśmy wspólnie jadać lunch, coś przygnało Emily do naszego stolika. Siedziały przy nim dzieciaki należące do niemal każdej szkolnej kliki. Prawdziwy licealny gulasz.

– Dzięki, ale nie trzeba – powiedziałam. – Dam jej minutę. Jestem pewna, że wokół jest mnóstwo świeżaków, do których może się dosiąść.

Myliłam się jednak. Przy każdym stoliku zdawała się siedzieć zamknięta grupa. I najwyraźniej funkcjonowała niepisana zasada zabraniająca przysiadania się do nieznajomych. Kasey była niczym szczur w labiryncie, w którym wszystkie korytarze są zablokowane. A my byliśmy naukowcami przyglądającymi się temu z góry.

Co gorsza, wyglądało na to, że wieść o tym, iż moja siostra spędziła ostatni rok w zakładzie psychiatrycznym, zdążyła się już rozejść. Tłum rozstępował się przed nią w ciszy. Dzieciaki milkły, kiedy je mijała. A potem pochylały ku sobie głowy i szepcząc ukradkiem, wbijały spojrzenia w jej plecy.

– Jest mnóstwo miejsca – powiedziała Emily.

– Musi nauczyć się samodzielności, prawda? – rzekłam. – Przetrwają najsilniejsi? Płyń albo się utop?

Carter, który nie odrywał od Kasey oczu, powiedział:

– Utop się.

Kasey znalazła wolny stolik. Było to najgorsze miejsce w całej stołówce. Znajdowało się w pobliżu kubła i cuchnęło śmietnikiem (zwłaszcza podczas drugiej tury). Nie wspominając już o nieustannym zagrożeniu, że ktoś kiepsko wyceluje i jego śmieci skończą w twoim posiłku.

Kasey rozejrzała się nerwowo. Potem otworzyła torebkę z lunchem i wyjęła kanapkę. Skrzywiłam się, kiedy któryś z przechodzących obok starszych chłopaków plasnął o blat stołu otwartą dłonią.

– Wszyscy pozdrawiają królową stolika woźnych! – zakrakał, mijając ją.

Kasey opuściła głowę, ja zaś poczułam, jak moja determinacja słabnie. Całą uwagę skupiłam na jabłku, które chybotało się na blacie, a ja usiłowałam je równo ustawić. Oddech Cartera ogrzał mi małżowinę.

– Jesteś pewna? – zapytał.

Nie, nie byłam pewna. Jak mogłabym być pewna? Żadne z dotychczasowych doświadczeń życiowych nie przygotowało mnie na tę sytuację.

Ale w tym momencie decyzja została podjęta za mnie.

– Lex… – W głosie Cartera zadźwięczała ostrzegawcza nuta. Sprawiła, że natychmiast spojrzałam na Kasey.

Skurczyła się na krześle niczym pacynka, z której nagle wyjęto dłoń.

Nad moją siostrą, z ręką opartą na biodrze, stała Mimi Laird. Znajdowała się za daleko, abym mogła dosłyszeć, co mówiła. Padające słowa najwyraźniej docierały jednak do sąsiednich stolików i przyciągały mnóstwo uwagi.

Poderwałam się na nogi.

– Zaraz wracam.

Mimi Laird była niegdyś najlepszą, a w końcu jedyną przyjaciółką Kasey. Trzymały się razem, dopóki moja siostra, w początkowym stadium opętania przez ducha, nie złamała jej ręki podczas kłótni dotyczącej swych bezcennych lalek.

Ósmą klasę Kasey spędziła w Harmony Valley. Mimi w tym czasie wspięła się na samą górę szkolnej drabiny społecznej. Teraz, choć była świeżakiem, znajdowała się na jej szczycie. Drogie ciuchy, zadbany wygląd i wyniosły styl bycia skutecznie odstręczały od wchodzenia jej w paradę.

Kiedy się zbliżyłam, zdołałam dosłyszeć pojedyncze słowa: „opętana", „psycholka", „prześladowczyni". Widziałam, jak moja siostra niemal się kuli pod naporem perory Mimi. Okupanci pobliskich stolików przyglądali się i słuchali – każde przedstawienie jest tu mile widziane.

Sprawa wymagała delikatnego podejścia. Pepper, starsza siostra Mimi, była ważną figurą w kręgach towarzyskich, w których się obracałam. Nie mogłam usadzić Mimi w stylu, w jakim zrobiłabym to kiedyś. Ale zamierzałam ją powstrzymać, i to w zdecydowany sposób.

Pozbawiono mnie jednak takiej okazji. Kiedy otwierałam już usta, żeby ją zawołać, ktoś mnie uprzedził.

– Hej, Mimi, dlaczego nie wybierzesz sobie przeciwnika godnego siebie?

Zbliżyła się do nich Lydia Small, z rękami wspartymi na biodrach. Mimi odwróciła się, gwałtownie się rumieniąc. Pomimo wszystkich zabiegów kosmetycznych nie nazwalibyście jej w owej chwili drobną i śliczną.

Lydia była o jakieś piętnaście centymetrów niższa i zapewne ważyła ze dwadzieścia kilogramów mniej od Mimi. Parła jednak wprost na nią.

– Mogłabyś wyryczeć swoje pretensje nieco ciszej? – zapytała. – Ludzie usiłują jeść.

Przy stolikach wokół rozległy się chichoty i Mimi wydała gniewny pisk.

Lydia udała przestrach.

– Dlaczego wywlekasz to właśnie teraz? – zapytała. – Zdajesz sobie sprawę, że tylko tracisz czas, zamiast spokojnie przeżuwać dalej?

– Idź sobie! – odcięła się słabo Mimi.

Lydia oparła dłonie na blacie i przekrzywiła głowę, przybierając wyćwiczoną pozę.

– Nigdzie się nie wybieram. Sama sobie idź.

W tym momencie do Mimi szybko podeszła jedna z przyjaciółek i odciągnęła ją do swojego stolika.

Zbliżyłam się do siostry.

– Kasey – zagaiłam. – Wszystko w porządku? Chodź, usiądź z nami.

Kasey wbiła spojrzenie w brązową torebkę z lunchem.

– Nic mi nie jest, Lexi.

Lydia uśmiechnęła się promiennie.

– Och, cześć, Lexi! Wielgaśne dzięki, że ocaliłaś przed tą krową własną siostrę. Wiesz, groziło jej pożarcie żywcem. Ogólniak jest cholerną dżunglą.

– Co ty wyprawiasz? – zapytałam.

Oczy Lydii się rozszerzyły.

– Rozmawiam z nową uczennicą. Zawieram przyjaźń. Daję z siebie wszystko, aby ją godnie powitać.

– Cóż, zostaw moją siostrę w spokoju. Chodź, Kasey – rzuciłam.

W tym momencie biedna Kasey najbardziej potrzebowała, by stać się obiektem drwin coraz to nowych palantów.

– Lub też, Kasey – odezwała się do niej Lydia – możesz dołączyć do mnie i moich przyjaciół.

Kasey otworzyła usta, a potem je zamknęła. Nie wiedziała, co powiedzieć.

Lydia, zerkając na mój stolik pod oknem, zmieniła taktykę.

– Naprawdę zauważenie siostry zajęło ci aż tyle czasu? – zwróciła się do mnie z pytaniem. – Czy też czekałaś, aż Mimi się na nią rzuci, żeby się zlitować i łaskawie pozwolić jej z wami usiąść?

Policzki Kasey pokrywały ogniście czerwone rumieńce. Po długiej chwili milczenia powoli uniosła podbródek.

– Chyba dosiądę się do Lydii.

– Nie musisz – powiedziałam.

Głowa Lydii gwałtownie odskoczyła do tyłu, jakbym ją uderzyła.

– Och, proszę. Nie jesteśmy odpowiednim towarzystwem dla twojej siostry? Ale dla ciebie, Alexis, kiedyś jednak byliśmy wystarczająco dobrzy.

– Dzięki, Lexi, tak czy inaczej – wymamrotała Kasey, wsuwając torebkę z lunchem do kieszeni szkolnej torby.

Przyglądałam się w ciszy. Lydia wyszczerzyła do Kasey zęby w taki sposób, w jaki robił to wilk, kiedy otwierał drzwi przed Czerwonym Kapturkiem.

– Przepraszam. – Głos, który dobiegł zza moich pleców, był miękki i pełen wahania. – Czy ten stolik jest wolny?

Odwróciłam wzrok i ujrzałam stojącą obok nas zawstydzoną dziewczynę z laską. W drugiej ręce trzymała przekrzywioną tacę.

– Taa – potwierdziła Kasey. – Zabieram się stąd.

Lydia obdarzyła nas najbardziej nieszczerym ze swoich uśmiechów. Zerkając na mnie z ukosa, powiedziała:

– Wiesz co? Nie musisz siedzieć sama. Dołącz do mnie i moich przyjaciół. Jak masz na imię?

Dziewczyna spojrzała z niedowierzaniem spod opadającej na twarz lekko przetłuszczonej grzywki.

– Adrienne?

Lydia energicznie skinęła głową.

– Chodź z nami, Adrienne. Pomóc ci? – Zabrała z dłoni dziewczyny tacę. Ruszyła w kierunku podwójnych drzwi. Kasey i Adrienne podążyły za nią niczym w jakiejś emo wersji *Szczurołapa z Hameln*.

Stałam i spoglądałam za nimi, dopóki nie zniknęły w smudze słońca. Potem wróciłam do stolika, zawstydzona i zesztywniała.

Zawiodłam w czymś, ale nie potrafiłam dokładnie określić w czym.

– Z Kasey wszystko w porządku? – zapytał Carter.

– Mm-hm – mruknęłam, zrywając wieczko pojemniczka z deserem. Zaczęłam jeść, co zapewniło mi wymówkę, by nic nie mówić.

W mojej głowie trwała gonitwa myśli. A najgłośniejszą z nich była ta: Kiedy zmieniłam się w tę dziewczynę? W dziewuchę zbyt pochłoniętą paczką przyjaciół i chłopakiem, aby była miła dla mało popularnych dzieciaków? Dziewczynę traktującą Lydię oraz jej grupę jak bandę dziwadeł, jakby to było coś oczywistego.

Innymi słowy... kiedy zmieniłam się w osobę w rodzaju tych, których zwykłam nienawidzić?

Po dzwonku kończącym lekcje wysłałam Kasey wiadomość tekstową: SPOTKAJMY SIĘ @ SAMOCHODZIE MEGAN.

Zastałam Megan przy jej szafce, która sąsiadowała z moją.

– Cześć – powiedziała.

Zaraz potem zjawiła się rudowłosa Pepper, dziewczyna o cerze tak bladej, że aż niebieskawej, która w pewnym momencie rozsądnie porzuciła pomysł pozyskania choćby odrobiny opalenizny.

– No i jak, Alexis? – zwróciła się do mnie. – Słyszałam, że mojej siostrze puściły nerwy na stołówce.

– Taa – odpowiedziałam, podejmując spory wysiłek, aby oddzielić moje uczucia względem Mimi od moich relacji z Pepper. Nad tymi ostatnimi pracowałyśmy wspólnie przez miniony rok ostrożnego i uprzejmego zachowania.

Pepper zdobyła się na przepraszający uśmiech.

– Marnie się złożyło. Dziś rano miała pierwszy drużynowy trening i najwyraźniej tegoroczna grupa mażoretek jest do bani.

Megan zamknęła swoją szafkę.

– Jestem zaskoczona, że w ogóle się do niej zapisała.

Pepper wzruszyła ramionami.

– Cóż, lekarz nie podbił jej badań do drużyny cheerleaderek. Z powodu ręki.

Nie dodała: „z winy Kasey".

Megan pokiwała głową. Rozumiała. Zanim (także z winy Kasey) została ciśnięta o ścianę, sama była wicekapitanką drużyny cheerleaderek. Lekarz przestrzegł panią Wiley, że źle wykonana gwiazda sprawi, iż lewe kolano Megan eksploduje niczym petarda. Teraz pomagała przy opracowywaniu choreografii oraz harmonogramów i nazywano ją uczennicą-asystentką. Wiedziałam jednak, że brakuje jej udziału w występach.

– Mażoretki, cheerleading – powiedziałam, odkładając książki. – To jedno i to samo, prawda?

Cisza.

– Um, nie, Lexi. – Megan uniosła brew. – To znaczy, może w niektórych szkołach, ale tutaj… To dwa zupełnie odmienne światy.

Zamknęłam szafkę.

– Rozumiem, dlaczego jest zmartwiona. Po prostu poproś ją, by zostawiła Kasey w spokoju, dobrze?

– Tak, porozmawiam z nią – odparła Pepper.

– A skoro już wspominamy o Kasey – odezwałam się – zastanawiam się, gdzie jest jej szafka. Nie jestem pewna, czy potrafi znaleźć wyjście na parking.

Mój telefon zawibrował i na ekranie wyświetliła się wiadomość.

WRACAM DO DOMU Z ADRIEOMF

– Och, nieważne – powiedziałam. – Wraca do domu z Adrieomf.

TATA, WRÓCIWSZY Z PRACY NICZYM W ZEGARKU, ZAPARKOWAŁ w garażu, odwiesił kluczyki na haczyk przy drzwiach, schował kurtkę do szafy w przedpokoju i przebrał się w spodnie dresowe, nadal wstrętnie jaskrawopomarańczowe, nawet po roku prania dwa razy w tygodniu.

Mama, dla odmiany, nigdy nie zdejmowała ubrań, w których chodziła do pracy, przed dziesiątą wieczór. Był to nawyk z czasów, kiedy często wpadała po godzinach do biura, o najróżniejszych porach dnia i nocy. Odkąd awansowała i została wiceprezesem, podobną bieganinę zostawiała podwładnym. Pomimo to nie zdejmowała kostiumu, dopóki nie nadeszła pora, aby kłaść się spać. Nawet zwijając się w kłębek na kanapie przed telewizorem, robiła to w spódnicy i rajstopach.

Ona ubrana jak na spotkanie zarządu. On wyglądający jak fluorescencyjny mazak. Nadawało to codziennym rodzinnym obiadom sprzeczny charakter. Ale z czasem do tego przywykłam.

– Jak było w szkole? – zapytał tata.

Pytanie było skierowane do nas obu, ale wszyscy spojrzeli na Kasey.

– W porządku – odpowiedziałam, biorąc kęs lazanii.

– Dobrze – odparła Kasey. Mama z tatą nadal się na nią gapili, a ona zamarła z widelcem w powietrzu. – Co jeszcze mam wam powiedzieć?

Niemal słyszałam trybiki obracające się w głowie mamy, usiłującej znaleźć jakiś sposób, by skłonić ją do zwierzeń. Nigdy nie wspomniałabym o Mimi czy nawet o Lydii. Ale z Adrienne sprawa wyglądała inaczej.

– Kasey zdobyła przyjaciółkę – odezwałam się. – Wróciły razem do domu.

Siostra posłała mi pochmurne spojrzenie, ale mamie pojaśniały oczy.

– Kochanie, to wspaniale! – powiedziała. – Jak jej na imię?

Kasey spojrzała na mnie z ukosa i głośno wciągnęła powietrze nosem.

– Adrienne.

– Chodzi do pierwszej klasy, prawda? – spytałam.

Moja siostra zazgrzytała zębami.

– Tak.

– Znałaś ją wcześniej z gimnazjum? – chciała wiedzieć mama.

– Co to ma być, przesłuchanie? – zapytała Kasey. Zrzuciła jedzenie z widelca i oparła sztućce o skraj talerza. – Jest zwyczajna. Ma psa, który wabi się Barney, i dwóch braci w koledżu. Jej rodzice są rozwiedzeni. Wraz z mamą przeprowadziły się tutaj w czerwcu. Co jeszcze chcecie wiedzieć? Jaką ma grupę krwi?

Tata spokojnie przeżuł i przełknął, a potem podniósł szklankę z wodą.

– Cóż, to świetnie.

– Alexis, a jak zajęcia z fotografiki? – zapytała mama.

Mogłam wyobrazić sobie odpowiednią linijkę tekstu w wypisie z Harmony Valley: *Upewnijcie się, że rodzeństwo pacjentki nie czuje się ignorowane. Starajcie się każde ze swoich dzieci obdarzać uwagą w równym stopniu.*

– Och! – powiedziałam. – Znakomicie.

Radośnie zmarszczyła czoło.

– Naprawdę?

– Tak, ponieważ się z nich wypisuję.

– Po tygodniu? – zapytał tata. – Musisz dać im szansę.

– Po pierwsze – odparłam – dałam. Po drugie, na tych zajęciach nie pracuje się z filmem. Dziewięćdziesiąt procent uczestników trzaska zdjęcia cyfrowe. A ja nie mam cyfrowego aparatu.

– Może powinnaś poprosić świętego Mikołaja – podsunął tata.

– Jestem pewna, że Mikołaj nie ma w swym worku miejsca na aparat – odpowiedziałam, nadziewając na widelec kawałek kalafiora. – Zwłaszcza że musi upchnąć w nim samochód.

Tata uśmiechnął się znacząco.

– Albo osiem maleńkich reniferów.

Zakręciłam widelcem.

– Albo osiem maleńkich cylindrów.

– Lub być może rower.

– Świetny pomysł – odrzekłam. – Mógłbyś wtedy pedałować do pracy, a ja jeździłabym twoim autem.

Tata parsknął śmiechem. Pochylił przy tym głowę tak, że w świetle lampy zalśniła łysina.

– Jakieś imprezki z okazji powrotu do szkoły? – zapytała mama.

Cała mama. Dać jej palec, a ona chce zaraz całą rękę. Była tak zaskoczona moją przyjaźnią z Megan oraz związkiem z Carterem, iż oczekiwała, że lada dzień wskoczę na sam szczyt drabiny społecznej ogólniaka.

– Tak – potwierdziłam. – Megan organizuje coś w piątek.

W tym momencie skupiła całą swoją rodzicielską energię i uraczyła nas doskonałą chwilą matczynej niezręczności.

– Czy Kasey również jest zaproszona?

Przy stole zapadła grobowa cisza.

Kasey wbijała spojrzenie w talerz.

– Jestem przekonana… że tak – powiedziałam.

– Dzięki, ale jestem już umówiona. – Nozdrza Kasey zadrżały. – Z Adrienne.

– To wspaniale. – Mama się rozpromieniła. Tata zgodnie pokiwał głową. Mówiąc szczerze, było to nieco żałosne. – Zostaniesz u niej na noc, czy wrócisz do domu?

– Nie chcę teraz o tym rozmawiać – odparła Kasey. – W ogóle nie mam ochoty na rozmowę. Chcę tylko zjeść. Czy możecie udawać, że mnie tu nie ma?

Klatka piersiowa mamy zapadła się do środka, jakby właśnie otrzymała cios.

– Nie ma sprawy – odezwałam się. – Przetrwaliśmy bez ciebie dziesięć miesięcy. Jestem pewna, że dotrwamy do końca obiadu.

* * *

Kiedy we wtorek rozpoczęła się druga lekcja, zgłosiłam się do biblioteki. Zaskoczona, zorientowałam się, że jestem jedyną przydzieloną tu uczennicą. I że „szkolny dyżur" jest w tym przypadku eufemizmem na „pomóż nowej bibliotekarce uporządkować cały księgozbiór".

Poukładanie tysięcy książek w porządku alfanumerycznym może nie wydawać się zajęciem szczególnie ekscytującym, ale w porównaniu z włóczeniem się po kampusie z Daffodil/Delilah wydało mi się cudowne.

Dodatkowo pani Nagesh, nowa bibliotekarka, aż się śliniła, mając w perspektywie otrzymanie wsparcia. Choć, sądząc po sposobie, w jaki opowiadała o tym, jak rozpaczliwie błagała o pomoc oraz jak wspaniałym i hojnym darem ze strony pani Ames było przysłanie mnie do niej, zaczęłam odnosić wrażenie, że zostałam wmanewrowana. Mimo to czułam zbyt dużą ulgę, aby mnie to obeszło.

Obiecałam, że księgozbiór zacznę porządkować od następnego dnia, jeżeli dziś pozwoli mi popracować nad moim zgłoszeniem do Młodych Wizjonerów. Pani Nagesh wyraziła zgodę.

Kiedy tylko mama wróciła z pracy, pożyczyłam jej samochód i ruszyłam w drogę.

Była siedemnasta siedemnaście. Termin składania zgłoszeń upływał o szóstej po południu. A biuro, do którego musiałam dotrzeć, znajdowało się w odległości ponad trzydziestu kilometrów. Zdawałam sobie sprawę, że nawet jeśli zignorowałabym maminą zasadę: „ograniczenie prędkości jest ograniczeniem, a nie punktem wyjścia do negocjacji", zdążę niemal na styk.

Fala adrenalinowego podniecenia i obawy przetoczyła się przez moje ciało, kiedy spojrzałam na torbę, w której spoczywało podanie o udział w konkursie oraz portfolio. Nie wiedziałam nawet, czy papiery można dostarczyć osobiście. Na ulotce widniała informacja: PROSZĘ WYSYŁAĆ ZGŁOSZENIA NA ADRES...

Na autostradzie panował spory ruch. Zniecierpliwieni i podminowani kierowcy wracali z pracy. Kiedy wybiła piąta czterdzieści siedem, a ja nadal znajdowałam się trzy kilometry od zjazdu, zaczęłam się niepokoić. Nie sądziłam, abym miała szansę – byłam niezłym samoukiem, lecz miałam przekonanie, że zawalę rozmowę kwalifikacyjną. Niemniej to był pierwszy raz, gdy robiłam z moimi zdjęciami coś konkretnego. Naprawdę chciałam spróbować swoich sił. I nie chodziło mi wyłącznie o pieniądze.

Gdy zatrzymałam się na parkingu przed smukłym biurowcem ze szkła i stali, była za sześć szósta. Porwałam torbę i pospieszyłam ku wielkim metalowym drzwiom. W przestronnym holu panował półmrok. Zbliżyłam się do recepcjonistki. Siedziała za ogromnym półokrągłym biurkiem pośrodku pomieszczenia.

– Dzień dobry, chciałabym zostawić zgłoszenie na konkurs Młodych Wizjonerów?

Ledwie na mnie zerknęła.

– Należało je wysłać.

Oddech uwiązł mi w gardle.

Wskazała niekończący się biały korytarz po mojej lewej stronie.

– Tym korytarzem. Biuro numer sześć.

Poczułam się zadowolona z tego, że włożyłam czarną sukienkę i rozpinany sweterek zamiast dżinsów i T-shirtu. Miałam nawet na sobie przyzwoite buty – otrzymane od babci Megan zamszowe trzewiki.

Drzwi do wskazanego pokoju były zamknięte. Nie dostrzegłam dzwonka ani żadnej tabliczki, jedynie metalową cyfrę sześć. Zapukałam kilkukrotnie, lecz nikt nie odpowiedział. W końcu nacisnęłam klamkę i uchyliłam drzwi. Znajdowała się za nimi miniaturowa wersja głównego holu, z przepierzeniem oddzielającym ją od reszty przestrzeni biurowej.

– Jest tu kto? – zapytałam.

Żadnej odpowiedzi.

W pomieszczeniu nieco z boku stał stolik, na którym piętrzyły się stosy kopert. Leżało tam nawet kilka niewielkich pudełek. Zbliżyłam się i odczytałam jedną z naklejek z adresem: „Konkurs Młodych Wizjonerów". Obrzuciłam zgłoszenia wzrokiem i oceniłam ich ilość na siedemdziesiąt, może osiemdziesiąt. Znacznie więcej, niż sobie wyobrażałam.

Odwróciłam się i już miałam wyjść, zabierając ze sobą portfolio. Zatrzymałam się jednak, zanim dotarłam do drzwi. Przecież zadałam sobie trud, aby wypełnić aplikację. Nawet jeśli jury nie spodobają się moje prace, jeśli będę siedemdziesiątą dziewiątą na osiemdziesięciu uczestników, to nie usłyszę odmowy twarzą w twarz.

Z odmową na odległość sobie poradzę. Wyciągnęłam z torby bąbelkową kopertę i spojrzałam na nią.

Nieotwarta, sprawiała naprawdę dobre wrażenie. Mama pracuje dla dostawcy materiałów biurowych i dostaje ich całą masę za darmo. Wydrukowałam ładną naklejkę wielkości ćwierci strony. Nakleiłam ją na jasnoniebieską kopertę. Ponadto moje zgłoszenie nie było sponiewierane przez pocztę. Miałam przynajmniej taką przewagę.

Zanim zdążyłam się rozmyślić, rzuciłam kopertę na wierzch stosu zgłoszeń i pospiesznie wyszłam na korytarz. W damskiej ubikacji osuszyłam czoło kilkoma kawałkami papieru toaletowego. Próbowałam wyobrazić sobie, co jurorzy pomyślą na widok moich zdjęć.

Niemal wszystko straciłam w pożarze w październiku zeszłego roku – nie tylko aparat, ale też negatywy i odbitki z wielu lat. Wzbogacona tym doświadczeniem, zaczęłam w listopadzie z czystym kontem. I teraz zaczynałam się martwić, że żadna z fotografii nie jest specjalnie interesująca. Wszystkie zdjęcia zrobiłam w miasteczku. Niektóre przedstawiały moją rodzinę i…

To „i" zatrzęsło moim światem. Miałam wrażenie, że podłoga ucieka mi spod stóp.

Spuściłam wodę, wybiegłam z łazienki i popędziłam w kierunku pokoju numer sześć.

Drzwi były zamknięte. Zaczęłam się do nich dobijać.

– Halo? – zawołałam. – Jest tam ktoś?

Miałam właśnie zapukać po raz kolejny, gdy otworzyła mi jakaś kobieta. Była po pięćdziesiątce, mniej więcej mojego wzrostu, piękna, z długimi falistymi włosami opadającymi do ramion.

– W czym ci mogę pomóc?

Zerknęłam ponad jej ramieniem na stół, na którym zostawiłam kopertę.

– Kilka minut temu podrzuciłam zgłoszenie – wyjaśniłam. – Ale to była pomyłka. Potrzebne mi z powrotem.

Nie poruszyła się.

– Ty jesteś Alexis Warren?

Kiwnęłam głową i stałam tam, dysząc, dopóki się nie odsunęła.

– Wejdź – powiedziała, zapraszając mnie gestem.

Ruszyłam prosto do stolika, ale niebieska koperta zniknęła.

– Jest tutaj – powiedziała, podchodząc do roboczego stołu. Mocna lampka oświetlała moje portfolio. – To pierwsze, które otworzyłam.

– Och, nie – rzuciłam.

Na moment utkwiła we mnie spojrzenie.

– Zazwyczaj jeżeli chcesz, aby twoja praca się nie wyróżniała, to nie dostarczasz jej w takiej przyciągającej wzrok kopercie.

Teczka z moim portfolio była otwarta na ostatnim zdjęciu, na zbliżeniu maskownicy wlotu powietrza w starym, zardzewiałym samochodzie. Metalowy ornament na masce oraz kratownicę wyczyściłam tak, że lśniły jak w dniu, w którym samochód zjechał z taśmy. Zostawiłam jednak resztę rdzy, warstwy brudu oraz pajęczyny.

– To jest niezłe. – Zadumała się.

Nigdy wcześniej słowo „niezłe" nie zakłuło mnie tak mocno. Na pewno miała na myśli: „niezłe, ale szybko ulatuje z pamięci".

Lecz było to najmniejsze z moich zmartwień. Jeśli widziała to zdjęcie, to znaczy, że widziała również pozostałe. A więc i te, których nigdy nie zamierzałam nikomu pokazywać – a już na pewno nie jury złożonemu z nieznajomych.

Złapałam teczkę i wepchnęłam ją na powrót do torby.

– Przepraszam – powiedziałam. – Zaszła pomyłka. Wycofuję swoje zgłoszenie.

Kobieta spojrzała w dół, na blat, na którym jeszcze przed chwilą spoczywały moje zdjęcia, jakby tam wciąż były.

– Jaka szkoda – odpowiedziała. – Ale dobrze, jeśli tak sobie życzysz. Dobrego wieczoru.

Gdyby dopytywała się o szczegóły, nie zdradziłabym ich. Ale ta lekceważąca odprawa, która przyszła jej tak łatwo, mnie zabolała.

– Chodzi o to, że są tam zdjęcia, których nie zamierzałam załączać.

Zerknęła na mnie z ukosa.

– Które?

– Niektóre z nich są... dość osobiste.

– Wszystkie twoje fotografie powinny być osobiste – odparła.

– Przypuszczalnie mogłabym je usunąć i zostawić resztę.

– Przegrałabyś.

Jestem niemal pewna, że w tym momencie rozdziawiłam buzię.

– Połóż teczkę tutaj – poleciła i wskazała ręką. Coś w jej zachowaniu sprawiło, że posłuchałam. Przerzuciła zdjęcia, zatrzymując się przy pierwszym z tych, które zamierzałam usunąć.

– Masz na myśli to?

– Tak – potwierdziłam.

– Ta fotografia przedstawia ciebie?

Tak. Był to autoportret, moje odbicie w lustrze: siedziałam obok nowego aparatu z rezerwą, niczym panna młoda obok pana młodego w zaaranżowanym małżeństwie. Ustawianie planu trwało całą wieczność, ponieważ miałam wówczas złamany obojczyk i nadgarstek. Na fotografii byłam obandażowana. Miałam zadrapanie na policzku i nie zdążyłam jeszcze pójść do fryzjera, aby mi wyrównał przypalone włosy. Miałam za sobą frustrującą godzinę, spędzoną na próbach połapania się we wszystkich tych wymyślnych ustawieniach nowego aparatu, i nadal nie byłam pewna, czy dobrze rozumiem ich zastosowanie.

Wyglądałam na wzburzoną, zgnębioną i wyczerpaną – ale to było udane zdjęcie.

Przewróciła kartkę.

Na następnych stronach znajdowały się zdjęcia moich rodziców. Upozowałam scenę, wzorując się na tym starym malowidle, *American Gothic*, przedstawiającym stojącą obok siebie parę farmerów. Pierwsze zdjęcie wykonałam przed kamienicą i byli na nim ubrani jak do pracy. Tamtego dnia było nie więcej niż pięć stopni ciepła, a żadne z nich nie włożyło kurtki. Zmarznięta mama próbuje się uśmiechnąć. Tata stoi niewzruszony, odciążając prawą nogę w sposób, w jaki to czyni, gdy dolega mu stara kontuzja (znowu „z powodu Kasey"). Wyglądają na przygnębionych, lecz zdeterminowanych.

Drugie zdjęcie przedstawiało ich w tych samych pozach. Stali na nim przed pogorzeliskiem, które zostało po naszym starym domu. Z podtrzymujących ganek filarów pozostały smętne, sterczące z ziemi resztki. Poznaczone smugami popiołu i czarnej spalenizny, wyglądały tak, jak gdyby właśnie przebiły się na powierzchnię. Za nimi rozpościerało się to, co zachowało się z głównego korytarza – kilka pierwszych stopni, framuga piwnicznych drzwi, kominek pod tylną ścianą.

Czekałam na jej reakcję, ale bez słowa przewróciła stronę.

Kolejne zdjęcie było zbliżeniem pary obnażonych nadgarstków. Padające z boku ostre światło podkreślało siateczkę krzyżujących się blizn. Zwalczyłam chęć, aby wyciągnąć dłonie i zasłonić nimi fotografię.

To były nadgarstki Cartera. Blizny były pozostałością po próbie samobójczej. Podjął ją, kiedy chodził do pierwszej klasy u Wszystkich Świętych. Pamiętałam dzień, w którym zrobiłam to zdjęcie, i to, jak Carterowi drżały dłonie, gdy trzymał ręce w smudze światła. I to, jak się zastanawiałam, dlaczego nie ma nic przeciwko temu, abym zrobiła to zdjęcie. Nigdy nie pokazywał swoich blizn nikomu poza rodzicami i mną. Od tego pierwszego dnia, kiedy go spotkałam, zawsze nosił koszule z długim rękawem.

Kolejna fotografia przedstawiała Megan klęczącą na grobie swojej mamy w dniu, w którym po raz pierwszy pozwolono jej go odwiedzić. Osunęła się na nagrobek, z oczami zamkniętymi i twarzą zwróconą ku słońcu. Zapomniała o mnie oraz o świecie wokół, pogrążona w żalu.

Ostatnie zdjęcie przedstawiało moją siostrę w piżamie pacjentki Harmony Valley w sali odwiedzin, uśmiechającą się blado ponad tortem z okazji swoich czternastych urodzin. Nie pozwolono nam zapalić świeczek ani przynieść noży. Tort składał się z nierównej kratki pokrojonych wcześniej kawałków ze sterczącymi krzywo niezapalonymi świeczkami.

Cała scena pozbawiona była kolorów i radości. Tym, co w niej uderzało najbardziej, był wyraz oczu Kasey – przypominały oczy uwięzionego w klatce zwierzęcia.

Zdradziłam siebie samą i tych, których kochałam, pozwalając, by ktokolwiek zobaczył te zdjęcia. To było niemal tak, jakbym opublikowała ich nagie fotografie w internecie lub uczyniła coś podobnego. Tylko jeszcze gorsze. Ponieważ zdjęcia przedstawiały ich w sytuacjach intymniejszych i boleśniejszych niż po prostu bycie nago.

– Przepraszam – powiedziałam, podnosząc album, tym razem delikatniej. – Nie mogę.

– Jeżeli usuniesz te zdjęcia, to nie wygrasz – odparła kobieta. – Jeśli je zostawisz, masz szansę. Są doskonałe. Masz ogromny talent.

Odwróciłam się, aby na nią spojrzeć.

– Przepraszam, kim pani jest?

Pstryknęła włącznikiem lampki.

– Nazywam się Farrin McAllister. To moja pracownia.

Odruchowo cofnęłam się o krok.

Farrin McAllister?

Ta Farrin McAllister? Fotografka, która robiła zdjęcia wszystkim wielkim gwiazdom oraz połowie pozostałych ważnych osób i wydarzeń na świecie? Ta, której zdjęcia trzynaście razy znalazły się na okładce „Vogue" i która, kto wie ile razy, zdobyła Pulitzera?

I ona powiedziała, że moje zdjęcia są… doskonałe.

Zrobiło mi się trochę słabo.

– Już zamykam – powiedziała. – Musisz podjąć decyzję.

Przycisnęłam portfolio do piersi.

– Ale… jeśli się zdecyduję na udział, kto zobaczy te zdjęcia?

– Spora grupa ludzi.

– Nie jestem pewna, czy to w porządku… – wskazałam album – aby oglądali je obcy.

– Nonsens – odparła. – Sądziłaś, że co robiłaś? Podglądałaś ptaki?

Przełknęłam ciężko.

– Czy w ogóle mogę to jeszcze zrobić? – Stanowiło to moją ostatnią wymówkę. Nie byłam pewna, jaką odpowiedź pragnę usłyszeć. – Po naszej rozmowie?

– To konkurs talentów. – Wzięła leżącą na stole torebkę. – Nie partyjka bingo. Musisz zdecydować, czy chcesz wziąć w nim udział, czy też nie, zanim dojdę do drzwi.

Maszerowała tak szybkim krokiem!

Nie zastanawiając się, wepchnęłam album do niebieskiej koperty i położyłam ją na stole.

Farrin, Farrin McAllister, przytrzymała dla mnie drzwi. Odwracając się, aby przekręcić w zamku klucz, skinęła mi nieznacznie.

Nie jestem pewna, czy w drodze powrotnej do domu wypuściłam wstrzymywany oddech.

TYDZIEŃ Z WOLNA DOBIEGAŁ KOŃCA. WRAZ Z PANIĄ Nagesh uporządkowałyśmy dzieła o trzycyfrowych numerach katalogowych. Dotarłyśmy do pozycji poświęconych filozofii i psychologii. Bibliotekarka była młoda i na luzie. Podczas pracy opowiedziała mi wszystko o książce, którą pisała. Ja opowiedziałam jej o konkursie fotograficznym, choć nie wspomniałam o nim nikomu innemu. Nie rozmawiałam o nim z rodzicami ani nawet z Megan czy z Carterem.

Kasey i Adrienne siadywały na stołówce ze Szwadronem Zagłady. Wyglądało jednak na to, że Lydia z nich nie podrwiwa, więc się nie wtrącałam.

W piątkowy wieczór rodzice wybrali się na kolację z regionalnymi menadżerami mamy. Mama założyła swą najszykowniejszą suknię. Upięła blond włosy w kok. Tata przywdział swój jedyny garnitur i zaczesał nażelowane włosy do tyłu. Mama nieustannie nazywała go swoim pokazowym mężusiem. Uważałam to za słodkie, ale Kasey dała drapaka do swojego pokoju, mrucząc coś o zawstydzających wapniakach.

Przetarłam kuchnię, czekając, aż skończy pakować torbę na nocleg poza domem. W końcu się pojawiła. Opadła na wysokie krzesło przy kontuarze.

– Prawie gotowa? – zapytałam.

– Chyba powiem Adrienne, że nie mogę przyjść – odezwała się, przesuwając opuszkami po blacie.

– Ale obiecałaś, że się pojawisz.

Zgarbiła ramiona.

– Tak, ale... nie jestem w nastroju.

– Kasey, nie możesz traktować ludzi w taki sposób. Nie dotrzymywać słowa. – Wycisnęłam gąbkę i odłożyłam ją na skraj zlewu. – Dla Adrienne to zapewne wiele znaczy. Gdybyś wyprawiała przyjęcie, a nikt z zaproszonych gości by się nie zjawił, to jak byś się czuła?

– Och, dobrze! Przestań zrzędzić!

Westchnęła przejmująco w teatralny sposób i wróciła do swojego pokoju.

Mówiąc szczerze, powodem mojej reakcji były w równym stopniu troska o Adrienne, jak i egoizm. Jeżeli Kasey nie będzie nocować u koleżanki, musiałabym wymyślić, co z nią zrobić. Pozostawienie jej samej w domu nie wchodziło w grę. I samolubnie, co przyznaję, nie chciałam jej w domu Megan. Pragnęłam po prostu zrelaksować się w towarzystwie przyjaciół. A obecność Kasey praktycznie by to uniemożliwiła.

Kilka minut później pojawiła się cicho w salonie, wlokąc po podłodze workowatą torbę.

Odnotowałam to w pamięci, aby przypomnieć jej o tym następnym razem, kiedy zakpi z tego, że co drugi dzień zamiatam.

* * *

Adrienne mieszkała kilka kilometrów od nas, w dzielnicy Lakewood, wzniesionej w latach siedemdziesiątych i pełnej niesymetrycznych drewnianych domostw.

Kiedy zaparkowałyśmy na podjeździe, odezwał się mój telefon. Dzwoniła Megan.

– Cześć – powiedziałam. – Będę za 10 minut.

– Nie kłopocz się. – Głos miała zmęczony. – Przyjęcie zostało odwołane.

– Dlaczego? Wszystko w porządku?

Westchnęła głośno.

– Nie.

Kasey znieruchomiała z dłonią na klamce. Popędziłam ją gestem, nie poruszyła się jednak.

– Zaczekaj, Megan. – Zakryłam mikrofon i odwróciłam się do Kasey. – Cześć. Baw się dobrze. No leć już i sprawdź, czy nie ma cię na tej imprezie.

Przestraszona mina Kasey nadawała jej wygląd dziesięciolatki.

– Ale… nie wiem… co powinnam zrobić? A jeśli nie spodobają mi się ich zabawy?

– Zabawy? Nie jesteś już w szóstej klasie. To przyjacielskie spotkanie z noclegiem u koleżanki. Po prostu nie zaśnij pierwsza, a wszystko będzie dobrze.

Potrząsnęła głową raz, a potem kolejny i znów, szybciej i szybciej, sama wpędzając się w panikę.

– Nie. Zmieniłam zdanie. Zabierz mnie do domu.

– Kasey, idź. Będziesz się dobrze bawiła. Odbiorę cię jutro.
Posłała mi zdesperowane spojrzenie.
– Do zobaczenia w południe – powiedziałam.
Powoli wysiadła z samochodu i powlekła się przez podjazd.
Ponownie skupiłam uwagę na telefonie.
– Megan?
W słuchawce panowała cisza i przez sekundę sądziłam, że Megan się rozłączyła. Potem się odezwała.
– Dziś podczas ćwiczeń cheerleaderek zademonstrowałam salto do tyłu.
– Jesteś ranna?
– Nie – odpowiedziała. – Nie w tym rzecz. Ale trenerka Neidorf zadzwoniła do mojej babci. Najwyraźniej zawarły jakiś tajny pakt dotyczący trzymania mnie na oku. – Zamilkła na kilka sekund. – Babcia mnie szpiegowała, Lex.
– To dlatego, że się o ciebie troszczy – odparłam, wiedząc, jak kiepskie jest to usprawiedliwienie.
– Mam zatem areszt domowy na cały tydzień, a przyjęcie zostało odwołane. Możesz przekazać tę wiadomość dalej? Na telefon także mam szlaban. – W słuchawce usłyszałam stłumiony głos, stuki i jakieś zamieszanie. – Prawie skończyłam!
– Jasne – potwierdziłam. – Prześlij mi listę gości.
– Lex? – odezwała się, ściszając głos. – Nie wyprawiaj żadnej prywatki beze mnie.
Wyobraziłam sobie Megan siedzącą w więziennej celi, przed którą przechadza się jej babcia w mundurze strażnika.
– Nigdy bym tego nie zrobiła. Przysięgam.

* * *

Carter i ja wylądowaliśmy w moim domu przed telewizorem. Leciał maraton *Strefy zmroku*. Byliśmy w połowie odcinka, w którym kapitan Kirk znajduje magiczną machinę do przepowiedni, kiedy Carter mnie szturchnął.

– Stopa mi wibruje – powiedział.

Moja torebka spoczywała pod kocem. Rzucił mi ją, a ja wydobyłam telefon. Na ekranie wyświetliło się imię siostry.

– Kasey? – zapytałam.

– Lexi?

W jej głosie dźwięczał smutek. Usiadłam.

– Co się stało?

Pociągnęła nosem.

– Barney uciekł.

– Kim jest Barney? – zapytałam, w myślach przelatując listę imion rodzeństwa Adrienne. Czy jej bracia nie byli w koledżu?

– Psem – powiedziała, a ja wypuściłam wstrzymywany oddech. – Możesz wpaść i pomóc nam go szukać?

– Pani Streeter nie może wesprzeć was w tych poszukiwaniach?

– Nie. Sądzimy, że pies jest w lesie. A ona nie zdoła wjechać tam swoim wózkiem – odpowiedziała siostra. – Proszę. Adrienne odchodzi od zmysłów.

– W porządku – zgodziłam się. – Zaraz tam będę.

– Naprawdę?

To pytanie zbiło mnie z tropu.

– Oczywiście, Kasey.

– Och – rzuciła. – Bardzo ci dziękuję.

Przerwałam połączenie, zastanawiając się, dlaczego moja gotowość do udzielenia pomocy siostrze tak ją zaskoczyła. Czy to nie właśnie ja pomagałam jej zawsze?

Kiedy zatrzymaliśmy się na podjeździe Streeterów, zbliżyły się do nas dziewczyny. Po twarzy Adrienne spływały łzy. Kasey obejmowała ją mocno i czujnie rozglądała się po okolicy tonącej w mroku.

– Dzięki, że przyjechaliście – powiedziała.

– Nie ma sprawy – odparłam. Towarzyszyła nam czwórka dziewcząt: Kasey, Adrienne, ładna dziewczynka, której nie znałam, oraz Lydia. Widząc, że na nią spoglądam, odwróciła się i kopnęła kilka okruchów żwiru na podjeździe.

Co Lydia porabiała na nudnej imprezie ze spaniem?

Ku mojemu zaskoczeniu moja siostra przedstawiła plan.

– Pójdę do lasu z Lexi. Adrienne, wsiadaj do samochodu z Carterem – powiedziała. – Tashi i Lydia pójdą pieszo. Jeśli dostrzeżecie psa, zawołajcie resztę.

Rozeszłyśmy się, z latarkami i torebkami psich przysmaków w dłoniach. Wraz z Kasey ruszyłam ulicą. Omiatałyśmy krzaki i zaułki snopami światła latarek.

– Jakiej rasy jest ten pies?

– To westie – odparła. – Szczęśliwie się składa, że jest biały.

A może nie-aż-tak-szczęśliwie. Jasne, białego psa łatwiej nam będzie dostrzec. Tak samo jak kojotom i innym drapieżnikom. Przyspieszyłam kroku.

– Jak się wydostał? – zapytałam.

– Nie jestem pewna – westchnęła Kasey. – Coś go wystraszyło.

– Pani Streeter musi odchodzić od zmysłów, nie mogąc pomóc – powiedziałam.

– Tak. – Kasey zaświeciła pod samochód.

– Dlaczego jeździ na wózku?

– Cierpi na chorobę zwyrodnieniową – powiedziała Kasey. – Adrienne także ją ma.

– Chorobę zwyrodnieniową? – Mignęło mi coś białego, ale była to tylko torba ze śmieciami, wystawiona przed boczne drzwi jakiegoś domu.

Kasey bawiła się opakowaniem z psimi przysmakami.

– Alexis, jeśli znajdziemy Barneya, to właśnie ty powinnaś go złapać.

– Dlaczego?

O ile sobie przypominałam, psy nie znajdowały się na długiej liście rzeczy, które napawały moją siostrę strachem.

Pokręciła trzymaną w dłoni latarką, usiłując zdecydować, co powiedzieć.

– Nie wydaje mi się, żeby mnie zbytnio lubił.

– Tym, co powinnyśmy zrobić, jeśli go dostrzeżemy, jest zawołanie Adrienne, aby to ona go złapała.

– Nie – zaprzeczyła Kasey. – Do niej także się nie zbliży.

– Ale jest przecież jego panią.

Westchnęła.

– To długa historia.

Dotarłyśmy do parkingu nad jeziorem. Wzniesiony tu budyneczek z bali z łazienką teraz był zamknięty na kłódkę. Nieopodal biła fontanna. Zeszłyśmy z chodnika na nierówny trawnik. Oddzielał deptak od wąskiego pasa brzydkiej plaży, upstrzonego zniszczonymi piknikowymi stolikami i grillem, ogrodzonym taśmą zabezpieczającą.

Przesunęłam wzrokiem po toni. Z fontanny pośrodku tryskały nierówne strumyki wody, podświetlone kilkoma reflektorkami, w których nie spaliły się jeszcze żarówki.

– Jest tam! Widzę go! – powiedziała Kasey, wskazując w kierunku lustra wody.

Promień światła latarki omiótł truchtającego wzdłuż brzegu niedużego białego psa.

– Trzymaj. – Kasey wręczyła mi torebkę łakoci. – Zawołaj go. Upewnij się, że widzi, że masz żarcie. Zrobi wszystko, aby dostać kąsek.

– A co ja mam zrobić, jeśli do mnie przyjdzie? – zapytałam. – Masz smycz?

Jej twarz stężała.

– Złapię go za obrożę – powiedziałam. – Wróć do Streeterów i przynieś smycz.

– Dobrze – zgodziła się. – Zawołam też Adrienne.

Na dalszą rozmowę brakowało nam czasu. Ruszyłam powoli w stronę brzegu.

Pies, słysząc, jak się zbliżam, uniósł ślepia i nastawił uszu.

– Baaaaaaarney – zawołałam, nadając głosowi jak najłagodniejsze brzmienie. – Chodź, maleńki.

Spojrzał na mnie podejrzliwie i zaczął się oddalać, odwracając łeb i czujnie zerkając za siebie.

Nie chciałam do niego podchodzić z obawy, iż czmychnie. Stanęłam nieruchomo. Pies zatrzymał się i mnie obserwował.

– Hej, maleńki.

Przyklękłam na łasze mokrej ziemi. Po prostu cudownie. Sięgnęłam do opakowania łakoci.

Barney przekrzywił łebek.

– Pyszności! – powiedziałam, wyciągając przynętę. – Kto ma na nie ochotę?

Rzuciłam psi przysmak tak, że wylądował kilkadziesiąt centymetrów przed nim. Barney skoczył ku niemu, zamiatając ogonem.

Cisnęłam kolejny i podszedł bliżej. Dzieliło nas zaledwie kilka metrów. Rzuciłam trzeci smakołyk, a potem czwarty. Zamiast rzucić kolejny, postanowiłam zaryzykować. Wyciągnęłam dłoń z poczęstunkiem w kierunku psa.

– Chodź i zobacz, co mam dla ciebie. No, podejdź.

Barney, teraz zafascynowany tą ciskającą mu łakocie nieznajomą, zamerdał ogonem i postąpił ostrożnie w moim kierunku. Wzrok miał utkwiony w spoczywającym na mojej dłoni kąsku. Uniosłam smakołyk do nosa i teatralnie powąchałam. Pachniał całkiem apetycznie.

– Hmmm... może sama go zjem – odezwałam się. – Lepiej się pospiesz.

Zbliżył się, nie odrywając ślepi od przysmaku. Przesunęłam się tak, by chcąc go zdobyć, musiał podejść do mnie od lewej strony.

Prawie dobrze...

Zza budynku komunalnego po przeciwnej stronie piknikowego terenu dobiegł głośny stukot. Barney zastrzygł uszami.

– Nie! Zostań! – powiedziałam, usiłując dosięgnąć jego obroży. Odtruchtał jednak poza mój zasięg. Zatrzymał się przy linii drzew.

Znów rozległ się hałas, tym razem głośniejszy.

Barney położył uszy po sobie i zniknął w gęstym zagajniku.

Pobiegłam za nim, ale musiałam zwolnić po dotarciu za pierwszą linię drzew. Były niewysokie i skarłowaciałe, a korzenie sterczały ponad grunt. Ostatnim, czego potrzebowałam, było zaryć tu twarzą w ziemię.

– Hej – zawołałam. – Dobry piesek! Wracaj!

Parłam przed siebie, dopóki pośród pni nie mignęła mi biała sierść.

– Barney! – krzyknęłam. – Kto chce ciasteczko?

Chyba odkryłam magiczne słowo. Gałązki zaszeleściły gwałtownie, gdy pies pognał z powrotem. Zatrzymał się tuż przede mną, szaleńczo merdając ogonem.

– Dobra – powiedziałam. – Zrobimy to po mojemu. – Pochyliłam się i złapałam go za obrożę. Wbijał ślepia w wystającą z mojej kieszeni torebkę, zbyt zaabsorbowany łakociami, aby to zauważyć.

– Psie ciasteczko? – Podsunęłam mu jedno. Przełknął je łapczywie i zwrócił na mnie ślepia, licząc na więcej.

Ponieważ nie miałam smyczy, pochyliłam się i wzięłam go na ręce. Jak na tak małego psiaka okazał się ciężki. Ułożył się wygodniej w moich ramionach. Polizał mnie po twarzy, wyraźnie ciesząc się tą przejażdżką.

Rozejrzałam się w poszukiwaniu ścieżki, ale jej nie dostrzegłam. Nasłuchiwałam szumu fal przy brzegu. Ale odległe dźwięki zagłuszało posapywanie Barneya i granie świerszczy.

I, oczywiście, moja komórka została w samochodzie Cartera. Po prostu świetnie.

– Dobrze, że twoje żarcie pachnie tak apetycznie – zwróciłam się do Barneya. – Może będziemy zmuszeni się nim podzielić.

Omiótł mnie wzrokiem, a potem, marszcząc nos, powrócił do niuchania.

– Którędy do domu? – zapytałam go. Prawdopodobnie to wiedział dzięki doskonałemu węchowi i czulszym niż moje zmysłom. Nie mogłam jednak postawić go na ziemi i zaryzykować, że znów mi ucieknie. Ruszyłam zatem mniej więcej w kierunku parkingu.

Dotarliśmy do miejsca, w którym zagajnik był zbyt gęsty, aby się przezeń przedrzeć. Barney obrzucił gęstwinę spojrzeniem, zastrzygł uszami i ziewnął. Poprawiłam ułożenie psa na rękach. Dość szybko robił się coraz cięższy.

Przyklękłam i przyjrzałam się trawie, żałując, że w harcerstwie wytrwałam tylko do etapu robienia bransoletek przyjaźni.

Pies nagle zesztywniał. Wtulił się w moje ramiona, położył uszy po sobie i na moment wyszczerzył kły. Z jego gardzieli wydobył się niski, groźny skowyt.

Z gęstwiny dobiegł nas dźwięk.

Chrup.

Barney skierował łeb w stronę, z której dobiegł odgłos. Warknął i zaszczekał. Musiałam przytrzymać go mocno, by nie zeskoczył na ziemię. Jego brudne pazury pozostawiły ciemne smugi na moim ubraniu.

– Odbiło ci? – syknęłam. – Przestań się miotać!

A jeśli to był kojot?

„A jeśli to nie kojot?", pomyślałam nagle. A jeżeli to puma lub niedźwiedź? Czy w okolicach Surrey żyją niedźwiedzie?

Ruszyłam przed siebie. Marsz w jakimkolwiek kierunku innym niż źródło dźwięku był lepszy niż sterczenie tutaj jak kołek. Nawet jeśli zagłębiliśmy się w gąszczu aż tak, że wyjdziemy po drugiej stronie, zagajnik musiał się przecież gdzieś kończyć.

Kiedy brnęliśmy przed siebie, Barney w końcu się uspokoił. Ale potem, po jakichś trzydziestu metrach, ponownie zesztywniał i warknął.

Gdzieś z tyłu dobiegły odgłosy drapania i szurania, a potem dało się słyszeć *łup* i *plask*. Coś upadło na ziemię i zerwało się do ucieczki.

Rozejrzałam się w poszukiwaniu kija, którego mogłabym użyć jak maczugi, gdyby doszło co do czego. Lecz jedyny patyk odpowiedniego rozmiaru, jaki znalazłam, rozsypał mi się w dłoni.

Barney zaskowyczał, dysząc żałośnie, i bez przekonania spróbował mi się wyrwać.

– W porządku, maleńki – uspokajałam go.

Chrup-chrup-chrup-TRACH!

Pies szarpnął się i dał susa z moich ramion. Jeszcze nim jego pazury dotknęły ziemi, gotów był zerwać się do ucieczki.

Rzuciłam się za nim i wylądowałam brzuchem na zasłanej sosnowymi igiełkami ziemi. Ledwie udało mi się zaczepić czubkami palców za obrożę. Kiedy zdał sobie sprawę, że został złapany i nie zdoła czmychnąć, zmienił taktykę. Przeszedł do ofensywy, ujadając wściekle i podskakując szaleńczo.

– Skończ z tym! Wracaj tu natychmiast! – nakazałam, przyciągając go do siebie. Odszukanie durnego psiaka kosztowało mnie zbyt wiele trudu, abym miała teraz pozwolić, by pożarł go niedźwiedź. – Barney, waruj!

Ujadanie przeszło w nieustający skowyt. Ciągnął do przodu z takim wigorem, że jego przednie łapy nie dotykały ziemi. Miałam wrażenie, że zaraz wyrwie mi palce ze stawów.

Cokolwiek było w gąszczu, chciał to zabić.

Kiedy udało mi się pewniej złapać psiaka za obrożę, wstałam i wzięłam go na ręce. Przycisnęłam policzek do jego łebka, rozglądając się wokół.

– Co teraz? – zapytałam go.

– Hau! – odpowiedział, zerkając ponad moim ramieniem.

Odwróciłam się błyskawicznie. Ujrzałam wyłaniającego się spomiędzy drzew Cartera. W wykrochmalonej koszuli w prążki i lśniących brązowych butach wyglądał niedorzecznie i nie na miejscu.

– Alexis? Nic ci nie jest? – Zbliżył się i podrapał psiaka za uchem.

– Zasadniczo nie – odpowiedziałam. – Nie mam zielonego pojęcia, jak się stąd wydostać. Mam nadzieję, że zostawiłeś ślad z okruszków.

– Musimy iść w tę stronę – odparł Carter. – Chcesz, żebym poniósł Barneya?

– Jest brudny – ostrzegłam, ale Carter i tak po niego sięgnął, a ponieważ moje obolałe ramiona błagały o chwilę ulgi, ochoczo wręczyłam mu psa. Zaczęliśmy przedzierać się przez gęstwinę.

– Kasey wróciła po smycz – poinformowałam go. – Mam nadzieję, że czeka z nią na parkingu. Wydaje mi się, że krąży tu gdzieś jakieś dzikie zwierzę.

Carter zamrugał.

– Wątpię. Nadal jesteśmy na przedmieściu.

– Przedmieście czy nie, coś słyszałam – powiedziałam. – Coś dużego. Barney także to wyczuł.

– Może to był szop?

– Coś większego. Nie wiem. Nieważne.

W tym momencie dobiegł nas kolejny trzask.

– Słyszałeś to? – zapytałam.

– To najprawdopodobniej tylko ptak, Lex – odparł. – Czekaj, dokąd idziesz?

Jego lekceważenie mnie zirytowało.

– Chcę zerknąć – odpowiedziałam, oddalając się. – Zaraz wracam.

– A jeśli to coś groźnego? – Rozejrzał się, nagle dostrzegając las takim, jaki był. Wielki. Ciemny. Straszny.

– Jak szop? – zapytałam. – Czy pisklak?

Czekał, jedną dłonią odruchowo drapiąc psa po brzuchu, kiedy ja zagłębiłam się w las. Im dalej się posuwałam, tym ciemniejszy się stawał. Gałęzie i liście splatały się w zwarte sklepienie, pochłaniające słabe lśnienie gwiazd. Pnie wznosiły się tu bliżej siebie, a podszycie było gęstsze.

Znów usłyszałam drapanie… ale kiedy się zbliżyłam, zaczęło brzmieć inaczej. Raczej jak… Opuściłam wzrok na ścielące się na ziemi niczym dywan sosnowe igiełki.

Raczej jak odgłos przemieszczania się. Jakby coś było wleczone po sosnowych igłach.

I cokolwiek to było, zbliżało się.

Strach sprawił, że zamarłam, jak gdybym zapuściła tu korzenie. Dyszałam, łapiąc hausty zimnego nocnego powietrza. Czekałam na rozwścieczonego rannego kuguara, który się na mnie rzuci.

Nagle to dostrzegłam pośród pni sterczących z ziemi tak gęsto jak upchane w pudełku kredki.

Cień.

To nie był ranny kuguar. To coś było w świetnej formie. Poruszało się szybko. I w głębokim mroku nie potrafiłam stwierdzić, czy zbliża się do mnie, czy też się oddala.

Jak mogłam być aż taka głupia? Dosłownie przeżyłam coś, na kanwie czego można by napisać scenariusz horroru, i niczego się nie nauczyłam.

W pewnym momencie zacisnęłam powieki, niezdolna zaczerpnąć tchu.

Otrząśnij się z tego. Odzyskaj nad sobą kontrolę. A wtedy wynoś się stąd.

Zmusiłam się, by unieść powieki. Byłam przekonana, że ujrzę stojącą tuż przede mną bestię o pysku ociekającym krwią i oddechu przesyconym odorem śmierci.

Ale las okazał się pusty. I jedynym dźwiękiem, jaki mnie dobiegł, był trzask łamanej gałązki.

Zabrzmiał tuż za mną.

Czyjaś dłoń musnęła mój policzek i zakryła mi usta. Zareagowałam odruchowo. Ugięłam kolana i złapałam napastnika za ramię. Wierzgając w tył, szarpnęłam gwałtownie i rzuciłam atakującego na ziemię. Potem się odwróciłam, by dobrze mu się przyjrzeć.

Jej. To była moja siostra.

– Poważnie, Kasey?

Błyskawicznym ruchem przytknęła palec do warg, jakbyśmy były w bibliotece.

– ZAMKNIJ SIĘ! – wysyczała. Źrenice miała rozszerzone. Poderwała się z ziemi. Wpatrując się w las za naszymi plecami, złapała mnie za ramię.

– Co ty tutaj robisz? – wyszeptałam.

– Ciii – odpowiedziała i pociągnęła mnie za sobą, stąpając najdelikatniej, jak zdołała.

Odgłos szurania stał się głośniejszy. Kasey rozejrzała się wokół. Zaciągnęła mnie za krzak obok grubej sosny. Przykucnęła za nim i pociągnęła mnie na dół, zmuszając do przyklęknięcia za osłoną.

Posłałam jej pytające spojrzenie. Wbijała wzrok w przecinkę.

Zwierzę, bestia czy cokolwiek to było, stanęło w smudze światła. To coś poruszało się z osobliwą lekkością. Unosiło i opuszczało łeb, kołysząc nim w rytmie kroków.

Zadrżałam. To coś było pierwotne, dzikie… nieludzkie.

W mroku nadal nie mogłam przyjrzeć się temu dokładnie i określić, czym jest. Nie poruszało się jak człowiek, niedźwiedź ani nawet jak wilkołak.

Pomyślałam o włóczącym się pośród tych drzew samotnie Barneyu. Zadrżałam, zadowolona, że odszukaliśmy psiaka i że był teraz bezpieczny z Carterem.

Ale czy naprawdę nic im nie groziło? Carter był sam i niczego nie podejrzewał. Musiałam do niego wrócić.

I wszyscy musieliśmy wydostać się z tego lasu.

Ale stwór był zbyt blisko. Nie odważyłyśmy się nawet drgnąć, dopóki się nie oddalił. Ponownie zaczął się przemieszczać szybkimi ruchami. Towarzyszył temu dźwięk, jak gdyby ktoś ciągnął po ziemi wiązkę gałęzi.

I zbliżał się do nas. Był już niedaleko.

Kasey i ja przytuliłyśmy się do siebie, wstrzymując oddech, kiedy to coś pojawiło się o dziesięć kroków od nas. Co irytujące – choć może tak było najlepiej – nadal nie byłyśmy w stanie przyjrzeć się temu czemuś. Wydawało się splecione z cieni.

Zatrzymało się na krótką chwilę przy pobliskim drzewie, węsząc w sposób, w jaki wcześniej uczynił to Barney.

W tym momencie rozległo się wściekłe ujadanie – odzwierciedlenie całych godzin strachu i gniewu. Przedzierając się przez poszycie lasu, nadbiegł Barney.

– Nie, Barney! – zawołałam. Próbowałam złapać go za obrożę, aby go utrzymać z dala od stwora, ale zaraz za psem pojawił się Carter. Zaciskał w dłoni końcówkę paska od spodni, z którego zrobił improwizowaną smycz.

– Co wy wyprawiacie? – zażądał odpowiedzi. – Lex, powiedziałaś, że zaraz wrócisz!

– Nic – wysapałam, rozglądając się wokół. Utkana z cieni kreatura zniknęła. – W porządku, nic nam nie jest.

– Wydawało mi się, że coś słyszałem – powiedział, wyrażając irytację skrzywieniem warg. – Niepokoiłem się.

– Przepraszam – odparłam. – Naprawdę nic nam nie jest.

Obejrzałam się, wpatrując się w mrok. Carter także się rozglądał.

– Wynośmy się stąd – powiedział. – Jeśli nie macie nic przeciwko temu.

Kasey przypięła smycz do obroży i Carter ponownie założył pasek. Ruszyliśmy wolno przez las. Wyszliśmy z niego dokładnie w miejscu, w którym Carter zaparkował samochód.

– Gdzie jest Adrienne? – zapytałam.

– Chciała się przejść – odparł Carter. – Powiedziała, że jeśli samochodu tutaj nie będzie, kiedy wróci ze spaceru, pójdzie do domu piechotą.

– Może powinniśmy jej poszukać? – Pomyślałam o tym czymś w lesie.

– Zadzwoniłam do niej – odezwała się Kasey. – Żeby jej powiedzieć, że znaleźliśmy Barneya. Z miejsca, w którym stała, widziała Lydię, więc zapewne czekają na nas w domu.

Wróciliśmy samochodem do domu Streeterów. Kasey zadzwoniła do drzwi. Dobiegło nas szuranie i w końcu otworzyła nam pani Streeter. Włosy miała ściągnięte do tyłu i emanowała elegancją, która wyraźnie nie była dziedziczna. Jej oczy otaczały zmarszczki świadczące o trosce.

– Mój Barney! – wykrzyknęła, manewrując w korytarzu wózkiem inwalidzkim. Pies wskoczył jej na kolana. – Bardzo wam wszystkim dziękuję!

– Nie ma za co – odpowiedział Carter.

– Ty słodki, brudny psiaku! – powiedziała, pozwalając, by Barney polizał ją po nosie. – Tak się o ciebie martwiłam.

Scena była urocza. Uśmiechnęłam się do Kasey, ale ona tylko zmarszczyła brwi.

Pani Streeter ponownie zwróciła swą uwagę na nas.

– Cześć! – powiedziała. – Ty musisz być Alexis. Wiele o tobie słyszałam.

– Dzień dobry. Tak. A to jest Carter.

– Naprawdę uratowaliście sytuację. Czy mogę was czymś poczęstować? Wodą? Oranżadą?

– Nie, dziękujemy – odpowiedziałam. – Prawdopodobnie powinniśmy się zbierać.

– Proszę, zaczekajcie, aż wróci Ay. Będzie chciała wam podziękować. – Podjechała wózkiem do tyłu i zamknęła za mną drzwi. – Jak wyszły twoje zdjęcia?

Zamarłam.

– To byłaś ty, prawda? – zapytała. – Rozpoznaję włosy.

– Tak – potwierdziłam. – Um... W zasadzie wyszły dobrze.

I rzeczywiście tak było. Matka i córka, obiecujące towarzyszki. Nazbyt optymistyczna scena jak na mój gust, ale same zdjęcia wyszły nieźle.

– Bardzo chciałabym je zobaczyć – powiedziała.

Skinęłam zbyt szybko i ze zbyt wielką skruchą.

– Podeślę pani odbitki przez Adrienne.

Potrząsnęła głową, a jej kolczyki zakołysały się delikatnie.

– Nie rób tego. Wtedy na pewno nigdy ich nie zobaczę. Ostatnio unika obiektywu.

– Och, dobrze – odparłam.

– Wybacz mi! – rzuciła. – Nawet się nie przedstawiłam. Mam na imię Courtney.

Zaraz po tych słowach otworzyły się drzwi i weszła Adrienne.

– Barney jest w domu! A teraz powiedz mi, co się stało? – Courtney posłała Adrienne wymowne spojrzenie. – Zostawiłaś otwartą bramkę, prawda?

– Nie wiem – westchnęła Adrienne. – Zazwyczaj nie rusza się nigdzie z podwórza.

– Ciągle ci powtarzam, że psy nie myślą w taki sposób jak my. Jeśli się czegoś wystraszył, mógł opuścić posesję. – Pocałowała psa w łebek. – I prysnął. Biedny, starutki śmierdziel.

– Lepiej już pójdziemy – odezwałam się. – Muszę przebrać się z tych mokrych ciuchów.

Drzwi wejściowe ponownie się otworzyły. Weszły Lydia i towarzysząca jej dziewczyna. Przystanęły za Adrienne.

– Ja… chyba wrócę do domu z siostrą. Nie czuję się najlepiej – powiedziała Kasey. W świetle korytarza dawały się dostrzec sterczące z jej włosów sosnowe igiełki i wyraźny odcisk mojej podeszwy na jej bluzce.

Dziewczyny usiłowały otoczyć ją wianuszkiem, ale prześlizgnęła się pośród nich. Zniknęła w korytarzu.

Wyjęłam z kieszeni torebkę psich przysmaków. Barney zeskoczył z kolan pani Streeter i przydreptał do mnie.

– Prawdopodobnie dostałeś ich już dość jak na jeden wieczór – oświadczyłam.

– Wezmę to. – Adrienne zbliżyła się do mnie. Barney się wycofał.

Zapadła cisza.

– Boi się ciebie, Ay – powiedziała Courtney. – Czy coś się stało podczas waszego spotkania?

Adrienne zamrugała.

– Nie – odparła. – Nic się nie wydarzyło.

Spotkania?

Za moimi plecami rozległ się czyjś głos.

– Alexis, prawda? – Odwróciłam się i ujrzałam czwartą dziewczynę. Stała z wyciągniętą ręką. Miała śliczną jasnobrązową cerę, a jej włosy opadały burzą złotobrązowych loczków. – Mam na imię Tashi.

Posłałam jej krótki uśmiech i uścisnęłam podaną dłoń, zanim odwróciłam się w stronę drzwi. Kasey zbliżała się już do końca korytarza i byłam gotowa wracać do domu.

W samochodzie Kasey gapiła się przez szybę.

– O co chodzi? – zapytałam.

Milczała tak długo, że pomyślałam, iż mnie ignoruje. Ale w końcu się odezwała.

– Pani Streeter naprawdę kocha tego psa – stwierdziła.

Carter wydawał się nieporuszony przez całą drogę. Lecz kiedy dotarliśmy do Silver Sage Acres, minął miejsca parkingowe dla gości i zatrzymał się na podjeździe. Nie odpiął pasa.

Kasey zniknęła za drzwiami domu, ja zostałam w fotelu pasażera.

– Chcesz wejść?

Carter potarł kciukiem szczękę.

– Nie… Wydaje mi się, że nie powinienem. Mam na myśli to, że potrzebujesz prysznica, a ponadto robi się późno.

– Prysznic zajmie mi trzy minuty – odparłam. – Zaparzę dzbanek kawy. Możemy obejrzeć film.

– Lex. – Carter odwrócił się ku mnie i ujął moją dłoń. – Nie chcę cię okłamywać. Naprawdę czuję się zmęczony, ale… nawet gdyby tak nie było, mam dość jak na jedną noc.

– Co to znaczy? Masz mnie dość? – Cofnęłam dłoń, kiedy naszła mnie nagła myśl. – Czy dość Kasey?

Wyprostował się w fotelu.

– W tym lesie… Czy zauważyłaś, co tak hałasowało?

Moje serce uderzyło trzykrotnie, nim zdobyłam się na odpowiedź.

– Nie. – Technicznie rzecz biorąc, nie było to kłamstwo. Koniec końców, nie widziałam, co to takiego.

Potarł powieki.

– Wiem, że to brzmi szaleńczo, ale wydaje mi się, że… coś widziałem. Usłyszałem hałas i wydawało mi się, że dostrzegam poruszający się cień. Zacząłem się poważnie o ciebie niepokoić. Ale kiedy do was dotarłem, niczego tam nie było.

– Racja – odpowiedziałam. – Niczego.

Zacisnął dłonie na kierownicy.

– Poza twoją siostrą.

– Zatem dobrze, jeśli nawet to Kasey tak hałasowała – powiedziałam – co jest całkiem możliwe… To w czym problem?

– Problem w tym… – Potrząsnął głową. – Wydaje mi się, że widziałem, jak próbuje zabić wiewiórkę.

Poczułam się mocno zaskoczona tym, że Carter uznał moją siostrę za zdolną do próby zamordowania wiewiórki. Ale co mogłam mu powiedzieć? „Nie, to nie była Kasey, tylko stworzona z cieni bestia, przyczajona wśród drzew?".

– Niemożliwe – odparłam. – Nigdy by tego nie zrobiła. Znam własną siostrę.

Zadarł podbródek.

– Doprawdy?

– Tak! Oczywiście.

– Coś tam widziałem – twierdził uparcie. – Wiem, że coś tam było.

– Najpewniej szop – rzuciłam kpiąco.

– Nie złość się na mnie, Lex. – Uniósł bezsilnie dłonie. – Nikogo o nic nie oskarżam. Po prostu pomyślałem, że to dziwne. Cała ta sprawa jest naprawdę… cudaczna.

– Może mamy pełnię – rzuciłam.

– Nie dziś w nocy – odparł.

Westchnęłam i oparłam się o drzwiczki. Carter również oparł się o te po swej stronie. Znaleźliśmy się od siebie najdalej, jak to tylko możliwe, kiedy się siedzi w samochodzie. Za oknem domu przemknął cień, znieruchomiał na chwilę, po czym zniknął.

– Rodzice mają nas na oku – stwierdziłam. – Lepiej już pójdę. Dzięki za podwiezienie.

Odwrócił się i spojrzał na mnie, a napięte mięśnie jego szczęki wreszcie się rozluźniły. Sięgnął po moją dłoń i przesunął kciukiem po jej grzbiecie.

– Oczywiście – powiedział. – Cieszę się, że znaleźliśmy psa.

– Tak, ja również.

– Och, ta dziewczyna zostawiła na tylnym siedzeniu laskę. Możesz oddać ją Kasey?

Uśmiechnęliśmy się do siebie nieśmiało jak rozstająca się po potańcówce gimnazjalna para. Pocałowałam go szybko i ruszyłam ku frontowym drzwiom, z laską pod pachą, myśląc, że to wszystko wkrótce przeminie. Może nawet już tak się stało.

Następnego ranka obudzili mnie ogrodnicy doglądający pasa zieleni. Warkot dmuchaw do odgarniania liści i wlewające się przez okno słońce czyniły powrót w krainę snu niemożliwym. Zeszłam do salonu. Kasey zdążyła już rozwalić się w nim na kanapie i oglądała telewizję. Przesunęła się, by zrobić mi miejsce. Potrząsnęłam głową i zamiast ku niej, ruszyłam w stronę lodówki. Odnotowałam w pamięci, że w soboty powinnam zjawiać się w salonie pierwsza.

Kasey i ja nie rozmawiałyśmy dotąd o tym, co wydarzyło się w lesie.

Mówiąc szczerze, nie był to temat, który miałabym szczególną ochotę poruszyć.

W najlepszym wypadku Kasey myślała, że kształt, który widziałyśmy, należał do zwierza, przed którym chciała nas ukryć. W najgorszym... Nie wiedziałam. Byłam pewna, że istniała też cała gama pośrednich scenariuszy. Ale jeśli chodzi o moją siostrę, przywykłam zakładać najgorsze.

Wreszcie, po dwóch godzinach oglądania kreskówek, wymierzyłam jej delikatnego kopniaka.

– No więc...

Wstała.

– Muszę wziąć prysznic.

Pomaszerowała korytarzem w kierunku łazienki.

Kiedy skończyła toaletę, zamknęła się na godzinę w swoim pokoju. W końcu się poddałam i sama wskoczyłam pod prysznic. Kiedy opuściłam łazienkę, drzwi do pokoju siostry były szeroko otwarte, a jego wnętrze świeciło pustką.

W kuchni mama przeglądała pocztę.

– Dzień dobry, kochanie – przywitała mnie.

– Jest już popołudnie – stwierdziłam. – Gdzie Kasey?

Mama zerknęła na mnie.

– Tata podrzucił ją do koleżanki. Do tej dziewczyny, z którą i ty kiedyś trzymałaś... Lydii?

– Och – rzuciłam.

– Czy nie mieszkała w Riverbridge? W tym wielkim domu, którego podwórze przecinał strumyczek?

– Tak – potwierdziłam. Na wszystkich podwórzach w Riverbridge wzniesiono mostki. Aż trudno to sobie wyobrazić.

– Jej rodzina przeprowadziła się teraz do wschodniego Crawford. – Mama zrobiła współczującą minę. – To nie najlepsza okolica. Jestem zaskoczona, że należy do naszego szkolnego rejonu.

Rodzice Lydii byli ambitni i przebojowi. Jej tata jeździł sportową furą. Mama posiadała ekskluzywny salon fryzjerski, więc niedbale ufarbowane włosy Lydii stanowiły obraźliwą demonstrację. Trudno mi było wyobrazić ich sobie w obskurnym domku na obrzeżach miasta.

Miałam się właśnie odwrócić i wyjść, gdy mama rzuciła mi kopertę.

– Młodzi Wizjonerzy? – zapytała. Zignorowałam jej pytający ton i zabrałam korespondencję na sofę.

Nadeszła chwila prawdy. Najprawdopodobniej jest to informacja o odrzuceniu mojej kandydatury i prośba o odebranie portfolio. Wsunęłam palec pod zaklejone skrzydełko koperty. Przez cały tydzień sprawa konkursu nie dawała mi spokoju. Dręczyła mnie myśl o ulokowaniu się wśród tych wszystkich kandydatów gdzieś w połowie stawki.

GRATULUJEMY! brzmiało pierwsze słowo, które rzuciło mi się w oczy. Poczułam dziwną mieszaninę emocji – szczęścia i obawy w tym samym czasie. Jakby moje serce napęczniało, a potem uciekło z piersi i skryło się pod łóżkiem.

List informował, że przeszłam pierwszą fazę eliminacji i znalazłam się w gronie dwunastu półfinalistów. Na samym dole znajdował się dopisek nagryzmolony czarnym flamastrem:

Twoje prace wyróżniają się na tle prac rywali – FM.

List zawierał również informację o rozmowie kwalifikacyjnej, który miała się odbyć w przyszłym tygodniu.

– Co to jest? – zapytała mama.

– Nic ważnego. – Wsunęłam kartkę na powrót do koperty. Przyjdzie taki moment, że będę musiała powiedzieć o wszystkim rodzicom. Ale póki nie nadszedł, chciałam zachować to dla siebie.

Tata i ja ustawiliśmy na kuchennym kontuarze pojemniki z chińszczyzną na wynos. Mama wyjmowała w tym czasie talerze i sztućce.

– Więc... – odezwałam się. – Chciałam się z wami czymś podzielić.

W ciągu kilku milisekund rozgardiasz przerodził się w śmiertelną ciszę. Tata zamarł ze wzrokiem wbitym we mnie. Mama wyszła zza kontuaru.

Łał, nieźle to zadziałało.

– Nie jestem w ciąży ani nic w tym guście – uspokoiłam ich i tata wypuścił wstrzymywany oddech. – Poważnie, tato? Sądziłeś, że powiedziałabym wam o tym w taki sposób?

– O co chodzi, kochanie? – zapytała mama, rozkładając talerze.

– Ten list, który dziś otrzymałam. Dotyczy przedsięwzięcia fotograficznego. To coś na kształt konkursu. Z nagrodą w postaci stypendium.

Oczy mamy pojaśniały.

– Zamierzasz spróbować swoich sił?

– Nie – odpowiedziałam. – Cóż, tak. Spróbowałam... i zakwalifikowałam się do półfinału.

Nie potrafiłam odczytać ich min. Mama wydawała się zamyślona. Twarz taty pozbawiona była wyrazu.

– Tym chciałam się z wami podzielić. – Odsunęłam wysokie krzesło i sięgnęłam po smażonego pierożka.

Wyraziłabym więcej uznania dla rodziców za ich samokontrolę, ale natychmiast zaczęli mi winszować. Mama uściskała mnie, powtarzając:

– Jestem z ciebie taka dumna! Tak bardzo dumna!

Tata poklepał mnie po ramieniu, jakbym była jego starym szkolnym kumplem.

– W porządku, dość tego – oświadczyłam, unikając kolejnych pieszczot. – To nic wielkiego. Jest dwunastu półfinalistów.

– Ale, Alexis, to wspaniała nowina! – powiedziała mama. – I to jest wielka sprawa. Poczekaj, aż Kasey się o tym dowie!

Rozejrzałam się po kuchni.

– O której wraca do domu?

– Wróci dopiero jutro – odparła mama. – Nocuje u koleżanki. Jak się domyślam, nie ona jedna. Ponieważ ominęło ją wczorajsze przyjęcie, uznałam, że tak będzie w porządku. W zasadzie muszę podrzucić jej jakieś ciuchy.

– Ja jej zawiozę – zaoferowałam.

– Naprawdę? – zapytała mama.

– Tak – potwierdziłam, zmuszając się do uśmiechu. Miałam zaprzepaścić szansę, by odwiedzić Kasey oraz jej przyjaciółki i być może dowiedzieć się czegoś o tych ich „spotkaniach"? Nie mogłam zmarnować okazji. – Powiem jej też o konkursie.

Skręciłam w prawo na Crawford, w lewo na Morrison i w prawo na Baker.

Była to starsza część miasta i wypełniały ją niewielkie domki, sąsiadujące ze sobą blisko niczym jajka w kartonowym pojemniku. Nie wzniesiono tu ani jednego nowoczesnego osiedla. Dom Lydii kiedyś musiał być uroczy, ale lata jego świetności dawno przeminęły. Elewacja łuszczyła się niczym skóra po ciężkim oparzeniu słonecznym, odsłaniając pokłady starej farby leżące pod spodem. Okna na piętrze zasłonięto aluminiową folią. Na podjeździe stał czerwony sportowy samochód ojca Lydii, jego ukochane dzieciątko. Jednak po stronie kierowcy karoseria była wgnieciona na całej długości, a zderzak zdawał się trzymać na słowo honoru.

Złapałam torbę z rzeczami mającymi umożliwić Kasey komfortowy nocleg i laskę Adrienne, które spoczywały na fotelu pasażera. Ruszyłam chodnikiem. Spojenia płyt zarastała trawa. Dzwonek był zepsuty, więc zapukałam.

Po upływie kilku sekund drzwi otworzyła mi Adrienne.

– Och, cześć – przywitała mnie. – Wejdź!

– Trzymaj – odpowiedziałam, wręczając jej laskę.

Wzięła ją i w ogóle z niej nie korzystając, ruszyła przez korytarz, obijając się po drodze o meble. Poruszała się jak brzdąc, który uczy się chodzić.

Kiedy weszłyśmy do kuchni, czynności, które miały w niej miejsce, gwałtownie ustały. Czwórka dziewczyn siedziała wokół niewielkiego śniadaniowego stolika. Wszędzie naokoło poniewierały się materiały papiernicze. Każda z dziewcząt pracowała nad własnym plakatem. Po mojej lewej stronie piętrzył się stos żółtych ulotek.

Sięgnęłam po jedną z nich.

CHCESZ ROZWINĄĆ SWÓJ CZAR I WEWNĘTRZNE PIĘKNO?

DOŁĄCZ DO KLUBU PROMYCZEK!

Pod tekstem było namalowane uśmiechnięte słońce z zalotnie nakreślonymi rzęsami. Poniżej podano numer telefonu – dzięki Bogu, nie nasz domowy – oraz adres e-mail: info@dolaczdoklubupromyczek.com.

– Co to jest? – zapytałam.

– Klub Promyczek – zaczęła Adrienne, jak gdyby przygotowała tę przemowę, powtarzając ją wielokrotnie – jest miejscem samodoskonalenia dla młodych kobiet, które...

– Dlaczego tylko dla kobiet? – zapytałam, ignorując spojrzenie spode łba, które posłała mi siostra.

– Ponieważ jest tylko dla dziewczyn! – zaćwierkała Adrienne, jakby stanowiło to odpowiedź na moje pytanie. – Dla młodych kobiet pragnących pielęgnować swe wewnętrzne piękno. Powinnaś się do nas przyłączyć, Alexis. Świetnie byś się bawiła.

– Cóż, dzięki – odparłam. – Ale w tym roku jestem raczej zajęta.

– Zamierzamy robić naprawdę fajne rzeczy! – odpowiedziała. – Jak wspólna nauka. I makijaż.

Prawie odgryzłam sobie język, powstrzymując się od odpowiedzi. Jeśli Adrienne sądziła, że przerabianie innych na własne podobieństwo jest dobrym pomysłem, to tkwiła głęboko w błędzie.

Ale potem na nią spojrzałam i zauważyłam, że jej ciuchy nie wyglądały aż tak wariacko jak zazwyczaj. Miała na sobie dżinsy i koszulkę. Nic wyszukanego, jednak w porównaniu z jej zwykłym strojem stanowiło to znaczącą poprawę.

Posłuchajcie, mam na myśli to, że sama raczej nie zdobędę nagrody za dobry gust w kwestii mody. Niektórzy, jak Megan, potrafią zajrzeć do pełnej szafy i bezwiednie dobrać elementy stroju. Nawet Kasey była w tym całkiem niezła. Przebywała w domu raptem od tygodnia i już stała się tą bardziej elegancką z nas.

Podziwiałam Adrienne za odwagę, z jaką stawiała światu czoła. Ale była do mnie podobna. Jej spodnie były zawsze przydługie lub zbyt krótkie, a koszule zbyt workowate lub za obcisłe. Za każdym razem, kiedy porzucałam swój styl i usiłowałam fajnie wyglądać, kończyłam, czując się jak wystrojony piesek chihuahua jakiejś celebrytki.

Kiedy Adrienne trajkotała o wszystkich tych wspaniałych rzeczach, których nauczą się i doświadczą razem członkinie klubu Promyczek, zerknęłam na pozostałe dziewczyny. Kasey spoglądała na mnie gniewnie. Tashi przyklejała właśnie brokat do swojego plakatu. Lydia zaś… cóż, powiedzmy po prostu, że radosne samodoskonalenie zdecydowanie nie znajdowało się na jej liście rzeczy do zrobienia w najbliższej przyszłości. Oczekiwałam, że będzie wywracać oczami i rżeć ze śmiechu. Było zatem miłą niespodzianką – doprawdy, zupełnie nieoczekiwaną – widzieć, jak potulnie dopasowuje się do grupy.

Gdy Adrienne skończyła trajkotać, spojrzały na mnie wszystkie.

– Um, świetnie – odparłam.

– Zamierzamy w poniedziałek powiesić plakaty w szkole – powiedziała Adrienne. – A Tashi chodzi do Wszystkich Świętych i tam też je rozwiesi. Przyszłe członkinie, oto nadchodzimy!

W Surrey High nie zamontowano wykrywaczy metalu ani żadnych podobnych zabezpieczeń. Tak po prawdzie, nie było to miejsce z rodzaju tych, o których dzieciaki marzą, aby spędzić tu wypełnione zdrową aktywnością popołudnie. Pomyślałam, jak bardzo rozczarowane poczują się dziewczyny, kiedy nikt nie pojawi się na zorganizowanym przez nie spotkaniu.

– Powodzenia – powiedziałam. – Brzmi naprawdę ciekawie. – „I naprawdę żałośnie", pomyślałam, lecz tego już nie dodałam.

Ale zapewne możecie sobie wyobrazić, jak mocno tłukło mi się to po głowie.

W następny piątek świętowaliśmy zniesienie szlabanu Megan podczas znacznie skromniejszej imprezy niż ta, którą zaplanowała przed tygodniem. Obecni byliśmy tylko ona, ja, Carter, Pepper Laird i kilka cheerleaderek. Rozwaliliśmy się na skórzanych meblach w dużym pokoju.

Dom Megan stanowił skrzyżowanie domku myśliwskiego z korporacyjną salą posiedzeń. Na ciężkich drewnianych meblach stała nowoczesna elektronika. Żelazny kandelabr strzegł trzech telefonów komórkowych należących do pani Wiley, wpiętych w stacje dokujące.

Babcia Megan była dyrektorem finansowym domu maklerskiego. Po królewsku podejmowała decyzje i oczekiwała perfekcji oraz bezwzględnego posłuszeństwa – od swego otoczenia, dwóch sekretarek i wnuczki.

Pani Wiley adoptowała Megan po śmierci jej mamy. I należała do najbardziej przerażających osób, jakie spotkałam w życiu. Z tą kobietą nie warto było zadzierać. I wszyscy – wliczając Megan – zdawali sobie z tego sprawę.

Nasza rozmowa się nie kleiła, kiedy Pepper zwróciła się do mnie.

– Zapomniałam ci powiedzieć. Czy wiesz, że nasze siostry znów blisko się przyjaźnią?

– Naprawdę?

Czekałam na sarkastyczny uśmiech lub coś w tym stylu – jakiś sygnał, że żartowała.

– Tak – potwierdziła. – Dziwne, prawda?

Nawet pomijając złamaną rękę i incydent na stołówce z pierwszego dnia Kasey w szkole, moja siostra oraz siostra Pepper nie pasowały do siebie jak… cóż, jak członkini zespołu mażoretek oraz ktoś, kto jada lunche z Lydią.

Odwróciłam się, studiując szew na obiciu podłokietnika fotela. Carter ujął moją dłoń i zgiął mi palce, jakbym była zabawką, którą może ustawić w dowolnej pozie.

To znaczy, tak, to dobrze, że Kasey ma przyjaciół. Gdyby kilka tygodni temu ktoś mi powiedział, że zechce z nią trzymać najpopularniejsza spośród pierwszoklasistek, byłabym uszczęśliwiona.

Ale moja siostra i nierozgarnięta Adrienne, piękna Tashi, wroga Lydia, a teraz jeszcze Mimi Laird? To nie miało sensu. Jasne, życie to nie film z lat osiemdziesiątych, w którym wszyscy są dokładnie zaszufladkowani. Niemniej nasza szkoła nie była aż tak nowoczesna, by rację bytu miała w niej podobnie różnorodna mieszanina.

A może była? Co ja tam wiem? Byłam niedoszłą członkinią Szwadronu Zagłady, miałam chłopaka kujona, a moją najlepszą przyjaciółką była cheerleaderka.

Ktoś postukał mnie w nogę.

– Och! Zapomniałam ci wspomnieć – powiedziała Megan. Źrenice jej oczu były rozszerzone. – Wiesz, wcześniej, kiedy sądziłam, że Emily ma wizytę u lekarza? Tak naprawdę nie była w klinice. Jadła lunch z twoją siostrą i z Lydią.

– Z klubem Promyczek – powiedziała Pepper.

– Twoja siostra zaangażowała się w działalność tego klubu? – zapytał Carter. Nozdrza zafalowały mu, jakby wyczuł jakiś fetor. – Widziałem ich plakaty... Sądziłem, że to jakaś zgrywa pod publiczkę.

– Emily lubi wszystkich. – Pepper machnęła ręką. – Zawiera nowe znajomości.

– Nie na stołówce – powiedziałam, czując dziwny instynkt obronny. – Czy jest z nimi dzisiejszego wieczoru?

– Możliwe – odpowiedziała Megan. – Nie odpisała na moją wiadomość.

Zapadła nerwowa cisza. Dla Pepper i reszty dziewczyn cała sprawa rozbijała się raczej o niezwykłą różnorodność grupy niż o cokolwiek innego.

Carter westchnął, a jego pierś uniosła się i opadła. Puścił moją dłoń. Megan wpatrywała się w wentylator pod sufitem, przygryzając język, jakby był kawałkiem gumy do żucia. Jej palce cicho wybijały rytm na stoliczku do kawy.

Jeśli chodzi o mnie, usiłowałam zmusić się do racjonalnego rozważenia całej sprawy.

Zatem moja siostra nawiązywała przyjaźnie wychodzące poza zwyczajowe granice. Nie było w tym nic alarmującego. Świadczyło to jedynie o tym, że miała otwarty umysł i była przyjacielska. Co więc moje natychmiastowe podejrzenia, iż wmieszała się w coś złego, mówiły o mnie?

Ale im bardziej starałam się przekonać samą siebie, że nie ma w tym nic podejrzanego, tym większej nabierałam pewności, iż musi się za tym kryć coś więcej. Aby w ostatniej klasie gimnazjum zdobyć jedną, jedyną przyjaciółkę, Kasey musiała zaprzyjaźnić się z przerażającym i mściwym duchem. A potem trafia do liceum. I natychmiast otacza ją wianuszek najlepszych psiapsiółek – rekrutujących się spośród moich dawnych znajomych.

„Spójrz na jasną stronę tej sprawy", powiedziałam sobie. „Może wcale nie dotyczy to duchów?" Może chodzi jedynie o narkotyki? Lub o szantaż.

Ale duchy? To nie mogło być to.

Ponieważ Kasey otrzymała wystarczającą nauczkę, by więcej nie flirtować z ciemną stroną.

Niemal natychmiast w górnych kącikach mojej szczęki rozkwitła para bliźniaczych bólów głowy.

Po zeszłorocznych wydarzeniach odwiedziła nas kobieta w niewyróżniającym się szarym kostiumie. Prowadziła nierzucający się w oczy samochód i wyglądała, jak gdyby pracowała dla przeciętnej firmy ubezpieczeniowej. Przedstawiła się jako agentka Hasan i bynajmniej nie była „agentką ubezpieczeniową" Hasan. Nadal nie wiem, dla kogo pracowała, ponieważ jej wizytówka zawierała jedynie imię, nazwisko i numer telefonu. Zajęła się jednak rozmową z policją, umieszczeniem Kasey w Harmony Valley i naszą wyprowadzką z dawnego domu. Przeczesała zgliszcza i wyjechała z cienką zapieczętowaną kopertą.

Zostawiła nam wizytówkę, „mocno sugerując", abyśmy skontaktowali się z nią w przypadku jakichkolwiek incydentów, które „mogłyby ją zainteresować". Tak właśnie się wysławiała – używając zwrotów, które wydawały się niegroźne, ale tak naprawdę skrywały zatrważające znaczenie.

Zanim wyjechała, przycisnęłam ją i zapytałam, co się stanie, jeżeli ta sprawa nie jest jeszcze zakończona – jeśli Kasey nie została wyleczona.

Wyczułam, że nie chce mi odpowiedzieć. W końcu się odezwała.

– Cokolwiek nadejdzie, uporamy się z tym.

Ich sposób „uporania się" był tym, co trzymało moją siostrę w Harmony Valley przez dziesięć miesięcy. Choć, technicznie rzecz biorąc, nic jej nie dolegało. Wybranie numeru na wizytówce mogło sprawić, że moja siostra straci wolność na dłużej niż dziesięć miesięcy.

A może coś cenniejszego niż wolność.

– Jestem pewna, że to wszystko wkrótce się skończy. Mimi się nimi znudzi i poszuka kogoś lepszego… – Pepper urwała gwałtownie i spłonęła rumieńcem. – Wiesz, co mam na myśli.

Dawniej poczułabym się znieważona. Teraz jedynie pokiwałam głową i posłałam jej nieobecny półuśmiech.

Rzecz w tym, że nie poczułam się urażona.

Prawdę mówiąc, miałam nadzieję, że się nie myli.

W sobotę po lunchu przeszłam do salonu. Mama siedziała w rogu i przeglądała jakieś dokumenty dotyczące pracy.

Kasey zaś – jak zwykle – leżała rozwalona na sofie, ledwie zwracając uwagę na lecący w telewizji program.

Nachyliłam się nad kontuarem obok mamy.

– Mogę później skorzystać z samochodu?

Uniosła wzrok.

– Przepraszam, o co pytałaś?

– Muszę pojechać i zrobić kilka zdjęć na konkurs.

– Och. – Mama ledwie oderwała spojrzenie od ekranu komputera. – Oczywiście, kochanie.

Ostrożnie dobierałam słowa.

– Naprawdę zależy mi, aby były dobre, wiesz? By dorównały tym starym, których już nie mam.

Mama zminimalizowała okno arkusza kalkulacyjnego. To oznaczało, że naprawdę mnie słucha. Może wykorzystywanie jej współczucia, by dostać to, czego chciałam, czyniło mnie złą osobą. Nie potrafiłam się tym przejmować. Musiałam się dowiedzieć, co się działo z moją siostrą.

– Dokąd się wybierzesz? – spytała.

– Nie wiem – odpowiedziałam. – Poza osiedle. Może wykonam kilka telefonów i dowiem się, czy ktoś może mi pomóc.

Wpatrując się w grzbiet własnej dłoni, przesunęłam się o pół kroczku w lewo. Odsłoniłam przed ochoczymi oczami mamy rozwaloną na kanapie Kasey.

– Znam kogoś, kto może ci asystować – powiedziała mama.

– Jak daleko jeszcze? – zapytała Kasey.

– Nie wiem – odparłam. – To zależy od światła.

Maszerowałyśmy przez las w Lakewood. Parking dla gości oraz pole piknikowe świeciły pustkami – a to ci niespodzianka. Wślizgnęłyśmy się między drzewa, ignorując zardzewiałą tabliczkę z zakazem wstępu. Niosłam aparat i kilka kawałków białego kartonu służącego do odbijania światła. Kasey tachała górę kostiumów i rekwizytów. Zostawała z tyłu i musiała podbiegać, żeby za mną nadążyć.

Ku mojemu zaskoczeniu dała się namówić po minimalnej dawce marudzenia. Próbowała się wycofać dopiero kiedy jej powiedziałam, że pojedziemy do Lakewood. Ale wtedy mama uczepiła się myśli o nas obu robiących wspólnie zdjęcia – zupełnie jak za dawnych czasów – i nakazała jej mi pomóc.

Ekscytowała mnie możliwość zrobienia zdjęć. Prawdziwym powodem tej wyprawy było jednak to, że chciałam porozmawiać z siostrą na osobności. Próbowałam znaleźć jakiś sposób, aby poruszyć temat Mimi. Ale do głowy nie przychodziło mi nic poza: „Dlaczego, na matkę ziemię, Mimi Laird zeszła z wyżyn swojego ego, żeby zadawać się z tobą?".

– Tutaj – powiedziałam, kiedy dotarłyśmy do przecinki.

Wyglądała podobnie jak ta, na której przed tygodniem widziałyśmy stwora. Poczułam gęsią skórkę i obserwowałam reakcję Kasey. Wydawało się, że odczuwa jedynie ulgę, że w końcu może rzucić na ziemię swój bagaż.

– Jaki jest nasz motyw przewodni? – zapytała.

– Um… – Rozejrzałam się wokół. – Dlaczego nie złapiesz za te skrzypce?

Zrobiła niezadowoloną minę.

– Nie mają ani jednej struny.

– Dobra – rzekłam. – Co powiesz na suknię ślubną?

Kasey wydawała się przerażona.

– Jest trzydzieści pięć stopni.

– Tak – stwierdziłam. – Zdecydowanie suknia ślubna.

Suknię kupiłam w szmateksie za dziesięć dolców. Miała prostą górę na cienkich ramiączkach i pełny tiul, jak w spódniczce baletnicy. Kasey uniosła ją nad głowę. Odwróciłam się, żeby mogła się przebrać. Zapięłam ją i rozejrzałam się wokół.

– Wiesz – powiedziałam – nieco przypomina sukienkę Pepper z zeszłorocznego balu na zakończenie roku.

Żart był słaby, ale wprost nie mogłam się doczekać, aby rozpocząć przesłuchanie.

Kasey posłała mi krzywe spojrzenie, które zignorowałam.

– A skoro już wspominamy o Pepper… Co spowodowało to nagłe pojednanie z Mimi? Sądziłam, że nie układa wam się razem.

– Byłyśmy najlepszymi przyjaciółkami – odpowiedziała chłodno. – Co w tym dziwnego, że rozmawiamy ze sobą?

– Nie powiedziałam, że to dziwne – odparłam. – Ale skoro sama zaczęłaś ten temat, dziwne jest to, że złamałaś jej rękę.

– Naprawdę zamierzamy zrobić jakieś zdjęcia? – zapytała Kasey.

Uniosłam aparat. Sprawdziłam ustawienia obiektywu.

– Dziwne jest to, że złamałaś jej rękę celowo – podjęłam. – Jeśli dobrze pamiętam.

Przyszykowałam się na wybuch.

Otrzymałam tylko niewzruszone spojrzenie.

– Cóż, przeprosiłam – powiedziała Kasey. – A ona zrozumiała. Zatem…

„Hej, przepraszam, że złamałam ci rękę?". Czy to wystarczyło, aby odzyskać przychylność Mimi?

Nagle Kasey zaczęła obracać się dokoła z rozpostartymi rękami i twarzą zwróconą ku słońcu. Sukienka wydęła jej się jak kielich kwiatu. Zamknęłam się i zaczęłam trzaskać zdjęcia.

Minutę później zrobiła przerwę na odpoczynek. Dzień nie był chłodny i u podstawy włosów Kasey błyszczała warstewka potu. Uniosła dłoń i otarła czoło przedramieniem. Bez uprzedzenia zrobiłam jej zdjęcie, a ona posłała mi gniewne spojrzenie.

Zerknęłam na stos rekwizytów.

– Po prostu wypróbuj te skrzypce.

Podniosła instrument. W jej źrenicach nadal malowała się uraza.

– Naprawdę uważasz to za takie dziwne? – zapytała. – Że ktoś chce się ze mną przyjaźnić?

W porządku, nie. Nie to miałam na myśli.

– Nie. Po prostu wydaje mi się dziwne, że to Mimi Laird chce się z tobą przyjaźnić.

– Wszyscy wyrażają pragnienie, bym uporała się z własnym życiem. Żebym była szczęśliwa. – Ton Kasey był zamyślony. Delikatnie wsunęła skrzypce pod pachę. – Wszyscy oprócz ciebie, Alexis. Nawet Pepper jest dla mnie milsza niż ty. A jest starsza. I popularna.

Nie mając pewności, czy chciała wbić mi szpilę z powodu mojego własnego braku popularności, nie skomentowałam.

Trzasnęłam kilka zdjęć, a Kasey ponownie obróciła się wokół osi.

– Chcę, żebyś była szczęśliwa – powiedziałam. – Ale nie kosztem… – „Nie, jeśli robisz w tym celu coś złego. Niewłaściwego. Coś, co zrujnuje przyszłość nas wszystkich".

Wyprostowała się – teraz niemal dorównywała mi wzrostem – i spojrzała mi prosto w oczy.

– Nie, jeśli oznacza to kumplowanie się z osobami, których nie lubisz? – zapytała. – Takimi jak Lydia?

– W zasadzie, tak – odparłam. – Takimi jak Lydia. Nie znasz jej, Kase.

– Nie, Lexi, to ty jej nie znasz. Miała okropny rok. Daj jej spokój.

– Przepraszam! – rzuciłam. – A jaki był mój rok?

Kasey opadła szczęka.

Ja także rozdziawiłam usta. W pierwszej chwili nie mogłam zrozumieć, skąd napłynęły te słowa. Ale było to niczym otwarcie drzwi.

– Wydaje ci się, że to było łatwe? – zapytałam. – Przebywanie w domu z mamą i tatą? Udawanie, że jesteśmy normalną rodziną? Strata wszystkiego, co posiadaliśmy? Ty przeprowadziłaś się do umeblowanego pokoju, Kase. My nie mieliśmy niczego. Żadnych ubrań, nakryć i sztućców. Nie miałam aparatu ani moich zdjęć. – Wszystko to przepadło.

Napięte mięśnie przy szczęce Kasey rozluźniły się i spojrzała na mnie z… Czy było to współczucie?

Nie. Zdecydowanie nie ze współczuciem. Jej mina się zmieniła.

– Żartujesz sobie ze mnie? – wysyczała. – Przepraszam, byłam w szpitalu psychiatrycznym. Nie pozwalali mi nosić ubrań z guzikami, Lexi, ponieważ się bali, że mogłabym wepchnąć komuś guzik do gardła.

Potem w przypływie gniewu chwyciła stare skrzypce (cztery dolce w sklepie z rupieciami) i zamachnęła się nimi.

Zdążyłam zwolnić migawkę w chwili, gdy kruchy instrument roztrzaskał się o pień.

Kasey, zszokowana, gapiła się na własne dzieło. A potem wyrżnęła skrzypcami w drzewo jeszcze parę razy, aż w dłoni pozostał jej tylko fragment gryfu. Zużyłam prawie całą rolkę filmu.

Dysząc, rzuciła skrzypce na ziemię i odwróciła się do mnie.

– Przykro mi, jeśli miałaś ciężki rok – powiedziała. – Ale czy ja nie zasługuję na szczęście? Dlaczego nie mogę mieć własnych przyjaciół?

– Więc rób tak dalej – odparłam. – Przekonaj się na własnej skórze, że Lydia jest knującą plotkarą, która wbije ci nóż w plecy. A jeśli kiedykolwiek się dowie, co tak naprawdę cię spotkało, lepiej, byś była gotowa zmierzyć się z taką Lydią, jaką znam. Ponieważ nie wszyscy są tak pełni akceptacji i wybaczają tak łatwo jak ja.

Kasey opadła na ziemię. Rozpostarta suknia utworzyła wokół niej kałużę materiału. Przymknęła oczy i potrząsnęła głową.

Uniosłam aparat, ale po raz pierwszy nie byłam w stanie zrobić zdjęcia.

Widziałam jedynie pogrążoną w cierpieniu czternastolatkę.

A był to ból, który ja wywołałam.

Straciła wszystko, a teraz z tą samą szybkością, z którą odbudowywała własne życie, ja je niszczyłam. Była moją siostrą – dlaczego nie potrafiłam mocniej jej wesprzeć?

Czy naprawdę z powodu obawy, iż Lydia ją zrani? A może chodziło o coś więcej? Czy byłam aż tak zadowolona ze swojego obecnego życia, że nie chciałam nawet w najmniejszym stopniu go zmienić, żeby zrobić w nim miejsce dla Kasey? Nie chciałam się dzielić nawet głupią sofą.

– Kasey… przepraszam – powiedziałam.

Widziałyśmy zatem coś w lesie. Lydia zwabiała do siebie samotne pierwszoklasistki. A Mimi (co było naprawdę zaskakujące) potrafiła wybaczyć. Co wszystko to miało wspólnego z Kasey?

– Naprawdę, naprawdę mi przykro – powtórzyłam, czując, jak łzy szczypią mnie w oczy. – Zrobiłam głupie założenie. Byłam podejrzliwa i myślałam… – W zasadzie mogłam to wyznać, nawet jeżeli wychodziłam na kogoś złego. – Sądziłam, że może o coś chodzić. Coś podobnego do przypadku… Sary.

Gwałtownie uniosła zszokowane spojrzenie. Napotkała mój wzrok i się wzdrygnęła.

– Ale się myliłam – podjęłam. – Wiem, że nie wmieszałabyś się ponownie w coś takiego. Jesteś na to zbyt mądra.

Miałam nadzieję, że wstanie i mi wybaczy. Mogłybyśmy wypłakać się i uściskać. A potem wynieść się z lasu, zanim oblezą nas kleszcze.

Przygotowałam się na to, że się oddali wzburzona.

W najgorszym wypadku nie ruszy się z ziemi i rozpłacze, zbyt skrzywdzona, by zareagować.

Nie zrobiła żadnej z tych rzeczy. Zamiast tego gapiła się na mnie zaskoczona, z rozszerzonymi oczami i brwiami wygiętymi w doskonałe łuki.

A kiedy przemówiła, pospiesznie wypowiadała słowa, jakby chciała coś z siebie wyrzucić.

– A jeśli nie jestem, Lexi? – zapytała. – Co będzie, jeśli nie jestem na to dość mądra?

8

PODPARŁAM SIĘ DŁONIĄ I OPADŁAM NA ZIEMIĘ.

Zamkną ją na lata – może na resztę życia.

Naszej mamie pęknie serce, dokładnie pośrodku.

Kasey chwyciła moje dłonie i trzymała je mocno, jakby groziło nam zmycie przez falę.

– To nie jest tak samo jak wcześniej – powiedziała. – Naprawdę nie jest. Przyrzekam.

Obładowane rekwizytami, wróciłyśmy na parking, wspierając się w drodze na sobie nawzajem niczym rozbitkowie z katastrofy morskiej. Suknia Kasey bez przerwy zaczepiała o korzenie i gałązki. Zanim dotarłyśmy do chodnika, jej tiulowy dół zmienił się w pasmo poszarpanych frędzli.

Kilka następnych minut spędziłyśmy, siedząc w bezruchu w samochodzie i gapiąc się przez przednią szybę na walącą się fontannę pośrodku jeziora. W końcu zapięłam pas i przekręciłam kluczyk w stacyjce.

– Zrobiłaś coś z samochodem? Hamulce, przewód paliwowy? – Mój ton był ciężki i bez wyrazu.

Zmarszczyła czoło.

– Nie.

– Opony, układ kierowniczy, osie?

– Nie, Lexi! – rzuciła, splatając ramiona na piersiach i przybierając głęboko obrażoną minę.

Jakby miała po temu jakieś prawo. Jakby jedenaście miesięcy wcześniej nie popsuła hamulców w samochodzie, którym jechał tata, przez co wyrżnął w drzewo. Jakby to nie z jej winy miał teraz w nodze metalową płytkę i już nigdy nie miał przejść przez bramkę wykrywacza metalu na lotnisku bez zostania obszukanym.

Minęłyśmy starą tablicę z napisem LAKEWOOD u wjazdu do dzielnicy.

Wdepnęłam hamulec tak mocno, że zapiszczały opony. Kabinę wypełnił niemożliwy do pomylenia z niczym innym odór palonej gumy.

Kasey zapiszczała, ale pas bezpieczeństwa utrzymał ją w fotelu.

– Co ty wyprawiasz?!

– Czy ta rzecz w lesie w zeszłym tygodniu ma z tym coś wspólnego?

Źrenice miała rozszerzone niczym kot.

– Jaka rzecz?

– Daj spokój. Ta rzecz w lesie!

– Och, ta – westchnęła. – Nie wiem.

Nie-cholera-możliwe. Wyprostowałam się sztywno na siedzeniu.

– Lexi, z tyłu nadjeżdża samochód.

– Ominie nas – odparłam.

– Na drodze nie ma na to dość miejsca.

– Dobra!

Skręciłam na główną drogę, nie sprawdzając, czy nie wpakuję się komuś pod koła. Kasey ponownie zaskrzeczała i szarpnęła się w fotelu pasażera. Samochód nadjechał i nas ominął.

Jeśli pominąć mruczenie silnika i szmer opon na asfalcie, w kabinie panowała cisza. Kiedy byłyśmy w połowie drogi do domu, zaczęło mżyć. Kasey pochyliła się do przodu i spojrzała przez szybę, jakby mogła zajrzeć do wnętrza chmury. Jakimś cudem wytrzymałam resztę drogi, aż do naszego garażu, nie tracąc nad sobą panowania.

– Co teraz? – zapytała Kasey.

Nasi rodzice poszli na ślub kogoś od taty z pracy. Upłynie co najmniej kilka godzin, zanim wrócą. Odpięłam pas i odwróciłam się do Kasey.

– Teraz porozmawiamy.

– Gdzie?

– W kuchni.

– Dobra – zgodziła się, odpinając pas i otwierając drzwiczki. – Ale najpierw muszę się przebrać.

– Idź pierwsza – poleciłam. – Trzymaj ręce tak, żebym je widziała.

– Alexis, gdybym chciała cię skrzywdzić – powiedziała, wysiadając z auta – przywaliłabym ci łopatą. – By tego dowieść, sięgnęła w kierunku stojaka i postukała palcem w stylisko jednej z łopat. Narzędzie zakołysało się na haczyku. Potem otworzyła drzwi prowadzące do domu. Zniknęła w korytarzu.

Miała rację – jeśli chciałaby mnie skrzywdzić, miała po temu okazję. Udałam się do swojego pokoju. Przebrałam się w spodnie od piżamy.

Kasey przyszła do kuchni. Usiadłyśmy po przeciwnych stronach kontuaru. Na dworze wiatr zawodził w wąskich uliczkach. Przyginał gałęzie krzewów aż do samej ziemi.

– A teraz – poleciłam – przejdź do sedna.

– To było u Adrienne w ostatni piątek – powiedziała. – Pamiętasz?

Jakby chodziło o noc, którą mogłabym tak po prostu zapomnieć. A potem nagle przypomniałam sobie, jak usiłowała się wymówić od uczestnictwa w prywatce. A ja jej nie pozwoliłam. Poczułam się okropnie.

Kasey albo nie przyszło to na myśl, albo była zbyt uprzejma, aby mi to wytknąć.

– Grałyśmy w „prawdę lub życzenie" i wybrałam życzenie. Ale one chciały, bym powiedziała prawdę. I zapytały, dlaczego byłam w Harmony Valley.

– A ty powiedziałaś im to – odezwałam się niczym prokurator z telewizyjnego serialu – co wszyscy razem ustaliliśmy jako wersję, którą będziemy opowiadać ludziom. Że cierpiałaś na łagodną formę schizofrenii.

– Tak, Lexi, tak właśnie zrobiłam. – Jej oczy rozbłysły. – Ale Lydia w zeszłym roku pisała referat o schizofrenii. Zadała mi masę pytań, na które nie potrafiłam odpowiedzieć.

– Zarzuciła ci kłamstwo? Cała Lydia.

– Nie, nie ujęła tego w taki sposób – odparła Kasey. – Sądziła, że może źle mnie zdiagnozowano i powinnam zasięgnąć drugiej opinii. Chciała pomóc. Ale potem... spaprałam to. Zapytała, jakie leki zażywałam. A ja nie mogłam sobie przypomnieć, co powinnam jej odpowiedzieć... więc powiedziałam, że żadnych.

Znałam odpowiedź, nawet się nad nią nie zastanawiając. Potrafiłabym jej udzielić wyrwana ze snu. Haldol. Gdyby ktokolwiek pytał, Kasey zażywała haldol.

– A potem Adrienne powiedziała, że zadzwoni do swojego starszego brata, który uczy się w szkole medycznej, i nie dawała się od tego odwieść. – Kasey zatrzepotała dłońmi w powietrzu. – Więc musiałam powiedzieć jej… Powiedzieć im prawdę.

– Nie, wcale nie musiałaś – stwierdziłam. – Mogłaś im powiedzieć, by nie wpychały nosa w nie swoje sprawy, Kasey. Mogłaś powiedzieć, że chcesz wracać do domu. Mogłaś zadzwonić do mnie. Albo wyjść bez słowa z pokoju.

Jej twarz utraciła wyraz.

– Ale, Lexi – odparła. – One były dla mnie miłe.

Zwiesiła głowę i wbiła spojrzenie w blat.

Westchnęłam.

– Co stało się potem?

– Lydia z początku mi nie uwierzyła.

– Miałaś szansę, żeby się wycofać? – zapytałam, jednak zaraz opuściła mnie ochota na odgrywanie rozzłoszczonego prawnika.

– Nie do końca. Tashi wierzy w duchy. Wszystkie dyskutowały na ten temat przez jakiś czas. Następnie rozmawiałyśmy o tym, jakie to przygnębiające być społecznym wyrzutkiem. – Wzięła urywany oddech. – A potem Adrienne powiedziała, że znalazła tę książkę, która może uczynić każdego piękniejszym i popularniejszym.

– Znalazła gdzie?

Kasey wzruszyła ramionami.

– Sądziłam, że to jakaś zabawa. Próbowałam je do tego zniechęcić. Lecz mnie nie posłuchały. Nie zamierzałam tego robić. Powiedziały jednak, że wszystkie powinnyśmy…

– Czego nie zamierzałaś robić? – zapytałam.

Była na granicy łez.

– Czy wiesz, że do mojej szafki ktoś wrzuca karteczki? Nazywają mnie psycholką. Raz, kiedy poszłam do łazienki, ktoś włożył mi do torby… martwego karalucha. A gdy grałyśmy w zbijanego, Mimi namówiła wszystkie dziewczyny, nawet członkinie mojej drużyny, by rzucały we mnie.

– Po prostu dokończ zdanie – powiedziałam. – Wszystkie powinnyście…

– Powiedziały, że powinnyśmy założyć klub – odparła. – Wzorując się na książce. Naprawdę, to był pomysł Adrienne.

– O czym jest ta książka?

Miała zbolałą minę.

– Nie jestem pewna – odparła. – Nie jest po angielsku. Adrienne sądzi, że napisano ją po norwesku.

– Och, Kase, mówisz to poważnie?

– Wtedy dostarczono pizzę i zjadłyśmy ją, a Barney uciekł. A później… Cóż, tę część znasz. Następnego dnia założyłyśmy klub Promyczek, aby się rozwijać.

– Czekaj, czekaj, czekaj – powiedziałam. – Tak zaleca ta książka?

Prawie odczułam ulgę. Książka z poradami nie wydawała się niczym złym. Prawdę mówiąc, jeśli Kasey jest aż tak przeczulona, że w zdenerwowanie wprawia ją nawet zabawa antykami, mogę spać w nocy nieco spokojniej.

– Tak, cóż. – Opuszkiem palca o różowym paznokciu przesunęła wzdłuż wypełnionej fugą szczeliny pomiędzy płytkami kontuaru. – Mam na myśli, że to raczej…

– Co powiedziałaś? Mamroczesz.

Jej oczy błysnęły buntowniczo.

– Że to siedlisko.

Miałam wrażenie, że spięte mięśnie na moim karku się rozluźniły. Zorientowałam się, że gapię się na zamontowane w suficie reflektorki. Siedlisko. Jakby coś – lub ktoś – tam żyło.

– Jasne – odparłam, ponieważ nic, co wiązało się z Kasey, nigdy nie mogło być łatwe. – A czyje to siedlisko?

Odwróciła się i wyjrzała przez okno.

– Tego nie powinnam zdradzać.

– Kasey – powiedziałam, a mimo to nie spojrzała na mnie. Sięgnęłam ponad blatem. Złapałam ją za ramię i ostro nią potrząsnęłam. – Hej!

Popatrzyła na mnie, przygryzając wargę.

– Ma na imię Aralt.

Złożyłam dłonie przy ustach i chuchnęłam, usiłując oczyścić umysł.

– Ma na imię Aralt – powtórzyłam.

Jej odpowiedź niemal przerodziła się w skrzek.

– Tak.

– Niewiarygodne – westchnęłam i się odwróciłam.

– Nie wszystkie duchy są złe, Lexi. Mama Megan była dobra. – Przygryzła knykieć.

Nie zwróciłam na to uwagi.

– Zatem książka napisana jest po norwesku. Ale jakoś udało wam się przekonać Aralta, aby z niej wylazł i was odmienił?

I kiedy o tym pomyślałam, musiałam przyznać, że ostatnio Kasey z dnia na dzień piękniała. Układała włosy, robiła makijaż, starannie dobierała ubrania i biżuterię.

Pokiwała głową.

– Ale jest w tym coś więcej. Mam na myśli to, że Adrienne nie potrzebuje już nawet swojej laski!

– Tak. Zauważyłam.

– A w szkole ludzie się do nas garną. Zyskałyśmy w tym tygodniu kilka nowych członkiń.

– Ale jakim sposobem, Kasey? Co musiałyście zrobić, żeby Aralt wam pomógł? Jeśli nawet nie mówicie w tym samym języku…

– Och, jestem niemal pewna, że rozumie angielski – odpowiedziała. – Wydaje się naprawdę mądry. – Mówiła o nim jak o jakimś nieśmiałym uczniu z wymiany zagranicznej.

Cała ta sytuacja jak po spirali spychała mnie do punktu, w którym zaraz stracę nad sobą kontrolę. Sięgnęłam po telefon.

– Co ty wyprawiasz?

Głos Kasey mnie otrzeźwił. Rzecz nie w tym, czy czuła obawę. Ona naprawdę była nie na żarty wystraszona. Ale w jej tonie pobrzmiewała też inna nuta. Jakby gotowa była rzucić mi wyzwanie.

Odwróciłam się do niej.

– Chciałaś zapytać, czy dzwonię do agentki Hasan?

Zamrugała.

– Nie – odpowiedziałam. – Dzwonię do Megan.

Pięć minut później rozległo się głośne pukanie do drzwi. Kasey podskoczyła na krześle. A potem ktoś nacisnął dzwonek chyba z dziesięć razy z rzędu.

– Alexis! Jesteś tam? Wpuść mnie!

Otworzyłam drzwi.

– Cześć.

Megan wparowała do środka, podwijając rękawy kurteczki. Brakowało jej tchu.

– Musiałam okłamać babcię. Mówiłaś o tym wszystkim poważnie? Musimy zadzwonić do agentki Hasan. Gdzie twoja siostra? – Twarz Megan stężała, gdy dostrzegła Kasey.

– Rozmawiałyśmy – powiedziałam.

Megan przeniosła wzrok na moją siostrę, a potem ponownie spojrzała na mnie.

– Nie wydaje mi się, byśmy musiały wykonać ten telefon. Na razie. – Posłała mi spojrzenie, które mówiło: „chyba żartujesz". Wskazałam w kierunku kuchni. – Wejdź i usiądź.

Megan nie drgnęła. Gestem przywołała mnie bliżej.

– Alexis, co ty wyprawiasz?

– Zbieram informacje – odparłam.

Odezwała się tonem pani w przedszkolu:

– I jesteś w pełni przekonana, że zbieranie informacji jest w tym momencie najwłaściwszym działaniem?

– Nie, jestem pełna wątpliwości. Ale jeśli na nią doniesiemy, zwalą się tu wieczorem. I możemy już nigdy więcej nie zobaczyć Kasey.

– Nie wiesz, czy tak właśnie działają. – Posłała kolejne spojrzenie ponad moim ramieniem.

– Nie, o ich działaniach nie wiem nic – potwierdziłam. – I właśnie to mnie przeraża.

Megan westchnęła i spojrzała na moją siostrę, która siedziała z głową opartą o złożone ręce.

– Proszę – powiedziałam. – Daj mi trochę czasu. Co stało się z całym tym „duchy są wszędzie"?

– Lex, nawet nie... – Megan zmrużyła oczy i sięgnęła do kieszeni po telefon. – Wpisałam numer na listę. Muszę tylko nacisnąć przycisk.

– Jeśli sprawy posuną się dalej – odparłam – to okej.

Megan minęła mnie i usiadła naprzeciwko Kasey. Położyła telefon na kontuarze, a jej palec zawisł nad przyciskiem.

Omówiłyśmy ponownie całą historię. Wcześniej nie dopytałam o wiele szczegółów, ale Megan drążyła temat.

– Czy kiedykolwiek widziałaś Aralta?

Kasey potrząsnęła głową.

– Nie. Nie sądzę, aby się ukazywał.

Megan pochyliła się do przodu.

– Skąd wiecie, jakiej jest płci?

Wzruszyła ramionami.

– Po prostu wiemy.

– Ale kim on jest?

Kasey zamrugała.

– Jest Araltem.

Megan przewróciła oczami.

– Ale skąd pochodzi? Jak bardzo jest stary? Czy jest duchem?

– Pochodzi z książki – rzekła Kasey. – To wszystko, co wiem.

– Czy z tobą rozmawiał? Co powiedział? Skąd wiecie, co robić, skoro nie napisano tego po angielsku?

– To nie tak, by zwracał się do nas na głos. – Kasey przygryzła wargę. – To coś bardziej jak… przeczucie.

Megan pochyliła się ku niej. Czubki palców oparła o kontuar.

– Sprawiał, że coś czułaś?

– Nie wiem. – Moja siostra odchyliła się na oparcie. – Sądzę… Wydaje mi się, że czuje się to, co odczuwa on. Jeśli bardzo się starasz ładnie wyglądać lub zrobić coś dobrego, to mu się podoba.

– A co będzie, jeśli coś mu się nie spodoba?

Kasey zmarszczyła nos. W jakiś sposób umknęło jej, że posiadanie nadnaturalnego chłopaka może nie zawsze wiązać się ze świetną zabawą.

– Um. zgaduję, że byłby smutny…

– A nie zły?

– Nie taki jak Sara? – wtrąciłam się.

– Y-y – odparła Kasey. – Nie. W niczym nie przypomina Sary.

Megan posłała jej chłodne spojrzenie.

– Więc czego on chce?

– Niczego – odpowiedziała Kasey.

– Och, fajowo, zatem zostaniecie piękne, mądre i popularne i to wystarczy, by go uszczęśliwić?

– Tak mi się wydaje.

– Mylisz się – oświadczyła Megan. – To tak nie działa. I kiedy to się skończy?

– Wraz z osiągnięciem celu – odpowiedziała Kasey.

– A kiedy to nastąpi? W przyszłym tygodniu? W przyszłym roku? Nigdy?

Moja siostra zamrugała, wpatrując się we własne dłonie i wyraźnie nie wiedząc, co powiedzieć.

– Czy pamiętasz jakiekolwiek słowo z książki? – zapytałam.

Kasey potrząsnęła głową.

– A to coś w lesie? – zadałam kolejne pytanie. – Czy to był on?

Megan uniosła jedną brew.

– Jakie coś w lesie?

– Nie – odpowiedziała Kasey. – On składa się z energii duchowej. Nie wychodzi z książki. Nie wiem, co to było.

– Nigdy nie uwierzę, że tajemnicze gigantyczne zwierzę przypadkiem odwiedziło Lakewood tej samej nocy, kiedy ty zaczęłaś flirtować z nowym duchem.

– Zaczekaj – wtrąciła się Megan, spoglądając na mnie oskarżycielsko brązowymi oczami. – Nigdy mi o tym nie wspomniałaś.

Westchnęłam.

– Wyjaśnię ci to później.

Megan opadła na oparcie. Przesuwała swój telefon po kontuarze, przekładając go z ręki do ręki.

– Jeśli jego siedliskiem jest książka, to bez wątpienia stanowi ona centrum mocy – powiedziałam. – Duchowa energia przywiązana jest do niej. Musimy zniszczyć ten wolumin.

Z twarzy mojej siostry odpłynęły kolory.

– Adrienne gdzieś go ukryła. Nie wiem gdzie. Nigdy by nie pozwoliła, aby coś mu się stało.

– Ale przynosi książkę na wasze spotkania, prawda?

– Tak… ale nie puszcza jej wkoło – westchnęła Kasey. – posłuchajcie. Wiem, że to źle brzmi, ale proszę… Poradzę sobie sama.

Musiała widzieć malujący się na naszych twarzach sceptycyzm, a mimo to naciskała.

– Jeśli z nimi porozmawiam i powiem im, że to zły pomysł, posłuchają mnie. – Raz po raz przenosiła proszące spojrzenie ze mnie na Megan. – To moje przyjaciółki.

– Niezbyt dobre – odpowiedziała Megan. – Jeśli wplątały cię w ten bałagan.

Kasey spoglądała na nas rozszerzonymi oczami.

– Proszę.

– Wiesz co? – odezwałam się. – W porządku. Chcesz naprawić to sama? Proszę bardzo.

Moja siostra się zawahała. Megan, siedząca po drugiej stronie stołu, wbijała we mnie spojrzenie.

– Ma rację – zwróciłam się do Megan, wzruszając ramionami. – Są jej przyjaciółkami. Proszę bardzo, Kasey. Wyplącz je z tego.

Kasey przełknęła z trudem. Dłonie oparte o kontuar zacisnęła w pięści.

– Tak zrobię.

– Świetnie – odpowiedziałam. – Zatem ustalone.

– Jak sobie chcecie – rzuciła Megan, posyłając mi nieufne spojrzenie. – Będę się zbierać.

– Odprowadzę cię – zwróciłam się do niej.

Kiedy już znalazłyśmy się za drzwiami, przystanęła i spojrzała na mnie.

– Nie mówiłaś tego poważnie – stwierdziła.

– Nie, oczywiście, że nie – potwierdziłam. – Ale kłótnia z nią była bezcelowa.

Megan westchnęła.

– W porządku, dzięki Bogu – odparła. – Ponieważ przez chwilę sądziłam, że postradałaś rozum. A teraz czy mogłabyś mi wyjaśnić, czym było to coś, o czym wspomniałaś? Tajemnicze zwierzę? Kiedy byłaś w lesie? I dlaczego nie opowiedziałaś mi o tym wcześniej?

– To bez znaczenia – skłamałam. Ostatnią rzeczą, jakiej potrzebowałam, było to, by Megan zasugerowała nocną wyprawę do Lakewood. – To był kojot lub coś takiego.

Zraniłam jej uczucia. Jej oczy lśniły zbyt mocno i wyglądała, jak gdyby chciała mi coś powiedzieć. Zatrzymała to jednak dla siebie.

– Dobrze. Jaki zatem mamy plan?

– Pójdziemy na ich następne spotkanie – powiedziałam. – I zdobędziemy tę książkę. A potem ją zniszczymy. I nikomu nie stanie się krzywda.

– Jasne. – Megan sprawdziła godzinę na wyświetlaczu telefonu. – Prócz mnie, jeśli za trzydzieści minut nie znajdę się w domu.

9

W PONIEDZIAŁKOWY PORANEK ZASTAŁAM CARTERA siedzącego na niskim ceglanym murku i pochylonego nad egzemplarzem *Moby Dicka*. Przystanęłam w słońcu, rzucając cień na strony. Wykorzystał skrzydełko obwoluty jako zakładkę i odłożył książkę.

– Dzień dobry – powiedział na przywitanie, mrużąc oczy, żeby na mnie spojrzeć.

– Cześć – odparłam. – Przepraszam, że przegapiłam wczoraj twoje telefony. Miałam sesję fotograficzną z siostrą i sprawy… przybrały gorączkowy obrót.

– Nie przejmuj się.

– Ale tęskniłam za tobą.

Klapnęłam obok niego na murku. Kiedy tylko wypowiedziałam te słowa, zrozumiałam, że rzeczywiście tak było. Przymknęłam oczy i oparłam czoło o jego ramię.

– Przyjdziesz dziś po południu, prawda? – zapytał.

– Co?

– Na moje przyjęcie wyborcze.

– Odśwież moją pamięć: o jakim przyjęciu wyborczym mówisz?

– O elemencie kampanii. Zoe Perry wszystko przygotowała. To ta dziewczyna, z którą rozmawiałem na prywatce przez niemal pół godziny. Młodsza siostra Keatona Perry'ego.

Próbowałam ją sobie przypomnieć. Nie potrafiłam jednak przywołać twarzy, tylko głos i garść politycznych sloganów: „wyrównanie szans", „prawa", „aktywność obywatelska".

– Ta nudziara?

Roześmiał się.

– Mam nadzieję, że nie. Bo co by to mówiło o mnie?

– Że jesteś dobry w zabawianiu nudziarzy?

– Tak czy inaczej, potrzebuję cię tam. Nie mogę znaleźć się sam w towarzystwie tej dziewczyny oraz jej przyjaciół. Zdają się mylić licealną politykę z tą prawdziwą.

Położyłam mu dłoń na ramieniu.

– Nie mogę przyjść.

– Poważnie? Dlaczego?

Szczerość jest zawsze najlepszym rozwiązaniem, nieprawdaż?

– Będę się szlajała z moją siostrą i jej kumpelkami.

Kącik jego ust uniósł się w konsternacji.

– Klubem Promyczek?

Wzruszyłam ramionami.

– Nie musisz ich tak nazywać.

– Dlaczego? Wszyscy to robią. One są jak sekta. – Ściągnął łopatki. – Kiedy podjęłaś decyzję? Przecież zaprosiłem cię na to przyjęcie tydzień temu, a ty zgodziłaś się pójść.

– Przepraszam – odpowiedziałam. – Zapomniałam. Każdego innego dnia, tylko nie jutro. Muszę to zrobić dla Kasey. Ma problem z dopasowaniem się.

– Żartujesz? – spytał. – Czy to wygląda, jakby miała problem z dopasowaniem się?

Podążyłam wzrokiem za jego spojrzeniem ku stolikom piknikowym. Klub Promyczek zajął miejsce w cętkowanym cieniu gałęzi wielkiego szkolnego dębu. Dziewczyny siedziały blisko siebie, jak siostry, rozmawiając i śmiejąc się we własnym gronie. Kasey była w samym środku.

– Nie rozumiesz – powiedziałam.

I nie mógł tego pojąć. Ponieważ, gdyby znał prawdę, byłaby ponad jego siły.

– Może i nie – odparł. – Byłaś jedną z osób, które zachęcały mnie do ubiegania się w tym roku o tytuł przewodniczącego. A teraz znikasz, gdy twoja obecność jest ważna dla mojej kampanii.

– Nie znikam – zaprzeczyłam. – Opuszczam jedną z liczących się w niej imprez. Wyprawianą przez stado kujonów-nudziarzy.

W jego uśmiechu brakło wesołości.

– Dzięki, Lex. Uwielbiam te przezwiska.

„Tak jak ja uwielbiam, aby oczekiwano ode mnie uczestnictwa w wydarzeniach składających się na kampanię wyborczą. Jakbym była jakąś połowicą na pokaz, niemającą własnego życia", pomyślałam.

– Nie to miałam na myśli.

– Dobrze, cóż, chciałbym, żebyś przestała mówić rzeczy, których nie masz na myśli. Jak to, że jestem jednym z miliona nudnych kujonów. Albo że znajdziesz dla mnie czas.

– Skąd się wzięły te słowa? – zapytałam.

– Pewnie stąd, że nie lubię wysłuchiwać kłamstw.

– Kto kłamie?

Zaczął odliczać na palcach:

– Powiedziałaś, że dziś przyjdziesz. Nie zamierzasz. Twierdzisz, że to dlatego, że Kasey ma problemy. Wyraźnie ich nie ma. Jeśli jakimś sposobem stałaś się nagle zbyt wyluzowana, by pomóc mi z moją kampanią, to chciałbym, byś powiedziała mi to wprost.

– Nigdy nie byłam zbyt wyluzowana na cokolwiek, przez całe moje życie – odpowiedziałam, jeżąc się na oskarżenie o kłamstwo. – Zapomniałam o tym głupim przyjęciu, Carterze. Pozwij mnie do sądu!

– W porządku – odparł. – Jeśli znajdziesz wolną chwilę między spotkaniami sekty, daj mi znać. – Zerknął na zegarek. – Muszę odszukać Zoe i poinformować, że będziemy potrzebowali dodatkowej pomocy.

– Przestań. Proszę. Nienawidzę takich sytuacji. – Wyciągnęłam ku niemu dłoń. – Możemy nie być na siebie źli?

– Nie jestem zły, Lex… Smutno mi.

Powiedziawszy to, odszedł.

Ranek upłynął nam na wymianie lapidarnych wiadomości tekstowych.

Najpierw go przeprosiłam, a on moje przeprosiny przyjął.

Racjonalnym, dorosłym zachowaniem byłoby zapomnieć o całej sprawie. Ale wyczuwałam skryte za jego słowami napięcie. Odpisałam mu zatem, że nie musiał przyjmować moich przeprosin. Odpowiedział, że to ja nie potrafię znieść tego, że przyjął je całkiem dobrze… W tym momencie nauczyciel prowadzący czwartą lekcję kazał mi schować telefon.

Zamieniliśmy jakieś dwadzieścia słów podczas lunchu. Nikt niczego nie zauważył. Emily zorientowałaby się na pewno, ale siedziała teraz z klubem Promyczek. Przenieśli się i zajęli stolik pośrodku stołówki – nie jeden z tych najbardziej cenionych pod oknem, ale zaskakująco blisko.

W porównaniu do zwyczajowych miejsc wyrzutków, które zajmował na dziedzińcu Szwadron Zagłady, stanowiło to znaczący awans. O stoliku woźnego już nawet nie wspomnę.

Siedzieliśmy więc jak para sympatycznych nieznajomych. Nigdy wcześniej nie doszło między nami do równie poważnej niezgody. Jakaś niewielka część mnie usiłowała przekonać resztę, że może zareagował przesadnie, a wina nie leży po mojej stronie. Ale owa część została zakrzyczana przez resztę, która chciała, by wszystko wróciło do normalności najszybciej, jak to możliwe. Nawet jeśli miałoby to oznaczać, że winę muszę wziąć na siebie.

Ponieważ bez Cartera nie miałam nawet normalnego życia, do którego mogłabym wrócić.

10

PRZYBYŁYŚMY ZA WCZEŚNIE. MEGAN ZAPARKOWAŁA KILKA budynków dalej, za wielkim, odpicowanym domem Lairdów. Siedziałyśmy w samochodzie z opuszczonymi szybami, wsłuchane w zadowolone westchnienia stygnącego silnika.

Po mniej więcej piętnastu minutach grupka bujających w obłokach dziewczyn, wśród nich Kasey, wyszła zza rogu. Nadchodziły od strony szkoły. Niczym turystki na safari obserwowałyśmy je z bezpiecznego wnętrza samochodu.

– Zobacz – rzekła Megan. – Wszystkie noszą spódniczki.

– Kasey powiedziała mamie, że są bardziej twarzowe od spodni.

– Tylko jeśli są dobrze dobrane – parsknęła Megan, spoglądając przez szybę. – Ale wygląda na to, że każdej z nich udało się odpowiednio wybrać strój.

– Wszystko robią we właściwy sposób. Nie zauważyłaś?

Adrienne, Kasey i Emily przemierzyły wąski chodnik przed domem. Błyskając białymi zębami i lśniącymi włosami, zniknęły za drzwiami.

Przed maską naszego samochodu przez ulicę przeszła kolejna dziewczyna. Wyglądała znajomo, ale minęła chwila, nim ją rozpoznałam.

– Megan – wydyszałam. – Czy to Lydia?

Przez trzy lata Lydia Small, w ogromnych butach o obitych stalą noskach, była najbardziej gotowatą gotką, jaką kiedykolwiek widziano w Surrey. Ale to… to było…

– Niemożliwe – wyszeptałam.

Była ubrana niczym Jackie O.*, a włosy, zwykle zwisające strąkami, miała umyte, przycięte na pazia i doskonale ułożone. Gdy zerknęła w naszym kierunku, zauważyłam, że zrobiła pełny makijaż. Wargi miała delikatnie zaróżowione, a z jej brwi zniknął kolczyk.

– Nie było jej dziś w szkole – powiedziała Megan. – Sądzę, że teraz wiemy, czym się zajmowała.

Lydia podpłynęła do samochodu i nachyliła się do bocznego okienka.

– Alexis! Megan! Cześć! – Ugięła szyję i spojrzała na tylne siedzenie. – Gdzie panna Kasey?

– Cześć – odezwałam się. – Um… już tam jest. Jak leci?

– Doskonale! – Lydia się rozpromieniła, pełna animuszu jak modelka z reklamy napojów gazowanych z lat sześćdziesiątych. – Jak się macie, dziewczyny?

– Odlotowo – odparłam.

– Nie żartujesz? – zapytała Lydia. – Zatem, kiedy wy dwie zamierzacie dołączyć do klubu Promyczek? Mówię wam, nie

---

* Chodzi o Jacqueline Kennedy-Onassis – ikonę mody i małżonkę prezydenta Stanów Zjednoczonych Johna F. Kennedy'ego. Pięć lat po śmierci Kennedy'ego ponownie wyszła za mąż za greckiego magnata finansowego i armatora Aristotelisa Onassisa [przyp. tłum.].

pożałujecie. – Przybrała minę kandydatki na miss mówiącej o światowym pokoju. – Zupełnie odmienił moje życie.

– W zasadzie to… dzisiaj – odparła Megan.

Spojrzałam na dłonie Lydii. Czaszki i plastikowe pająki zniknęły wraz z resztą dziwacznej biżuterii (której część, co teraz wstyd mi przyznać, był pozostałością po naszych dawnych wspólnych zakupowych wypadach). Nosiła tylko pojedynczy, lśniący, złoty pierścionek.

– Cudownie! – zakrzyknęła.

– Tak – potwierdziłam. – Cudownie.

– Wyświadczysz nam uprzejmość? – odezwała się Megan. – Nie wspominaj Kasey, że nas widziałaś. Chcemy zrobić jej niespodziankę.

Twarz Lydii pojaśniała.

– Niesamowite. Będzie z tego świetna zabawa. Jasne.

Udała, że zamyka usta na zamek błyskawiczny.

Gdyby tylko rzeczywiście to zrobiła i ów stan mógł się utrzymać na zawsze.

Lydia uraczyła nas kolejnym uśmiechem. Potem oddaliła się w kierunku domu chodnikiem wysadzanym po bokach różami.

– Co to… na matkę ziemię… było? – zapytałam.

– Esencja tego – odpowiedziała Megan – o co chodzi w przynależności do klubu Promyczek.

Weszłyśmy jako ostatnie. Pepper siedziała w kuchni. Jadła banana, zerkając podejrzliwie w kierunku drzwi wejściowych. Na nasz widok opadła jej szczęka.

– Co tu robicie, dziewczyny?

Wzruszyłam ramionami.

– Przyszłyśmy na spotkanie.

Pepper wrzuciła skórkę do kosza.

– Megan? Wyjaśnisz mi to?

Megan uśmiechnęła się, jakby cała sprawa była jakimś żartem.

– Wszystko jedno. – Pepper chwyciła kluczyki od samochodu. – Wybieram się do Kiry.

Megan zapukała lekko do drzwi pokoju Mimi. Otworzyła nam Adrienne.

– Och, mój Boże! – zapiszczała. – Cześć!

Za jej plecami dojrzałam, jak moja siostra pobladła. Ale Megan i ja prześlizgnęłyśmy się już za próg i Kasey nie mogła nic powiedzieć przy pozostałych dziewczętach.

W pokoju Mimi było razem z nami dziesięć osób. I jeszcze zostało miejsce. Pokój był w nieskazitelnym stanie, niczym z reklamy w magazynie o wystroju wnętrz. Doskonałe tło dla wachlarza nienagannie ubranych dziewczyn, o uśmiechach pełnych samozadowolenia i błogości, siedzących z nogą założoną na nogę i z idealnie prostymi plecami.

Zgromadzone zamilkły, kiedy Adrienne zbliżyła się do swojej torby. Wydobyła z niej duży przedmiot owinięty w ciemnogranatowy aksamit. Położyła go na toaletce i odwinęła materiał. Potem przytrzymała rzecz przed sobą, a wszyscy w pokoju zamarli.

Oddając księdze sprawiedliwość, trzeba przyznać, że było to niezłe tomiszcze.

Wolumin miał dwadzieścia pięć centymetrów szerokości i jakieś czterdzieści centymetrów wysokości. Był w skórzanej oprawie, na której znajdowały się gęsto wytłoczone runy i symbole – gwiazdy, księżyce, pędy winorośli i celtyckie sploty.

Przez chwilę rozważałam, czy po prostu nie chwycić księgi i nie wybiec z pokoju. Ale wtedy odezwała się Adrienne.

– Chronimy twoją siedzibę nawet za cenę naszej krwi i życia – powiedziała, modulując głęboko głos.

– Chronimy twoją siedzibę nawet za cenę naszej krwi i życia – powtórzyły wszystkie zebrane.

Megan i ja spojrzałyśmy na siebie. To wcale nie brzmiało, jakby żartowały.

Nawet gdybym zdołała wyrwać jej książkę, pomiędzy mną a drzwiami siedziała piątka dziewczyn. Choć ukończyłam kurs samoobrony, najprawdopodobniej nie udałoby mi się uciec.

Adrienne się uśmiechnęła.

– Czuję się podekscytowana, mogąc oznajmić, że Alexis i Megan postanowiły dziś do nas dołączyć! Alexis była jedną z pierwszych dziewcząt z klasą, jakie spotkałam w Surrey. Była dla mnie miła, choć jest popularna, ma chłopaka, a ja byłam tylko odrażającym nikim. A Megan oczywiście słynie ze swych zdolności przywódczych.

Oceniając po tym, jak Adrienne mówiła o sobie, można by pomyśleć, że jest ofiarą wykluczenia i społecznym wyrzutkiem, a nie słodką, beztroską dziewczyną, która przed zaledwie kilku tygodniami przyszła do naszej szkoły.

– Megan i Alexis. – Adrienne uśmiechała się tak szeroko, że ledwie mogła mówić. – Powstańcie, proszę.

Wstać? Zerknęłam na Kasey, która ukryła twarz w dłoniach.

Nagle pomyślałam, że może powinnyśmy wcześniej przemyśleć całą tę sprawę dogłębniej.

Wstałam. Serce waliło mi w piersi, jak gdybym właśnie weszła po schodach na dziesiąte piętro. Megan stała obok mnie.

– Proszę, niech każda z was założy go na palec serdeczny. – Podała nam po cienkim złotym pierścionku. Wsunęłam błyskotkę na palec. Adrienne popatrzyła mi w oczy, a jej spojrzenie miało w sobie gładkość wypolerowanego kamienia. – Połóżcie prawe dłonie na księdze i powtarzajcie za mną.

Megan zamrugała z obawą i posłuchała. Skręcając ciało, uniosłam lewą dłoń i oparłam ją na otwartej księdze. Miałam nadzieję, że Adrienne tego nie zauważy. A jeśli się zorientuje, mogłam udawać, że pomyliłam się w podekscytowaniu.

Nie zorientowała się.

– *Geallaim dílseachta...*

– *Geallaim dílseachta...*

Wypowiedziała całą rzekę słów i był to zwyczajny bełkot – dla nas i dla niej, co wydawało mi się jasne. Powtórzyłam je najlepiej, jak zdołałam.

– *A tu, Aralt* – wyartykułowała na koniec Adrienne.

– *A tu, Aralt* – powtórzyłyśmy.

Poczułam się tak, jakby przepłynął przeze mnie prąd.

Adrienne delikatnie zamknęła księgę. Pochyliła się i pocałowała każdą z nas w policzek.

– Nasze siostry – oznajmiła.

Zgromadzone zaklaskały uprzejmie. Przepuściły nas i usiadłam na swoim miejscu na łóżku. Usiłowałam się zorientować, czy czuję się inaczej. Byłam podminowana, ale najprawdopodobniej to była tylko adrenalina. Ostatecznie złożyłam przysięgę w języku, którego nie znałam, nadnaturalnemu bytowi, o którym nic nie wiedziałam.

Przysięgę. Dlaczego Kasey nic nie wspomniała o przysiędze?

Nagle naszła mnie myśl, że może planowała to przez cały czas. Musiała rozumieć, że Megan i ja nie zostawimy tak po prostu tej sprawy... tylko dlatego, że tak powiedziałyśmy.

Nie. Była zaskoczona naszym widokiem. I nasza obecność jej nie ucieszyła. Naprawdę wierzyła, że zdoła naprawić to sama.

Ale przysięga...

W lustrze nad toaletką Mimi dojrzałam własne odbicie. Uderzyło mnie, na jak obskurną i zaniedbaną wyglądam. Zwłaszcza na tle otaczającej mnie doskonałości. Moje czoło i nos lśniły, pokryte warstewką tłuszczu. Uniosłam rękę, aby otrzeć twarz mankietem.

Ktoś delikatnie poklepał mnie po ramieniu. Uniosłam wzrok i napotkałam spokojne spojrzenie Lydii. Uśmiechnęła się krzepiąco.

– Cóż za radość – powiedziała Adrienne. – A teraz, siostry, przejdźmy do sedna. Czy którakolwiek z was chciałaby zawezwać do Ulepszenia?

Ulepszenia?

Przez chwilę nikt nic nie mówił. Potem w powietrze uniosła się dłoń.

– Moniko? – zachęciła Adrienne.

Dziewczyna, którą wymieniła, wysoka brunetka, powstała.

– Wszystkie wyglądacie dziś pięknie – powiedziała, a jej spojrzenie szybko przesunęło się po mnie. – Ale podczas lunchu zauważyłam, że niektóre dziewczęta pałaszują olbrzymie porcje. Spożywajcie publicznie skromne posiłki i jeśli nadal będziecie głodne, dojedzcie w toalecie. Wiecie, że chcemy sprawiać na wskroś dobre wrażenie – westchnęła i podjęła przemowę smutnym tonem w stylu: „oto coś, co trzeba powiedzieć głośno". – Mówię tu o Emily i Paige.

Przez kilka długich i nieprzyjemnych sekund wszyscy gapili się na Emily i Paige, które opuściły głowy i wbiły spojrzenia w dywan.

Ciągnęło się to przez kolejnych dziesięć minut. Wywoływanym z imienia dziewczętom zwracano uwagę z powodu naruszenia niezwykle sztywnych reguł doboru stroju lub zachowania. Nawet Adrienne udzielono nagany z powodu długości jej spódniczki – kończącej się wyżej niż zaledwie trzy szerokości palca ponad kolanami.

Megan zerknęła na mnie. W jej oczach malowało się pytanie, kiedy wykonamy nasz ruch. A potem dostrzegłam, jak jej spojrzenie przeskoczyło na lustro i jak z niesmakiem zmrużyła oczy.

Nie rozumiałam tego – wyglądała dobrze. Równie dobrze jak każda z obecnych tutaj dziewcząt, a może lepiej. To ja byłam brzydkim kaczątkiem.

Po wzajemnym ulepszeniu się z użyciem magii szukania dziury w całym wysłuchałyśmy pogadanki o przymiotach młodych kobiet odnoszących sukcesy. Adrienne wygłosiła ją żywiołowo.

Mowa była w porządku, jeżeli należało się do osób chcących spędzać każdą godzinę na nieustannym zwracaniu uwagi na drobiazgi, nie rozluźniając się nawet na chwilę i nigdy nie opuszczając gardy. Lecz jak garstka nastolatek miałaby temu sprostać? Po godzinie miałam wrażenie, jakbym uczestniczyła w spotkaniu grupy wsparcia w jakiejś religijnej sekcie.

Wyglądało na to, że – przynajmniej chwilowo – Aralt chciał od dziewcząt z klubu Promyczek jedynie tego, aby były piękne, ubierały się modnie, postępowały rozważnie i wysławiały się elokwentnie. Coś na kształt szkoły wdzięku na sterydach.

Było to w pewien sposób pokręcone. Ale czy było złe?

– W porządku, moje miłe, to wszystko – powiedziała Adrienne. Zamknęła księgę i położyła ją na toaletce. – Bądźcie promienne!

Po zakończeniu spotkania wszystkie dziewczęta chciały osobiście powitać Megan oraz mnie w swym gronie. Nie miałyśmy żadnych szans, żeby niezauważone chwycić książkę. Trzymały nas za ręce i spoglądały nam w oczy, prawiąc słodkie i dodające odwagi banały. Ich wypowiedzi przypominały przemowy z żeńskich stowarzyszeń akademickich w latach pięćdziesiątych.

– Już nie mogę się doczekać, żeby zobaczyć was… po – oświadczyła Emily, ściskając moją dłoń.

– Po czym?

Jej uśmiech gdzieś się rozpłynął.

– Cóż… potem…

– Pamiętaj: wolno nam osądzać jedynie siebie same – powiedziała Lydia. – Oczywiście, pomijając Ulepszenie.

Emily oddaliła się pospiesznie, pozostawiając mnie z Lydią.

– Witaj, Alexis – zwróciła się do mnie Lydia, dotykając mojego ramienia.

– Dziękuję.

Usiłowałam zachowywać się tak jak pozostałe dziewczęta, łącząc w osobliwy sposób wymagającą opuszczania oczu skromność z bezgraniczną samoświadomością dotyczącą utrzymywanej postawy oraz sposobu poruszania się.

– Wiem, że jeszcze w pełni tego nie łapiesz – powiedziała. – Ale to dopiero twoje pierwsze spotkanie. Pozwól, iż coś ci powiem: wcale nie chciałam przystępować do klubu. – Zniżyła głos do scenicznego szeptu. – Sądziłam, że cała ta sprawa to jakaś blaga.

– Nie żartuj.

– A potem złożyłam przysięgę i nagle wszystko nabrało sensu.

Zaczynałam mieć już tego dość jak na jeden dzień.

– Cieszę się ze względu na ciebie.

– Tak czy inaczej, musisz pozwolić mi zająć się twoimi włosami.

Odpływałam myślami gdzieś indziej, ale to przykuło moją uwagę.

– Zająć się? W jaki sposób?

Roześmiała się.

– Naprawić je. Nie możesz zostawić ich takich... różowych i... niedokończonych. Prawdziwa dama nie potrzebuje stroju przykuwającego wzrok i farbowanych włosów.

– Ani kolczyków w brwiach? – zapytałam.

– Właśnie! – Lydia rozpromieniła się, jakbym to nagle pojęła. – Ma pewność siebie, urok i inteligencję.

– Sądzę... że wstrzymam się z tym kilka dni – odparłam.

Radość Lydii wyparowała.

– Dlaczego miałabyś tak zrobić?

Oczywiście nie mogłam jej powiedzieć, że jeszcze tego wieczoru zamierzam zniszczyć książkę, eliminując tym samym jakąkolwiek potrzebę przypodobania się Araltowi.

– Reprezentujesz nas teraz, Alexis – oświadczyła Lydia. – Nie jesteś już pojedynczą osobą. Jesteś przedstawicielką grupy.

– Masz rację – odparłam. – Po prostu dzisiejszej nocy nie mogę. Mam ważne zadanie do skończenia. – Uśmiechnęłam się przepraszająco. – Utrzymanie dobrych stopni się liczy.

– Tak sądzę. – Usiłowała ukryć niezadowolenie, ale niezbyt jej to wychodziło. – Cóż, jestem do twojej dyspozycji, gdy tylko będziesz gotowa.

Tuż obok łóżka stały Megan i Kasey, pochłonięte rozmową z Adrienne. Zbliżyłam się, żeby posłuchać, o czym mówią.

– I jestem podekscytowana wszystkimi spotkaniami oraz rozkwitem i… Alexis – powiedziała Megan, odwracając się do mnie. – Mówiłam właśnie Adrienne i Kasey, jak wprost nie mogę się doczekać tego, by rozwijać się i doskonalić.

Było dla mnie zupełnie oczywiste, że Megan udaje. Kasey była równie podekscytowana. A ich przesadny entuzjazm tak uszczęśliwił Adrienne, że tylko przenosiła wzrok z jednej na drugą, kiedy bzyczały wokół niej jak nadpobudliwe muszki owocówki.

Nagle dostrzegłam, co Megan i Kasey robiły w trakcie rozmowy: pakowały szkolne torby.

Megan nie odpuszczała.

– Wpadłam w taką euforię! Czy ty też ją czujesz, Alexis? Jakbym wykraczała poza…

„Poza zdrowe zmysły", pomyślałam. Ale miałam do odegrania własną rolę.

– Tak – odparłam. – Zdecydowanie. Jestem całkowicie... Mam na myśli to... że postrzegam to jako doskonałą sposobność do... uh... rozwoju. I, bo ja wiem, udoskonalenia.

– Tak! – Adrienne promieniała. – Zdecydowanie.

– Dobrze, to wszystko na teraz – wtrąciła się Kasey. – Chodźmy.

– Och. – Adrienne rozejrzała się wokół. – Moja torba.

– Spakowałam ci ją – powiedziała Megan. – Chciałam być użyteczna. Bardzo lubię pomagać! Uwielbiam być częścią grupy!

Adrienne kilkukrotnie zamrugała. Chyba dostrzegłam łzę w kąciku jej oka.

– Jejku... Dziękuję, Megan.

– Jej! – powiedziała radośnie Megan, obejmując Adrienne.

Pomyślałam, że Megan grubo przesadza, ale Adrienne wyraźnie była zachwycona. Odjejowała Megan i gapiła się na nią jak urzeczona – niczym dzieciak, któremu pokazano największy tort na świecie.

– Powinnyśmy odwieźć Adrienne do domu – stwierdziła Kasey. – Inaczej czeka ją długa droga piechotą.

Adrienne się zarumieniła i odruchowym gestem poprawiła rąbek różowej bluzeczki.

– Nie musicie.

– Ojejciu, oczywiście, że musimy! – zapiszczała Megan. – Jesteśmy siostrami.

Kiedy tylko Adrienne zniknęła w drzwiach swojego domu, Megan opadła na oparcie fotela.

– Do jasnej anielki – powiedziała. – Czuję się, jakby uszy miały mi zaraz odpaść od czaszki.

– Bardzo lubię pomagać? – zapytałam, unosząc brew.

Megan posłała mi zirytowane spojrzenie.

– Mamy książkę, tak?

Odwróciłam się do siedzącej z tyłu i wyglądającej przez okno Kasey.

– A tak przy okazji, to dzięki – rzuciłam. – Świetnie się bawiłam, składając przysięgę. Naprawdę, doceniam to, że wcześniej o niej wspomniałaś. Było cudownie. Po prostu wspaniale.

Na jej twarzy odmalowało się oburzenie.

– Powiedziałyście, że pozwolicie mi się tym zająć!

– Powinnaś była powiedzieć nam całą prawdę.

Usiadła sztywno.

– Ty nie powiedziałaś mi nawet części prawdy, Lexi!

– Cóż, całe szczęście, że tego nie zrobiłam – odcięłam się. – Jeśli nie wiedziałaś, że przysięga jest tak jakby najważniejszą częścią tego wszystkiego, nie uporałabyś się z tym sama.

– To bez znaczenia – wtrąciła Megan. – Zniszczymy książkę i tym samym pozbędziemy się źródła problemu.

Moja siostra pochyliła się do przodu, a jej twarz znalazła się pomiędzy zagłówkami przednich foteli.

– Może nie wspomniałam o tym, bo wiedziałam, że jeśli to uczynię, to na pewno władujecie się w tę sprawę z buciorami.

– Hej! – warknęła Megan. – Bądź promienna!

Kasey splotła ramiona na piersiach i opadła na oparcie.

Usiłowałam się czymś zająć, zmieniając stacje w radiu i szukając dobrej muzyki. A przynajmniej głośnej.

Przez krótką chwilę rozważałam, czy nie opowiedzieć im, jak składając przysięgę, oszukałam i zmieniłam dłoń na lewą. Lecz jakie miało to teraz znaczenie?

Zalała mnie fala złych przeczuć. Miałam wrażenie, jak gdyby intuicja ostrzegała mnie przed czającym się w przyszłości niebezpieczeństwem.

Ale przecież zamierzałyśmy uniknąć zagrożenia, niszcząc centrum mocy Aralta. Pozbędziemy się go, zanim zażąda swojej doli, cokolwiek obiecał mu klub Promyczek.

– Zaplanujmy zatem, jak zniszczymy książkę – powiedziałam, kiedy Megan skręciła w osiedle Silver Sage Acres.

– Jeśli atrament nie jest wodoodporny, to mogłybyśmy wrzucić ją do brodzika obok wspólnego basenu – podsunęła Kasey.

– To zrujnowałoby brodzik. – Szczerze mówiąc, bardziej obawiałam się stowarzyszenia właścicieli niż Aralta. – Potrzebny nam jakiś piec.

– Grill? – zapytała Megan.

– Tak, powinien się nadać – stwierdziłam. – Możemy skorzystać z tego koło placu zabaw.

Wysłałyśmy Kasey przodem po jakąś przekąskę. Tak naprawdę Megan i ja po prostu chciałyśmy się jej pozbyć na czas, kiedy będziemy szukały w garażu opału.

Zarzuciłam na ramię torbę z węglem drzewnym i odwróciłam się, żeby wyjść.

– Poniosę brykiet i książkę – powiedziałam. – Możesz wziąć rozpałkę w płynie i poprosić Kasey o zapałki?

Przeszłam przez ulicę do niewielkiego parku. Nasypałam węgla do paleniska. Potem delikatnie położyłam owiniętą granatowym aksamitem książkę na metalowym ruszcie.

Patrząc na to piękne piśmiennicze rękodzieło, poczułam nagłe ukłucie wątpliwości na myśl o oblaniu go podpałką w płynie i podpaleniu.

A potem przypomniałam sobie, jak zeszłego roku zła lalka Kasey niemal przekonała mnie, bym ją ukryła i dla zapewnienia jej bezpieczeństwa wymordowała swoją rodzinę.

– Przykro mi, Aralcie – powiedziałam.

Nie było innego wyjścia, książka musiała spłonąć.

Pozwoliłam, aby moje palce przesunęły się po wytłaczanej skórzanej oprawie. W dzisiejszych czasach rzadko widuje się tak kunsztowne rzemiosło. Książka przypominała pod tym względem nasz stary dom, olśniewający i zdobny, jedyny w swoim rodzaju. Nie taki pospolity, niczym wykonany od sztancy jak nasze obecne miejsce zamieszkania.

Delikatnie odchyliłam okładkę i zerknęłam na stronę tytułową.

W niewiarygodnie misterny sposób wykaligrafowano na niej: LIBRIS EXANIMUS.

Exanimus…? Wydawało mi się, że słyszałam już wcześniej to słowo. Nie mogłam jednak przypomnieć sobie gdzie.

Co zatrzymywało Megan tak długo? Rozejrzałam się w poszukiwaniu przyjaciółki.

Stała jakiś metr ode mnie w doskonałym bezruchu.

– Och! – rzuciłam. – Wystraszyłaś mnie.

Z zaciekawieniem spoglądała na mnie rozszerzonymi oczami. W jednej dłoni trzymała pudełko zapałek, w drugiej buteleczkę rozpałki w płynie.

– Chronimy twoją siedzibę nawet za cenę naszej krwi i życia – wycedziła.

Potem uniosła buteleczkę i chlusnęła na mnie jej zawartością.

Czas zdawał się stanąć w miejscu. Obserwowałam rozgrywającą się scenę, jakby wszystko to przydarzyło się komuś innemu. Trujący płyn ściekał po moim ubraniu. Megan sterczała nieruchomo niczym statua.

– Co...? – Mój mózg w okamgnieniu dogonił rzeczywistość. – Megan, przestań!

Nie poruszyła się. Wbijała we mnie spojrzenie pustych oczu. A potem ponownie uniosła buteleczkę.

Nie próbowałam odwodzić jej od tego słowami. Po prostu pobiegłam.

Ruszyła za mną, usiłując w biegu ochlapać mnie podpałką. Czułam, jak obrzydliwy płyn osiada na moich włosach i przesącza mi się przez ubranie. Moja koszula całkiem nim przesiąkła, a opary wierciły mnie w nosie.

Dopadła mnie w rogu ogrodzenia i opryskała resztką cieczy, która została jeszcze w butelce.

– Megan, to jakieś szaleństwo! – wykrzyknęłam. – Pomyśl o tym, co wyprawiasz.

Spojrzała na mnie, a potem na buteleczkę i upuściła ją na miękką murawę. Wytarła dłoń o nogawkę dżinsów. Przez sekundę sądziłam, że udało mi się do niej dotrzeć. Nie wyglądała na ogarniętą morderczym szałem, wyglądała absolutnie normalnie.

I wtedy otworzyła pudełko i wyjęła z niego zapałkę.

Zanim zdążyła ją zapalić, puściłam się biegiem przed siebie. Wyminęłam Megan, przecięłam ulicę i pomknęłam w kierunku domu. Wyczuwałam ją za sobą. Nie tylko dotrzymywała mi tempa, lecz skracała dzielący nas dystans.

– Kasey! – wrzasnęłam, pokonując frontowe schodki jednym susem. – Kasey!

Otworzyła drzwi.

– Alexis? Co się dzieje? Dlaczego jesteś mokra?

– Megan próbuje mnie zabić!

Megan przecięła chodnik przed domem i w biegu usiłowała zapalić zapałkę.

Zatrzymałam się i rozejrzałam po domu w poszukiwaniu czegoś, co moglibyśmy wykorzystać do obrony.

Ale moja siostra nie straciła głowy i kiedy Megan wpadła do domu, Kasey podłożyła jej nogę. Megan poszybowała w powietrzu. Wylądowała ciężko, brzuchem na podłodze. Zapałki niegroźnie szurnęły po płytkach.

– Co jest grane? – zapytała Kasey.

Zaczęłam zdzierać z siebie ubranie.

– Megan próbowała mnie zabić – odpowiedziałam. – Zamierzała mnie podpalić.

– O czym ty mówisz? – Megan usiadła. Wyglądała, jak gdyby obudziła się z głębokiego snu.

– Ty, ja, zapałki – powiedziałam. – Coś ci świta?

Megan na mnie spojrzała, krzywiąc się i przyciskając opuszki do oczu, jakby chciała otrzeć łzy.

– Co? Nie... Po prostu nagle ogarnął mnie niezwykły spokój.

Wiedziałam, że to nie jej wina, ale trzęsłam się z gniewu i ze strachu, które nie opuściły mnie jeszcze do końca.

– Cóż, cieszę się, że usiłowanie morderstwa działa na ciebie uspokajająco.

Twarz mojej siostry poszarzała.

– Gdzie książka? Spaliłyście ją?

– Nie. – Ściągnęłam spodnie i wrzuciłam zapałki do zlewu. – Megan znalazła sobie coś lepszego do spalenia. Nadal jest na dworze.

– Przyniosę ją – powiedziała Kasey. Ruszyła w kierunku korytarza. – Jesteś pewna, że nic ci nie jest?

– Masz na myśli to, czy ponownie spróbuję zabić Alexis? – Megan otrzepała dłonie. Kolana miała zaczerwienione. Na jej podbródku wykwitł niewielki siniak. Dotknęła go i syknęła, wciągając powietrze przez zęby. – Wątpię. Nie jestem nawet pewna, czy zdołam ustać na nogach.

Kasey smyknęła za drzwi. Stałam obok zlewu w samych majtkach i staniku. Ochlapałam twarz wodą, ten jeden raz nie przejmując się, że zaleję kontuar i podłogę. Nadal wyczuwałam na skórze zapach podpałki do grilla. Przypomniałam sobie nieobecne spojrzenie Megan. Jeżelibym się postarała, zdołałabym wyobrazić sobie straszliwe gorąco i płomienie spowijające moje ciało niczym druga skóra.

Kiedy opłukiwałam twarz, Megan wydała dźwięk będący czymś pośrednim pomiędzy stęknięciem i piskiem.

– Chcesz na to lodu? – zapytałam.

Nie czekając na odpowiedź, wydobyłam z zamrażarki dwie paczki mrożonego groszku i podałam jej. Przyłożyła po jednej do każdego kolana.

– Przepraszam, Lex – powiedziała. – Przysięgam, że tego nie chciałam.

Śmiech wydobył się z mojego gardła w postaci pomruku.

– Tak, cóż, mam nadzieję.

– Nie rozumiem, co się stało.

– Zagroziłyśmy centrum mocy – wyjaśniłam. – Broniło się, ot i wszystko.

– Pewnie tak.

Otworzyły się frontowe drzwi i weszła Kasey z kanciastym przedmiotem owiniętym w aksamit pod pachą. Musiała przybiec z parku. Na jej wcześniej pozbawionych kolorów policzkach wykwitły rumieńce.

– Tylko spójrzcie – powiedziała ochrypłym głosem.

Położyła książkę na kontuarze i otworzyła na stronie tytułowej. LIBRIS EXANIMUS.

Miałam właśnie powiedzieć, że gdzieś już natknęłam się na tę frazę, kiedy Megan uniosła do ust zaciśniętą pięść.

– Tabliczka Ouija.

Poczułam się jak skończona idiotka, że sama na to nie wpadłam.

Kasey maszerowała już w kierunku sypialni rodziców, gdzie spoczywał laptop mamy. Był jedynym komputerem w domu. Jego miejsce było w królestwie mamy i taty. Tym samym, kiedy dzień pracy dobiegnie już końca, nasze możliwości poszukiwań w sieci zostaną znacząco ograniczone.

Megan, wspierając się na moim ramieniu, pokuśtykała za Kasey. Nie chciałam zaplamić dywanu rodziców łatwopalnym płynem, zaczekałam więc w wyłożonym płytkami korytarzu owinięta ręcznikiem. Megan zerkała przez ramię Kasey, która pisała na klawiaturze.

– *Libris* – przeczytała Megan. – Książka lub tom. *Exanimus*…

Kasey westchnęła i odchyliła się na oparcie.

– Nieżywy – powiedziała Megan. – Martwy.

– Mamy zatem martwą książkę – podsumowałam. – Lub też taką, w której mieszka ktoś nieżywy. Ktoś, kto nie chce, aby cokolwiek przydarzyło się jego „siedzibie".

Megan odwróciła się do Kasey.

– Po co była ta przysięga? Do czego się zobowiązałyśmy?

– Zaczekaj – powiedziała Kasey. Pobiegła z powrotem do kuchni. Wróciła z księgą. Położyła ją obok Megan na łóżku i otworzyła. – Możesz mi to przeczytać?

– Idę pod prysznic – oświadczyłam. – Nawet zwykłe wyładowanie elektrostatyczne w każdej chwili może zamienić mnie w kulę ognia.

Trzykrotnie umyłam włosy i wyszorowałam ciało gąbką, aż moja skóra przybrała odcień jasnoróżowego koralu. Dopiero wówczas poczułam się usatysfakcjonowana i uznałam, że jestem niepalna. Założyłam świeżą koszulkę i czystą parę dżinsów. Zostawiłam brudne ubranie, aby odmoczyło się w balii z zimną wodą. Wszystko to zajęło mi jakieś dwadzieścia minut. Udałam się do pokoju rodziców i opadłam na łóżko obok Megan.

– Jakieś postępy? – zapytałam.

Kasey nie odrywała wzroku od ekranu. Megan obrzuciła mnie ciężkim spojrzeniem i podała mi notatnik. Zapiski dotyczyły wyników poszukiwań.

ŚLUBUJĘ LOJALNOŚĆ JEMU, KTÓRY ZSYŁA OBFITOŚĆ (KLEJNOTY/KOSZTOWNE DARY/SKARBY?) ORAZ (WDZIĘK/PRZYCHYLNOŚĆ?).

ZAPRASZAM GO DO (ZRZESZENIA/ZWIĄZKU) I PRZYSIĘGAM, ŻE NA JEGO WEZWANIE ZWRÓCĘ (KLEJNOTY/KOSZTOWNE DARY/SKARBY?).

WSPÓLNIE (ROZKWITNIEMY/WZROŚNIEMY) I OKAŻEMY HONORY TEMU, KTÓRY JEST ________________ W TYM ŚWIĘTYM NACZYNIU.

TAK PRZYSIĘGAM TOBIE, ARALCIE.

– To po gaelicku – wyjaśniła Megan. – Po irlandzku.

– A to brakujące słowo? – zapytałam.

Nieoczekiwanie Kasey powoli uniosła głowę i odwróciła się w naszą stronę. Usta miała rozchylone. Zwilżyła wysuszone wargi językiem i potrząsnęła głową.

– Kasey, wykrztuś to – powiedziałam.

– Szlachetny – wyszeptała Kasey. Zdążyłam tylko pomyśleć: „Cóż, to nie najgorzej".– Pełen wigoru... Chutliwy – podjęła.

– Chutliwy? – powtórzyłam.

Megan usiadła prosto.

– Fuj.

Kasey zaczynała sprawiać wrażenie, jakby to wszystko ją przerastało. Miałam właśnie zasugerować, byśmy zrobiły sobie przerwę, kiedy zadźwięczał dzwonek.

Poderwałyśmy się równocześnie. Kasey chwyciła notatki i usunęła ślady poszukiwań z komputera. Megan owinęła książkę aksamitem i pokuśtykała z nią ku miejscu, w którym leżała jej torba. Ja pobiegłam do pokoju Kasey. Wyjrzałam przez żaluzje.

Na naszym ganku, wyglądając promiennie w sposób osiągalny tylko dla członkiń klubu Promyczek, stała Tashi. Ciemnogranatowa, ściągnięta paskiem sukienka podkreślała jej szczupłą talię. Jej loki lśniły w promieniach słońca niczym fryzura z renesansowego obrazu.

Wszystkie trzy równocześnie dotarłyśmy do drzwi. Megan poprawiła włosy. Kasey wygładziła rękawy, które wcześniej podciągnęła powyżej łokci.

Tashi nie zadzwoniła ponownie. Kiedy otworzyłam drzwi, nawet na mnie nie spojrzała. Wpatrywała się w niebo, na którym pojawiły się pasma chmurek. Zachodzące słońce podświetlało obłoki różowym blaskiem.

– Cześć, dziewczyny – powiedziała, odwracając się w naszą stronę.

– Cześć – odpowiedziałyśmy chórem.

Wydawała się nieco skrępowana.

– Więc... Adrienne zadzwoniła do mnie przed chwilą, spanikowana. Nie może znaleźć książki i sądzi, że możecie ją mieć. Ale żadna z was nie odbierała telefonu. Poprosiła, żebym do was zajrzała i to sprawdziła, ponieważ mieszkam przy tej samej ulicy.

– Och, naprawdę? – zapytałam. – Pod którym numerem?

– Sto trzydziestym trzecim – odparła. Zerknęła do wnętrza naszego domu i parsknęła krótkim śmiechem. – Wygląda... w zasadzie całkiem tak samo jak ten.

– A to ci niespodzianka – stwierdziłam.

W tym momencie zorientowałam się, że przygląda się moim mokrym włosom. Zamarłam.

Ale o nic nie zapytała.

– Zatem... mama czeka na mnie z obiadem – powiedziała Tashi. – Muszę się zaraz zbierać. Macie ją, dziewczyny?

– Książkę? – zapytałam, zerkając w głąb domu. – Nie wydaje mi się.

Tashi uniosła palec i wskazała.

– Czy to może ona? W tym fioletowym plecaczku?

Nasza trójka odwróciła się, by spojrzeć na skrawek granatowego aksamitu wystający z torby Megan.

– O rany! – wykrzyknęła Megan, podchodząc do niego. – Jejku, jakie to dziwne. Tylko popatrzcie. W jakiś sposób wylądowała w moim plecaku. Zaraz odwiozę ją Adrienne.

– Mogę ją wziąć – powiedziała Tashi. – Później idę się tam uczyć.

Miała w sobie leniwą, naturalną energię kojarzącą mi się z kowbojem. Sprawiała wrażenie, że nic nie jest w stanie jej wzburzyć. Ale po chwili dostrzegłam, że jej lewa dłoń zacisnęła się na fałdzie spódnicy tak mocno, że kiedy go puściła, materiał był pomięty i wilgotny od potu.

– Ale jeśli Adrienne chce ją teraz… – zaczęła Megan.

Tashi przewróciła oczami, co wydało mi się balansowaniem na granicy zasad dobrego zachowania propagowanych przez klub Promyczek.

– Adrienne musi się nauczyć, jak zachowywać spokój – oświadczyła. – Ma zbyt obsesyjny stosunek do tej książki. Dobrze jej zrobi, kiedy się przekona, że może spuścić ją z oczu na dwadzieścia minut.

Zapadła cisza.

– Jesteś tego pewna? – zapytała Megan.

– Szczerze? – odparła Tashi. – Niezbyt mnie to obchodzi. Ale nie ma potrzeby, żebyś specjalnie jechała aż do Lakewood, skoro i tak wybieram się tam po obiedzie. Uspokoi się, kiedy jej powiem, że książka jest u mnie.

Megan się zawahała.

– Rób, jak chcesz. – Tashi zaczęła się odwracać. – Ale przynajmniej do niej zadzwoń.

– Nie – odparła Megan. – Proszę, ty ją weź.

Wyszła przed dom w złoty wieczorny blask, trzymając wolumin, jak gdyby składała go w ofierze.

Tashi roześmiała się ponownie, biorąc go od niej.

– Adrienne chyba by umarła, gdyby wiedziała, że łazicie z nią po okolicy. Sądzi, że jeśli ktoś ją zobaczy, od razu się domyśli, że jest świętym naczyniem i spróbuje ją ukraść lub coś w tym stylu.

Kiedy drzwi zaczęły się już zamykać, wyciągnęła dłoń, by je przytrzymać.

Wydawało się, że w pokoju aż trzeszczy od skumulowanej energii.

Tashi zmrużyła oczy.

– Megan, co ci się stało w kolana?

– Potknęłam się – odpowiedziała Megan. – Wychodząc z… na… na płytkach. Najprawdopodobniej powinnam jutro założyć długą spódnicę. Inaczej podczas Ulepszenia czeka mnie pogrom. Siniaki są zupełnie niepromienne. – Parsknęła udawanym śmiechem.

„Ha, ha, ha, pogromy są takie zabawne".

– Nie martwiłabym się o to – powiedziała Tashi. – Ale masz plamy na ubraniu.

Wszystkie spojrzałyśmy na jasnoróżową bluzkę Megan. Blisko rąbka po obu stronach widniały szarawe plamy.

– Masz rację – stwierdziła Megan.

– Mogą nie zejść – powiedziała Tashi, odwracając się, żeby wyjść.

Potraktowałam to jako osobiste wyzwanie.

– Bądź promienna – powiedziałam.

Posłała mi krzywy uśmiech i ruszyła w kierunku chodnika. Zbite w grupkę, odprowadziłyśmy ją wzrokiem aż do parku.

– Wie, że celowo wzięłyśmy książkę – rzekła Megan. – Musi o tym wiedzieć.

– Na pewno uważa, że zrobiłyśmy to przez przypadek – odpowiedziała Kasey, nadal wyglądając przez okno. – Jest niezwykle ufna.

– Podsumujmy, co wiemy – odezwała się Megan. – Dopóki nie odkryjemy bezpiecznej metody zniszczenia książki, jesteśmy w jakiś sposób związane z Araltem. Przysięgłyśmy ofiarować mu coś w zamian za całą tę zabawę. I... – Skrzywiła się z odrazą. – Jest chutliwy.

Całą tę zabawę? Przypatrywałam się Megan, być może o milisekundę za długo, zanim się odezwałam.

– Nadal możemy prowadzić poszukiwania dotyczące *libris exanimus*. Ale musimy pogodzić się z faktem, że dziś nie zamkniemy tej sprawy. I nie zdołamy zniszczyć księgi.

– Ponieważ jej nie mamy – uzupełniła Megan.

– Nawet gdyby tu leżała – powiedziałam. – To zbyt ryzykowne.

Ale wszystko się jakoś ułoży. Ta myśl pojawiła się w mojej głowie niczym przeczucie.

– Ale wszystko się jakoś ułoży – powiedziałam.

Megan i Kasey wzruszyły ramionami.

– Pewnie tak – powiedziała Kasey, nie do końca przekonana.

Przez następną godzinę usiłowałyśmy znaleźć więcej informacji. Kasey przeszukiwała sieć, podczas gdy ja zajęłam się bluzką Megan.

Nie zdołałyśmy dowiedzieć się wiele o *libris exanimus*. Udało nam się odszukać jedynie definicje obu słów oraz samotny akapit na stronie poświęconej okultyzmowi. Sprawił, że zaczęły się nam wydawać jakąś mroczną miejską legendą:

Jeżeli jakikolwiek wolumin pozostawał nieodkryty przez wystarczająco długi czas i zdołał uniknąć najczęstszej formy zniszczenia (spalenia przez pobożną miejscową ludność lub duchowieństwo), uważano powszechnie, że został ukryty tak dobrze, iż niemal na pewno zbutwiał.

– Cóż, nasza książka nie jest zbutwiała – powiedziała Megan z nutką sprzeciwu w głosie.

– Ale jeśli coś nie żyje, to jak można powstrzymać to przed rozkładem?

– Łącząc owo „coś" z czymś, co jest żywe?

Usiadłam prosto.

Może przysięga pozwalała Araltowi żerować na dziewczynach, mniej więcej w ten sam sposób, w jaki one wykorzystywały jego. Zyskiwały coś, co czyniło je popularnymi, pięknymi i mądrymi, podczas gdy on wysysał z nich życiową energię. Symbioza. Jak w przypadku hipopotamów i tych małych ptaszków żywiących się ich pchłami.

– Hej, dziewczyny, posłuchajcie tego – odezwałam się, podnosząc notatnik, w którym Megan zapisała tłumaczenie. – *Zapraszam go do związku. Wspólnie wzrośniemy.*

Kąciki ust Kasey ze strachu wygięły się w dół.

Zaparło mi dech.

– Centrum mocy – stwierdziłam. – To nie książka nim jest. Są nim dziewczęta, które złożyły przysięgę. Klub Promyczek.

– My wszystkie – powiedziała powoli Megan.

„Nie wszystkie". Unikałam jej wzroku.

– Co to oznacza? Czego mam szukać? – spytała Kasey.

– To znaczy, że spalenie książki nic nam nie da. Jest tylko uświęconą instrukcją. Może mieszka w niej, kiedy nie ma klubu

Promyczek, na którym może pasożytować. – Czując przypływ energii, którego źródłem była moja własna dalekowzroczność, zajęłam miejsce Kasey przy komputerze. – Daj mi spróbować.

Wystukałam na klawiaturze „Aralt". Tak sformułowane zapytanie zwróciło zbyt wiele wyników. Dodałyśmy więc różne słowa, zaczynając od „przysięga", a kończąc na „duch". Żadna kombinacja się nie sprawdziła, dopóki nie wpisałam: *Aralt+Irlandia+książka.*

Otrzymałam tylko jeden wynik: HISTORIA RODZINNA O'DOYLE'ÓW Z HRABSTWA KILDARE.

Kliknęłam hiperłącze i na monitorze wyświetlił się komunikat o błędzie: *Nie udało się odnaleźć strony.*

– Ślepy zaułek – skomentowała Megan. Westchnęła i odwróciła się do lustra nad toaletką. Przeczesała palcami włosy.

– Niekoniecznie – odparłam, wracając na stronę wyszukiwarki. Kliknęłam hiperłącze oznaczone jako „kopia". Prowadziło do zarchiwizowanej wersji witryny. Na monitorze wyświetlił się pojedynczy akapit tekstu napisanego czerwonymi wersalikami na czarnym tle.

USUWAM CAŁĄ ZAWARTOŚĆ Z POWODU SKRAJNEGO NARUSZENIA PRYWATNOŚCI, KTÓRE WYKRACZA DALEKO POZA TO, CO GOTÓW UZNAĆ JESTEM ZA UPRZEJME, A NAWET LEGALNE!!! NIE MAM OCHOTY NA DALSZĄ WALKĘ Z WAMI, FASZYSTAMI, Z POWODU GŁUPIEJ STRONY!

– Um... interesujące – skomentowała Kasey. – Ale to w niczym nam nie pomoże.

Usiłowanie wyszukania telefonu do O'Doyle'ów przyniosło rezultat w postaci tysięcy numerów.

– Zaczekajcie – powiedziałam, wchodząc na inną witrynę.

Wpisałam adres domeny, której próba odwiedzenia zaowocowała komunikatem o błędzie i uzyskałam informacje o jej właścicielu.

```
dane administratora: 233_9_/v^73_
n1e tw0j 1nteres 123, n1gdzie, USA
```

Poniżej podano nieprawdziwy numer telefonu.

– Och, teraz mamy wszystkie odpowiedzi – westchnęła Kasey i opadła na łóżko.

Gapiłam się na nazwę właściciela domeny. To była tylko zbitka liter, numerów i symboli, lecz było w niej coś znajomego. „O" zastąpiono zerem. A zamiast „I" użyto cyfry jeden.

– To jest leet*. – Zapisałam 1337 w notatniku Kasey. – L-e-e-t. Jeden z chłopaków w Szwadronie Zagłady uważał się za genialnego hakera. Zapisywał wszystko w taki właśnie sposób.

Wróciłam na stronę wyszukiwarki i w okienku wpisałam ZEERGONATER.

Otrzymałam listę wyników. Słowo pojawiało się na różnorakich forach internetowych, głównie tych poświęconych miejskim legendom i teoriom spiskowym, a czasami również i grom.

– To nam nie pomoże – powiedziała Kasey. – Raczej nie podał nigdzie swoich prawdziwych personaliów.

– Tak, ale... nikt nie jest nieomylny – odpowiedziałam.

---

* Leet – sposób zapisu, w którym litery zastępowane są znakami ASCII. Pochodzi z okresu zaraz po powstania internetu lub nawet z czasów wcześniejszych. Nazwa jest skrótem od „elite" (elita), którym to terminem określano użytkowników o ponadprzeciętnej wiedzy i/lub możliwościach (hakerów, power userów, administratorów, moderatorów, etc.) [przyp. tłum.].

Przeczytałam część postów. Zeergonater miał zadrę wielkości San Francisco z powodu tego, jak traktował go świat, i kompletnego szmergla na punkcie zacierania śladów i zachowania anonimowości.

W końcu natrafiłyśmy na wskazówkę. W poście wyjaśnił, dlaczego zdecydował się na miejsce, w którym mieszkał. Napisał, że w odległości trzech godzin drogi może jeździć na nartach, surfować lub udać się na biwak. A dodatkowo nie ma tam podatku od sprzedaży.

– Oregon – powiedziała Kasey.

– Skąd ten wniosek? – zapytałam.

– Brak podatku od sprzedaży – wyjaśniła. – Góry. Ocean. Lasy.

Wyszukanie O'Doyle'ów z Oregonu także zaowocowało setkami odnośników.

– Wróć do tego fragmentu o nartach – poleciła Kasey.

Kliknęłam kilka razy wstecz i wróciłam do drugiego postu Zeergonatera w wątku, w którym opublikował zdjęcie swych cennych nart.

– Popatrzcie – powiedziała Kasey, wskazując coś na ekranie. Na każdej z nart były wytrawione czerwone litery LBO.

Wróciłam do spisu abonentów.

Lance B. O'Doyle. I numer telefonu. Chwyciłam komórkę i wybrałam numer.

– Słucham?

– Dzień dobry, czy rozmawiam z Lance'em?

Chwila ciszy.

– Tak?

– Mam do pana pytanie. Dotyczy osoby o imieniu Aralt.

– Mówiłem wam, żebyście zostawili mnie w spokoju! – warknął. – Zamknąłem tę głupią stronę. To była tylko rodzinna genealogia, coś, co napisałem dla babci!

– Nie wiem, co pan ma na myśli – odpowiedziałam. – Nie dbam o stronę ani o powody, dla których pan ją zamknął.

Zamilkł na chwilę.

– Zatem… skąd wiesz o Aralcie?

– Gdzieś o nim usłyszałam. Zaciekawiło mnie to.

– Ha – odparł. – Nie słyszałaś nigdy, że ciekawość to pierwszy stopień do piekła? Posłuchaj, dziewuszko. Nie chcesz zadrzeć z Araltem. Gdzieś tam istnieją ludzie, którzy mogą – i zapewne właśnie tak uczynią – zamieść tobą podłogę.

Powiem szczerze: jak dla mnie brzmiało to nieco melodramatycznie.

– Proszę – odpowiedziałam. – Nigdy więcej nie będę pana niepokoiła. Po prostu proszę mi powiedzieć, co pan wie o Aralcie.

– Och, wiem, że nigdy więcej nie będziesz mnie niepokoiła – odparł. – Nigdy więcej nie uda ci się mnie odszukać.

Ale nie odmówił udzielenia odpowiedzi na moje pytanie.

– Na swojej stronie wspomniał pan o hrabstwie Kildare? – podjęłam. – To w Irlandii, prawda? Czy to stamtąd pochodzi?

Westchnął.

– O'Doyle'owie, moi przodkowie, należeli do znaczniejszych rodów w hrabstwie, choć nie posiadali tytułu szlacheckiego. Tytuły to nie wszystko.

Wychwyciłam w jego tonie obronną nutę, która podpowiedziała mi, że lepiej uciec się do pochlebstwa.

– Nie, oczywiście, że nie.

– Aralt Edmund Faulkner był diukiem Weymouth. Tytuł przypadł mu po tym, jak jego wuj zginął na morzu. Był playboyem – rozkochiwał w sobie kobiety, a potem łamał im serca i porzucał je zrujnowane. A w tamtych czasach zostać zrujnowaną kobietą to nie było nic dobrego. Kilka z nich popełniło samobójstwo. Tak więc w zasadzie ród Aralta wysłał go do Irlandii, aby trzymać go z dala od kłopotów.

– To brzmi, jakby był z niego niezły palant – odważyłam się powiedzieć.

– Tak, cóż, kiedy zadarł z O'Doyle'ami, posunął się za daleko – powiedział Lance i wychwyciłam w jego głosie nutkę dumy. – Moim pra-pra-pra-pra-pra-pradziadkiem był kapitan Desmond O'Doyle, oficer Marynarki Królewskiej. Wróciwszy z długiej kampanii, zastał żonę w piątym miesiącu ciąży, noszącą dziecko innego mężczyzny.

– Aralta? – zapytałam.

– Bingo – powiedział Lance. – Była tak ogarnięta wstydem, że rzuciła się z mostu.

– To straszne.

– Desmond wyzwał Aralta na pojedynek, który Aralt oczywiście przegrał, ponieważ był leniwym playboyem. I nawet kiedy leżał już na łożu śmierci, towarzyszyła mu kolejna uwiedziona młódka, która płakała i wyznawała mu swą miłość.

– Kim ona była?

– Jakąś prostaczką. Może włóczęgą, jak Cyganie? Kiedy umarł, zniknęła. Ale legenda głosi, że wzięła ze sobą jego serce, by na zawsze pozostał jej.

Um, fuj.

– A co z książką? – zapytałam. – *Libris exanimus*?

– Z czym?

Postanowiłam zmienić temat.

– Kto zmusił pana do zamknięcia strony?

– Nie wiem, kim oni są – odparł. – To tchórze. Kryją się za plecami pary prawników, którzy gotowi są posunąć się niemal do wszystkiego prócz zmiażdżenia mi rzepek w kolanach.

– Ale dlaczego? – zapytałam.

– Kto to może wiedzieć? Nie są jego potomkami, ród wygasł wraz z diukiem, co miło mi powiedzieć. W dwudziestostronicowej historii wspomniałem o Aralcie Faulknerze na jednej stronie. A oni poszczuli na mnie swoich prawników niczym psy spuszczone z łańcucha. – Zamilkł na chwilę. – A teraz powiedz, jak mnie znalazłaś?

Kiedy mu o tym opowiadałam, słyszałam, jak stuka w klawiaturę. Gdy się rozłączymy, posty na forach internetowych i zdjęcie nart znikną z sieci na zawsze.

– A teraz mnie posłuchaj – powiedział. – Ja nie żartuję, dziewuszko. Nie chcesz zadrzeć z tymi ludźmi.

Kasey pociągnęła mnie za rękaw. Przekartkowała swój notatnik. Zatrzymała się na stronie z nagłówkiem TABLICZKA OUIJA. Pod EXANIM pokazała ELSPETH.

– Um, mam jeszcze jedno pytanie. Czy żona Desmonda miała może na imię Elspeth? – zapytałam.

– Nie – odparł. – Miała na imię Radha.

Spoglądając na siostrę, pokręciłam głową.

– Czy ktokolwiek inny w tej historii miał tak na imię? – wyszeptała Kasey.

– Co to było? Kto jest tam z tobą? – zapytał Lance. – Kto słucha naszej rozmowy?

– Nikt – odpowiedziałam. – To tylko moja młodsza siostra.

– W porządku – powiedział Lance. – A teraz posłuchaj, Doro Odkrywczyni*: jeśli będziesz drążyć temat Aralta, wpakujesz się w coś, co cię przerasta. Lepiej wraz z siostrą poszukajcie sobie do zabawy jakichś lalek.

Rozłączył się.

– Lalek – powtórzyłam. – Jasne.

– Jest nieco spięty – skomentowała Kasey.

– Wiemy, kim był Aralt – powiedziała Megan. – To nie tak źle jak na jeden dzień.

Nie wydało mi się to specjalnym osiągnięciem.

– Wiedza, że był kobieciarzem, w niczym nam nie pomaga. Potwierdza tylko tę jego chutliwość.

– Ta informacja o Cyganach to nie byle co. – Megan zbliżyła się do maminej toaletki. Rozmarzona gapiła się na swoje odbicie w lustrze. – To całkiem romantyczne, nie sądzicie?

– Która część? – zapytałam. – Ta, w której zostawił za sobą łańcuszek zrujnowanych kobiet? Czy ta, w której się zabijały, żeby zmazać hańbę wynikłą z zadurzenia się w nieodpowiednim typie?

Cofnęła się. Wydawała się urażona.

– Nie twierdzę, że chciałabym, by przytrafiło mi się coś takiego. Po prostu mówię, że zakochanie się w kimś tak głęboko, że dla tej osoby byłabyś gotowa poświęcić wszystko, jest…

– Chore – wtrąciła Kasey. – Przepraszam.

Megan zadarła nos.

– Będziemy zmuszone uszanować swoje odmienne opinie.

---

* W oryginale *Dora the Explorer* – nawiązanie do amerykańskiego serialu animowanego z lat 2000–2015, w Polsce emitowanego pod tytułem *Dora poznaje świat* [przyp. tłum.].

Nie chodziło o to, że akceptowałam sposób, w jaki Megan broniła Aralta. Ale jeśli się kogoś kocha, naprawdę kocha, to czy poświęcenie wszystkiego dla dobra tej osoby jest czymś złym?

Wiecie, patrząc obiektywnie.

Nigdy wcześniej się nad tym nie zastanawiałam. Wpatrywałam się w ekran komputera.

Kasey zamknęła przeglądarkę.

– Zgadzam się z Megan – oświadczyła. – Wydaje mi się, że na dziś wystarczy.

Miałam właśnie odpowiedzieć, kiedy dobiegł nas łoskot towarzyszący otwarciu drzwi garażu.

– Mama wróciła – rzuciłam. – Wyczyść historię!

Wręczyłam Megan jej bluzkę i pobiegłam do łazienki, żeby się przebrać. Tashi miała rację. Żadna ze znanych mi metod usuwania plam nie dała widocznego rezultatu.

Palce Kasey tańczyły po klawiaturze.

– Powiem jej, że pisałam wypracowanie na angielski – rzuciła. – Zmykajcie stąd.

Przeszłam pospiesznie do salonu. Opadłam na sofę dosłownie na sekundy przed tym, nim mama wyszła z garażu.

Dotarła do końca korytarza i spojrzała na mnie.

– Kochanie, nie jesteś gotowa!

– Na co? – zapytałam.

– Żartujesz? – odparła. – Na swoją rozmowę kwalifikacyjną! Naprawdę powinnyśmy już wychodzić.

Och, racja. Młodzi Wizjonerzy.

Megan pomachała nam na pożegnanie i wyszła. Udałam się do swojego pokoju i gapiłam się na szafę kompletnie zagubiona.

W końcu zdecydowałam się na marszczoną czerwoną bluzeczkę, świąteczny prezent od mamy, oraz wąską szarą spódnicę, dar jednej z jej współpracowniczek (ludzie, którzy stracą wszystko w pożarze, dostają sporo używanych ciuchów). Wetknęłam rąbek bluzeczki pod spódnicę i, kierowana impulsem, wsunęłam w szlufki wąski żółty paseczek od Megan. Ze sterty w rogu szafy wydobyłam parę używanych butów pani Wiley – czółenek z ciemnobrązowej skóry o ozdobnie wyciętych boczkach. W lustrze mignęło mi własne odbicie i uznałam strój za odpowiedni. A mimo to nie potrafiłam stłumić niepokoju związanego z niezgrabną dziewczyną o przetłuszczonych włosach, która go nosiła.

Czy ja naprawdę łażę na co dzień, wyglądając w taki sposób? I czy zdałam sobie z tego sprawę jedynie dlatego, że znalazłam się w otoczeniu grupki pięknych dziewczyn?

Przeszłam do łazienki i spięłam włosy w kucyk. Potem zaczęłam eksperymentować z zestawem do makijażu należącym do Kasey. Nie miałam wprawy z pędzelkami, pudrami, mazidłami i tuszami, ale jakoś sobie radziłam. Usiłowałam przypomnieć sobie, jak korzystała z nich Megan, i ją naśladować.

Z ulgą stwierdziłam, że za każdym pociągnięciem pędzelka moje odbicie w lustrze stawało się coraz mniej odrażające.

Mama przystanęła w drzwiach łazienki. Ostentacyjnie spojrzała na zegarek.

– Prawie gotowe – powiedziałam.

– Już jesteśmy spóźnione – odparła. – Wcale mi się to nie podoba. Wiesz, jak ważna jest punktualność.

– Czy mogę pożyczyć twoje kolczyki z różami?

Złapałam ją z opuszczoną gardą.

– Tak… ale pospiesz się, proszę. Czy naprawdę musisz nakładać aż trzy odcienie cieni do powiek?

– Mamo – odparłam, odwracając się do niej. – Twoje zrzędzenie wcale niczego nie przyspiesza. Proszę, przynieś te kolczyki.

Wróciła zaraz i położyła je na blacie.

– Będę czekała w kuchni, aż wasza wysokość się przyszykuje – powiedziała, wychodząc z łazienki. – Dziś wieczór naprawdę coś w ciebie wstąpiło, Alexis.

„Nie wiesz nawet, jak blisko prawdy jesteś", pomyślałam, nachylając się, aby rozetrzeć cień do powiek.

11

– WARREN? ALEXIS WARREN?

Recepcjonistka skierowała mnie do sali konferencyjnej z wielkim stołem pośrodku. Po przeciwległej stronie stołu zasiadało pięcioro jurorów, wliczając Farrin McAllister. Po mojej czekało samotne krzesło.

Poczułam się jak przed plutonem egzekucyjnym.

Rozważałam, czy powinnam przywitać się z Farrin, udawać, że się nie znamy, czy też zachować się jeszcze jakoś inaczej. Ale gdy tylko usiadłam, przemówiła.

– Rozmawiałam z Alexis, kiedy wpadła podrzucić swoje zgłoszenie – powiedziała, nie spoglądając na mnie. – Jej prace wywarły na mnie wrażenie.

Było jasne, że pozostali sędziowie liczą się z opinią Farrin. Paru wyprostowało się na krzesłach. Spojrzeli na mnie prawie tak, jakbym to ja była kimś, na kim dobrze byłoby wywrzeć wrażenie. Facet siedzący z samego skraju poprawił nawet muszkę.

– Zatem… powiedz nam, co oznacza dla ciebie fotografowanie – poprosiła zasiadająca pośrodku kobieta.

– Co oznacza dla mnie? – powtórzyłam. Moje skryte pod blatem dłonie drżały.

Czekali na odpowiedź.

Przez głowę przepłynęły mi różne frazesy: „Oznacza dzielenie się moimi pomysłami ze światem". „Oznacza tworzenie pięknych i ekscytujących obrazów".

– Ja... Nie wydaje mi się, żeby cokolwiek znaczyło.

„Żegnaj, samochodzie, żegnaj".

– Mam na myśli – podjęłam i nagle odpowiedź sama pojawiła się w mojej głowie – że nie jest czymś, nad czym się zastanawiam. Nie robię tego po to, aby coś wyrazić. Po prostu robię zdjęcia. To część mnie.

Farrin pochyliła się w moim kierunku.

– Jaka jest twoja ulubiona fotografia?

Na to pytanie potrafiłam odpowiedzieć bez zastanowienia.

– *Puszka groszku* Oscara Tollera.

– Powiedz nam dlaczego – poprosiła.

– Oscar Toller był fotografikiem, który dowiedział się, że traci wzrok. Każdego dnia fotografował zatem coś, co pragnął zapamiętać. Jedno ze zdjęć zrobił stojącej na kontuarze puszce groszku. Światło pada na nią w taki sposób, że wygląda to niemal tak, jak gdyby otaczała ją aureola.

Obserwowali mnie, a ja się zastanawiałam, czy nie popełniłam właśnie wielkiej taktycznej omyłki. *Puszka groszku* nie należała do najbardziej znanych zdjęć Oscara Tollera.

Żadne z nich nie odezwało się słowem, kontynuowałam więc drżącym głosem:

– I choć jest to tylko zwyczajna aluminiowa puszka stojąca na kuchennym blacie, to sprawia, iż nachodzi mnie pewna myśl. O tym, że fotografowanie nie sprowadza się do znajdowania nowych sposobów ukazania czegoś, lecz raczej... do pokazania innym, w jaki sposób ja coś postrzegam.

– Czy wydaje ci się, że sposób, w jaki patrzysz na świat, jest wyjątkowy? – zapytał mężczyzna z muszką.

– Tego nie wiem – odparłam. – Zapewne nie. Ale nawet jeśli taki nie jest... możliwość podzielenia się nim z kimś... to właśnie jest wyjątkowe.

Zauważyłam, że po kolei podają sobie moje portfolio i serce zatrzepotało mi w piersi. Ale słowa napływały same, mówiłam więc dalej.

– Mam na myśli to, że dla większości ludzi aluminiowa puszka pozostanie aluminiową puszką. Ale jeśli miałaby być ostatnią rzeczą, jaką państwo ujrzą... mogłaby być piękna. Albo smutna. I to właśnie czuje się, spoglądając na tę fotografię.

Na długą chwilę zapadła cisza. Nieoczekiwanie poczułam, jak moja nerwowość gdzieś znika. Nie wstydziłam się własnego podejścia do fotografiki. Zamierzałam po prostu odpowiedzieć na zadane pytanie.

– Przynajmniej ja tak to odbieram – dokończyłam.

– Nie pracujesz z formatami cyfrowymi? – zapytała jedna z kobiet. – Nie robisz też kolorowych zdjęć?

– Zrobiłam trochę, ale przepadły.

Zaniepokojona uniosła wzrok. Gubienie różnych klamotów prawdopodobnie nie zajmowało wysokiego miejsca na liście oczekiwanych kwalifikacji potencjalnych kandydatów na stażystów.

– W pożarze – dodałam.

Kilku jurorów wydało współczujące pomruki. Zdałam sobie sprawę, że jeśli byli fotografikami, potrafili zrozumieć, jak to jest stracić wszystko.

– Być może znajdę cyfrowy aparat pod choinką – powiedziałam. – Do tego czasu będę po prostu pracowała w ciemni.

– W domu? – zapytał ktoś.

– Nie, w Surrey Community College. – Wzruszyłam ramionami. – Miałam kiedyś ciemnię w domu, ale ona też przepadła.

Kilkoro z nich spojrzało na mnie i uśmiechnęło się, łapiąc żart.

– Brałaś lekcje? – zapytał mężczyzna z muchą.

Bez wątpienia jeden nieudany tydzień nie podpadał pod tę kategorię.

– Nie.

– Twoje szczęście – wymamrotała jedna z kobiet i wszyscy się roześmiali.

– Sądzisz, że zdołasz znieść lato wypełnione parzeniem kawy, sporządzaniem kopii i odbieraniem telefonów? – zapytała kolejna jurorka.

Spojrzałam jej prosto w oczy.

– Zniosłam już gorsze rzeczy.

Umilkli.

Potem odezwała się Farrin.

– Jeszcze jedna kwestia.

Spojrzałam na nią.

– Opisz swoją pracę jednym wyrazem – poleciła.

Słowo padło z moich ust, zanim zdążyłam się zastanowić:

– Moja.

* * *

Gdy wraz z mamą spacerowałam pośród tłumu rywali i rywalek, poczułam się zadowolona z tego, że ubrałam się inaczej niż zazwyczaj – był tu punk z irokezem, chłopak w fioletowym garniturze i skórzanym krawacie oraz dziewczyna-kujonka przywodząca mi na myśl Cartera. Wszyscy pozostali byli ubrani, jak gdyby wybierali się do wyszukanej restauracji ze swoimi ciotecznymi babkami. Zlewali się w jedną masę. Najdziwniejsze w tym wszystkim było to, że mój strój nie składał się z żadnych nowych ubrań. Po prostu nigdy wcześniej nie przyszło mi na myśl, aby połączyć jego elementy.

Zza pleców dobiegł mnie odgłos otwieranych drzwi i zwielokrotniony stukot kroków.

– Będziemy kontynuować po pięciominutowej przerwie – powiedział mężczyzna z muchą i jurorzy opuścili salę.

Prawie dotarłyśmy do samochodu, kiedy mama przypomniała sobie, że zostawiła książkę na ławce w środku. Wróciła po nią. Przejrzałam listę nieodebranych połączeń na telefonie. Chciałam wiedzieć, czy Carter próbował skontaktować się ze mną. Nie zauważyłam więc zbliżającej się do mnie Farrin.

– *Puszka groszku* – powiedziała. – Poważnie?

Prawie upuściłam telefon.

– Nie podoba się pani? – zdołałam wydusić.

– Nie ma znaczenia, co ja o niej sądzę – odpowiedziała, uśmiechając się jak Mona Lisa. – To my zapytaliśmy ciebie.

– Uwielbiam ją – potwierdziłam. – Nie wiem, jak ubrać to w słowa.

– To nie twoje zadanie – odpowiedziała. – Jesteś fotograficzką. Ale wiesz co, ja również ją uwielbiam.

Usiłowałam odpowiedzieć jej uśmiechem, ale jestem pewna, że to był raczej grymas.

– Wyglądasz dziś inaczej. Powinnaś częściej układać włosy w taki sposób – powiedziała Farrin. – Masz ładnie zarysowane policzki.

– Dziękuję. – Próbowałam się nie zarumienić.

To nie miało znaczenia, Farrin nie spoglądała już na moją twarz.

– Pokaż mi swoje dłonie – poprosiła ściszonym głosem.

Uniosłam prawą rękę, zastanawiając się, czy istnieje jakaś doskonała struktura kośćca do trzymania aparatu.

Farrin dotknęła mojego nadgarstka i spojrzała na mnie.

– Wiedziałam, że coś w tobie jest – rzekła. – Ale nigdy bym się nie domyśliła…

Puściła moją rękę, a ja natychmiast schowałam ją do kieszeni. Farrin nadal mnie obserwowała.

– Nie masz w domu ciemni? – zapytała.

Potrząsnęłam głową.

Mama właśnie wracała. Znajdowała się wystarczająco blisko, aby przypatrywać nam się z zaciekawieniem.

– Proszę – powiedziała Farrin – nie krępuj się tu przyjść i skorzystać z mojej. Kiedy tylko zechcesz.

Oddaliła się, podekscytowana niczym dzieciak, który właśnie został posadzony na grzbiecie kucyka. Jedyną reakcją, do której okazałam się zdolna, było upewnienie się, że szczęka nie opadnie mi aż do ziemi.

– Co, na matkę ziemię, właśnie tu zaszło? – zapytała mama.

– Nie mam zielonego pojęcia – odpowiedziałam.

Najwyraźniej miałam najlepsze dłonie do trzymania aparatu po tej stronie Missisipi. Lub też Farrin od bardzo dawna nie spotkała nikogo, komu *Puszka groszku* podobałaby się równie mocno, jak jej.

12

NASTĘPNEGO RANKA SKÓRĘ MIAŁAM CĘTKOWANĄ NICZYM karoseria opryskanego błotem samochodu. I bez względu na ilość użytego pudru, pod oczami nadal widniały ciemne wory. Własna twarz wydawała mi się szersza, rysy bardziej płaskie i w jakiś sposób… świńskie.

Kasey przystanęła w drzwiach łazienki. Obserwowała, jak przypatruję się odbiciu w lustrze.

– Lexi – odezwała się ostrożnie. – Co ty wyprawiasz?

Pochyliłam się, aby spojrzeć z bliska i natychmiast tego pożałowałam. Moje pory miały wielkość kraterów.

– Czy ten tydzień jest może bardziej wilgotny? – zapytałam. – Czy tobie też wydaję się napuchnięta?

– Nie. – Stanęła u mego boku. – Wyglądasz normalnie. Tak jak zawsze.

– Więc zazwyczaj wyglądam jak trolica? – zapytałam. – Dobrze wiedzieć.

Megan podjechała po nas, drobna i doskonała jak zawsze. To sprawiło, że jeszcze bardziej zrobiło mi się siebie żal. Ale kiedy zaparkowała, opuściła osłonę przeciwsłoneczną i zaczęła gorączkowo pindrzyć się przed lusterkiem.

– Megan, proszę, przestań – powiedziałam. Wyglądała milion razy lepiej ode mnie. Udawanie, iż tak nie jest, odbierałam jako nieco obraźliwe.

– Jestem megierą – odpowiedziała, używając małego palca do rozsmarowania błyszczyku w kąciku ust.

Jeśli ona była megierą – notatka w pamięci: sprawdzić słowo „megiera" – to czym byłam ja?

Kiedy w końcu uznała, że może zaprezentować się światu, wysiadłyśmy z samochodu. Spacer szkolnymi korytarzami okazał się istną torturą ze względu na lśnienie jarzeniówek, uwydatniające mój kartoflowaty nos.

Przysiadłam obok Cartera na murku ogradzającym dziedziniec.

– Naprawdę przepraszam za wczoraj – powiedział. – Przesadziłem.

Boże, to wydarzyło się zaledwie wczoraj? Miałam wrażenie, jakby upłynął już miesiąc. Ledwie potrafiłam sobie przypomnieć, o co się pokłóciliśmy.

– Ja także.

– Powinniśmy zjeść jutro razem kolację – odezwał się. – Zaproponowałbym dzisiejszy wieczór, ale mam wizytę u terapeuty.

– Dobrze – zgodziłam się. A potem przypomniałam sobie, że w każdy poniedziałek, środę i piątek odbywają się spotkania klubu. – W zasadzie, chyba nie dam rady. Mam… coś do załatwienia.

Uniósł wzrok.

– Co do załatwienia?

Nie chciałam wyjaśniać, że chodzi o klub Promyczek, i rujnować naszej świeżo zawartej zgody.

– Wizytę u dentysty – skłamałam. – Może być czwartek?

– Tak – odparł. – Odpowiada mi to.

– Jak udało się to twoje przyjęcie? – zapytałam, chcąc zmienić temat.

– Och, mój Boże. – Uniósł ręce i zakrył uszy dłońmi. – Piskliwie. Te dziewczęta są miłe, ale kiedy się gorączkują, zaczynają piszczeć.

– Żałuję, że to przegapiłam – odparłam, opierając głowę o jego ramię.

Roześmiał się.

– Żebyś wiedziała.

Zrozumiałam, że wszystko pomiędzy nami znów jest w porządku.

Przez całą resztę dnia czułam taką ulgę, że nie martwiła mnie nawet własna tłusta twarz, nieproporcjonalne stopy czy łuszcząca się skóra na grzbietach dłoni. Siedziałam obok Cartera podczas lunchu. Skupiałam się na tym, jak dobrze czuć, że mi wybaczono, i jaki jest wspaniały, ponieważ pomimo wszystkich moich wad troszczy się o mnie.

Kasey z dziwną miną przystanęła w drzwiach mojego pokoju.

– Chcesz poszukać informacji?

Westchnęłam i usiadłam prosto.

– Jakąż to beznadziejną sprawę chcemy dziś wygooglować?

Nie odpowiedziała. Zamiast ruszyć do sypialni rodziców, wróciła do swojego pokoju. Podążyłam za nią.

– Kasey? – zapytałam. – Co ty wyprawiasz? Przyniosłaś tu komputer mamy?

Usiadła na podłodze.

– Nie – odpowiedziała. – Nie będziemy używały komputera.

Sięgnęła pod przykryte narzutą łóżko i wydobyła tabliczkę Ouija.

– Zapytamy Elspeth.

– Co? Nie ma mowy! Skąd w ogóle wytrzasnęłaś tę rzecz?

– Lexi, ona wiedziała o *libris exanimus*. Może wiedzieć coś więcej. Próbowała nas ostrzec. Chce nam pomóc.

– Równie dobrze może nas okłamywać!

– Szukamy jedynie informacji – powiedziała Kasey. – Nie musimy słuchać żadnych poleceń. – Wskazała mi miejsce na dywanie. – Usiądź.

Pomimo moich zastrzeżeń wizja uzyskania kilku rzetelnych odpowiedzi była kusząca. Usiadłam zatem i położyłam palce na wskaźniku obok palców Kasey.

Spojrzała na mnie.

– Co należy powiedzieć? Nigdy wcześniej tego nie robiłam.

Pochyliłam się nad tabliczką.

– Um... cześć? Szukamy Elspeth? – Spojrzałam na Kasey, która wzruszyła ramionami. – Mówią Alexis i Kasey Warren z Surrey w Kalifornii.

Kasey westchnęła.

– Jakoś mi się nie wydaje, żeby to miało zadziałać.

– Może być wiele duchów o imieniu Elspeth – odrzekłam. – Być może jeden żyje w tabliczce Lydii, a inny w tej.

Kasey potrząsnęła głową.

– Nie żartuj sobie.

Moje palce zadrżały.

Wskaźnik na planszy zaczął się poruszać. Kasey i ja spojrzałyśmy po sobie.

– Tak dla jasności, nie chcę tego robić – powiedziałam. – I nie podoba mi się, że robisz to ty. Uważam, że powinnyśmy poszukać innego sposobu.

– Zostań – rzekła drżącym głosem Kasey.

– Co?

– Właśnie to przeliterowała: zostań.

Żołądek zacisnął mi się w supeł. Miałyśmy już jeden nadnaturalny kłopot. Czy zapraszanie Elspeth do naszego świata nie pogorszy jedynie sprawy?

Nadal miałyśmy do wyboru dwie możliwości: zostać albo wyjść. Zdecydowanie skłaniałam się ku wyjściu. Ale Kasey przełknęła z trudem ślinę i parła naprzód.

– Elspeth, potrzebujemy twojej pomocy – odezwała się. – Czy możesz powiedzieć nam coś na temat Aralta.

Przez długą, pełną napięcia minutę nie uzyskałyśmy żadnej odpowiedzi.

„To bezcelowe".

Ale potem wskaźnik zaczął się poruszać. Niezręcznie usiłowałyśmy utrzymać palce nieruchomo.

„Kompletnie bezowocne. Cóż za strata czasu".

Spojrzałam na Kasey. W jej rozszerzonych oczach czaił się strach. Wyprostowała plecy. Pochyliła się nad tabliczką tak, by wskaźnik mógł się poruszać swobodnie.

Jaki głupiec może pomyśleć, że rozwiąże problem z duchem przy pomocy innego ducha?

S-P-R-Ó-B-U-J

Wskaźnik poruszał się śmiertelnie powoli. Przypominało to obserwowanie staruszki przechodzącej przez ulicę na czerwonym świetle. Moje zniecierpliwienie narastało, aż niemal gotowa byłam cofnąć palce z tabliczki i powiedzieć Kasey, że z tym skończyłam.

Bez ostrzeżenia wskaźnik wyrwał się spod naszych palców.

Zaczął poruszać się płynniej i bez naszej pomocy. Przywarłam do siostry i ujęłam ją za łokieć.

P-O-N-O-W-N-I-E

– Czego mamy ponownie spróbować? – zapytałam, odchylając się do tyłu.

Nie chciałam próbować ponownie. Pragnęłam to zakończyć. Nie otwierać drzwi, których potem możemy nie zdołać zamknąć. Same prosiłyśmy się o kłopoty.

„Ona może się okazać niebezpieczna. Nie mamy żadnych podstaw, żeby jej ufać", pomyślałam.

N-I-E-T-Y-L-K-O-S-I-Ę-D-R-O-C-Z-Ę

– Widzisz – powiedziałam na głos, choć w zasadzie nie wyraziłam dręczących mnie wątpliwości.

– Nie tylko się droczę – przeczytała Kasey. Przysiadła na piętach. – Zatem… nie spróbujemy ponownie?

– Rany, Elspeth, ależ nam pomogłaś – rzuciłam, klepiąc wskaźnik tak, jakbym klepała po grzbiecie psa.

Kasey wymierzyła mi klapsa w dłoń.

– Bądź dla niej miła!

– Nie chcę być miła – powiedziałam, czując, że zaczynam się rumienić. – Ona sobie z nami pogrywa, Kasey!

– Jestem pewna, że potrafi to wytłumaczyć – odpowiedziała Kasey, nieco się ode mnie odsuwając. – Elspeth, proszę, powiedz nam coś takiego, żebyśmy wiedziały, że jesteś po naszej stronie.

– Jakby nie mogła nas po prostu okłamać – prychnęłam. Splotłam ramiona na piersiach i odwróciłam głowę.

Ale kiedy zaczęła literować słowa, ponownie spojrzałam na tabliczkę.

W-Y-G-N

Wbijając w nią wzrok, zorientowałam się, że wstrzymuję oddech. Jakbym szykowała się na cios. A potem, zanim zdołałam się powstrzymać, cała ta energia skupiła się w małą bombę gniewu i walnęłam we wskaźnik pięścią.

Kasey gwałtownie wypuściła powietrze.

– Dlaczego to zrobiłaś, Lexi?

Spoglądała na mnie czujnie wielkimi oczami.

– Nie wiem – odpowiedziałam. – Moje policzki zarumieniły się ponownie, tym razem ze wstydu. Aby uniknąć spojrzenia siostry, skupiłam się na zbieraniu kłaczków kurzu, uczepionych krawędzi kapy na łóżko. – Chyba nie mogę już znieść rozstawiania po kątach.

– Ona nie rozstawiała nas po kątach. Udzielała nam odpowiedzi! Na pytania, które same zadałyśmy! A teraz odeszła!

Kasey, leżąc na boku, skuliła się na dywanie. Odwróciłam się akurat na czas, by usłyszeć, jak wciąga gwałtownie powietrze.

– Lexi, co się dzieje z tabliczką?

Spojrzałam w tamtą stronę. Ze spojenia planszy, niczym z rozłażącej się rany, sączyła się czarna maź, matowa i gęsta.

– Co to takiego? – zapytała Kasey. Wyciągnęła dłoń, ale złapałam ją za ramię i powstrzymałam.

– Nie wiem – odpowiedziałam. – Ale lepiej tego nie dotykaj.

Kiedy czarna substancja dotarła do krawędzi tabliczki, drewniany wskaźnik szarpnął się i próbował się odsunąć. Usiłował przemieścić się na drugą stronę. Substancja zabulgotała, zaskwierczała i pochłonęła go całkowicie. Przypomniał mi się program przyrodniczy, w którym krokodyl dopadł u wodopoju zebrę. Kasey i ja, wstrzymując oddechy, obserwowałyśmy, jak cała maź zebrała się w wielki bąbel pośrodku tabliczki. Pulsował nieznacznie, jak gdyby substancja oddychała. A potem zabulgotał gwałtownie i zniknął, odsłaniając nieuszkodzony wskaźnik.

Kasey sięgnęła natychmiast i nieśmiało go dotknęła.

– Elspeth?

Powtórzyła imię kilkukrotnie, ale Elspeth odeszła.

– Co to było? – zapytała Kasey.

– Nie wiem – odpowiedziałam. Ale w czarnej mazi było coś znajomego. W sposobie, w jaki pochłaniała światło, sama pozbawiona luminescencji. Stwór w Lakewood wydawał się utkany z takiej samej matowej ciemności. Prawie się odezwałam, ale to Kasey przemówiła pierwsza.

– Mam nadzieję, że nic jej nie jest. – Wpatrywała się w nieruchomy wskaźnik. – To wyglądało tak, jak gdyby mogło ją boleć.

Elspeth i tak nie była pomocna. Ta myśl napłynęła sama.

– Mówiąc szczerze, nie jestem pewna, czy to warte ryzyka – odparłam. – Tylko stroiła sobie żarty. Sama to zresztą potwierdziła. A my nie mamy ochoty się dowiedzieć, co się stanie, jeśli wypłynie więcej tego czarnego czegoś.

Kasey powoli potrząsnęła głową.

– Nie – powiedziała. – Przypuszczam, że nie. – Złożyła planszę i zaniosła do szafy, gdzie ją ukryła pod stertą gratów.

Mój dziecinny gniew zdążył się wypalić, pozostawiając po sobie poczucie winy.

– Chciałabyś jeszcze czegoś spróbować?

Potrząsnęła głową i popatrzyła na mnie zza kurtyny włosów.

– Sądzę, że jak na jeden dzień to wystarczy.

Serce zatrzepotało mi w piersi, kiedy odwzajemniłam jej spojrzenie.

– Szkoda – powiedziałam.

Ale to było kłamstwo.

Ponieważ coś w moim wnętrzu było zadowolone.

13

NASTĘPNEGO RANKA USIADŁAM OBOK CARTERA. CZY TYLKO mi się zdawało, czy też był nieobecny? Rozkojarzony?

– Carterze – powiedziałam, chcąc zwrócić jego uwagę. Kiedy na mnie spojrzał, pożałowałam tego. Wyobraziłam sobie, jak groteskowo musi wyglądać moja szeroka i lśniąca twarz, skąpana w promieniach słońca, demaskujących podczas wypowiadania słów, jak żółte są moje zęby.

– Używałaś dziś rano nici dentystycznej? – zapytał.

Odsunęłam się od niego. Czy próbował zrobić jakąś aluzję?

– Zaraz wracam – powiedziałam, ruszając w kierunku damskiej ubikacji.

Nachyliłam się, by w porysowanym lustrze przyjrzeć się swoim zębom. Miały kolor majonezu. Dodatkowo te dolne zdawały się zbijać razem niczym banda szubrawców, ponieważ zaczynały mi rosnąć zęby mądrości. Ale nic między nimi nie utkwiło.

Potem przypomniałam sobie o zmyślonej wizycie u dentysty. Westchnęłam. Przetarłam twarz papierowym ręcznikiem i wyszłam z łazienki.

Carter rozmawiał z jakąś dziewczyną.

Zbliżywszy się, rozpoznałam Zoe. Na prywatce uznałam ją za nieciekawą, ale teraz wydała mi się urzekająca. Jej jasnoblond włosy sięgały niemal do pasa i lśniły w promieniach słońca niczym jedwab. Cerę miała różową i świeżą, rysy zmysłowe. Zmierzając w ich kierunku przez dziedziniec, poczułam się jak słonica.

Kiedy się zbliżyłam, Carter wyciągnął do mnie rękę. Nie przyjęłam jej. Zamiast tego wcisnęłam dłonie w kieszenie spódnicy, aby ukryć niezadbane paznokcie, i usiadłam.

– Więc, dziewczyny, nigdy jeszcze nie zostałyście sobie oficjalnie przedstawione? – zapytał Carter. – Alexis, to jest Zoe... Zoe, to moja dziewczyna... Alexis.

– Cześć, Alexis – powiedziała Zoe z uśmiechem modelki reklamującej kosmetyki.

Wszystkim, co usłyszałam, było: „Zoe, moja dziewczyna". Dlaczego ktokolwiek miałby powiedzieć: „Alexis, moja dziewczyna", skoro mógł mieć kogoś tak promiennego i tryskającego zdrowiem?

Poczułam, jak coś narasta w mojej piersi, kiedy łzy upokorzenia zaczęły zbierać się w kanalikach. Otarłam je i spojrzałam w niebo. Usiłowałam nie słyszeć radosnej melodii słów wymienianych przez Cartera i Zoe.

– Muszę lecieć – rzuciłam i wstałam gwałtownie. – Porozmawiać z siostrą – dodałam, kiedy Carter posłał mi pytające spojrzenie.

– W porządku – powiedziała Zoe. – Miło było cię poznać!

Nawet głos miała słodki i świeży. Czułam chęć, by ją uderzyć.

– Hej, Lex, masz plamę – powiedział Carter. Złapał za mój rękaw, żeby mnie zatrzymać. Spojrzałam w dół i dostrzegłam szarą plamę na nogawce dżinsów.

– Och, powinna dać się zmyć – powiedziała Zoe, cmokając z udawaną troską.

– Nie zejdzie – odparłam. Wyswobodziłam się z uścisku Cartera. – Do zobaczenia później.

Miałam teraz olbrzymią i paskudną plamę na spodniach. Co stanowiło wystarczający powód, żeby się stąd zerwać. Bardziej jednak zależało mi na tym, by ukryć swą szkaradną osobę przed wzrokiem Cartera. Schować się, zanim zda sobie sprawę, jak straszliwy popełnił błąd, zostając moim chłopakiem.

Następnego ranka wstałam wcześnie. Poświęciłam dodatkowe dwadzieścia minut na wybór uroczej spódnicy i białej bluzeczki, walkę z włosami i makijaż. Wyobraziłam sobie, jak rozjaśni się twarz Cartera, kiedy go odszukam – zachwyconego, zafascynowanego, zauroczonego widokiem mnie przypominającej księżniczkę z bajki.

Ale ledwie uniósł wzrok znad książki.

– Żadnych dziur w zębach? – zapytał.

Tym razem pamiętałam o kłamstwie.

– Nie – odpowiedziałam, siadając i usiłując rozprostować materiał sukienki tak, by brud z murku nie miał styczności ze skórą.

– Wszystko w porządku? – zapytał. – Wydajesz się…

– Nic mi nie jest – powiedziałam, czując ssanie w żołądku.

– Nie możesz doczekać się dzisiejszej kolacji?

– Och – odparłam. – Tak. – Kolejna szansa, żeby przybrać na wadze pół kilograma albo i kilogram. Właśnie tego mi było trzeba.

– Czy nie będzie ci przeszkadzało, jeżeli spotkamy się o siódmej zamiast o ósmej? – zapytał. – Chciałbym wcześniej wrócić do domu i dokończyć pisanie przemowy.

Racja. Kandydaci na przewodniczącego mieli jutro wygłosić swe mowy. To oznaczało apel w auli, jasne światło i konieczność zajęcia miejsca w czwartym rzędzie. Wszyscy będą się na mnie gapili.

Potrząsnęłam głową.

– Ani trochę.

W końcu odłożył książkę. Odwrócił się w moją stronę.

– Lex, co jest nie tak? Cały tydzień jesteś jakaś nieobecna. Czy z twoją siostrą wszystko w porządku?

Zmusiłam się do skupienia i posłałam mu najpromienniejszy uśmiech, na jaki zdołałam się zdobyć.

– U Kasey wszystko gra. U mnie także.

– To dobrze – odparł. – Po prostu się niepokoiłem.

„Niepokoiłeś czym?", chciałam go zapytać. Tym, że kiedy cała szkoła zobaczy, z jak bezbarwnym wielorybem się spotykasz, wszyscy zaczną kwestionować twój rozsądek? I będzie cię to kosztowało wygraną w wyborach?

Przynajmniej pani Nagesh zauważyła moje starania. Przesunęła po mnie wzrokiem i powiedziała:

– Och, la, la! Spójrzcie tylko na pannę Strojnisię.

Wprowadzała do spisu nową dostawę pomocy audiowizualnych. Ja zajęłam się działem z językoznawstwem. Zawierał pozycje o numerach katalogowych od czterystu w górę. Usiłując przestać myśleć o Carterze, ochoczo zatraciłam się w pracy.

– Musimy wyczyścić trochę półek w pokoju ze sprzętem. – Pani Nagesh oderwała mnie od mojego zajęcia.

Spojrzałam na nią. Trzymała w dłoniach przedwieczną puszkę na film.

– Nienawidzę już samej myśli o wyrzuceniu tych starych taśm. Ale zajmują zbyt wiele miejsca – powiedziała. – Och, cóż, jak ci idzie?

– Dotarłam do… – Opuściłam wzrok i zamrugałam.

– Czego? – zapytała.

– Pięćset czterdziestek.

Posłała mi zdezorientowany uśmiech.

– Nie, dopiero co zaczęłaś katalogować numery od czterystu w górę.

– Wiem – odrzekłam. – Ale…

Uklękła i spojrzała na półki.

– Rany – powiedziała w końcu. – Dobrze, w porządku. Wspaniale.

Gapiłam się na setki książek, które poukładałam.

– Może powinnaś częściej tak się stroić – powiedziała pani Nagesh, oddalając się wraz z pojemnikiem na film.

Kiedy zniknęła z zasięgu wzroku, wróciłam na początek działu. Sprawdziłam po kolei numer każdej z książek na półkach.

Były ułożone w doskonałym porządku.

Klub Promyczek zwołał tego dnia specjalne zebranie. Usiłowałam wcisnąć się w najodleglejszy kąt pokoju, by nikt mnie nie zauważył. Byłam doskonale świadoma tego, jak mało promiennie wyglądam w porównaniu z pozostałymi dziewczętami. Czułam narastającą pewność, że ktoś się zorientuje, że jestem oszustką, i nazwie mnie tak głośno. Nie ma mowy, aby prawdziwa członkini klubu mogła być taka niezgrabna i brzydka.

Jakaś część mnie była przekonana, że zebranie zwołano specjalnie po to, by zdemaskować moje kłamstwa.

Co ze mną uczynią, gdy prawda wyjdzie już na jaw?

Wstrzymywałam oddech w czasie Ulepszenia, skamieniała ze strachu, że ktoś poruszy kwestię mojego braku promienności. Kiedy Lydia powstała i nasze spojrzenia przelotnie się spotkały, moje dłonie stały się zimne.

– Przynależność do tego klubu wiąże się z zaangażowaniem – powiedziała. – Nie chodzi tylko o pojawianie się na spotkaniach i staranie się ze wszystkich sił. Ale także o przyjęcie darów, które Aralt pragnie nam ofiarować.

Jakby potrzebowały darów. Za każdym razem, kiedy spoglądałam na którąś członkinię klubu Promyczek, przypominałam sobie o tym. Wszystkie zdawały się pięknieć z dnia na dzień. Tylko ja czułam się coraz brzydsza i coraz bardziej jak wyrzutek. To było bardzo niesprawiedliwe, że Aralt skąpał je w deszczu piękna i elegancji, mnie zaś nie trafiła się nawet pojedyncza kropelka.

A wszystko to dlatego, że ograłam system, składając przysięgę ze złą dłonią na księdze.

Klub rozrósł się do dwunastu członkiń. Gotowa byłam przysiąc, że kiedy Lydia przemawiała, świdrowało mnie jedenaście par oczu. Czekałam, aż padnie moje imię. Czekałam na oskarżenie, że jestem oszustką, szalbierką.

Lydia uśmiechnęła się w tym właśnie momencie.

– Chciałam tylko wszystkim o tym przypomnieć. Pamiętajcie, Aralt was kocha. Nie tylko za to, kim jesteście, ale też za to, kim możecie się stać.

I było po wszystkim. Spotkanie dobiegło końca. Nikt mnie nie zdemaskował, żadna z nich nie zdawała się żywić cienia podejrzeń.

„Nadal nie wiedzą", pomyślałam.

Wymknęłam się z pokoju jak najszybciej. Czekałam przy samochodzie, kiedy Megan i Kasey wyszły na dwór.

– Co się dzieje, Alexis? – zapytała Megan.

– Muszę iść do domu. – Głos mi się łamał. – Wieczorem umówiłam się na kolację z Carterem.

Po powrocie do domu zamknęłam się w swoim pokoju. Przegrzebałam zawartość szafy, szukając odpowiedniego stroju. Znalazłam prostą czarną sukienkę, którą włożyłam. Wsunęłam czarne buciki i przeszłam do łazienki ułożyć fryzurę. Zaczesałam włosy do tyłu i zebrałam je w kucyk. Nałożyłam czerwoną szminkę i tusz do rzęs.

Oceniłam efekt w lustrze.

Źle. Źle, źle, źle. Na tak wielu różnych poziomach, że nawet nie potrafiłam tego wyjaśnić. Pudełkowate buty sprawiały, że moje nogi wydawały się jak kloce. Rękawy sukienki kończyły się w miejscu, w którym moje ramiona były najgrubsze, a płytki dekolt nadawał mi wygląd osiemdziesięciolatki. Dodatkowo moje czerwone wargi i różowe włosy sprawiały, że wyglądałam jak wycofany z użycia rosyjski robot szpiegowski z lat osiemdziesiątych.

Gapiłam się w lustro i zastanawiałam się, co powiedziałby Carter, gdyby mnie teraz zobaczył?

Co powiedziałyby członkinie klubu Promyczek?

On zasługuje na kogoś lepszego.

Pomyślałam o tym, że wszystkim innym dziewczynom z klubu w jakiś sposób udaje się wyglądać tak, jak gdyby właśnie zeszły ze stron czasopism o modzie, które codziennie podczas lunchu krążyły przy stoliku.

Zegar pokazywał piątą. Dwie godziny – czy to dość czasu?

Zresztą co za różnica? Nie miałam wyboru. Najgorszy możliwy wariant gapił się na mnie z lustra.

Zadzwoniłam do Lydii.

Czterdzieści pięć minut później siedziałam na krawędzi wanny, a Lydia delikatnie wcierała w moje włosy farbę. Kiedy czekałyśmy, aż zadziała, czytała czasopismo. Ja usiłowałam skupić się na książce, którą musiałam przeczytać na angielski.

W końcu zadzwonił minutnik i Lydia spłukała farbę. Spojrzałam w lustro. Twarz nadal miałam obrzmiałą i lśniącą, oczy zbyt blisko osadzone i zatrważająco wyraźnie widziałam, jak krzaczaste mam brwi.

Ale moje włosy, jeszcze przed godziną wyglądające jak druciany zmywak po całodziennym użytkowaniu, rekompensowały nieco owe niedostatki. Były wilgotne, ale ciemne i wyglądały zdrowo. Różowa czupryna była moim znakiem rozpoznawczym przez całe lata. Lecz w tej chwili wiedziałam, że za nią nie zatęsknię.

– Gotowa na strzyżenie? – zapytała z uśmiechem Lydia. Miała na sobie odprasowany czarny fartuszek, ochraniający jej białą bluzkę i czerwoną solejkę. Z włosami zawijającymi się na wysokości żuchwy wyglądała jak jakaś retro gospodyni domowa. Nawet za milion lat nie odważę się farbować włosów w białej bluzce. Jednak na jej ubranie nie spadła nawet pojedyncza kropelka farby. Ujęła parę dziwacznie wyglądających nożyc. – Myślałam o dłuższych pasmach, kończących się na wysokości ramion.

– Zrób, jak uważasz – powiedziałam.

– Taki mam zamiar – odparła, lewą dłonią unosząc pasmo moich włosów. – Tak się cieszę, że zmieniłaś zdanie, Alexis.

Nie miałam innego wyboru, niż spojrzeć wprost na nią.

– Ja także.

– Mówiłam poważnie podczas zebrania, wiesz o tym. Aralt obdarowuje nas tak hojnie – powiedziała. – I prosi w zamian o tak niewiele.

Jestem pewna, że tak wyglądała prawda dla Lydii i dla reszty dziewczyn. Lecz, jak dotąd, wszystkim, co otrzymałam od klubu Promyczek, była zdrowa dawka paranoi.

Dłonie Lydii – a tym samym nożyce – znajdowały się poza moim polem widzenia.

Nagle zdałam sobie sprawę, jak bardzo odsłonięte jest moje gardło. Czułam jego łagodną krzywiznę wystawioną pod ostrze niczym spoczywające na deseczce do krojenia jabłko.

Gwałtownie opuściłam brodę.

Lydia się roześmiała.

– Och, Alexis. O czym ty myślisz?

– O niczym – odparłam, usiłując się nie zdradzić i zasłaniając szyję opuszczonym podbródkiem.

– Jestem przekonana, że to prawda – odpowiedziała, a jej uśmiech był niczym poemat w obcym języku.

Wróciła do pracy, rozczesując, prostując i przycinając moje włosy. Odcięte kosmyki spadały na podłogę. Kiedy odłożyła nożyczki, zaatakowała mnie za pomocą suszarki, puszek z aerozolami, pęset i akcesoriów do makijażu.

– Gotowa? – zapytała.

Nie byłam pewna.

– Szkoda! Odwróć się! – poleciła Lydia tonem wynalazcy, który zaraz odsłoni cudowną maszynę.

Ujrzałam własne odbicie i zrozumiałam, skąd wziął się jej entuzjazm.

– Kto to jest? – zapytałam, ponieważ osoba spoglądająca na mnie z lustra na pewno nie była mną.

Ja nie miałam włosów, które opadałyby gładkimi falami w kolorze czekolady i lśniły niczym jedwab. Nie miałam także brwi, które wyginałyby się w łuki jak u gwiazdy filmowej z lat czterdziestych. Ani rzęs tak grubych i długich, że zdawały się otaczać moje oczy jak ramka zdjęcie. Moje źrenice na co dzień nie wydawały się aż tak błękitne.

Moje usta również wyglądały inaczej.

Zatem to nie mogłam być ja.

Odetchnęłam głęboko. A jednak to byłam ja. To była nowa Alexis i można ją było polubić lub znienawidzić.

Polub ją, szepnął cichy głosik gdzieś w moim wnętrzu.

I coś, jakieś dziwne uczucie, przeszyło moje ciało niczym dreszcz przebiegający mnie od stóp aż po czubek głowy. Nie czułam się szczęśliwa. Przypominało to wrażenia towarzyszące obserwowaniu kogoś otwierającego prezent, który mu właśnie wręczyliście, i wiecie, że obdarowany będzie nim zachwycony.

On właśnie na to zasługuje.

Poczułam, jak coś ściska mnie w piersi. Ponieważ tym „nim", który pojawił się w moich myślach, nie był Carter.

Był nim Aralt.

Lydia nachyliła się i wyszeptała mi do ucha:

– Czy to czujesz? – wyszeptała. – Jest zadowolony.

Obserwowałam w lustrze, jak odbicie olśniewającej nieznajomej potrząsnęło głową.

– Ale, Lydio, ty nie rozumiesz. Nie jestem taka jak reszta z was. Jest coś, o czym…

– Co, twoja sztuczka z lewą ręką?

Czekałam na wybuch gniewu. Ale ona tylko z uczuciem zmierzwiła mi włosy.

– To bez znaczenia, Alexis. Dłoń na książce. Wymyśliła to Adrienne, ponieważ uznała, że to fajnie wygląda.

W głowie miałam gonitwę myśli. Złożyłam przysięgę. Byłam połączona z Araltem. I wszystko, co odczuwałam, powiązane było z klubem Promyczek.

– Biedactwo – powiedziała Lydia głosem słodkim jak miód. – Przez cały ten okres czułaś się taka samotna. Ale cały czas byłaś jedną z nas.

Cały czas byłam jedną z nich.

Powinnam poczuć się wystraszona, prawda? Lub zmartwiona? Rozgniewana?

Ale z jakiegoś powodu nie odczuwałam żadnej z tych emocji.

– Wszystko, czego on chce – wyszeptała Lydia – to żebyś osiągnęła pełnię swych możliwości.

On właśnie na to zasługuje. Ponownie przeszyła mnie ta sama myśl.

I zaraz potem iskierka szczęścia rozpromieniła moje ciało i uczyniła mnie piękną, genialną i czystą. Po tygodniu czucia się brudną i szkaradną wystarczyło to, bym z ulgą oklapła na krześle.

Lydia oparła podbródek na moim ramieniu. W lustrze widziałam, jak uśmiecha się z zadowoleniem.

– Aralt uważa, że jesteś ślicznotką.

Mama zaczęła odwracać się w naszym kierunku.

– Czy zaproponowałaś Lydii coś do picia?

Rozdziawiła usta w literę O i odłożyła na kontuar drewnianą łyżkę.

– Cześć – powiedziałam.

– Cóż, kochanie – odparła. Otworzyła szeroko oczy, a potem je zmrużyła, jakby nie mogła skupić wzroku.

To prawda, że zmiana była bardziej drastyczna od stopniowej przemiany Kasey, ale nie sądziłam, że aż tak, by kogoś kompletnie oszołomić.

Najwyraźniej byłam w błędzie.

– Dziękuję, pani Warren, ale nie mogę zostać – powiedziała Lydia. Z gracją włożyła do ust pojedyncze winogrono. – I wiem, że Alexis ma kolacyjne plany.

Mama pokiwała głową, nadal się na mnie gapiąc.

– Pójdę się pożegnać z Kasey – rzuciła Lydia, oddalając się. Słuchałam cichego *klik-klik-klik*, które wydawały jej buty na płytkach podłogi.

Mama nadal nie odezwała się słowem.

Zaczęłam się martwić, czy nie dostała jakiegoś ataku neurologicznego.

– Podobam ci się?

– Alexis… wyglądasz przepięknie, ale…

Ale? Czy było jakieś „ale"? Przez całą moją szkolną karierę skrywanym życzeniem mamy było to, abym ponownie zaczęła przestrzegać norm społecznych: nie wyróżniała się ubiorem, miała lśniące włosy i dyskretny makijaż.

Oczekiwałam… Nie wiem czego. Pisków. Klaskania. Uścisków.

Lecz nie „ale".

– Naprawdę. Podoba mi się. Wyglądasz oszałamiająco, ale…

Znowu to „ale". Przeszłam do ataku.

– Uznałam, że czas na zmianę. Wiesz, wkrótce zacznę rozważać wybór koledżu i tak dalej. I jeszcze ten konkurs fotograficzny.

– Wyglądasz po prostu tak… odmiennie – powiedziała mama. – Jak wiele czasu każdego ranka pochłonie ci ułożenie tej fryzury?

Wzruszyłam ramionami.

– To tylko szybkie modelowanie.

Obrzuciła mnie taksującym spojrzeniem.

– Zdecydowanie wyglądasz doroślej.

Lśnienie w moim wnętrzu przygasło.

– Sądziłam, że przyjmiesz to z entuzjazmem.

– Och, kochanie. – Mama zbliżyła się i objęła mnie. – Naprawdę przyjmuję. To po prostu nieco zaskakujące, ot i wszystko. I wiesz, że wcześniej też wyglądałaś dobrze.

Zesztywniałam i odsunęłam się od niej.

– Ale dlaczego się nie udoskonalić? Jeżeli można.

Nie znalazła odpowiedzi. Westchnęła i unosząc dłonie w geście kapitulacji, próbowała to ukryć.

– Może po prostu nie lubię myśli, że moje małe dziewczynki dorastają.

Uprzejmą reakcją byłoby uśmiechnąć się w tym momencie, jak gdyby poprawiła mi nastrój. Więc właśnie to zrobiłam, choć wcale nie poczułam się lepiej. Skrępowana, opuściłam pokój. Doznałam ulgi, skręcając za róg korytarza. Natknęłam się tu na Lydię i Kasey, stojące przed drzwiami łazienki i pogrążone w rozmowie.

Kasey nie wydawała się zaskoczona moim wyglądem.

– Czyż to nie cudowna przemiana? – zapytała Lydia.

– Wcześniej też dobrze wyglądała – odparła Kasey. – Ale… wyglądasz ładnie, Lexi.

Odprowadziłam Lydię do drzwi. Dostrzegłam, że czerwony samochód swojego ojca zaparkowała na ulicy, tuż przed naszym domem.

– Mam nadzieję, że nie wlepili ci mandatu.

– Mandatu? – Posłała mi rozbawiony uśmiech, jak gdyby nigdy wcześniej nie słyszała tego słowa. – Musisz się wiele nauczyć, Alexis.

Wiele nauczyć? Na temat Aralta? Zwalczyłam ochotę, aby ją zapytać, czegóż to o nim nie wiem. Ponieważ teraz, kiedy uświadomiłam sobie, że w tym tkwię, poczułam nagłą ciekawość. „To nie tak", powiedziałam sobie, „że nie pojmuję zagrożeń wiążących się z kontaktem z duchami. Lub że nie jestem zdecydowana zakończyć całej tej sprawy najszybciej, jak tylko zdołam. Po prostu..."

To uczucie... Promieniowanie blaskiem. Chciałam doświadczyć go mocniej.

– Bądź promienna – rzuciła Lydia, wskakując do samochodu.

W domu mama rozmawiała przez telefon.

– Och, jest tutaj – powiedziała i podała mi słuchawkę. – To Carter.

– Cześć. – Zerknęłam na zegar. Była za trzy siódma.

– Cześć, Lex.

– Co się dzieje?

– Posłuchaj, naprawdę bardzo mi przykro, ale muszę odwołać dzisiejszą kolację. Wprowadzałem poprawki do mojej mowy i całość zaczęła się psuć. Nie mogę oderwać się teraz od pracy, bo potem nie zdążę się wyspać.

– Och – odpowiedziałam, przechodząc do swojego pokoju i zamykając za sobą drzwi. Buty, które pomogła mi wybrać Lydia, leżały na łóżku. Założyłam je i usiadłam. – Przyda ci się słuchacz? Mogłabym wpaść. Mogę przynieść kolację.

– To słodkie – odparł. – Ale mama zrobiła mi kanapkę. I nie chcę cię zanudzać.

– Nie zanudziłbyś mnie – powiedziałam. – To brzmiało, jakbyś potrzebował pomocy.

– Nie, posłuchaj, poradzę sobie – rzucił. – Pracuję nad kilkoma nowymi pomysłami i wydaje mi się... że naprawdę powinny wywrzeć odpowiednie wrażenie.

– Nie mogę się doczekać, aby o nich usłyszeć – odpowiedziałam.

– W porządku, dobrze – odrzekł. – Jestem dość zajęty. Mogę spróbować zadzwonić do ciebie później, jeśli chcesz.

– Jeżeli znajdziesz czas. – Właśnie to powiedziałaby idealna dziewczyna – Jeśli nie, nie przejmuj się.

– W porządku – rzucił.

– Zatem dobrze – odparłam. – To na razie.

Kiedy ruszyłam odłożyć słuchawkę, usłyszałam w niej stłumiony głos:

– Co powiedziała?

Poczułam się tak, jakby ziemia osunęła mi się spod stóp. Choć w zasadzie dotyczyło to nie tylko podłogi, lecz całego świata. Wszystko w moim wnętrzu roztrzaskało się na tysiące odłamków.

Ponieważ znałam ten głos.

Należał do Zoe.

Usiadłam na łóżku i pozwoliłam łzom oburzenia ściekać po policzkach. W końcu wstałam i kopnięciem zrzuciłam buty. Następnie przeszłam do łazienki i zmyłam makijaż.

Na policzkach miałam smugi w kolorze węgla. Przywodziły na myśl ślady po kroplach tuszu, który wylał się z kałamarza.

Widząc w lustrze, jak w kącikach oczu zbiera się kolejna porcja atramentowych łez, sięgnęłam po garść chusteczek. Osuszyłam ciemne krople, zanim zdążyły zaplamić mi bluzkę. Kiedy odsunęłam chusteczki od twarzy, były nakrapiane szarymi plamami. Przypominały te na bluzce Megan i moich dżinsach. Miejscami spośród szarości przebijała ta sama pochłaniająca światło czerń, która wylała się z tabliczki Ouija.

Zamiast wyrzucić chusteczki do kosza, gdzie mogłaby znaleźć je Kasey, spuściłam je w toalecie. Potem wyszorowałam porządnie policzki. Kiedy skończyłam, myjka w zasadzie nadawała się do wyrzucenia.

Jeśli potrzebowałam przypomnienia, że stałam się teraz kimś innym i że coś zamieszkało we mnie – w nas wszystkich – to właśnie takowe otrzymałam.

Promieniej – powiedzieliśmy sobie nawzajem.

Ponieważ jeśli tego nie zrobisz, cały świat się dowie, że jesteś potworem.

14

PRAWIE NIE ZMRUŻYŁAM OKA TEJ NOCY. KIEDY ZADZWONIŁ budzik, trzydzieści minut wcześniej niż zazwyczaj, w zasadzie stoczyłam się z łóżka. Powlekłam się do łazienki. Potrzebowałam więcej czasu na ułożenie fryzury i wyprasowanie ubrania. Ale uwzględniając, jak bardzo zmęczona się czułam, było nader prawdopodobne, że i tak się spóźnię.

Co zaskakujące, proces upiększania okazał się równie orzeźwiający co kubek mocnej kawy. Skończyłam się stroić, mając w zapasie mnóstwo czasu. Wzułam parę płaskich czółenek. A potem przypomniałam sobie, co Lydia mówiła o zaufaniu. Założyłam zatem szpilki od pani Wiley, choć były o parę centymetrów wyższe, niż dopuszczały zasady.

Megan przyjechała po mnie za dwadzieścia ósma. Obrzuciła mnie spojrzeniem od stóp po czubek głowy.

– Alexis, spójrz tylko na siebie!

– Wiem – odparłam.

– Carter straci rozum – stwierdziła.

– Przekonamy się.

Megan na mnie spojrzała, kiedy dotarłyśmy pod szkołę.

– Gotowa, by zaprezentować Surrey High nową, udoskonaloną Alexis?

Nie byłam pewna, co miała na myśli. Zmieniłam uczesanie, wyskubałam brwi i włożyłam mój reprezentacyjny strój, włącznie z kolczykami mamy. Ale pod spodem nadal czułam się sobą.

Dochodził do tego oczywiście czynnik związany z Araltem. Zastanawiałam się jednak, czy nie przekręciłam czegoś z tego, co powiedziała mi Lydia.

Obecność Aralta w moim życiu (i przypuszczalnie w moim ciele) nie pomagała mi zasnąć. Nie powstrzymała mojego chłopaka przed zadawaniem się z jakąś pierwszoklasistką-lafiryndą.

Potrafiłam wyobrazić sobie Cartera lekko zaskoczonego. Pomimo to określenia „nowa" i „udoskonalona" wydawały mi się znacznie przesadzone.

Jednak kiedy Kasey, Megan i ja sunęłyśmy korytarzem, wszystkie rozmowy cichły.

– Jasna... – powiedziała jedna z mijanych dziewcząt. – Alexis?

W miarę, jak maszerowałyśmy, czułam, jak mój krok staje się coraz bardziej posuwisty, ramiona i plecy się prostują, a podbródek zadziera się do góry. Kiedy dotarłyśmy na drugą stronę dziedzińca, zaczęłam odczuwać zadowolenie. Bez względu na to, jak wiele uwagi przyciągały dawniej moje różowe włosy, nie było to zainteresowanie tego rodzaju. Czy było coś złego w tym, że trochę pławiłam się w jego blasku? Uwzględniając wszystko, przez co przeszłam?

Zastałam Cartera na jego zwykłym miejscu. Stał obok rozpiętego w ramce plakatu wyborczego i gadał z jakimiś dzieciakami.

Na jego widok zamarłam. Miałam wrażenie, że nie zdołam uczynić nawet kroku. Było to niczym wyjście na scenę w noc premiery – jasne, wcześniej próby wypadły dobrze, ale teraz to działo się naprawdę. I nie miałam odwrotu. A jeśli mu się nie spodobam?

„Nie bądź głupia", napomniałam się w myślach. Jak mogłabym mu się nie spodobać? Kto by nie chciał, żeby jego dziewczyna z obskurnej brzyduli przeobraziła się w zwiewną piękność? Kto wolałby brzydkie kaczątko od łabędzia?

Megan ścisnęła mnie za ramię.

– Powodzenia – powiedziała. Potem oddaliła się w kierunku stolików.

Carter był tak pochłonięty rozmową, że kiedy przystanęłam obok, nawet mnie nie zauważył.

Poczekałam, aż skończy perorować, i poklepałam go po ramieniu.

– Czy jeśli na ciebie zagłosuję, dopilnujesz, żeby z fontann tryskała pepsi?

Odwrócił się z chłodną uprzejmością, jak gdyby zaczepiła go nieznajoma.

Potem zamrugał i cofnął się o krok.

– O mój Boże – powiedział.

Wyciągnęłam wnioski z reakcji mamy i nie spodziewałam się oklasków ani wyrazów zachwytu. Jednak oczekiwałam, co najmniej, uprzejmej akceptacji. Zwłaszcza od Cartera – mojego chłopaka, który winien się o mnie troszczyć.

– Co ty ze sobą zrobiłaś, Lex?

– Zrobiłam ze sobą? – Cofnęłam się o krok. Jeden z moich obcasów utkwił w spojeniu bruku i o mało nie skręciłam kostki. – Nie podobam ci się?

– Wyglądasz... – Uniósł dłonie do twarzy. Przesunął nimi po oczach i przeczesał włosy. – Wyglądasz jak lalka Barbie. Jakby to był kostium.

Powietrze pomiędzy nami zgęstniało.

– Och, w porządku – odparłam. – Zatem wcześniej nie wyglądałam dobrze, a teraz ponownie popełniłam błąd.

– W twoim wcześniejszym wyglądzie nie było niczego złego! – rzucił ostro.

– To olbrzymie kłamstwo – odpowiedziałam. Jeśli by tak było, to dlaczego wieczorem zaprosił do siebie Zoe. – Dlaczego ludzie ciągle je powtarzają, skoro to oczywista nieprawda?

Nieoczekiwanie ujął mnie za ramiona.

– Lex, czy to ma coś wspólnego z twoją siostrą? Z tym klubem?

– Proszę, zabierz dłonie! – wycedziłam. – To niedorzeczne. Miałam po prostu ochotę na zmianę.

Jego mina złagodniała i przez ulotną, desperacką chwilę żywiłam nadzieję, że mnie przeprosi. Powie mi, że się mylił. Że wyglądam pięknie, lepiej niż kiedykolwiek.

– Nie wiem, kim jest osoba, którą widzę – powiedział, gestem dłoni wskazując mnie od stóp aż po czubek głowy. – Nie wiem... gdzie podziała się Alexis.

Moje serce zostało zmiażdżone jak zgnieciony w kulkę arkusik aluminiowej folii. Przez chwilę niemal się poddałam i pozwoliłam, by mnie to dotknęło, doprowadziło do płaczu.

Potem przypomniałam sobie czarne łzy.

I coś we mnie okrzepło.

– Cóż, gdyby ktoś pytał – powiedziałam – Alexis poszła poszukać ludzi, przy których nie czuje się jak dziwadło. I którzy nie nazywają jej lalką Barbie. Ani też nie mówią jej, by została w domu, a do pomocy zapraszają Zoe.

Oczy Cartera rozszerzyły się, gdy padło imię dziewczyny.

– Zoe wpadła na pięć minut. Podrzuciła mi książkę z cytatami ze słynnych przemówień. A jeśli miałaś jakieś mylne wyobrażenia na temat jej wizyty, powinnaś była wspomnieć o tym wcześniej.

– Nie, Carterze – odpowiedziałam jadowicie. – To tak nie działa. Nie mam zamiaru łazić za tobą i pytać, czy każda dziewczyna, przy której się zakręcisz, okaże się tą, dla której mnie rzucisz.

Odwróciłam się i odmaszerowałam w stronę stolików, przy których natychmiast zwolniło się dla mnie miejsce. Przez dobre dziesięć minut nie próbowałam nawet spojrzeć w kierunku Cartera.

Ale kiedy w końcu uniosłam oczy, był pogrążony w rozmowie z Zoe.

Mimi podążyła wzrokiem za moim spojrzeniem.

– Kim jest ta laseczka? – zapytała. – I dlaczego cały czas gada z twoim chłopakiem?

– Ma na imię Zoe – wyjaśniłam, wygładzając sukienkę na udach. – I ma problem z poszanowaniem granic.

– Próbuje ci ukraść Cartera? – zapytała Emily.

– Nie wie, z kim zadziera – rzuciła Mimi. – To wszystko.

Ale ja wiedziałam. Kiedy się więc rozejrzałam, dostrzegłam wokół jedynie podejrzliwe miny i okrutne spojrzenia.

Wszystkie wycelowane były w Zoe.

I, mówiąc szczerze, to sprawiło, że niemal zrobiło mi się jej żal.

Niemal…

Apel odbył się podczas szóstej lekcji. Siedziałam w pierwszym rzędzie. Czułam na sobie spojrzenia zebranych, kiedy Carter wygłaszał swoją mowę. Wiedziałam, że gapie podziwiają mój nowy styl. I jeśli reszta szkoły odbierała go podobnie, Carter wkrótce do mnie wróci. Musi to zrobić.

Kiedy zabrzmiał dzwonek, zniknął za kulisami. Zajrzałam do swojej szafki, a potem wyszłam na parking. Ruszyłam w stronę samochodu Megan.

– Lex – zawołał za mną Carter.

Odwróciłam się i zobaczyłam go biegnącego w moją stronę jak każdego innego dnia. Wyciągnęłam do niego ręce, kiedy się zbliżył.

– Alexis – powiedział, ignorując moje dłonie. – Jak mogłaś?

– Przepraszam, że co?

Podszedł do mnie i złapał mnie za łokieć. W jego oczach płonął ogień.

– Zoe to tylko głupiutki dzieciak. Była taka zdenerwowana, że aż musiała pójść do pielęgniarki.

– Nie jestem pewna, o czym mówisz – odparłam. – Lecz jeśli jest aż tak głupiutka, to czemu się z nią zadajesz?

Nozdrza zafalowały mu gniewnie.

– Wiesz, że pomiędzy nią i mną nic nie ma!

Uniosłam brew i wygięłam plecy, aby odsunąć się od niego.

– Wiem, Carterze?

– Oczywiście, że tak – warknął. – To nie ja ostatnio mówię same półprawdy, Lex.

Zarumieniłam się.

– Nie wiem, o co tak się wściekasz.

– Zoe znalazła to w swojej szafce – powiedział, wręczając mi skrawek papieru.

tylko odrażające pasożyty zadowalają się ochłapami
odczep się od Cartera Blume'a

Do ust napłynęło mi coś gorzkiego. Delikatnie, jak gdyby świstek mógł mnie ukąsić, oddałam go Carterowi.

– Nie napisałam tego.

– Wiem – odparł. – To dzieło jednej z twoich przyjaciółek, choć to ostatnie słowo jest tylko luźnym określeniem.

– Dlaczego tak przypuszczasz? – zapytałam, choć oczywiście musiał mieć rację.

– Chcesz je o to zapytać?

– Nie – odparłam. – Zajmę się tym.

– Spójrz na te dziewczyny. Nie pojmuję, czemu się z nimi zadajesz.

Spojrzałam na klub Promyczek, którego członkinie zebrały się w cętkowanym cieniu dębu niczym stadko ptaków gotowych wydać trele.

Carter zmiął świstek.

– Są jak wilcza wataha.

Zabrałam z jego dłoni papierową kulkę i wepchnęłam do torby.

– Zajmę się tym – oświadczyłam. – Tymczasem powiedz Zoe, żeby dorosła. Nikt nie lubi beks.

Cofnął się o pół kroku.

– Co się z tobą dzieje?

– Och – odparłam. – Więc nagle coś się ze mną dzieje?

Opadła mu szczęka.

– Coś ci powiem – odezwałam się. – Kiedy już znajdziesz wszystkie moje wady, może zadzwonisz do mnie i mi je przedstawisz? Naprawdę mam ostatnio fazę na samodoskonalenie.

Odwróciłam się na pięcie i zostawiając go z rozdziawionymi ustami, ruszyłam w stronę klubu Promyczek. Zmartwiłam go, ale z tym uporam się później. W tej chwili musiałam się gdzieś udać.

Mijając samochód, dojrzałam przelotnie własne odbicie w lusterku. Na ten widok w moim umyśle nie wiadomo skąd pojawiły się słowa:

Witaj, piękna.

Kiedy po zebraniu klubu Promyczek dotarłyśmy do domu, zaczęłam popadać w przygnębienie.

Mama stała w kuchni obok automatycznej sekretarki.

– Alexis! – wykrzyknęła. – Posłuchaj tego!

Wcisnęła przycisk odtwarzania.

Wiadomość otrzymana w piątek, o drugiej po południu – oznajmił mechaniczny głos. – *Dzień dobry, mówi Farrin McAllister w imieniu jury konkursu Młodzi Wizjonerzy. Miło mi państwa poinformować, że Alexis zakwalifikowała się do grona pięciorga finalistów. Tym samym jest zaproszona na bezalkoholowy bankiet, który odbędzie się w sobotni wieczór.*

Mama wyłączyła odtwarzanie.

– O jeden krok bliżej celu – oznajmiła. – Zwyciężysz w tym konkursie. Mam przeczucie.

– Świetnie – odparłam.

Wiedziałam, że powinnam być bardziej radosna. Ale jakoś nie miałam do tego serca. Byłam zmęczona oraz zdezorientowana i w dziwny sposób czułam się opuszczona. Aralt wspierał wszystkie członkinie oprócz mnie. Przynajmniej tak mi się wydawało. Choć naraziłam dla niego mój związek.

Podczas spotkania klubu nie potrafiłam odepchnąć niepokojącej myśli – a jeśli Aralt nie chciał, żebym była z Carterem? A jeżeli uważał, że posiadanie chłopaka zbyt mnie rozprasza?

Mama się zbliżyła. Przyciągnęła mnie do siebie i zamknęła w uścisku.

– Może ta zmiana wyjdzie ci na dobre. Zwalisz wszystkich z nóg samym wyglądem.

– Tak myślisz? – zapytałam.

Czułam się lekko rozczarowana. Prawie pragnęłam, aby mama nie zaakceptowała tak łatwo mojej przemiany. Chciałam, żeby to Carter na mój widok wyszedł z siebie. Niemniej posiadanie mamy, która wam mówi, że uważa was za doskonałych właśnie takimi, jacy jesteście, również jest w pewnym stopniu krzepiące.

Przez całą kolację w towarzystwie rodziców, upływającą w radosnej atmosferze, musiałam ukrywać, jak bardzo nie jestem w nastroju do świętowania.

Kiedy wróciliśmy do domu, uznałam, że już wystarczy. Czas przejść do działania. Odczekałam, aż Kasey uda się do łazienki wziąć prysznic. Przekradłam się do pokoju siostry. Przekopałam stertę brudnych ciuchów w jej szafie. Wyciągnęłam spod spodu pudełko z tabliczką Ouija.

Krew zapulsowała mi w żyłach. Zamknęłam drzwi sypialni na zamek i położyłam tabliczkę na łóżku. Puściłam głośno muzykę. Następnie, spoglądając na rozpostartą przede mną paletę cyfr i liter, wzięłam kilka głębokich, drżących oddechów. Nie byłam pewna, od czego zacząć.

– Halo? – zapytałam. – Elspeth?

Wskaźnik ani drgnął. Czy czarna maź na dobre ją przepłoszyła?

Potem, w chwili, gdy wydałam pozbawione nadziei westchnienie, wskaźnik zadrżał i zaczął się poruszać. W przeciwieństwie do ostatniego razu, kiedy to drżąc, miotał się po planszy, teraz płynnie ślizgał się od litery do litery.

Zdążył pokazać N-I-E-U, kiedy tabliczka zaczęła skwierczeć. Usiłowałam mieć baczenie na czarną maź, która wyciekła ze spojenia jak ropa z rany, i nie uronić niczego z tego, co Elspeth miała mi do zakomunikowania.

F-A-J

– Komu? – zapytałam, popędzając ją. – Komu mam nie ufać?

Całą tabliczkę pokrywał teraz nalot zasmużonej czerni, niczym pierwsza warstwa ciemnej farby, którą zamalowano białą ścianę. Niewielki drewniany wskaźnik zakołysał się i, poruszając się po nierównej powierzchni, wskazał literę M.

Potem skierował się w lewo i wskazał I.

TYLKO SIĘ DROCZĘ. NIE UFAJ MI.

Zaczynałam dostrzegać motyw przewodni.

Czarna substancja ponownie pokryła i unieruchomiła wskaźnik. Tym razem jednak nie zaczęła bulgotać i nie zniknęła. Obrastała wskaźnik niczym druga skóra.

Potem zaczął poruszać się szybciej i płynniej niż wcześniej. Litery na tabliczce nadal były ledwie widoczne.

A-L-E-X

Literował moje imię.

„Wie, jak się nazywam".

Zanim zdołałam się powstrzymać, uderzyłam otwartymi dłońmi w planszę, wskaźnik i pokrywającą je czarną maź.

Fala energii przetoczyła się przez moje ciało, jak gdyby poraził mnie prąd. I choć siedziałam nieruchomo, poczułam się jak połamana zabawka tarmoszona przez potrząsającego łbem psa.

Pod moim palcami wskaźnik nie przestał się poruszać.

J-E-S-T-E-M-T-U-D-L-A-C-I-E-B-I-E

Nagle znieruchomiał.

– Kto to pisze? – zapytałam głosem cienkim jak najcieńsza nitka.

Choć przecież wiedziałam.

A-R-A-L-T

Należało zrzucić planszę z łóżka. Oderwać od niej dłonie.

Nie powinnam pozwolić, aby wskaźnik przeliterował to imię. I zdecydowanie nie powinnam pozwolić mu pokazać kolejnych słów.

Ale pozwoliłam.

P-O-M-O-G-Ę-C-I-A-L-E-M-U-S-I-S-Z

– Przestań.

Nie chciałam tego powiedzieć. I nie oczekiwałam, że Aralt mnie posłucha.

Lecz to uczynił. Zamilkł. Wskaźnik, ponieważ o to poprosiłam, po prostu przestał się poruszać.

Przyglądałam mu się, zastanawiając się, czy to możliwe, że...

Może Aralta obchodziło, czego sobie życzę?

Mam na myśli to, że mnie posłuchał. Jak wiele złych duchów jest dobrymi słuchaczami?

– Aralcie...? – Zniżyłam głos i pozwoliłam, by opuszki palców musnęły tabliczkę. – Co? Co mam zrobić?

O-D-P-U-Ś-C-I-Ć

Megan i ja większą część soboty spędziłyśmy w galerii handlowej. Każdy ciuch, który mnie zainteresował, jakimś cudem okazywał się przeceniony. Wróciłyśmy do domu, uginając się pod ciężarem toreb. Megan pomogła mi przyszykować się na przyjęcie. Włożyłam nową zwiewną sukienkę w kolorze bławatków, z pasem czarnego aksamitu w talii. Włożyłam też wysokie aksamitne szpilki. Megan przyglądała mi się niczym studiująca malowidło artystka.

– Cień na powiekach – powiedziała. – Blade usta. Włosy zebrane w kok, ale taki niedbały.

– Um... nie wiem, co to wszystko znaczy – odpowiedziałam.

– Nie martw się – odparła. – Wszystkim się zajmę.

Jakimś sposobem zdołała upiąć moje włosy, wykorzystując do tego setkę spinek. Zakryłam twarz, kiedy moją głowę spowiła chmura lakieru do włosów.

– Widzisz? – odezwała się tonem sprzedawcy zachwalającego towar. – Włosy wyglądają naturalnie, ale będą się trzymać.

– Odnoszę wrażenie, jakbym miała na głowie drucianą siatkę – odparłam. Ale fryzura rzeczywiście wyglądała naturalnie. – To imponujące. Po prostu nie mogę pozwolić nikomu dotknąć moich włosów.

Roześmiała się, a potem zamilkła.

– Wyglądasz olśniewająco.

– Dziękuję.

– Jestem z ciebie taka dumna – dodała. – Naprawdę dokonasz wielkich rzeczy. Czyż to nie jest pasjonujące? Myśl o tym, że czeka cię wspaniała kariera?

Uniosłam spojrzenie.

– Co masz na myśli?

– Z Araltem po swojej stronie – powiedziała, grzebiąc w szkatułce na biżuterię, którą przyniosła – możesz osiągnąć wszystko, czego tylko zapragniesz.

– Dlaczego tak mówisz? – zapytałam.

Roześmiała się.

– Ponieważ Aralt o ciebie dba. Troszczy się o nas wszystkie.

– Wiem o tym – odpowiedziałam. – Po prostu… Nie chcę, aby zabrzmiało to tak, jakbym była niewdzięczna, ale… zastanawiałaś się kiedykolwiek, co on z tego ma?

Megan wydobyła kolczyk, wielką czarną perłę, i szukała drugiego do pary.

– Co daje ci fotografowanie?

Zastanowiłam się nad tym.

– Tworzę coś.

Spojrzała na mnie, a w jej oczach malował się wszechogarniający spokój i zaufanie.

– Może właśnie to robi Aralt.

– Ale on tylko czyni nas pięknymi.

Przekrzywiła głowę.

– O czym ty mówisz, Lex? Otrzymujemy znacznie więcej. Nie zauważyłaś tego?

Dostajemy coś więcej? Prześledziłam w myślach miniony tydzień.

Poradziłam sobie doskonale podczas spotkania u Młodych Wizjonerów. W każdym szkolnym teście, który musiałam napisać, wliczając sprawdzian z chemii, do którego nie przygotowałam się zbyt dobrze, otrzymałam najlepszy możliwy wynik. Pracę w bibliotece wykonałam czterokrotnie szybciej.

I jeszcze ta sprawa z ubiorem. I Lydia nieprzejmująca się możliwością otrzymania mandatu.

Nie wspominając już o tym, że kiedy tego ranka stanęłam na wadze, okazało się, że schudłam półtora kilograma.

– Ale nie ofiarowałby nam czegoś za darmo. Sama tak powiedziałaś – odparłam. – To nie ma prawa tak działać.

– Myliłam się, Alexis. – Pochyliła się i ujęła moje dłonie. – Wiem, że się wahasz. Musisz mu zaufać. Pozwolić, żeby ci pomógł.

– Próbuję! – odparłam.

– Wcale nie – zaprzeczyła. – Może nawet nie zdajesz sobie sprawy, że się opierasz, ale tak jest. Znam cię, Lex. Widzę, że coś tobą zawładnęło. Strach.

A potem, nawet nie spojrzawszy, sięgnęła i ze sterty kolczyków wyciągnęła drugi do pary. Położyła go na mojej dłoni. Jej brązowe oczy lśniły.

– Odpuść, Lex. Wszystko, co musisz zrobić, to odpuścić.

Przyjęcie odbywało się w głównym holu budynku. Weszłam tam, z mamą depczącą mi po piętach, i przystanęłam za drzwiami.

Na ścianie naprzeciwko wisiał mój autoportret z nowym aparatem, powiększony do ogromnych rozmiarów.

– Och, Alexis! – wydyszała mama. – O rany!

Poczułam się nieco zawstydzona, ale także zadowolona.

Mama z tatą zawsze twierdzili, że podobają im się moje zdjęcia. Teraz jednak powiedziała to szczerze i z głębi serca.

– Alexis! – Odwróciłam się i ujrzałam Farrin w czarnej sukni. Pochyliła się i pocałowała powietrze koło mojego policzka, jakbyśmy były Europejkami witającymi się w modnej galerii. – Pozwól, że ci się przyjrzę... Jakże klasycznie wyglądasz. Prawie jak Greczynka. Tak się cieszę, że przyszłaś.

Przywitała się z mamą.

– Zostało pięcioro kandydatów – zwróciła się do mnie Farrin. – Chciałabyś poznać rywali?

Czy „nie" stanowiło dopuszczalną odpowiedź?

– Tak sądzę – odpowiedziałam. – Mamo, czy mogę cię na chwilę...?

– Oczywiście – odparła mama. – Rozejrzę się w tym czasie.

Pośrodku pomieszczenia w grupkę zbiło się kilka osób. Rozsunęły się, aby zrobić miejsce dla mnie i dla Farrin. Rozpoznałam kilku konkurentów z dnia, w którym odbyła się rozmowa kwalifikacyjna: chłopaka z irokezem, drugiego, który nosił wówczas fioletowy garnitur, dziewczynę-kujonkę w niebieskim marynarskim mundurku, dziewczynę o ciemnoniebieskich włosach w stroju uszytym z pary ogrodniczek.

Jej obszerna spódnica została skrojona z nogawek jeszcze innej pary spodni.

„Ignoranci", podsumowałam ich w myślach. A potem nagle zdałam sobie sprawę, że gdyby nie Lydia i Kasey, owo określenie dotyczyłoby także i mnie.

– Moi drodzy, to jest Alexis Warren. Alexis, pozwól przedstawić sobie…

Zaczęła wymieniać imiona: Jonah. Bailey. Breana. Moje spojrzenie zatrzymało się na właścicielu fioletowego garnituru – Jaredzie. Dziś ubrał się na zielono.

Dostrzegł, że mu się przypatruję, i zmarszczył czoło.

– Zamierzam przywitać się z waszymi wspaniałymi rodzicami. Sugeruję, abyście spróbowali wmieszać się w tłum. W końcu to przyjęcie.

Farrin oddaliła się posuwistym krokiem i zniknęła pośród gości.

Nikt spośród nas się nie poruszył. Zdolność do wmieszania się w tłum nie zajmowała na liście moich umiejętności wysokiej pozycji. Zdawałam sobie też sprawę, że żadne z nas nie ma zamiaru tego robić.

Zanim się zorientowałam, że zamierzam przemówić, dobiegł mnie mój własny głos:

– Chyba pójdę obejrzeć zdjęcia – oświadczyłam. – Przepraszam na chwilę.

– Pójdę z tobą – powiedziała dziewczyna w marynarskim mundurku, Bailey, przeciskając się przez środek grupy.

Chłopak z irokezem poczłapał za nami. Kącikiem oka widziałam Jareda i atramentowowłosą dziewczynę, odwracających się do siebie plecami.

Zaczęliśmy od samego końca lewej ściany holu. Wisiało tu powiększone zdjęcie formacji skalnej.

Zatrzymałam się w pewnej odległości i dobrze mu się przyjrzałam. Usiłowałam zatrzymać gonitwę myśli. Tylko w ten sposób byłam w stanie naprawdę docenić fotografię. Zapominając o wszystkim innym w pomieszczeniu, nieruchomiejąc i zatracając się w chwili.

Odpuść, Alexis.

Opuszczenie gardy mną wstrząsnęło, prawie jakby coś się we mnie przebudziło. Coś, o czym nie wiedziałam, że spało.

Zamknęłam oczy. A kiedy uniosłam powieki, miałam wrażenie, że oto ujrzałam w kolorze świat, który wcześniej był czarno-biały. Rozejrzałam się po wnętrzu i pomyślałam: „Poradzę sobie. Wiem, jak osiągnąć cel".

Obok mnie dziewczyna w marynarskim mundurku odwróciła głowę.

– To... ładne.

Formacja skalna na fotografii była wspaniała. Ale zdjęcie w jakiś sposób wydawało się pozbawione równowagi. Proporcje były zaburzone.

Stosowny komentarz sam pojawił się w moich myślach.

– Sposób, w jaki kontrastują ze sobą zimne i ciepłe tony, powoduje dysonans.

– Czy to jedno z waszych? – zapytał chłopak z irokezem.

Potrząsnęłyśmy głowami.

– W takim razie – powiedział – jest nudne.

– Zatem nie tylko ja tak uważam! – Bailey się roześmiała. Zawtórowałam jej, choć każdego innego dnia nie doszukałabym się niczego zabawnego w przeciętnej fotografii. – Lepiej przejdźmy dalej, zanim ogarnie nas nieodparta ochota na zakup spodni khaki.

Kiedy zmierzaliśmy ku kolejnemu zdjęciu, przysunęła się do mnie bliżej.

– Podoba mi się twoja sukienka.

– Dzięki – odparłam. – Mnie także podoba się twoja.

– To autentyczny vintage. Z San Francisco.

– Te guziki są bajeczne – powiedziałam.

Te guziki są bajeczne? Czy te słowa naprawdę wyszły z moich ust?

Bailey posłała mi przyjazny uśmiech, który odwzajemniłam. Czułam pomiędzy nami więź – iskierkę czegoś, co nie do końca było przyjaźnią. Jak gdyby dostrzegała moją obecność i tym samym uznawała mnie za osobę, której istnienie warto odnotować.

Pomyślałam, że to nic trudnego. Po prostu na cały świat muszę spoglądać w ten sam sposób, w jaki patrzę na zdjęcia. Przesiąść się na fotel pasażera i pozwolić instynktowi mną kierować.

Odwróciłam się i rozejrzałam, szukając mamy. Zamiast niej dostrzegłam Breanę – niebieskowłosą dziewczynę. Stała samotnie w tym samym miejscu, w którym ją zostawiliśmy. Jej spojrzenie przeskoczyło na fotografię skał. A potem wbiła wzrok w podłogę.

„Nie mogła nas usłyszeć", zapewniłam się w myślach. Wszystkie dźwięki w holu odbijały się echem i trudno było dosłyszeć nawet kogoś stojącego tuż obok. Mimo to przyglądała się nam.

Gardło lekko mi się ścisnęło. Wiedziałam, że gdybym teraz przestała się nad tym zastanawiać, dręczyłoby mnie poczucie winy.

Nie przerywałam zatem rozważań. Ruszyliśmy dalej. Bailey ściągnęła łopatki i wiedziałam, że następna fotografia musi być jej autorstwa.

Przedstawiała cegłę w bardzo dużym zbliżeniu.

Przyglądałam się jej przez kilka długich sekund. Usiłowałam znaleźć w fotografii coś, co czyniłoby ją czymś więcej niż tylko zdjęciem cegły.

Niczego takiego nie dostrzegłam. Na szczęście podświadomość czekała w gotowości.

– Jest tak statyczna, że aż wydaje się pełna energii – skłamałam.

– Prawda? – pisnęła Bailey. – Jest mojego autorstwa!

Chłopak z irokezem ruszył dalej.

Kolejna fotografia była jedną z moich i przedstawiała zbliżenie wlotu powietrza do chłodnicy.

– Niezłe – skomentował chłopak z irokezem, przypatrując się z bliska.

– Nie znam się na samochodach. – Bailey stłumiła ziewnięcie. – Rozejrzę się za jakąś przekąską.

Chłopak z irokezem podążył jej śladem.

Zadowolona, że zostawili mnie samą, ruszyłam ku następnemu zdjęciu. Jego autorem musiał być Jared.

Kiedy tylko na nie spojrzałam, poczułam się tak, jak gdyby ktoś właśnie walnął mnie w żołądek. Ogarnęły mnie równocześnie chłód oraz gorąco i nieznacznie zakręciło mi się w głowie.

– Jest aż takie złe? – dobiegł mnie zza pleców czyjś głos.

Zdjęcie było fenomenalne. A w zasadzie nawet lepsze. Była to jedna z najbardziej poruszających fotografii, jakie kiedykolwiek widziałam.

Przedstawiała małą dziewczynkę w szpitalnym łóżku, podłączoną do kilkunastu monitorów, z rurkami, wężykami i elektrodami oplatającymi każdy widoczny fragment ciała. Zielone tło było fluorescencyjne i beznamiętne. Ale małą dziewczynkę oświetlała lampa, która nadawała jej wygląd aktorki na scenie. Młodziutka pacjentka miała na sobie płaszcz superbohatera oraz maskę.

– Gdzie ją wykonałeś? – zapytałam.

– Zrobiłem kilka zdjęć w szpitalu dziecięcym – odparł. – W związku ze zbiórką funduszy. To Raelynn. Jest – uh, była – w czwartym stadium białaczki.

Jeszcze zanim mi to powiedział, poczułam trud walki małej dziewczynki. Dostrzegałam świadectwo zmagań w malującym się w oczach dziecka wyczerpaniu.

Bałam się, że cokolwiek powiem, nie odda to moich uczuć. Spojrzałam więc na Jareda i tylko pokiwałam głową.

Wbijał wzrok w podłogę i usiłował się nie uśmiechnąć.

– Dzięki.

Ruszyliśmy w milczeniu dalej, przyglądając się fotografiom. Kiedy dotarliśmy do mojego autoportretu, odwrócił się do mnie.

– To ty.

– Tia.

Zerknął na zdjęcie, a potem przeniósł spojrzenie na mnie. Skrępowana, zdobyłam się na kulawy fotograficzny żart.

– Wybierz zdjęcie. Przetrwa dłużej.

– Ja nie… porównuję. Ciebie i tej osoby.

– To nie jest „ta osoba". To ja – odparłam.

– Wiem – przyznał Jared. – To właśnie mnie intryguje.

Przypuszczalnie było to lepsze od zostania nazwaną lalką Barbie.

– Wiem, że wyglądam teraz inaczej, ale…

Zerknął na mnie z ukosa.

– Nie musisz się tłumaczyć. Ludzie się zmieniają.

Spojrzałam na jego twarz. Rysy miał ostre, spoza soczewek hipsterskich okularów spoglądały ciemnobrązowe oczy.

Ludzie się zmieniają.

Tak właśnie robią, czyż nie?

Może wolno mi było się zmienić. Może nie był to koniec świata, choć Carter najwyraźniej tak myślał.

Jared wcisnął dłonie w kieszenie. Nadal przyglądał się fotografii, jak gdyby usiłował ją rozszyfrować. Potem odwrócił się i dokładnie w ten sam sposób spojrzał na mnie.

– Chciałabyś gdzieś ze mną wyskoczyć?

– Przepraszam?

– Czy miałabyś ochotę… umówić się ze mną na kawę lub… kręgle albo cokolwiek innego?

– Um – odparłam.

Rany. Tak naprawdę żaden chłopak oprócz Cartera nie zaprosił mnie nigdy na randkę. W dziwny sposób wytrąciło mnie to z równowagi. A pomimo to inna część mnie poczuła się zaciekawiona tym, jak to jest pójść na kawę z kimś, kto robi tak niesamowite zdjęcia.

– Masz chłopaka.

– Tak – potwierdziłam, czując ulgę, że nie muszę mu tego wyjaśniać. – Tak jakby.

– Niech zgadnę: cieszy się w kampusie posłuchem. Jest kapitanem drużyny futbolowej? Przewodniczącym samorządu uczniowskiego? Zdobył wszystkie sprawności harcerskie?

Posłałam mu poirytowane spojrzenie, ale tylko się roześmiał.

– Cóż, jeśli „tak jakby mam" kiedykolwiek zmieni się w „tak jakby nie mam", daj mi znać. – Rozejrzał się wokół. – Lepiej się upewnię, że mój ojciec nie zanudza wszystkich historyjką o tym, jak pojechałem nago do spożywczaka na dziecięcym rowerku.

– Nie jesteś na coś takiego odrobinę za stary? – zapytałam.

Uśmiechnął się.

– Bardzo zabawne – rzucił, a potem się oddalił.

– Tato – powiedział ktoś. – Jest tutaj.

Bailey ciągnęła w moją stronę mężczyznę. Nie rozpoznałam go, choć jego twarz wydała mi się znajoma.

– Podoba mu się twoje zdjęcie samochodu – powiedziała. – Chciałby, żebym zrobiła podobne zdjęcia naszych aut. Ale to naprawdę nie w moim stylu.

– Przyjmujesz zlecenia? – Nieznajomy wyciągnął do mnie dłoń. Uścisnęłam ją. – Stuart Templeton. Miło mi cię poznać.

W tym momencie zrozumiałam, jakim sposobem Bailey mogła pozwolić sobie na tak wymyślne sukienki. Jej ojciec był dzianym królem oprogramowania.

Co wyjaśniało również, w jaki sposób zbliżenie cegły znalazło się pośród piątki finałowych prac.

„Nie schrzań tego", napomniałam się w myślach. Odpowiedz mu. I w tym momencie napłynęły słowa.

– Gotowa jestem rozważyć każdą propozycję – powiedziałam. – Wszystko zależy od rozmiaru odbitek i ich ilości.

Pokiwał głową i z przyjaznym uśmiechem wręczył mi wizytówkę.

– Wyślij e-mail do mojego biura.

– Powinnyśmy powłóczyć się razem – zwróciła się do mnie Bailey. Ze swojego bezalkoholowego koktajlu wyłowiła wisienkę i włożyła ją do ust. – Znudzili mnie nieudacznicy z mojej szkoły.

„Ale ja jestem właśnie taka jak owi nieudacznicy z twojej szkoły", chciałam zaprotestować.

Lecz... ludzie się zmieniają. I może określenie „nieudacznik" już mnie nie dotyczyło.

Bailey wraz z ojcem ruszyli dalej. Zostałam sama, zastanawiając się, jakim cudem nagle ja, Alexis Warren, zaczęłam zaliczać się do osób rozchwytywanych.

„Cóż", pomyślałam, „skoro już tu jestem, to równie dobrze mogę nawiązać kilka kontaktów".

15

FARRIN ZATRZYMAŁA NAS, GDY WRAZ Z MAMĄ ZMIERZAŁAM do wyjścia. Towarzyszyła jej wysoka kobieta w kostiumie.

– Alexis, od godziny usiłuję cię złapać i zamienić z tobą kilka zdań! Chciałam przedstawić ci moją przyjaciółkę Barbarę Draeger.

Nazwisko brzmiało znajomo.

– Miło mi panią poznać – powiedziałam.

Oczy mamy się rozszerzyły. Strzepnęła z żakietu nieistniejący pyłek.

– Pani senator Draeger!

Och, racja, to była ta Barbara Draeger.

Mama potrząsnęła dłonią kobiety tak żywiołowo, jak gdyby był to uchwyt pompy. Jej słabość do kobiet senatorów przypominała uwielbienie nastolatek dla popularnych boysbandów.

– To dla nas zaszczyt.

– Alexis, naprawdę podobają mi się twoje zdjęcia – powiedziała pani senator. – Masz wielki talent.

– Dziękuję pani.

– Czy wiesz, że najbardziej renomowany w kraju wydział poświęcony fotografice znajduje się właśnie w Kalifornii?

– Nie – odparłam. – Tego nie wiedziałam.

– To Szkoła Fotografii imienia Skalaskiej na Akademii Wilsona – potwierdziła Farrin.

Senator obdarzyła Farrin olśniewającym uśmiechem.

– Nasza Alma Mater!

– Alexis doskonale odnalazłaby się na tej uczelni – stwierdziła Farrin. – Ma wszystko, czego tam potrzeba.

Senator Draeger uśmiechała się do mnie tak promiennie, że nie mogłam odwrócić wzroku.

– Czy możemy jeszcze na chwilę porwać pani córkę? – zwróciła się Farrin do mamy.

Mama pokiwała głową z takim entuzjazmem, że przez chwilę przypominała samochodową maskotkę.

Kiedy zostałyśmy same, Farrin uśmiechnęła się do mnie ciepło.

– Tak się cieszę, że uczestniczysz w naszym konkursie.

Promienna i imprezowa Alexis szybko znikała, ale zdobyłam się na odpowiednią reakcję.

– Dziękuję.

– Kiedy zaoferowałam ci możliwość popracowania w mojej ciemni, mówiłam poważnie.

– Dziękuję za propozycję – odparłam. – Nie jestem pewna, czy zdołam z niej skorzystać, ale jest dla mnie bardzo cenna.

Zmarszczyła brwi.

– Nie jesteś pewna, czy zdołasz z niej skorzystać?

– Nie mam samochodu – wyjaśniłam. – I mieszkam w odległości trzydziestu kilometrów.

– Och. Nie możesz pożyczyć auta od mamy?

– Kiedy już wróci z pracy. Ale… zazwyczaj wraca późnym wieczorem.

Nie speszyło jej to.

– Mogę zajrzeć tu wieczorem, gdyby było trzeba.

– O rany. To wspaniałomyślna propozycja, ale… Nie, naprawdę nie mogę jej przyjąć.

– Alexis – powiedziała z dłonią na moim ramieniu. – Dla jednej z dziewcząt Aralta wszystko.

Musiałam zebrać całą siłę woli, by w tym momencie nie cofnąć się o krok.

Właśnie wtedy na serdecznym palcu jej prawej dłoni dostrzegłam wąski złoty pierścionek. Obrączkę pokrywała patyna drobnych rysek, stanowiących świadectwo wieku.

Ścisnęła moje palce.

– Idź już. Mama na ciebie czeka.

Pokiwałam głową i odwróciwszy się, wpadłam na senator Draeger. Pożegnała się ze mną, potrząsając żywiołowo moją ręką. Zerknęłam na jej prawą dłoń.

Dostrzegłam złoty pierścionek.

W dniu, w którym odbyła się rozmowa kwalifikacyjna, Farrin nie studiowała budowy mojej dłoni. Przyglądała się pierścionkowi.

Nie zapamiętałam drogi powrotnej do samochodu. Ani nawet tego, jak otworzyłam drzwiczki, usiadłam w fotelu i zapięłam pas. Wróciłam do rzeczywistości dopiero wtedy, gdy mama zaczęła rozwodzić się nad ostatnimi wydarzeniami.

– Cóż za wieczór! – powiedziała, wyjeżdżając na drogę.

– Um, tak – mruknęłam.

– Fotografka będąca laureatką nagrody Pulitzera? Senator Stanów Zjednoczonych? I wszystkim, co masz do powiedzenia, jest „um"?

Postanowiłam nie wspominać o Stuarcie Templetonie. Mogłaby stracić kontrolę nad samochodem.

– Ta kobieta, Farrin McAllister, powiedziała, że masz talent – westchnęła uszczęśliwiona. – A senator Draeger dodała, że Akademia Wilsona szczodrze rozdziela stypendia artystyczne! Jeśli napisałaby ci list polecający… Tylko pomyśl…

Stypendia za osiągnięcia artystyczne, czy też związane ze złotymi pierścionkami?

– Akademia Wilsona jest niewielką uczelnią, ale cieszy się znakomitą renomą. W zasadzie to prawie zalicza się do Ivy League. Kochanie, to może zabezpieczyć twoją przyszłość. A ty się martwiłaś, że się nie zakwalifikujesz? Ponieważ…

– Nie, naprawdę już się nie martwię – powiedziałam. Mój uśmiech rozpłynął się niczym pozostawiona w rozgrzanym samochodzie tabliczka czekolady. Nie chciałam rozmawiać o Farrin McAllister, senator Draeger czy Akademii Wilsona. Marzyłam o kanapce z szynką, piżamie i własnym łóżku. W tej właśnie kolejności. – Jestem wykończona. Czy możemy porozmawiać o tym później?

Pokiwała głową, nie odrywając wzroku od drogi. Oparłam czoło o chłodną szybę i obserwowałam światła mijających nas samochodów. Czułam się zmęczona, jednak gonitwa myśli nie ustawała ani na chwilę.

Jeśli Farrin i senator Draeger znały Aralta, to oznaczało… że przysięga nie zabija. A przynajmniej nie przez kilka dziesięcioleci. Obie były po pięćdziesiątce. I żadna z nich nie wykazywała obaw, że nagle może paść trupem.

Złożenie przysięgi nie tylko nie pozbawiało życia, ale – co nader prawdopodobne – czyniło je absolutnie cudownym.

Być może otrzymam zlecenie od jednego z najbogatszych ludzi na świecie. A jeśli spodobałyby mu się fotografie jego samochodów, dlaczego nie miałby zlecić mi wykonania zdjęć do kampanii reklamowej swojej firmy? Reklamówka telewizyjna jego przedsiębiorstwa wspominała o wielkich innowacjach i młodych talentach. Jeśli powiem dokładnie to, co należy, i podsunę mu właściwe sugestie, mogę wiele zyskać.

A potem wstąpię na Akademię Wilsona. Otrzymam pełne stypendium i będę studiowała fotografikę pod okiem prawdziwych nauczycieli, znających się na wykładanych przedmiotach. Będę otoczona rówieśnikami, może takimi jak Jared, którzy rozumieją, o co chodzi w robieniu zdjęć.

A po zdobyciu dyplomu, kto wie? Mogłabym podróżować po świecie. Zwiedzić wszystkie kontynenty. Fotografować sławnych ludzi i miejsca. Spotkać własnych fotograficznych idoli. Zdobywać nagrody. Wystawiać prace w nowojorskich galeriach.

Mogłam to osiągnąć. Mogłabym mieć to wszystko.

Poczułam, jak owo przekonanie we mnie krzepnie. Wiedziałam, że dzięki tej sile zdołam osiągnąć, cokolwiek sobie zamarzę.

Dzięki Araltowi.

Więc… dlaczego próbowałyśmy go powstrzymać?

* * *

Kiedy wróciłyśmy do domu, Kasey oglądała z tatą telewizję. Ojciec zastopował program. Odwrócił się ku mnie z pytającą miną.

Mama zaspokoiła jego ciekawość.

– Jakie to uczucie być ojcem najbardziej fantastycznej szesnastolatki w Surrey? – zapytała. Potem zorientowała się, że chcąc traktować rodzeństwo jednakowo, powinna nieco stonować swój entuzjazm. – Alexis poradziła sobie świetnie.

– To wspaniale, kochanie! – Tata się rozpromienił. – Chodź i o wszystkim nam opowiedz.

Kiedy okrążyłam sofę, Kasey poderwała się gwałtownie.

– Mam lekcje do odrobienia.

Mama odprowadziła ją wzrokiem. Potem z przepraszającą miną odwróciła się do mnie.

– Przypuszczam, że to może być dla niej dosyć trudne.

– Tak – zgodziłam się, spoglądając z dezaprobatą w głąb korytarza. Zachowywanie się zazdrośnie i małostkowo było całkowicie niepromienne.

Próbowałam odzyskać animusz i z entuzjazmem opowiedzieć rodzicom o przebiegu wieczoru. Kiedy skończyłam, stłumiłam ziewnięcie i wymówiłam się od dalszej rozmowy.

Kasey szorowała w łazience zęby. Poczekałam, aż opłucze szczoteczkę, zanim trąciłam ją łokciem.

– Chcesz posłuchać o przyjęciu?

Wzruszyła ramionami.

Ten gest zabolał mnie bardziej, niż mogłabym się spodziewać. Kiedy wyminęła mnie w drodze do własnego pokoju, odezwałam się ściszonym głosem, aby rodzice mnie nie dosłyszeli.

– Nie cieszysz się moim szczęściem?

– Jasne, Lexi. Dlaczego nie – odparła.

Nie wierzyłam w to, co usłyszałam.

Zbliżyła się do mnie.

– Ale jak wiele z tego jest twoją zasługą, a jak wiele Aralta?

– Dlaczego miałoby to mieć znaczenie? – zapytałam. – Starałam się ze wszystkich sił.

Zmarszczyła nieznacznie czoło.

– Wiesz co? Dobra. Nie ciesz się moim sukcesem. Ale jeśli pozwolisz coś sobie powiedzieć, mogłabyś być nieco promienniejsza.

Przewróciła oczami.

– A ty mogłabyś być nieco mniej promienna, Lexi.

Zalała mnie fala emocji tak silnych, że aż musiałam się odwrócić. Przypominały oberwanie chmury i powódź, które pochłoną każdego i wszystko, co miało pecha znaleźć się w ich zasięgu. Tylko że ta burza była huraganem gniewu. Wbiłam spojrzenie w rodzinny portret wiszący naprzeciw drzwi do pokoju Kasey. Siłą woli próbowałam się powstrzymać przed odwróceniem się w jej stronę.

Szybko przeszłam do siebie. Trzasnęłam drzwiami, a potem zamknęłam je na zamek.

Z całego serca wierzyłam, że jeśli tylko spojrzałabym w tym momencie na siostrę, mogłabym skręcić jej kark.

16

– ALEXIS? DZWONI MEGAN. – MAMA UCHYLIŁA DRZWI mojego pokoju i zerknęła do środka. – Och, bogini, nigdy wcześniej nie panował tu taki bałagan.

Zrobiłam minę. Była niedziela i od poniedziałku dbałam o porządek jedynie pobieżnie. Łóżko było niezasłane, a ciuchy z całego tygodnia poniewierały się wszędzie wokół, zwisając z mebli od biurka aż po krawędź kosza na śmieci. Buty zaścielały podłogę niczym auta porzucone po apokalipsie zombie.

– Byłam zajęta – powiedziałam.

Chwyciłam słuchawkę i gestem przegoniłam mamę.

– Co słychać? – zapytała Megan. – Spotykamy się dziś u Moniki.

– Kto?

– Wszyscy – odpowiedziała. – Możesz być gotowa za dziesięć minut?

– Jasne.

Po minionym tygodniu perspektywa nierobienia niczego przez cały dzień była niezwykle kusząca.

– Zaczekamy w samochodzie. Wyjdź, jak się wyszykujesz.

Wzięłam szybki prysznic, zaplotłam mokre włosy w warkocz i zrobiłam lekki makijaż. Włożyłam letnią sukienkę i sandałki. Pamiętałam jak przez mgłę, że przy domu Moniki jest basen. Opróżniłam zatem na łóżko torbę z uszami. Następnie upchnęłam do niej kostium kąpielowy oraz ręcznik. W ostatniej chwili chwyciłam jeszcze aparat.

Miałam właśnie wyjść, gdy mignęło mi coś kolorowego, przyciągając mój wzrok.

Zbliżyłam się do okna i wyjrzałam przez drewniane żaluzje. Samochód parkował po przeciwnej stronie ulicy. Megan oraz dziewczyny, które przywiozła – Mimi i Emily – opierały się o karoserię. Wystawiały twarze ku słońcu.

W tym widoku coś było. Jak gdyby owa czynność stanowiła ich przyrodzone prawo, przywilej do kąpieli w promieniach słońca na każde życzenie. Przypominały wygrzewające się na tanzańskiej prerii lwice. Te dziewczyny, gdy dorosną, mogą zostać senatorkami, gwiazdami kina lub bestselerowymi pisarkami. Były piękne oraz silne i przychodziło im to bez wysiłku.

A ja byłam jedną z nich.

Kiedy się do nich zbliżyłam, Megan zsunęła okulary na czubek nosa, aby na mnie spojrzeć.

– Gotowa?

– Tak – potwierdziłam.

– Gdzie Kasey? – zapytała Emily.

– Nie jestem pewna – odparłam. – Uczy się?

– Uczy się? – powtórzyła Emily. – Po co? Nie ufa Araltowi?

– Oczywiście, że ufa – odpowiedziałam i w tej samej chwili zaczęłam się zastanawiać, czy to prawda.

* * *

Monika mieszkała w starszej dzielnicy miasta. Dominowały w niej luźno rozsiane posiadłości na obszernych działkach. W cieniu wysokich drzew na tylnym podwórzu mieścił się basen. Wokół niego ustawiono wygodne leżaki. Błękitne niebo odbijało się w lustrze wody.

Wszyscy goście zniknęli w domu, aby się przebrać w stroje kąpielowe. Zostałam na podwórzu sama. Wbiłam czubki palców stóp w murawę. Na ziemię obok mnie padł cień.

– Co ci jest? – zapytała Megan.

– Tęsknię za posiadaniem podwórka – rzuciłam.

– Zawsze możesz korzystać z mojego – odparła. – Ostatnio rzadko zaglądałaś w odwiedziny.

– Wiem. Przepraszam.

– Nie przepraszaj. Wszystkie jesteśmy zajęte – westchnęła – Jak Carter?

– Nie jestem pewna. Nie rozmawiałam z nim od piątku.

– Musisz uważać. – Odwróciła się do mnie. – Lex, jeśli on nie zachce zaakceptować cię taką, jaka jesteś, to znaczy, że na ciebie nie zasługuje.

Z jakiegoś powodu wspomniałam Jareda, który myśl o starej i nowej Alexis uznał za interesującą, a nie za oburzającą.

– Wiem, że nie przepada za klubem Promyczek – powiedziała cicho Megan. – Nie wyraża się o nas z szacunkiem.

Uniosłam wzrok, zaskoczona żarem, przywodzącym na myśl tlący się płomień, który dosłyszałam w jej tonie.

– To nie tak – odpowiedziałam. – Sądzę, że naprawdę denerwuje się wyborami.

– Jeśli wydaje mu się, że po zwycięstwie będzie miał więcej spokoju, to się łudzi – odpowiedziała chłodno.

– Posłuchaj – odparłam. – Uporam się z tym.

– Podchodzimy poważnie do naszej siostrzanej wspólnoty – oświadczyła. – Nie powinnaś pozwalać Carterowi traktować nas lekceważąco.

Zirytowała mnie ta uwaga. Przecież wiedziała, że nie widziałam się z nim od piątku.

– Nie chcę o tym rozmawiać, okej?

Megan spojrzała na mnie zaskoczona. Zmarszczyła brwi. Zrzuciła buty i niczym młoda dama, która strzeliwszy focha, opuściła wymyślne przyjęcie, usiadła na krawędzi basenu. Zanurzyła stopy w wodzie. Wyglądała równocześnie niedbale i po królewsku.

– Nie ruszaj się. – Sięgnęłam do torby po aparat.

– Och, daj spokój, Lex – rzuciła w odpowiedzi. – Naprawdę nie jestem w nastroju.

– Proszę – powiedziałam. – Potrzebuję czterech nowych zdjęć na przyszły tydzień. Czy możesz zdjąć okulary?

– Wszystko jedno – wymruczała, zsuwając ciemne okulary. Odrzuciła włosy za ramiona.

Trzasnęłam kilka zdjęć.

– Teraz opuść nieco podbródek – poleciłam.

Megan uraczyła mnie gniewnym spojrzeniem.

– Nie złość się na mnie – powiedziałam. – Aralt by tego nie chciał – dodałam niemal żartobliwie.

Jej mina zmieniła się natychmiast.

Spojrzenie z nadąsanego zrobiło się zamyślone, przestała zaciskać wargi i jej rysy złagodniały.

Te zdjęcia wyjdą pięknie, naprawdę wspaniale. Nie wiedziałam, do czego wykorzystać piękne zdjęcia, nie miało to jednak znaczenia.

– Wyglądasz olśniewająco – powiedziałam.

– Wiem. – Ton miała rozmarzony.

Niczym grono rzymskich cesarzowych wylegiwałyśmy się przez całe popołudnie, wymieniając się kolorowymi magazynami i komplementami.

– Alexis, widziałam w gazecie twoje zdjęcia – odezwała się Lydia. – Może powinnaś zaprosić na nasze spotkanie Bailey Templeton.

– Ona nie potrzebuje Aralta – odparłam. – Ma fundusz powierniczy o wartości miliarda dolarów.

Jakbym nacisnęła przycisk oznaczony „niezręczna cisza". Poczułam na sobie zgorszone spojrzenia.

Araltowi chodziło o coś więcej niż tylko o pieniądze. Wiedziałam o tym.

– Jeśli jeszcze się spotkamy, zaproszę ją.

Weszłyśmy do domu, żeby nacieszyć się klimatyzacją. Tashi usiadła na podłodze i na ogromnym orientalnym dywanie malowała sobie paznokcie. Nie korzystała z papierowych chusteczek ani z żadnego innego zabezpieczenia.

– Sądzisz, że Carter jutro zwycięży? – zapytała, unosząc oczy i spoglądając na mnie.

Wzruszyłam ramionami.

– Byłoby fajnie. – Emily miała rozmarzone spojrzenie. – To pomogłoby nam zyskać nowe członkinie.

– Czy on nie przeczuwa, że wygra? – zapytała Mimi.

– Nie wiem – odpowiedziałam. – Przez weekend skupiał się na własnych sprawach. Nie rozmawialiśmy wiele.

– Sądzisz, że spotkał się z Zoe? – spytała Paige, prostując się.

– Nie. Powiedział mi, że nic ich nie łączy.

– I uwierzyłaś mu? – spytała Lydia.

– Tak – rzuciłam nieco zbyt opryskliwie. – Absolutnie.

– W takim razie cię potrzebuje! – wtrąciła miękko Emily. – Mam na myśli to, że jesteście w sobie zakochani. Jestem pewna, że chciałby cię widzieć u swojego boku.

– Zakochani? – powtórzyła Megan. – Nigdy nie wyznaliście sobie miłości, prawda?

Rzeczywiście, nie uczyniliśmy tego. I nie byłam zachwycona faktem, że wspomniała o tym publicznie. Jak gdyby była to soczysta plotka, nie zaś jedna z najbardziej osobistych kwestii w moim życiu.

Wszystkie dziewczyny gapiły się na mnie jak urzeczone.

– Nie – potwierdziłam. – A czy teraz możemy zmienić temat?

Na szczęście to do nich dotarło. Znalazły sobie nowy przedmiot konwersacji.

– Czy coś nie układa się pomiędzy wami? – zapytała Tashi.

Mówiła tak cicho, że tylko ja mogłam ją dosłyszeć. Nawet na mnie nie patrzyła. Zgięta wpół, dmuchała właśnie na paznokcie u nóg, pomalowane lśniącym lakierem w różowym kolorze.

Gdyby pytanie padło z ust kogoś innego, zbyłabym je milczeniem. Ale w sposobie bycia Tashi było coś tak nonszalanckiego. Zadała pytanie w taki sposób, jak gdyby wcale jej nie obchodziło, czy odpowiem.

– Coś – odparłam. – Nie jestem pewna co.

– Wiesz, bywa, że ludzie się od siebie oddalają. – Spojrzała przez okno. – Mój chłopak czasami bywa nieobecny.

– Nie sądzę, aby problem na tym polegał – powiedziałam. – Chodzi o coś więcej niż tylko rozluźnienie naszych relacji. Jest na mnie naprawdę zły. Ale nie chce słuchać, jak sprawy wyglądają z mojej perspektywy.

Zakorkowała buteleczkę z lakierem i odwróciła się do mnie.

– Czy chcesz ocalić wasz związek?

– Tak, oczywiście – odpowiedziałam. – Ale… nie wiem. A jeżeli Aralt nie chce, żebyśmy miały chłopaków?

Tashi zmrużyła oczy.

– Bez urazy, Alexis, ale to niedorzeczne. Miłość jest darem… kiedy już znajdziesz właściwą osobę. Aralt nikogo by tego nie pozbawił.

– W porządku – odpowiedziałam. – W takim razie Carter zapewne po prostu nienawidzi mojego nowego wyglądu.

– Może nie wie, co o nim sądzić – zasugerowała Tashi.

– Będzie musiał dojść do jakichś wniosków.

– Czy kiedykolwiek rozważyłaś powiedzenie mu, co powinien myśleć?

Przekrzywiła głowę i bezwiednie bawiła się rąbkiem sukienki. Spojrzałam na jej pierścionek – był ładniejszy od mojego. Przypominał rodzinne precjoza, antyczną biżuterię. Misternie zdobiony, lśnił stłumionym blaskiem.

Och, jasne, ponieważ Carter jest typem chłopaka, który bezkrytycznie przyjmuje wszystko, co mu się powie. Nawet Aralt nie zdołałby na niego wpłynąć w taki sposób.

– Czasami musisz zmienić czyjąś opinię za tę osobę.

Tashi posłała mi nieznaczny uśmiech, pochylając się i wyjmując zatyczkę z pędzelkiem z buteleczki lakieru. I wtedy to się stało:

Buteleczka się przewróciła.

Plama lakieru błyskawicznie rozkwitła na dywanie. W następnej chwili Tashi wyciągnęła nad nią rękę i zacisnęła palce. Kiedy je rozprostowała, solidnie zakorkowana buteleczka spoczywała w jej dłoni. Pomijając pomalowane paznokcie, zarówno na dywanie, jak i na palcach dziewczyny nie było śladu po lakierze.

SPOTKAMY SIĘ NA DZIEDZIŃCU? – wysłałam mu esemesa.

JESTEM DZIŚ BARDZO ZAJĘTY – brzmiała odpowiedź Cartera. Zaraz potem napisał: ALE DOBRZE.

Wybory odbywały się tego ranka. Kiedy dotarłam na miejsce, spoglądał właśnie na zegarek. Zupełnie jakby chciał mi przypomnieć, że aby spełnić moją zachciankę, oderwał się od zajęć związanych z samorządem uczniowskim.

– Kampania wyborcza nadal trwa?

– Tak. Koło pętli autobusowej. – Bezwiednie odsunął mankiet i znów spojrzał na zegarek. – O co chodzi, Lex? To nie jest najlepsza chwila.

Słowa pojawiły się w moim umyśle, jak gdyby ktoś je tam zapisał: *Posłuchaj.*

Ujęłam go za ramię.

– Posłuchaj.

Niczym za sprawą magii, znieruchomiał i przestał bawić się zegarkiem.

Wiem, że to duża zmiana.

– Wiem, że to duża zmiana.

Ale to nie tak, jak myślisz.

– Ale to nie tak, jak myślisz.

Nigdy nie sądziłam, że zwiążę się z klubem Promyczek na dłuższy czas.

Powtórzyłam także to ostatnie zdanie. Dostrzegłam, jak jego policzki napięły się i rozluźniły.

– Wstąpiłam do niego z powodu Kasey – wyjaśniłam. – I zamierzam pozostać członkinią z jej powodu. Ponieważ jest moją siostrą i musi wiedzieć, że ją wspieram. Nie mogę po prostu wystąpić. Ale to nie jest coś, co zamierzam robić do końca życia.

Daj spokój, Carterze.

– Daj spokój, Carterze.

Naprawdę pomyślałeś, że jakaś głupia grupka dziewcząt jest dla mnie ważniejsza od ciebie? Ważniejsza od nas razem?

Powiedziałam to wszystko, spoglądając mu głęboko w oczy. Kiedy umilkłam, miał minę, jakby nie wiedział, co ma mi odpowiedzieć.

Potrzebuję cię, powiedział głos w moich myślach.

– Potrzebuję cię – zwróciłam się do Cartera. – Żebyś mnie wspierał, gdy ja wspieram Kasey. To wszystko wkrótce się skończy. A nasze relacje znów będą takie jak wcześniej. Lecz przede wszystkim potrzebuję...

Byś mi wybaczył.

Coś w moim wnętrzu zaskrzypiało, a potem się zacięło.

Wybaczył mi? Dlaczego? Na czym polegała moja wina?

Carter czekał, wstrzymując oddech. Nadeszła chwila, która miała przesądzić o naszych dalszych relacjach.

To w końcu nie tak, że sama odwaliłaś kawał dobrej roboty, aby uratować ten związek, powiedział głos w moim wnętrzu.

Wiedziałam, że tego lepiej nie powtarzać.

– Potrzebuję... byś mi wybaczył – powiedziałam ze wzrokiem wbitym w ziemię.

– Lex – wyszeptał Carter, ujmując moją dłoń i przyciskając ją do piersi. – Przepraszam. Byłem palantem. Próbujesz pomóc Kasey, a ja zachowuję się jak zepsuty bachor.

Poczułam się czysta, odświeżona i uspokojona.

Właśnie to chciałam od niego usłyszeć.

– Zatem między nami wszystko w porządku? – zapytałam.

– Lepiej niż w porządku – wyszeptał mi do ucha. Zamknął oczy i mnie pocałował.

Odsunęliśmy się od siebie, a ja uśmiechnęłam się do niego lekko. A fakt, że miałam wrażenie, jakbym pocałowała kogoś obcego, przyćmił moje nagłe szczęście tylko na chwilę.

17

– POWINSZUJMY ALEXIS! – POWIEDZIAŁA ADRIENNE. – Dziewczynie przewodniczącego samorządu.

Nastąpiła udawana owacja. Jakby zwycięstwo Cartera nie było jego osiągnięciem, ale moim, i tym samym w jakiś sposób należało do całego klubu.

Odbywałyśmy właśnie nasze środowe spotkanie i nie mogłam wysiedzieć spokojnie.

Tego wieczoru miałam po raz pierwszy odwiedzić pracownię Farrin i skorzystać z jej ciemni.

Ale wcześniej miałam coś ważnego do załatwienia.

– A teraz – odezwała się Adrienne. – Ulepszenie?

Kilka dziewcząt trafiło pod pręgierz z powodu pomniejszych przewinień: żucia gumy, przeklinania, przebierania się po szkole z butów na obcasach w japonki.

W końcu zebrałam się na odwagę i powstałam.

– Sądzę, że tak naprawdę wszystkie świetnie sobie radzimy – zaczęłam. – Rozglądam się wokół i widzę, że wszystkie wyglądacie tak, jak pragnąłby tego Aralt.

Uśmiechnęły się zadowolone, szepcząc pomiędzy sobą.

– Ale… – podjęłam – prezencja to nie wszystko.

Odwróciłam się do siostry.

– Kasey, posłuchaj – zwróciłam się do niej. – Tak, nauka jest ważna. Ale jeśli nie zachowujesz się właściwie, nie jesteś godną reprezentantką naszej organizacji.

Kasey gapiła się na mnie, oddychając płytko. Wyglądała na modelową członkinię klubu Promyczek – w pięknej lnianej spódniczce, jasnoniebieskiej bluzeczce, z dyskretnym makijażem i schludną fryzurą. Trudno było wskazać brakujący element. Lecz zdecydowanie coś odróżniało ją od reszty z nas.

Obok mnie Lydia poderwała się na nogi.

– Co dostrzegają ludzie, kiedy na nas patrzą? – zapytała. – Nie widzą mądrych dziewczyn.

Na policzki Kasey wystąpiły czerwone rumieńce.

– Widzą naszą charyzmę – podjęła Lydia. – Charyzmę i fizyczne piękno. Każdy rodzaj piękna jest dla Aralta ważny. Lecz dlaczego ktoś w ogóle miałby się trudzić, żeby was poznać, jeżeli nie pociąga go wasz wygląd? Jeśli podziwiają was za to – umilkła na chwilę i przesunęła dłońmi wzdłuż ciała – będą się trzymać blisko przez wystarczająco długi czas, aby docenić i to, co macie w głowach. Jednakże w drugą stronę to nie działa.

– Wiem – powiedziała Kasey niemal szeptem. – Przepraszam.

– Rzecz w tym – podjęła Lydia, a jej głos dziwnie się łamał – że próbowałam ci to powiedzieć już wcześniej. A ty przedstawiasz nam wymówkę za wymówką. Więc czy naprawdę o tym wiesz? Czy rzeczywiście jest ci przykro? – Odetchnęła głęboko, a potem wytoczyła ciężkie działa. – Czy naprawdę jesteś oddana Araltowi?

– Oczywiście, że jestem – załkała Kasey.

Posłała mi bezradne spojrzenie, ale ja tylko odwróciłam wzrok.

– Zatem musisz się bardziej postarać – stwierdziła krótko Lydia. – Ponieważ niektóre z nas sądzą, że wcale się nie wysilasz.

W pokoju wybuchła wrzawa.

– Przepraszam! – powiedziała Kasey, nie zwracając się do nikogo konkretnego. – Ja... ja nie chciałam nikogo zawieść.

Zebrane potraktowały ją niczym zranionego kociaka. Pocieszały ją, poklepywały i gaworzyły kojąco przez resztę spotkania. Podczas drogi powrotnej siedziała w samochodzie z opuszczoną głową i wzrokiem wbitym w złożone dłonie. Nie posłała mi nawet rozgniewanego spojrzenia.

Poczułam ukłucie współczucia i to mnie zirytowało. To ona postanowiła ignorować Aralta. Musiała zatem ponieść konsekwencje.

Nikt nie lubi być celem nagonki. Ale czasami trzeba coś zniszczyć, aby można było odbudować to jako silniejsze.

A jeśli Aralt uważał, że trzeba zniszczyć Kasey, to kim ja byłam, aby to kwestionować?

Zjadłam wcześniejszy obiad i pożyczyłam auto mamy. Dzięki temu mogłam zjawić się w studiu Farrin o siódmej. Wszystkie drzwi specjalnie dla mnie pozostawiono otwarte. Zajrzałam w poszukiwaniu Farrin do pracowni, ale była pusta. Obok mieściły się kolejne drzwi z tabliczką POMIESZCZENIE PRYWATNE. Okazały się zamknięte, lecz nie na zamek.

Mandaty za złe parkowanie, zasady doboru stroju, rozlany lakier do paznokci. Wszystkie te rzeczy przemknęły mi przez myśli, jakbym kartkowała stronice książki pod tytułem *Rzeczy, które uchodzą nam płazem*. Pchnęłam drzwi, dodając do tej listy węszenie w prywatnych gabinetach.

Pomieszczenie było doskonałym odbiciem jego właścicielki – stylowe, nieskazitelnie czyste, o schludnym i nowoczesnym wystroju. Wnętrze wyposażono tak skromnie, że wystarczyło mi jedno spojrzenie, aby omieść wzrokiem zgromadzone w nim rzeczy. Wszystkie wydawały się absolutnie normalne. Nie dojrzałam żadnych dziwacznych talizmanów ani niczego innego, co byłoby związane z ciemnymi i nadnaturalnymi siłami.

Jedynym przedmiotem wydającym się nie pasować do reszty była stojąca na biblioteczce fotografia w ramce. Zdjęcie było stare – z lat siedemdziesiątych, oceniając po wyblakłych kolorach. Przedstawiało upozowaną grupę dwunastu lub trzynastu dziewczyn, na oko nieco ode mnie starszych, być może już po maturze. Spowijająca je aura jedności odezwała się echem w moim wnętrzu.

Dziewczyny Aralta.

Pochyliłam się i dojrzałam na fotografii Farrin – młodą kobietę z poważną miną. Obok niej stała dziewczyna o zaciśniętych szczękach i władczej postawie, która musiała być Barbarą Draeger.

Zanim zdążyłam przyjrzeć się pozostałym dziewczętom, zza pleców dobiegł mnie dźwięk otwieranych drzwi. Odwróciłam się, gotowa przeprosić.

– Alexis – powiedziała Farrin. – Naprawdę się cieszę, że wpadłaś. Czy przyniosłaś coś, nad czym chciałabyś popracować?

Ani słowa o węszeniu w jej prywatnym gabinecie.

– Tak, film – odpowiedziałam. – Ale planuję go tylko wywołać... Nie muszę wykonywać odbitek dzisiejszego wieczoru. Nie chcę zatrzymywać pani do późna.

Uśmiechnęła się.

– Mogę zostać tak długo, jak będzie trzeba. Nie potrzebuję wiele snu.

To mnie nie zaskoczyło.

– Chodź ze mną – poleciła.

Oprowadziła mnie po pracowni.

Weszłyśmy do czarnego cylindra o średnicy około metra, do którego wiodły wąskie drzwiczki. Wewnątrz Farrin pociągnęła za rączkę. Cały cylinder obrócił się wokół osi tak, że drzwi znalazły się po przeciwnej stronie, gdzie mieściła się ciemnia.

– Znajdziesz tutaj wszystko, czego możesz potrzebować – zapewniła mnie, wskazując pokrytą półkami ścianę.

W przyćmionym czerwonym świetle dostrzegłam niezliczone opakowania różnych rodzajów papieru fotograficznego, filtry i inne narzędzia. Na wydzielonych rzędach półek piętrzyły się buteleczki z chemikaliami, dokładnie opisane. Po przeciwnej stronie pomieszczenia stało pięć powiększalników różnej wielkości.

– Światłoszczelne opakowania i pojemniki trzymamy tutaj – powiedziała Farrin. – Czasomierze znajdują się w różnych miejscach. – Zgarnęła jeden z blatu i wręczyła mi go. – Fartuchy i kitle wiszą przy drzwiach. Ale, jak sądzę, odkryjesz, że niczego nie rozlewamy.

„My".

– Rozgość się i zaczynaj. – W mroku jej oczy wydawały się czarne. – Zawołaj, jeśli będziesz potrzebowała asysty.

Cylinder pochłonął ją i obrócił się, a ja zostałam sama.

Ciemnia miała świetną wentylację i była tak sterylna, że poczułam się jak na statku kosmicznym.

Kiedy film moczył się już w wywoływaczu, nastawiłam czasomierz i spacerowałam po pomieszczeniu. Gumowe maty przyjemnie tłumiły odgłos moich kroków. Zastanawiałam się, czy po wizycie tutaj będę jeszcze w stanie ścierpieć pracę w brudnej i ciasnej ciemni w koledżu.

Kiedy film wysechł, pocięłam go na pięcioklatkowe odcinki i wykonałam stykówkę.

Farrin weszła cicho do ciemni. Podniosła stykówkę i gestem poleciła mi podążyć za sobą do pracowni.

Położyła stykówkę na podświetlanej przeglądarce. Ujęła szkło powiększające. Zaczęła studiować zdjęcia Megan siedzącej na skraju basenu.

– Z którego chciałabyś zrobić odbitkę? – zapytała, wręczając mi lupę.

Przyjrzałam się uważnie, usiłując zignorować fakt, że Farrin McAllister udziela mi właśnie prywatnej lekcji fotografowania.

Megan nadąsana. Megan promienna. Megan z miną małej dziewczynki, rozzłoszczonej, ponieważ nie dostała ostatniego kawałka ciasta.

– Z tego – powiedziałam, wskazując zdjęcie, na którym Megan miała najbardziej chmurną minę.

– Dlaczego?

– Ponieważ... jest wyraziste, jak sądzę. – A „wyrazistość" była w moim stylu.

Odsunęła się.

– Jeszcze któreś?

Coś mi umykało. Pochyliłam się i ponownie obejrzałam fotografie, lecz teraz dokładniej. Za pierwszym razem zlekceważyłam zdjęcia, na których Megan się uśmiechała. Przyjrzałam im się ponownie…

– Może z tego? – Wskazałam jedno z ostatnich zdjęć na filmie.

– Dlaczego?

Pochyliłam się ponownie. Rozpuszczone ciemne włosy Megan opadały luźnymi falami, zwichrzone po jednej stronie podmuchem wiatru. Ten nieład, niczym echem, odbijał się w zmarszczkach na tafli wody. Sukienka Megan opływała elegancko sylwetkę, a jej mokry skraj przykleił się do płytek przy krawędzi basenu. Na ustach dziewczyny błąkał się ledwie widoczny ślad uśmiechu. Siedziała rozluźniona, a jej oczy…

– Wygląda, jakby hołubiła jakąś tajemnicę.

Farrin nagrodziła mnie uśmiechem.

– Mogę po coś szybko skoczyć?

Gestem pełnym gracji wyraziła zgodę. Minęłam ją i odszukałam swój plecaczek. Miałam w nim segregator ze wszystkimi swoimi negatywami, porządnie ułożonymi w plastikowych koszulkach. Za każdą z nich znajdowała się odpowiadająca negatywom stykówka. Przerzuciłam szybko kolejne koszulki, aż dotarłam do pierwszej rolki filmu z autoportretami.

Fotografia oddająca moje zdegustowanie nowym aparatem, ta, która wcześniej wisiała w holu, była dziesiątą z kolei. Pominęłam ją oraz tuziny następnych, przeglądając zdjęcia dalej. Aż dotarłam do ostatniej klatki z rolki.

Pamiętałam to zdjęcie. W końcu zaczęłam wyczuwać nowy aparat. Sądziłam jednak, że właśnie skończył się film. Siedziałam z aparatem w dłoniach i przypadkowo zwolniłam migawkę.

Głowę miałam odwróconą i prezentowałam światu ostry profil oraz nierówno przycięte po pożarze włosy. Na twarzy błąkał mi się półuśmiech. W pewien sposób to zdjęcie było bardziej wyraziste, niż można by zamarzyć, gdyby usiłowało się celowo osiągnąć taki efekt. Bo kto normalny pozuje do fotografii ze spalonymi włosami, złamanym obojczykiem i nadgarstkiem, a przy tym się jeszcze uśmiecha?

Wyprostowałam się i zauważyłam, że wstrzymuję oddech. Nabrałam gwałtownie tchu, jakbym wynurzyła się właśnie spod wody.

– Z tego – powiedziałam i Farrin wzięła z mojej dłoni lupę.

Po chwili się wyprostowała. Kiedy odwróciła się ku mnie, jej oczy rozświetlał dziwny blask.

– Genialne – stwierdziła.

Przez chwilę widziałam wszystkie gwiazdy.

– Zróbmy z obu powiększone odbitki. – Postukała palcami w fotografię Megan.

Zerkała mi przez ramię, od czasu do czasu oferując jakąś radę. Podsunęła mi pomysł użycia filtru o wysokim kontraście. Wykonałam odbitkę ze zdjęcia przedstawiającego Megan i powiesiłam, by wyschła. Nawet w przytłumionym czerwonym świetle fotografia prezentowała się nadzwyczajnie.

Potem zajęłyśmy się moim przypadkowym autoportretem. Powiększony kadr miał w sobie coś staroświeckiego, gotyckiego. Taka fotografia mogłaby wisieć w nawiedzonym domu. A kiedy byście przeszli obok niej, mogłaby za waszymi plecami zamienić się w coś przerażającego.

A wszystko dlatego, że się uśmiechałam.

Kiedy skończyłyśmy, Farrin wskazała róg jednej z półek.

– Możesz odstawić czasomierz tam.

Gdy sięgnęłam na półkę, coś ukłuło mnie w palec. Syknęłam i cofnęłam się gwałtownie.

– Och, moja droga, co się stało? – zapytała Farrin. – Czy ty krwawisz?

W stłumionym czerwonym świetle mój palec wyglądał jak zanurzony w czekoladowej polewie.

– Tak mi się wydaje – odparłam. – Nadziałam się na coś ostrego.

Zamrugałam gwałtownie, by przegnać napływające mi do oczu łzy. Przypominało to próbę podniesienia czegoś ciężkiego na gumowym pasku. W końcu jednak pieczenie ustało i niebezpieczeństwo zostało zażegnane.

– To dziwne – skomentowała Farrin, prowadząc mnie do umywalki.

Opłukałam ranę. Rozcięcie, choć niewielkie, okazało się zaskakująco głębokie.

– Bardzo dbam o to, aby pozostałości po rozbitych żarówkach zostały dokładnie uprzątnięte. A mimo to asystenci czasami bywają niedbali.

– Sądzi pani, że należałoby to zszyć? – zapytałam.

– Nie – powiedziała, podając mi gazę, którą miałam przycisnąć do skaleczenia. – Jestem pewna, że nie jest to konieczne.

Kiedy przyklejała gazę plastrem do mojego palca, przypatrywałam się jej skąpanej w czerwonym blasku twarzy.

Oczy Farrin były jak ciemne studnie, a długie czarne brwi potęgowały ten efekt. Wargi zdawały się wyblakłe, niemal w cielistym kolorze.

Nie było żadnego powodu, aby na tej półce mogła się znaleźć stłuczona żarówka. Ponadto nie wydawało mi się, żebym skaleczyła się właśnie kawałkiem szkła.

To było niemal tak, jak gdyby Farrin wiedziała, że coś tam jest. Coś niebezpiecznego.

Czy to był test? Chciała sprawdzić, czy krzyknę?

Odwróciłam wzrok, kiedy na mnie spojrzała. Jeśli wierzyć zegarowi, dochodziła dziesiąta.

– Powinnam już iść – powiedziałam. – Bardzo pani dziękuję.

– Odprowadzę cię – odparła.

– Nie trzeba. Jeszcze raz dziękuję. To był dla mnie zaszczyt. Życiowa szansa, by się czegoś nauczyć.

– Cóż, przesadzasz. I możemy to powtórzyć. Jestem do twojej dyspozycji – odrzekła. Skinęła głową niemal tak głęboko, jak gdyby mi się kłaniała. – Zadzwoń do mnie rano i powiedz, jak goi się skaleczenie, dobrze?

„Dzień dobry, Farrin. Mój paluch krwawi dziś nieco mniej".

Wiedziałam, że do niej nie zadzwonię. Mimo to uśmiechnęłam się i obiecałam, że to zrobię.

Kiedy obudziłam się następnego dnia, pierwszą rzeczą, o której pomyślałam, była obietnica złożona Farrin. Nadal nieco oszołomiona snem, odlepiłam plaster.

Żadnego śladu po skaleczeniu. Nawet najmniejszej blizny czy strupka.

Usiadłam i przyjrzałam się pozostałym palcom. Rozważałam, czy jakimś sposobem Farrin mogła zakleić plastrem nie ten palec, co trzeba.

Jednak wszystkie miałam całe.

Zadzwoniłam do Farrin.

– Widzisz? – Brzmiała, jakby była z siebie zadowolona. – Jesteśmy bardzo zdrową gromadką.

„My".

Rozłączyłam się i przez długą chwilę wpatrywałam się w swój niedraśnięty palec.

Przez cały miniony tydzień Carter był uosobieniem rycerskości. I nawet siadał przy mnie podczas lunchu. Wydawał się nieco zatopiony w myślach – ale który chłopak zachowywałby się inaczej otoczony przez trzynaście świergoczących dziewcząt?

„Usiłuje uratować nasz związek", zapewniłam się w myślach. Na pewno nie miało to nic wspólnego ze zdaniami, które same pojawiały się w mojej głowie. Rozmowami, podczas których jak papuga naśladowałam ich słodki i pochlebny ton.

Tashi poradziła mi, abym nie wypierała się zasług związanych ze zmianą podejścia Cartera. Porównała całą rzecz do podlewania rośliny, która najpierw nie chce rosnąć, a potem wypuszcza pędy i zaczyna kwitnąć.

Nie sposób było zaprzeczyć temu, iż przeszedł transformację. Zgryźliwe uwagi o klubie Promyczek należały już do przeszłości, a cynizm oraz sarkazm wyparowały z jego tonu.

Z horyzontu myśli Cartera zniknęła też całkowicie Zoe.

We wtorek po szkole odwiózł mnie, Kasey oraz Lydię do nas do domu. Moja siostra i Lydia już poszły, a ja zostałam w samochodzie.

– Zadzwonisz do mnie? – zapytał.

Pokręciłam głową.

– Mogę nie mieć czasu.

– No to ja zadzwonię – powiedział.

– Dobrze. – Odsunęłam się od niego. – Jeśli chcesz.

Kiedy sięgałam do klamki, pochylił się i ujął moją dłoń.

– Jesteś taka piękna – powiedział, spoglądając mi w oczy. – Czy już ci to dziś mówiłem?

– Tak – potwierdziłam, usiłując delikatnie oswobodzić się z jego uścisku. – Trzy razy.

Nie puścił mnie natychmiast. Jeszcze przez dłuższą chwilę wbijał we mnie wzrok.

Odwróciłam oczy. W spojrzeniach pełnych uwielbienia było coś, co sprawiało, że czułam się nieswojo. Mam na myśli to, że owszem, chciałam, aby sprawy pomiędzy nami się ułożyły. Tak, był idealnym chłopakiem.

Ale, mówiąc zupełnie szczerze, wszystko to zaczynało wydawać mi się nieco nudne.

– Naprawdę muszę już iść – powiedziałam. Oswobodziłam dłoń i żwawo wysiadłam z samochodu. – Dzięki za podwiezienie. Może później się zdzwonimy.

Przez chwilę wydawał się zmieszany. A potem znów przybrał rozmarzoną i nieobecną minę.

– Będę za tobą tęsknił.

Nie machając mu na pożegnanie, weszłam do domu.

Lydia i Kasey były w kuchni. Prowadziły urywaną rozmowę, a ich głosy niosły się echem po całym wnętrzu. Kasey naprawdę starała się udowodnić swoje oddanie dla Aralta. Nie sposób było temu zaprzeczyć. Mimo to widziałam jasno, że w sytuacjach, gdy inne członkinie były radosne i pewne siebie, ona była zdenerwowana i poirytowana. Nazbyt się starała i to, co usiłowała dodać do naszych rozmów, brzmiało w moich uszach odrobinę nieszczerze.

Lydia uniosła wzrok, kiedy weszłam do kuchni.

– Wyglądacie razem tak słodziutko – stwierdziła. – Też powinnam znaleźć sobie chłopaka.

– Do dzieła – zachęciłam ją.

– Nie znam żadnego, którego bym naprawdę lubiła – odparła. – Choć Nicholas Freeman jest przystojny.

– Wydaje mi się, że się z kimś spotyka – odpowiedziałam.

– I co z tego?

Posłała mi rozbawione spojrzenie, a jej odcinające się od kremowej cery różowe wargi wygięły się w psotnym uśmiechu.

– Racja – odezwałam się.

Jeśli zdecydowałaby się rozbić ich związek, jej rywalka była bez szans. Lydia była drobna i doskonała niczym porcelanowa figurka.

I zapewne równie niebezpieczna.

W środowe popołudnie przed spotkaniem klubu Promyczek Megan miała trening cheerleaderek. Czekałam na nią na trybunach. Przeglądałam jedno z czasopism o modzie, którymi wymieniałyśmy się podczas lunchu.

Carter zaoferował się odwieźć mnie do domu, ale powiedziałam mu, że jestem zajęta. Naprawdę stał się gentlemanem. Po lekcjach czekał na mnie pod klasą, choć sam nie miał zajęć w pobliżu, i usiłował nosić za mnie moją szkolną torbę. Po ostatnim dzwonku zjawił się pod moją szafką. Zaproponował, że mnie odwiezie. Chciałam jednak obejrzeć trening. Odnosiłam wrażenie, że oto zostałam wpuszczona do świata, którego drzwi przez pierwsze szesnaście lat mojego życia były dla mnie zamknięte.

Kasey wróciła do domu spacerem. Oświadczyła, że na spotkanie też dotrze pieszo. Żadna z nas nie próbowała nakłonić jej do zmiany zdania. Dziewczyny założyły, że ma do odrobienia pracę domową. Zaczynała stawać się naszym małym genialnym dzieckiem z plakatu. Zdołała także kupić sobie kilka dni akceptacji dzięki nowej fryzurze.

Ale wiedziałyśmy, że z należącą do klubu Promyczek dziewczyną, która nie chce spędzać możliwie dużo czasu ze swymi siostrami, coś jest nie tak. I, jak podejrzewałam skrycie, nawet uwzględniając nową fryzurę, nadal nie była w pełni oddana Araltowi. Niespecjalnie się tym przejmowałam. Po prostu w pewnej chwili będzie zmuszona zmienić priorytety. Albo też ktoś inny uczyni to za nią.

Kiedy trening dobiegał już końca, rozległ się krzyk bólu.

Megan przecięła salę, spiesząc ku grupce cheerleaderek. Otaczały leżącą na podłodze członkinię zespołu. Po kilku sekundach dziewczyna podniosła się z parkietu. Odkuśtykała, wspierając się na ramionach trenerki i jednej z koleżanek.

Megan zbliżyła się do mnie, a w jej oczach malowała się troska.

– Dzisiejszego wieczoru musimy poćwiczyć dłużej. Niewykluczone, że będę musiała opuścić spotkanie. Sydney źle wylądowała po podrzucie i jest kontuzjowana. Trzeba przerobić choreografię. – Bezradnie rozejrzała się wokół. – Nie wiem, co teraz zrobimy. Ona oraz Jessica jako jedyne potrafią wykonać tę akrobatyczną sekwencję.

Obserwowałam, jak omiotła wzrokiem pozostałe dziewczyny, zastanawiając się, która zdoła zastąpić Sydney. Przygryzła wargę, a ja wiedziałam, o czym pomyślała. Wykonywanie elementów akrobatycznych dawniej należało do niej.

Spojrzałam na swój palec. Skóra w miejscu niedawnego rozcięcia była nieskazitelnie gładka.

– Megan – odezwałam się. – Czy kolano nadal ci dokucza?

Wpatrywała się we mnie przez chwilę, przetrawiając moją sugestię.

– Nie ma mowy – stwierdziła cicho. – Lex, po tym upadku w twoim domu… Nie mogę ryzykować.

– Ale tak naprawdę kolano nie przysparza ci bólu? – zapytałam. – Nie utykałaś. Czy ono w ogóle ci doskwiera?

Jeśli się myliłam, moja najlepsza przyjaciółka mogła skończyć na wózku inwalidzkim.

Wiedziałam jednak, że mam rację.

– Zacznij od czegoś mniej skomplikowanego – zasugerowałam. – Spróbuj zrobić gwiazdę.

Megan, wręczając mi swój notatnik, spojrzała na mnie nieufnie. Wsunęła podkoszulek za gumkę spodenek i bez wysiłku wykonała gwiazdę.

– To i tak o niczym nie świadczy.

– Jesteś pewna?

– Lex, to jest naprawdę trudne, a poza tym minął rok, odkąd próbowałam czegoś takiego. – Bezwiednie poprawiła kucyk, widząc, że jej nie uwierzyłam.

– Hej, Jess! – rzuciła.

Cheerleaderka podbiegła tanecznym krokiem.

Megan, spoglądając wprost na mnie, powiedziała:

– Czy mogłabyś zademonstrować akrobacje z układu na przerwę w meczu?

Jessica pokiwała głową. Oddaliła się o kilka kroków, żeby nabrać rozpędu. Potem wykonała serię salt i przerzutów zakończoną idealnym lądowaniem z rękami skrzyżowanymi na piersi.

– Dziękuję ci – powiedziała słodko Megan. – To wszystko. – Spojrzała na mnie wyczekująco.

– Poradzisz sobie – zapewniłam ją, choć to, jak zaciskała szczęki, świadczyło jasno, iż wcale nie była tego pewna. – Adrienne nawet nie używa już laski.

– To co innego – odrzekła. – Spacer nie grozi połamaniem nóg.

– Lub być może – odpowiedziałam – ona ma więcej wiary...

Jej twarz stężała.

– To nie w porządku, Lex.

– Po prostu mówię – odparłam. – To ty mi powiedziałaś, żebym odpuściła. Wierzysz w Aralta czy nie?

Wydęła wargi i wbiła zagniewane spojrzenie w róg sali, ponieważ spoglądanie na własne siostry ze złością było absolutnie niedopuszczalne. Bez słowa oddaliła się i wzięła rozbieg. A potem bezbłędnie wykonała całą sekwencję. Dodała nawet na samym końcu dodatkowy przerzut.

Cheerleaderki wydały zbiorowy pisk i nas opadły.

– Nie wiedziałam, że znów możesz to zrobić – zaświergotała Jessica.

Obdarzyły Megan grupowym uściskiem.

Po minucie Megan się do mnie zbliżyła. Coś malowało się w jej oczach. Zaduma. Zaskoczenie.

– Sądzę, że nie będziemy zmuszone zostawać dziś dłużej – stwierdziła. – Mam mnóstwo czasu przed piątkiem, żeby odświeżyć sobie ten układ.

– Jak twoje kolano? – zapytałam.

– Nie… dolega mi. – Uśmiech zaskoczenia zagościł na jej ustach. – Czuję się świetnie.

– Przepraszam za cały ten dramatyzm – powiedziałam. – Pomyślałam, że przyda ci się przypomnienie.

– Nie przepraszaj – odparła, a jej oczy błyszczały. – Miałaś rację. Potrzebowałam tego.

Podniosłyśmy nasze szkolne torby i ruszyłyśmy w kierunku drzwi. Zatrzymałam się przed trenerką Neidorf, która ukradkiem zerkała na Megan.

Pani Wiley naprawdę nie musi o tym wiedzieć. To jednorazowa sprawa. I chodzi o dobro drużyny.

– Pani Wiley naprawdę nie musi o tym wiedzieć – rzekłam, a jej spojrzenie przeskoczyło na mnie. – To jednorazowa sprawa. I chodzi o dobro drużyny, zgodzi się pani?

Przesunęła wzrok na Megan. A potem utkwiła oczy we własnym notesie, jak gdyby nie mogła sobie przypomnieć, o czym rozmawiamy.

– Tak – odpowiedziała. – Oczywiście, że tak.

Megan obdarzyła ją promiennym uśmiechem.

– Dziękuję, trenerko. Jest pani wspaniała!

* * *

Spotkanie świetnie się udało. Zyskałyśmy dwie nowe członkinie. A co było w tym wszystkim najlepsze?

Kasey wezwała kogoś na dywanik w trakcie Ulepszenia. A potem przedstawiła pomysły na rekrutację, wnosząc do naszego spotkania równie wiele, jak pozostałe członkinie. Wyraziła także zdecydowaną opinię podczas debaty, w trakcie której potępiłyśmy noszenie sportowego obuwia, jeżeli jego właścicielka nie uczestniczy akurat w wydarzeniu sportowym.

W czwartek oraz w piątek w szkole była pełna życia, szczęśliwa. Niemal bił od niej blask.

Wreszcie, wreszcie, zaczynała jednoczyć się z Araltem.

Czułam się taka dumna, że nie potrafiłam przestać się uśmiechać.

W piątkowe popołudnie wróciłyśmy do domu przebrać się przed meczem. Szykowałam się do wykonania makijażu, kiedy zadzwonił telefon. Nie rozpoznałam numeru na wyświetlaczu.

– Słucham?

– Dzień dobry, czy rozmawiam z Alexis?

– Tak, kto mówi?

– Jared Elkins. Spotkaliśmy się, um, jakiś czas temu na wieczornym przyjęciu.

– Och, racja – odparłam. Przytrzymując telefon przy policzku uniesionym ramieniem, zaczęłam nakładać makijaż. – Chłopak od dziecinnego rowerka.

– Jedyny w swoim rodzaju. Posłuchaj, chciałem poprosić cię o nieliChą przysługę. Dwie ostatnie rozmowy zaplanowane zostały na przyszły czwartek. Niestety, nie będzie mnie wtedy w mieście. Jury zgodziło się przenieść spotkanie na środę, jeśli się na to zgodzisz.

– Ostatnie rozmowy? – zapytałam. – Co masz na myśli?

– O rany – odrzekł. – Nie powinienem psuć ci niespodzianki. Jestem w tym taki kiepski. Zostaliśmy finałową parą. Nie zatelefonowali i nie poinformowali cię o tym?

Roześmiałam się.

– Od kilku dni nie sprawdzałam poczty głosowej.

– Posłuchaj, jeśli środowy termin ci nie odpowiada, to trudno.

– Środa mi pasuje – odrzekłam. – Świetnie. Gratuluję.

– Tobie także należą się gratulacje – powiedział. – Nie sądzę, bym czuł się usatysfakcjonowany, rywalizując z kimkolwiek innym.

Słysząc to, uśmiechnęłam się do odbicia w lustrze.

– Prawdę mówiąc, wyglądałem okazji, żeby cię o coś zapytać – odezwał się. – Pamiętasz, z jakiego filmu korzystałaś, robiąc to zdjęcie samochodu? Ma świetną ziarnistość.

– Och, jasne. Ze zwykłego T-Max. Innych w zasadzie nie używam.

– Naprawdę?

– Prawdopodobnie o czułości ISO czterysta…

Rozmawialiśmy jeszcze przez kilka minut. A potem pożegnaliśmy się i chłopak się rozłączył. Nasza wymiana zdań była naprawdę miła. Lecz mimo to przez resztę wieczoru nie poświęciłam Jaredowi ani jednej myśli.

18

POŁĄCZ TYSIĄCE PODEKSCYTOWANYCH NASTOLATKÓW, kilkuset nazbyt zaangażowanych rodziców, grupę skwaszonych z powodu konieczności przyjścia do pracy w piątkowy wieczór belfrów oraz zapach churros*. Co otrzymasz?

Mecz futbolowy Orłów z Surrey.

W piątkowy wieczór odbywał się pierwszy nierozgrywany na wyjeździe mecz sezonu. Klub Promyczek zamierzał zasiąść w pełnym składzie na trybunach, zjednoczony, by zademonstrować naszego szkolnego ducha. Zauważyłam, że – niejako obligatoryjnie – więcej wysiłku wkładałyśmy w to, by okazać zainteresowanie samą dyscypliną, niźli wynikiem spotkania.

Przed rozpoczęciem zmagań zebrałyśmy się pod salą gimnastyczną. Wszystkie miałyśmy stroje w barwach szkoły – czerwone i białe – a atmosfera była naładowana energią. Słońce chowało się już za budynek. Przystanęłam i nasłuchiwałam dobiegającego zewsząd gwaru: zlewających się głosów

---

* Hiszpańskie pączki – smażone w głębokim oleju paluszki z ciasta ptysiowego [przyp. red.].

i dźwięków, warkotu samochodów wjeżdżających na parking, z którego napływały grupki podekscytowanej młodzieży.

U moich stóp zostały złożone wszelkie błogosławieństwa, o jakich tylko mogłam zamarzyć. Byłam młoda i piękna, miałam lojalnych przyjaciół, chłopaka, siostrę oraz szczęśliwych rodziców, którzy mnie kochali. Moja przyszłość rysowała się w barwach tak jasnych, w jakich tylko ośmielę się ją sobie wymarzyć. Łagodna bryza delikatnie rozwiewała nam włosy. Sukienki otulały nasze sylwetki i falowały niczym flagi w hołubionych wspomnieniach jakichś złotych czasów.

Megan w swoim stroju cheerleaderki podeszła do nas, by się przywitać. Wmieszała się w grupę, a intensywny czar tej chwili aż zapierał mi dech. Czułam się niemal tak, jak gdybym zatęskniła za własną młodością, choć ona przecież trwała. Gdybym nie stała się taka dobra w hamowaniu się od płaczu, z moich oczu mogłyby pociec łzy. Zdołałam je powstrzymać i pozostać promienną.

Bileterzy zajęli pozycje i otworzono bramki. Otaczająca nas młodzież zaczęła wchodzić na stadion. My do ostatniej sekundy zostałyśmy na zewnątrz. Nie skończyłyśmy się jeszcze witać, ale wiedziałyśmy, że najlepsze miejsca będą na nas czekać. Bez względu na to, jak długo będziemy zwlekały z ich zajęciem.

Weszłyśmy na stadion razem – nie do końca w szyku, ale zwartą grupą: armia najpiękniejszych, najmądrzejszych i najlepszych dziewczyn. Okrążyłyśmy trybuny niczym stado szkolnych rekinów: pięknych, niebezpiecznych i roziskrzonych, maszerując do rytmu, który jedynie my mogłyśmy usłyszeć.

„Bicia serca Aralta", pomyślałam.

Kiedy zebrani nas zauważyli, pomruki na trybunach przycichły. Podziwiali nas i marzyli, by być tacy jak my.

Chłonęłam atmosferę. Miałam doskonałą fryzurę i strój, a u mego boku maszerowały siostra wraz z moją najlepszą przyjaciółką.

Wszystko było doskonałe, a ja znajdowałam się w samym centrum.

Myśl pojawiła się w moim umyśle, zanim zdążyłam ją od siebie odepchnąć: „Wolałabym raczej umrzeć, niż z tego zrezygnować".

Ubrane w sukienki, spódnice i sweterki, z pełnym makijażem wyglądałyśmy tak, jak gdyby na skraju trybun zmaterializował się niewielki wehikuł czasu i wieczorem zawładnął rocznik sześćdziesiąty piąty.

Ktoś rozdał nam miniaturowe flagi i powiewałyśmy nimi wraz z tłumem. Przez trybuny przebiegła fala. Powstałyśmy i zaraz potem usiadłyśmy wraz z resztą kibiców. Po chwili fala wróciła i wszystko się powtórzyło.

– Spróbuj sprawiać wrażenie, jakbyś się dobrze bawiła – zwróciłam się do siostry.

– Dobrze się bawię… Tak mi się wydaje – odparła Kasey.

Roześmiałam się.

– Wyglądasz na skrajnie nieszczęśliwą.

– Doprawdy? – Pomachała mi flagą przed nosem.

Teraz, kiedy się starała, tak łatwo było traktować ją jak siostrę. Owładnięta falą uczucia przyciągnęłam ją do siebie i przytuliłam.

Kilka minut później głośniki zaryczały, witając drużynę gości. Po przeciwnej stronie boiska grupka przyjezdnych kibiców wypełniała zaledwie kilka ławek.

Nadszedł czas na występ cheerleaderek.

Nie zamierzałam się ekscytować. Lecz kiedy wybiegły na murawę, tak łatwo było dać się porwać entuzjazmowi wiwatującego i klaszczącego tłumu. Megan znajdowała się w środku szyku i ponownie wyglądała jak królowa. Włosy miała związane w kucyk białą wstążką. Unosiła pompony wysoko w powietrze.

Drużyna wybiegła na boisko, rozrywając wielki papierowy transparent, i mecz się rozpoczął. Widzowie wokół nas wiwatowali. Kasey i ja wiwatowałyśmy wraz z nimi. Obserwowałyśmy zmagania, skonsternowane, nie mając pojęcia, o co w tym wszystkim chodzi.

– Lex. – Uniosłam wzrok i dostrzegłam stojącego przy mnie uśmiechniętego Cartera.

Przesunęłyśmy się nieco i usiadł na ławeczce obok mnie.

– Nie możesz się doczekać wygłoszenia mowy? – zapytałam.

Pokiwał głową. Pokazał mi cienki plik karteczek z notatkami.

– Ćwiczyłem ją całymi godzinami.

Na boisku wydarzyło się coś ważnego i kibice wokół nas zaczęli wyć i tupać. Carter ujął moją dłoń.

Hałas wzniecany przez tłum przycichł niczym cofająca się fala.

– Chcesz się jutro ze mną spotkać? – zapytał.

– I co będziemy robić?

– Cokolwiek zechcesz. – Wiercił się i kręcił niczym prosię w zagrodzie.

Nie odpowiedziałam. Carter i ja nigdy nie byliśmy parą zwracającą się do siebie w stylu: „nie wiem, a co ty byś chciała robić?". Mieliśmy zainteresowania. Hobby.

– Nie wiem – odpowiedziałam. – Chyba, muszę skoczyć na zakupy. Do centrum handlowego.

– Świetny pomysł! – odparł. – O której po ciebie podjechać?

Włóczenie się po galerii handlowej pasowało do Cartera niczym wiadro gwoździ do napełnionych wodą baloników. Jeśli już udało mi się zmusić go, by mi towarzyszył, cały czas marudził i nieustannie zerkał na zegarek.

Mój entuzjazm przygasł. Pozwoliłam spojrzeniu zdryfować na boisko, mając nadzieję, że wyglądam na pochłoniętą zmaganiami.

Carter dotknął mojego ramienia. Przyciągnął mnie do siebie, a jego usta znalazły się blisko mojego ucha.

– Dziś wieczorem chcę ci coś powiedzieć.

Kibice wrzasnęli: „Przyłożenie!" i wszyscy wokół zerwali się na nogi. Poderwałam się i ja, odsuwając się nieco od Cartera, i wiwatowałam wraz z tłumem. Zespół muzyczny zagrał kilka radosnych akordów, cheerleaderki zaczęły skandować, a wszystko to zlało się w jeden nieharmonijny ryk.

Kiedy widzowie usiedli, nie pozostało mi nic innego, niż dołączyć do Cartera na ławeczce.

– Nie jesteś ciekawa? – Dobiegający zewsząd harmider niemal pochłonął jego słowa. Dodał coś jeszcze, ale w tym momencie tłum ryknął i go zagłuszył.

– Co? – krzyknęłam w odpowiedzi.

Tłum ponownie przycichł. Chwilowe świętowanie dobiegło końca i wszyscy opadli na swoje miejsca.

Carter nachylił się i objął mnie ciasno.

– Mówiłem – podjął, a jego oddech ogrzewał mi małżowinę – że jesteś niesamowitą dziewczyną i mam ci coś ważnego do powiedzenia.

Usiadłam oszołomiona i wbiłam w niego spojrzenie. Nasze dłonie były mocno splecione.

Zamierzał wyznać mi miłość.

Ileż to razy wyobrażałam sobie te słowa – różne możliwe miejsca i sytuacje…

– Nie – powiedziałam niemal prosząco. Wykonałam półobrót, aby uwolnić się z jego objęć. – Nie tutaj, Carterze.

– Co masz na myśli?

Serce waliło mi tak mocno, że mogło zaraz wypaść z piersi. Ślina zgromadziła mi się w gardle. Musiałam go powstrzymać. A przynajmniej to odwlec.

Wbił we mnie spojrzenie zagubionego dzieciaka, szukającego w tłumie znajomej twarzy.

– Lex, nawet nie wiesz, co chcę ci powiedzieć! – zaprotestował. – Tylko chciałem, żebyś wiedziała, że ja…

Wiesz, że naprawdę jesteś dla mnie kimś wyjątkowym.

– Wiesz, że naprawdę jesteś dla mnie kimś wyjątkowym.

Może późniejszym wieczorem zdołamy poważnie porozmawiać.

– Może późniejszym wieczorem zdołamy poważnie porozmawiać.

Uśmiechnął się, lekko zmieszany, i puścił moją dłoń. Ból, który odmalował się w jego oczach, natychmiast zastąpiło pozbawione wyrazu spojrzenie.

– Tak, oczywiście. Później – zgodził się.

Niczym przeciwwaga dla naszych emocji, tłum ponownie poderwał się na nogi, wrzeszcząc radośnie. Carter miał taką minę, jak gdyby spadł w to dziwne i zatłoczone miejsce prosto z nieba.

– Naprawdę powinienem już iść – powiedział, po czym przepraszając widzów, zaczął się przeciskać w stronę wyjścia.

Kasey siedziała i powiewała flagą.

– Chyba zaczynam łapać, o co w tym chodzi – odezwała się. – Ich zawodnik zgubił piłkę, nasi zdołali ją podnieść i to się nazywa… Dokąd idzie Carter?

– Odczytać swoją mowę.

Posłała mi dziwne spojrzenie i wróciła do obserwowania meczu.

Siedząc na trybunie, zaczęłam mieć wrażenie, jakbym się dusiła.

– Chyba trzasnę kilka zdjęć – powiedziałam, sięgając po aparat. – Popilnujesz mojej torby?

Przecisnęłam się na skraj boiska, po którym zawodnicy miotali się szaleńczo jak banda polnych myszy. Trafiło mi się kilka dobrych ujęć. Nigdy wcześniej nie próbowałam robić tak dynamicznych zdjęć. Głównie ze względu na własne skąpstwo dotyczące filmów i opłat za czas w ciemni. Teraz wiedziałam, że jeśli będę potrzebowała więcej rolek, mogę je wziąć od Farrin. A jeśli będę potrzebowała skorzystać z jej ciemni, wystarczy drobna aluzja i sama mi to zaproponuje.

Nadszedł czas na przerwę w grze i z głośników popłynęła muzyka cheerleaderek. Megan i Jessica wykonały serię salt i przerzutów. Zakończyły ją idealnie zgranym lądowaniem.

Zrobiłam zbliżenie i wykonałam tyle zdjęć, ile tylko zdołałam. Miały skupione miny, pokryte warstewką potu wysportowane ciała i powiewające w ruchu czerwono-białe kostiumy, a tło tworzyła żywa zieleń boiska i granatowe wieczorne niebo.

Kiedy wykonywały akrobacje, twarz Megan rozjaśniał uśmiech. Wymachiwała nogami, podskakiwała, była wyrzucana w powietrze, balansowała na ramionach koleżanek. Gdy skończyły występ, opuściłam aparat i zaklaskałam. Miałam wrażenie, że niemal tak samo jak cheerleaderkom brakuje mi tchu. W poniedziałek zapytam, czy mogę przyjść na kolejny trening i zrobić więcej zdjęć. Cały ten ruch i energia okazały się uzależniające.

– A teraz – z głośników popłynęła zapowiedź – powitajcie ciepło świeżo wybranego nowego przewodniczącego samorządu Cartera Blume'a!

Szkolna polityka nie budziła aż tyle emocji co sport, niemniej Carter otrzymał przyzwoitą porcję oklasków. Zajął miejsce na prowizorycznej mównicy. Jego złote loczki lśniły w świetle reflektorów. W wąskich szarych spodniach i zapiętej białej koszuli wydawał się wysoki, władczy i charyzmatyczny – niczym amant filmowy z lat czterdziestych.

A jednak coś się w nim zmieniło.

Uniosłam aparat i trzasnęłam mu kilka zdjęć.

Tuż przed rozpoczęciem przemowy dostrzegł mnie w tłumie i posłał mi krótki uśmiech.

I w tym momencie zdałam sobie sprawę, co odbiegało od normy.

Na trybunach miał na sobie sweter z długim rękawem. Teraz go zdjął.

I podwinął rękawy koszuli niemal do łokci.

Od dnia, gdy go poznałam, nigdy nie dopuścił do tego, żeby ktoś poza rodzicami i mną dostrzegł blizny na jego nadgarstkach. A teraz pozwolił, by zobaczyła je cała szkoła.

Moje oczy napotkały jego spojrzenie. Na twarzy rozkwitł mu pewny siebie uśmiech władcy wszechświata.

Przez sekundę byłam jak sparaliżowana.

Ponieważ za tym uśmiechem nie dojrzałam nawet śladu Cartera.

Tylko pustkę. Bezwolną reakcję w miejsce dawnej inicjatywy.

Och, mój Boże.

To nie może się dziać naprawdę.

W pełni skradłam mojemu chłopakowi duszę.

– Ludzie mają w zwyczaju mówić – zaczął donośnym głosem – że ogólniak to cztery najlepsze lata życia. A dzisiejszy wieczór – w jego tonie zadźwięczała metaliczna nuta; czy ktoś poza mną ją wychwycił? – jest dla mnie ukoronowaniem tego okresu.

Rozejrzałam się w poszukiwaniu drogi ucieczki. Stałam jednak w zasadzie na murawie boiska. Pozostając w bezruchu, nie przyciągałam uwagi. Lecz jeśli zacznę się przemieszczać, będzie to niczym wstąpienie w światła reflektorów. Carter kontynuował przemowę o tym, jak wspaniałe były dla niego lata w Surrey. I jak podekscytowany jest na myśl o tym, że ma możliwość zrewanżować się szkole, która ofiarowała mu aż tak wiele.

– Nie tylko oddanych przyjaciół – powiedział – i sposobność zdobycia wykształcenia najwyższej próby. Ale także dobrze opracowany program fakultatywny, najlepsze zaplecze techniczne w kraju i troskliwą kadrę.

Rozległy się uprzejme brawa.

– Chciałbym zadedykować ten rok wam wszystkim. A także wszystkim tym, którzy uczęszczali tu przede mną i którzy przyjdą po mnie. Jednak w pierwszej kolejności…

Spoglądał wprost na mnie.

– …chciałbym zadedykować moje zwycięstwo najbardziej nietuzinkowej osobie, jaką w życiu spotkałem…

Mój palec naciskał migawkę, jakbym dzięki temu mogła udawać, że jestem tylko obserwatorką lub że nawet mnie tutaj nie ma.

– Mojej dziewczynie Alexis Warren.

Tłum wydał zbiorowe westchnienie.

– Lex – powiedział Carter, śmiejąc się. – Opuść aparat.

Nie miałam wyboru.

Spojrzał wprost na mnie i wyznał:

– Alexis… kocham cię.

Te słowa spadły na mnie na pasiastej murawie boiska. Uderzyły w odległy szkolny gmach i odbiły się odeń echem.

Byłam otoczona. Bezradna.

Tego typu scena mogłaby się znaleźć w kiepskiej komedii romantycznej, a nie rozegrać na murawie boiska Surrey High. Tłum oszalał, wiwatując i gwiżdżąc. Sterczałam jak wmurowana, wbijając wzrok w jego wielki, radosny uśmiech, będący wyrazem nieświadomości.

A potem uciekłam.

Twarze w tłumie zlewały się ze sobą, kiedy przeciskałam się ku linii boiska, usiłując uciec w mrok nocy. Ludzie zagadywali do mnie, śmiali się ze mnie, wyrażali swoje zaskoczenie, gdy przeciskałam się pośród nich, brnąc ku wyjściu.

– Alexis, nic ci nie jest? – zawołała za mną pani Nagesh.

Nie zatrzymałam się, by jej odpowiedzieć.

– Lexi! – Moja siostra opuściła ławeczkę. Schodziła po schodkach, niosąc moją torbę. – Lexi!

Nasze ścieżki się przecięły. Kasey chwyciła moją dłoń i pobiegła. Zaciągnęła mnie za trybuny, gdzie dźwięk głośników był przytłumiony, zamiast rozsadzać bębenki.

W panującej tutaj ciemności nagle na kogoś wpadłam.

Na panią Wiley.

– Alexis – powiedziała ostrym tonem. – Czy widziałaś gdzieś Megan?

Wolałabym już raczej wpaść na rozwścieczonego niedźwiedzia grizzly.

– Przepraszam. Nie mam teraz czasu na rozmowę!

Zszokowana pani Wiley odprowadziła nas wzrokiem, a my pobiegłyśmy dalej.

W jednej ręce trzymałam aparat, drugą ściskałam dłoń Kasey. Wiedziałam tylko, że musimy się stąd wydostać. Musiałyśmy uciec.

Już niemal dotarłyśmy do wyjścia. Od wolności dzieliło nas już tylko kilka kroków.

– Alexis?

Tashi stanęła mi na drodze. Zatrzymałam się gwałtownie, o włos unikając wpadnięcia na nią.

– Co wy wyprawiacie? – zapytała. – Dokąd wam tak spieszno?

– Do domu – wysapałam. – Źle się poczułam.

Tak bardzo przywykłam do pogodnego uśmiechu Tashi. Nigdy wcześniej nie widziałam jej ze srogą miną. Jej oczy błysnęły, wargi wygięły się w grymasie.

– Musisz się zebrać do kupy – oświadczyła – i wrócić na boisko. Zawstydzisz Cartera i cały klub Promyczek.

– Carter sam się zawstydził! – odparłam. – Nie prosiłam go, by wystąpił przed całą szkołą i powiedział… powiedział… – Nawet nie mogłam tego powtórzyć. To było tak okropne. Czułam się tak, jakby ktoś uderzył mnie w żołądek.

Tashi zbliżyła się o krok. Kasey cofnęła się odruchowo.

– Chcesz mi wmówić, że nie powiedziałaś niczego, co zainspirowałoby go do tego wyznania?

Bolała mnie głowa. Oczywiście, że rzeczy, które powiedziałam i zrobiłam, pchnęły go do tego. Ale to jeszcze nie znaczyło, że ponoszę winę! Carter i ja spotykaliśmy się przez pięć miesięcy, nie wypowiadając słów „kocham cię". Takie wyznanie powinno być czymś prywatnym, cennym. A teraz szansa na to przepadła.

– Jak bardzo pogorszy to sytuację Cartera, jeśli zaraz tam nie wrócisz? – zapytała Tashi.

Wyobraziłam go sobie stojącego z mikrofonem w dłoni na mównicy. Zmuszonego zejść z niej po schodkach. Stawić czoła ciżbie. Samotnie.

Głośniki zatrzeszczały.

Na myśl o Carterze ścisnęło mi się serce.

– Nie masz prawa mu tego zrobić, Alexis – powiedziała cicho Tashi. – Nie wolno ci uciec. Tu nie chodzi tylko o ciebie. Musisz tam wrócić i być taką dziewczyną, jaką chce widzieć cię Aralt.

Kasey nadal oddychała szybko. Błagała mnie spojrzeniem, żebyśmy się stąd zmyły.

Być dziewczyną, jaką chce mnie widzieć Aralt. W dosłownym rozumieniu tego zwrotu nie miałam wyboru.

– Muszę tam wrócić – powiedziałam siostrze. „Dla Aralta". – Dla Cartera – dodałam.

Kasey wbijała spojrzenie w ziemię.

Tashi po raz pierwszy zwróciła na nią wzrok.

– Ty także powinnaś tam być – oświadczyła. – Siostra cię potrzebuje. Wszystkie cię potrzebujemy.

Ale poważna mina Tashi nie wystraszyła Kasey. Przekrzywiła głowę i odpowiedziała:

– Alexis może zostać, jeśli sobie tego życzy. Ja wracam do domu.

Oczekiwałam jakiejś ostrej riposty ze strony Tashi. Czegoś na temat poczucia siostrzanego obowiązku, więzi, którą wszystkie dzielimy, lub innego napomnienia w tym stylu. Ale Tashi jedynie wpatrywała się w Kasey, jak gdyby usiłowała zapamiętać jej twarz.

A potem odwróciła się i ruszyła w kierunku boiska.

– Wychodzę, Lexi – oświadczyła Kasey. – Nie czuję się dobrze.

– Daj spokój, Kasey. Proszę, zostań. Poradzisz sobie. Jesteś silna. Możesz...

– Mylisz się, nie jestem – odparła. – Nie jestem dostatecznie silna, aby zostać i przyglądać się, jak to robisz.

– Ale masz zobowiązania wobec Aralta. Pomyśl przynajmniej o tym.

Potrząsnęła głową.

– Nie, nie mam – powiedziała bez tchu. – Nikomu nie jestem nic winna.

A potem się rozpłakała i wielkie, słone, lśniące kryształowo łzy pociekły po jej policzkach.

I w tym momencie już wiedziałam.

– Nigdy nie złożyłam przysięgi – powiedziała.

Zatoczyłam się, odsuwając się od niej.

– Proszę, teraz wiesz. Jestem okropną siostrą. – Spojrzała na boisko na wpół zaszczutym wzrokiem. – Wplątałam cię w to i nie potrafię wyplątać.

Uniosła dłoń i ściągnęła z kucyka gumkę do włosów.

– A najgorsze jest to – podjęła – że ty już nawet nie chcesz się z tego wyplątać.

Brakło mi słów. Dosłownie nie wiedziałam, co jej odpowiedzieć. Cofnęłam się zatem o krok w kierunku Cartera, Tashi i klubu Promyczek.

– Muszę iść – rzuciłam, oddalając się.

Uciekając, miałam wrażenie, że czas przyspieszył. Teraz wydawało mi się, że zwolnił. Kiedy wyłoniłam się zza rogu trybuny, Carter schodził właśnie z boiska. Widzowie rozsunęli się, robiąc dla mnie przejście. Wyciągnął do mnie ręce i wpadłam w jego ramiona. Wszystkie dźwięki zlały się w głośny pomruk. Promienie reflektorów na chwilę mnie oślepiły. Carter musnął wargami moje czoło.

– Hej – powiedział. – Dokąd to uciekłaś?

Przełknęłam z trudem ślinę i spojrzałam mu w oczy.

„Chcę zobaczyć Cartera", pomyślałam. Pokażcie mi jakiś przebłysk mojego Cartera. Wtedy dam sobie radę. Wtedy jakoś to przetrwam.

Źrenice miał niebieskie i rozszerzone. Lśniły w ciemności i odbijało się w nich wszystko wokół. Ale nie dostrzegłam w nich nawet śladu Cartera.

Zamarłam, a potem cofnęłam się o kroczek.

– Alexis? – zapytał, a ja wyłapałam w jego głosie taką nutę, jakby był zraniony. Nadal czekał na jakieś wyjaśnienie.

Musiałam poprawić garderobę.

Za plecami Cartera stała Tashi i obserwowała nas z ramionami skrzyżowanymi na piersi.

Objęłam go i delikatnie pochyliłam jego głowę, by miał ucho przy moich ustach.

Wyszeptałam mu, że musiałam poprawić garderobę.

Ale jest mi przykro, że zniknęłam tak nagle. Więcej już tego nie zrobię.

Wtulona w jego pierś, przymknęłam oczy i wdychałam znajomy zapach – delikatną woń środków do prania i potu. Uwielbiałam to, jak pachniał. Nie zachowywał się jak Carter. Nie mówił jak Carter, a jego oczy nie były oczami Cartera. Lecz nadal pachniał jak on. A gdzieś głęboko pod tym wszystkim nadal był Carterem… prawda?

Mogłam być szczęśliwa. Naprawdę mogłam.

Jeśli tylko gotowa byłam okłamywać siebie samą w każdej istotnej kwestii…

Mogłam być szczęśliwa.

Po meczu w ciągu trzech godzin pokazaliśmy się na trzech różnych imprezach. A potem Carter odwiózł mnie do domu. Kiedy zamknęłam za sobą drzwi, czułam się tak zmęczona, że prawie słaniałam się na nogach.

W połowie korytarza, po drodze do mojego pokoju, w niemal całkowitej ciemności majaczyła sylwetka mamy.

– Alexis? – zapytała napiętym głosem. – Masz chwilę?

– Jasne – odparłam, zapalając w pokoju światło. Usiadłam na łóżku. Przez sekundę się obawiałam, iż dostrzegła, że z Carterem dzieje się coś dziwnego. Czy ktoś jej o tym powiedział? Wścibski belfer? Ciekawski rodzic?

– Chodzi o Kasey. – Mama usiadła na krześle przy moim biurku. Nabrała głęboko tchu. – Wcześniej korzystała z mojego komputera, a potem wyszła i ja… Chyba po prostu to przyznam, węszyłam. Sprawdziłam historię wyszukiwania.

Wypuściłam wstrzymywany oddech.

– Co znalazłaś?

– Och, Alexis. – Mama zamknęła oczy i potrząsnęła głową. – Dziwne rzeczy. Szukała informacji o czarach, urokach, książkach o martwych ludziach… O czymś określanym „stworem" czy też „kreaturą", nie pamiętam. O wszystkich tych rzeczach, od których powinna trzymać się z dala.

– Rany – skomentowałam.

Gdzieś głęboko w moim wnętrzu coś uniosło łeb.

Coś mrocznego.

– Nie wiem, co robić. Mam ten numer telefonu. Ale nie chciałabym napytać jej biedy, wcześniej z nią nawet nie zamieniwszy słowa na ten temat. A potem przypomniał mi się miniony rok – wówczas rozmowa na nic się nie zdała.

To było to. Doskonała okazja, aby usunąć Kasey – z jej sekretnymi motywami – z drogi.

– Ty z nią przebywasz. Czy wiedziałaś o czymś takim?

Nie, mamo. Ojejku, to brzmi niebezpiecznie. Mam nadzieję, że nie planuje niczego strasznego.

Gapiłam się na mamę. Głos w mojej głowie spróbował ponownie, tym razem głośniej.

Nie, mamo. Ojejku, to brzmi niebezpiecznie...

Przymknęłam oczy, skupiając całą wewnętrzną energię, jaka mi jeszcze została.

– Um... wiesz co? – powiedziałam. – W zasadzie wspomniała mi o tym. To jakieś szkolne zadanie. Uczy się historii Europy i chyba omawiają teraz średniowiecze. Wiesz, Merlin, Camelot...

Mama opadła na oparcie, a ja poczułam wędrujący w górę ramion ból.

– W ogóle nie zachowywała się dziwnie. – Te słowa przyprawiły mnie wręcz o fizyczne cierpienie. Jakbym musiała przełknąć garść tłuczonego szkła. – Wierz mi, mam na nią oko.

Mama, drżąc i otwierając szeroko usta, jakby od trzech godzin wstrzymywała oddech, wypuściła powietrze. Przejmujące westchnienie nieomal przerodziło się w szloch.

– Och, dzięki Bogu.

– Jeśli cokolwiek się zmieni, dam ci znać – zapewniłam ją.

– Bardzo ci dziękuję, Alexis – wyszeptała mama. Wstała, ujęła w dłonie moją twarz i pocałowała mnie w policzek.

Kiedy tylko wyszła z pokoju, znów dopadł mnie ból u podstawy czaszki. Narastał i narastał, aż nie mogłam skupić się na niczym innym prócz przejmującego łupania w głowie. Jakby małe smoczątko usiłowało wykluć się z jaja.

Nie umyłam zębów, nie opłukałam twarzy ani nawet się nie przebrałam. Przycisnęłam jedynie czoło do poduszki i przygotowałam się na długą noc.

Minutę później otworzyły się drzwi pokoju.

– Lexi?

Nie spałam. Nawet nie udawałam, że drzemię. Odwróciłam się i spojrzałam na Kasey. Zaskoczenie związane z jej odwiedzinami złagodziło ból głowy. Usiadłam i zapaliłam światło.

Nie weszła do pokoju. Opierała się o framugę i obserwowała mnie z bezpiecznej odległości, jakbym była zwierzęciem w zoo.

– Czego chcesz? – zapytałam.

– Okłamałaś mamę – powiedziała.

– Co z tego?

– Dlaczego? Mogłaś mnie wsypać. Wtedy usunęłabyś mnie ze swej drogi.

Ale jakaś część mnie nie chciała donieść na Kasey. Ostatecznie była moją siostrą.

Ponieważ każdy zasługuje na drugą szansę, powiedział głos. *Dla ciebie też nie jest za późno. Jeśli złożysz przysięgę, nie będziesz już dłużej kłamczuchą. A ja będę z ciebie taka dumna.*

Jeżeli powiedziałabym dokładnie to, co trzeba, istniało spore prawdopodobieństwo, że wykorzystując kombinację poczucia winy, gróźb oraz uroku osobistego, zdołam namówić ją do złożenia przysięgi i dołączenia do nas naprawdę.

Ale z jakiegoś powodu tego także nie chciałam zrobić.

Pragnęłam tylko się wyspać.

Mój gniew na Kasey nie zelżał.

– Bo miałam taką zachciankę – odparłam. – A teraz odejdź i zostaw mnie samą, zanim zmienię zdanie.

19

FARRIN ZGODZIŁA SIĘ SPOTKAĆ ZE MNĄ O JEDENASTEJ. KIEDY wjechałam na parking, czekała na mnie przed wejściem do budynku. Czytała kolorowe czasopismo w pozie przywodzącej na myśl dziewczęta z klubu Promyczek. Różnica polegała na tym, że okładkę tego magazynu zdobiło zdjęcie jej autorstwa.

Przystanęła przed drzwiami z cyfrą sześć i przekręciła w zamku klucz.

– Nad jakimi materiałami chcesz dzisiaj popracować?

– Tak naprawdę miałam nadzieję, że możemy po prostu porozmawiać – odparłam.

– Wszystko w porządku?

Nie odpowiadając, weszłam za nią do gabinetu.

Usiadła i posłała mi zatroskany uśmiech.

– Jak wiele wie pani na temat Aralta? – zapytałam.

– Ach – powiedziała. Zamilkła na tak długą chwilę, że poczułam obawę, iż ją obraziłam. Potem odwróciła się do mnie. – A jak wiele wiesz ty?

Potrząsnęłam głową.

– Nie dość wiele.

Wydęła wargi i wbiła we mnie spojrzenie.

– Dzieją się rzeczy, których nie rozumiesz.

– Oględnie mówiąc.

– Słyszałaś kiedykolwiek powiedzenie „urokliwe życie"?

– Oczywiście.

– Więc teraz wiesz, co to oznacza.

– Że rzeczy dobrze się dla kogoś układają – odpowiedziałam. – To coś jak mieć szczęście.

– To powiedzenie jest w dzisiejszych czasach nadużywane. Ale kiedyś naprawdę wiązało się ze swoim znaczeniem. Prowadzenie urokliwego życia oznaczało... że na owo życie coś wpłynęło. Nadnaturalne moce. Urok, zaklęcie...

– Lub przysięga.

– Właśnie. Teraz masz tę moc wewnątrz siebie, w formie energii. A prawa wszechświata żądają, aby energia została zachowana. Nie może zostać stworzona ani zniszczona. Można ją tylko przekazać.

– I jak to się dzieje?

– Wszystkie cudowne zmiany w twoim życiu – odparła. – To, jak się czujesz i jak wyglądasz. Jak pracuje twój umysł. Każda z tych rzeczy wiąże się z przekazaniem energii. W twoim codziennym życiu owa energia na wszystkim odciska swe piętno, zapewnia ci przewagę...

– Ale nie każda zmiana jest cudowna – odpowiedziałam, wspominając dziwny, pusty wyraz oczu Cartera czy moją chwilową pewność, że mogłabym zabić własną siostrę.

– Aralt o nas dba, Alexis. Chce dla nas jak najlepiej. To wszystko, czego on pragnie. Więc jeśli masz z tym problemy, musisz nagiąć własne zasady.

Nie byłam do końca pewna, czym są zasady, ale odnosiłam mgliste wrażenie, iż powiedziała mi, że są tylko wymysłem w mojej głowie.

– Ale co on z tego wszystkiego ma?

– Kiedy jesteś u szczytu swych możliwości, on także znajduje się u szczytu własnych – odparła Farrin. – To takie proste.

Uważała to za proste? To, że nadnaturalny byt żerował na nas wszystkich?

– Czy ostatnio pani płakała? – zapytałam.

– Nie miałam żadnego powodu do łez. – Splotła ramiona i spojrzała mi prosto w oczy. – Podobnie jak i ty.

Oklapłam na krześle.

– Ja także się o ciebie troszczę, Alexis – powiedziała. – Boli mnie, kiedy widzę, jak niepotrzebnie się szamoczesz. Mogłabyś sobie to wszystko znacznie ułatwić.

Mogłabym po prostu połknąć niebieską pigułkę, prawda?

Farrin wpatrywała się wprost we mnie.

– To może być najlepsza rzecz, jaka ci się kiedykolwiek przytrafiła – powiedziała miękko.

– Ale ja… – przerwałam, nie kończąc zdania.

Nagle nie potrafiłam sobie przypomnieć, co chciałam powiedzieć.

W głowie miałam tylko jedną myśl: „To może być najlepsza rzecz, jaka mi się kiedykolwiek przytrafiła".

– Masz wiele do przemyślenia, Alexis. Dlaczego nie miałybyśmy zerknąć teraz na twoje zdjęcia? Nie wierzę, że nic nie przyniosłaś – powiedziała Farrin.

– Cóż, przyniosłam, ale…

– Popracujmy trochę – zaproponowała łagodnie. – Fotografowałaś w kolorze, prawda? Nie mogę się doczekać, żeby zobaczyć rezultat. Całą resztę możesz spokojnie przemyśleć potem.

„Całą resztę mogę spokojnie przemyśleć potem". Ma rację. Mogę zastanowić się w domu. Nie mogę tam za to wywołać kolorowego filmu.

Zadzwonił telefon.

– Przepraszam cię. – Sięgnęła po leżący na biurku przenośny zestaw słuchawkowy. – Słucham?… Och tak, wrócę do domu o piątej… Nie, nie kłopocz się. Coś zamówię.

Głos miała miękki jak aksamit, hipnotyzujący. Bezwiednie zbliżyłam się do półki i ponownie spojrzałam na zdjęcie dziewcząt Aralta. Tym razem miałam dość czasu, aby przesunąć wzrokiem po ich twarzach, kończąc na anielskiej buźce pięknej opalonej dziewczyny. Opaska utrzymywała w ryzach jej gęste loki.

Równie dobrze mogła mieć szesnaście, jak i dwadzieścia pięć lat – takie rzeczy trudno jest stwierdzić na starych zdjęciach.

Ale znałam tę twarz.

To była Tashi.

– Jesteś gotowa? – zapytała Farrin. Właśnie zakończyła rozmowę.

– W zasadzie – powiedziałam – ja…

Podeszła do mnie i gestem, który wydał mi się niemal macierzyński, odsunęła mi włosy za ucho.

– Oczywiście, że jesteś gotowa, Alexis.

Poczułam, że się uśmiecham.

– Tak – potwierdziłam. Oczywiście, że byłam gotowa.

20

PRZEJRZAŁYŚMY FILM ZE ZDJĘCIAMI Z MECZU I WYKONAŁYŚMY dwie powiększone odbitki na ostatnią rozmowę. Zastanawiałam się, co powiedziałby Jared, gdyby wiedział, że pomaga mi Farrin?

Ale, z drugiej strony, asysta Farrin była moją najmniej istotną przewagą, nieprawdaż?

Carter zadzwonił kilka razy. Pozwoliłam, by zgłosiła się poczta głosowa. Wróciwszy do domu, odkryłam, że tu też nagrał dwie wiadomości. Obie były w lekkim tonie i prosił w nich, żebym do niego oddzwoniła, nie musiałam się zatem martwić.

Tej nocy leżałam w łóżku i przez długi czas gapiłam się na zegar, nim odpłynęłam w sen. Zwykle potrzebowałam pełnych ośmiu godzin, żeby porządnie się wyspać. Ale najwyraźniej to należało już do przeszłości. Jeśli przespałam pięć godzin, w zasadzie musiałam zmuszać się do pozostania w pościeli. Z początku podejrzewałam, że Kasey przemyciła jakieś pigułki nasenne i je zażywa. Teraz znałam prawdę.

Obudziło mnie ciche kliknięcie. Opuściłam stopy na podłogę i spojrzałam na budzik: siedemnaście po drugiej. Ruszyłam do drzwi i na coś wpadłam.

Na pudełko.

Miało rozmiar pudełek na buty. Było jednak wyższe, owinięte w srebrny papier i obwiązane jedwabną różową wstążką zawiązaną na kokardę.

Zamarłam i rozejrzałam się wokół, nagle uświadamiając sobie, w jak wielu kątach panuje nieprzenikniona ciemność.

– Czy ktoś tu jest? – wyszeptałam.

Żadnej odpowiedzi.

Delikatnie przesunęłam pudełko stopą, odsuwając je z drogi. Sięgnęłam do klamki i otworzyłam drzwi.

Oddychając płytko jak ptaszek, ruszyłam przed siebie. Salon na końcu korytarza wydawał się pusty. Zapaliłam światło i rozejrzałam się wokół.

W końcu wróciłam do swojego pokoju. Schyliłam się, żeby przesunąć pudełko.

Zniknęło.

Wyprostowałam się. Ktoś złapał mnie za ramiona.

Krzyk prawie wydarł mi się z ust, gdy tuż przy moim uchu zabrzmiał znajomy głos.

– Nie bój się, to tylko ja.

– Carter? – wyszeptałam, odwracając się szybko i zamykając drzwi, żeby nie dosłyszeli nas rodzice. Zapaliłam lampę, by go widzieć. Stał tuż za mną. – Co, do cholery, tutaj robisz?

– Wpadłem to podrzucić. – Podał mi podarek. – Jego niebieskie oczy zdawały się śledzić każdy mój najdrobniejszy ruch. – Nie sądziłem, że się obudzisz.

– Jak się tu dostałeś? – zapytałam, nieelegancko rzucając pudełko na łóżko.

– Dałaś mi zapasowy klucz, pamiętasz?

– Na wypadek sytuacji awaryjnej!

– To jest sytuacja awaryjna – odparł, posyłając mi łobuzerski uśmiech, który nie sięgnął jego oczu. – Szczęśliwie awaryjna.

Żadna odpowiedź nie przychodziła mi do głowy.

– Nie odpakujesz? – zapytał.

Z niedowierzaniem otworzyłam usta. Opadłam na łóżko i bezradnie sięgnęłam po pudełko. Zorientowałam się, co zawierało, gdy tylko zdarłam papier: aparat cyfrowy. Naprawdę dobry model. Nawet o większej ilości megapikseli niż u Daffodil/Delilah.

Przez jakieś trzydzieści sekund nie byłam w stanie wypowiedzieć słowa. Mogłam się tylko gapić.

– Co to jest? – zapytałam w końcu.

– To blender – odpowiedział. – A na co to wygląda?

– Nie, mam na myśli… Skąd go wziąłeś? – Bazując na pobieżnym rozeznaniu, jakie zrobiłam, kiedy zapisałam się na kurs fotograficzny, wartość aparatu oceniłam na tysiąc dwieście do tysiąca pięciuset dolarów.

– Aparaty Jeffa na Langford Street – odpowiedział. Minę miał zaniepokojoną, ale zarazem dziwnie niezmienną, jakby był manekinem lub nosił maskę. Albo jak Ken od lalki Barbie.

Jego bezpośrednia odpowiedź uruchomiła syreny w mojej głowie.

– Carterze? – zapytałam. – Dlaczego go tutaj przyniosłeś?

Wreszcie zbiłam go z pantałyku.

– Ponieważ… jest… dla ciebie.

– Kupiłeś go? – Pokiwał głową. – Skąd wziąłeś pieniądze?

– Mam konto oszczędnościowe – odparł. – Nie martw się. Zostało mi sporo forsy. Mogę kupić ci wszystko, czego zapragniesz, Lex.

Och mój Boże.

Och mój Boże, och mój Boże, och mój Boże.

– Nie mogę go przyjąć – powiedziałam, wpychając mu pudełko w dłonie. – To nie w porządku. Musisz go zwrócić. I musisz natychmiast wyjść, zanim obudzą się moi rodzice.

Wziął pudełko i posłał mi dziwny uśmiech.

– Przez kilka minut obserwowałem, jak śpisz. Jesteś wtedy naprawdę piękna.

Powietrze pomiędzy nami zdawało się falować.

– Nie możesz tego robić. – Mój głos był ledwie słyszalny. – Proszę. Musisz już iść. Nie możesz tutaj przychodzić. Nie możesz… – ledwie byłam w stanie wypowiedzieć słowa – obserwować mnie, kiedy śpię.

Po raz pierwszy wydał się zaniepokojony tym, co do niego mówię. Zmarszczył czoło.

– Przyniosłem ci bardzo ładny prezent – powiedział niecierpliwie, infantylnym tonem. – A ty mi nawet nie podziękowałaś.

– Dziękuję ci – powiedziałam. – A teraz naprawdę musisz już iść.

Wygiął z rozdrażnieniem usta.

– Nie w taki sposób, Lex. Nie rzucając na odczepnego „dziękuję". Zadałem sobie cały ten trud, by tam pójść, kupić go, kupić papier do pakowania i…

– Dziękuję – powiedziałam, żeby go uciszyć, ponieważ zaczynał podnosić głos. – Dziękuję, Carterze, to bardzo słodkie.

To wystarczyło, choć ledwie. Nadal był wzburzony, kiedy poprowadziłam go korytarzem i otworzyłam drzwi wejściowe.

– Musisz iść – powtórzyłam. – Proszę, zabierz ze sobą aparat.

Z miną pozbawioną wyrazu, gapił się na pudełko.

– I musisz oddać mi ten klucz, Carterze – powiedziałam. – Nie możesz robić takich rzeczy.

Na jego twarzy odmalowało się rozczarowanie. Sięgnął jednak do kieszeni i wyciągnął umocowane do łańcuszka klucze. Zsunął z kółka jeden i wręczył mi go.

– Nigdy więcej tego nie rób – przestrzegłam. – Mówię poważnie.

– Chcesz, żebym rano podrzucił cię do szkoły? – zapytał. – Mogę cię zawieźć.

– Megan zabiera mnie po drodze – odparłam. – Przecież o tym wiesz.

– Ale to ja jestem twoim chłopakiem. Zawsze znajdujesz czas dla Megan. I ciągle jesteś zbyt zajęta, by spotkać się ze mną.

– Dobrze – odpowiedziałam. – Obojętne. Niech ci będzie.

Uśmiechnął się, w końcu znowu uszczęśliwiony. Potem wyciągnął w moją stronę pudełko.

– Ale to dla ciebie.

– Nie. Nie chcę go. Zabierz to z powrotem. Proszę.

– Dobrze – rzucił, ruszając do samochodu, który zaparkował na podjeździe. Nie zatrzymał się jednak przy drzwiczkach kierowcy. Obszedł samochód i położył pudełko na ziemi tuż za kołem.

– Co ty wyprawiasz? – wyskrzeczałam.

– Nie potrzebuję aparatu – odrzekł, wsiadając do samochodu i przekręcając kluczyk w stacyjce. – W ten sposób nie będziesz musiała się o niego martwić.

Zamierzał go zniszczyć?

– Daj spokój, nie rób tego. – Oparłam dłonie w miejscu, w którym szyba chowała się w drzwiczkach. – To szaleństwo!

Wrzucił wsteczny bieg.

– Przestań, Carterze! – zawołałam.

Zdjął nogę z gazu i zwrócił się do mnie, jakbym była dzieckiem, któremu należy dać nauczkę.

– Zatem idź i podnieś go, Lexi. Powiedziałem ci już, dla mnie to bez różnicy.

Zawahałam się, a potem obiegłam samochód i zgarnęłam pudełko z ziemi. Trzymałam je, oddychając szybko, kiedy Carter gładko wycofał auto z podjazdu na drogę.

Obserwował, jak zmierzam do drzwi. Potem posłał mi całusa i odjechał.

Leżałam w łóżku całkowicie ubrana i gapiłam się w sufit. Wsunęłam aparat pomiędzy łóżko a ścianę i usiłowałam ponownie zasnąć. Ale moja zdolność do szybkiego zasypiania najwyraźniej opuściła dom wraz z Carterem. Nie czułam się zmęczona.

Pomijając oczywiste powody, dla których nie powinnam czuć się dobrze, czułam się dobrze.

Tata zbliżył się do drzwi.

– Wszystko w porządku?

– Tak – odparłam.

– Masz rano jakieś umówione spotkanie czy coś takiego?

– Nie – odpowiedziałam. – Dlaczego pytasz?

– Ponieważ Carter zaparkował pod domem. Pomyślałem, że mogłaś zapomnieć o spotkaniu. Wiesz, że jest zbyt uprzejmy, żeby zatrąbić.

Zerknęłam na zegarek.

Było dwadzieścia po siódmej. Dwadzieścia minut wcześniej, niż zazwyczaj wychodzimy z domu.

Zapukałam do drzwi łazienki i Kasey wystawiła głowę na korytarz.

– Muszę wyjść wcześniej do szkoły – poinformowałam ją. – Przekaż to Megan, dobrze?

Kiwnęła głową zaciekawiona, ale o nic nie zapytała.

Nie mogłam znaleźć komórki, ale nie miałam czasu dłużej szukać. Chwyciłam szkolną torbę i powoli pomaszerowałam do samochodu Cartera. Silnik był zgaszony. Wysiadł pospiesznie, żeby otworzyć dla mnie drzwiczki, a potem pocałował mnie w policzek. Przez całą drogę do szkoły raczył mnie radosnymi banałami, ale słowa ledwie do mnie docierały. W mojej głowie trwała gonitwa myśli.

Kiedy zatrzymaliśmy się na parkingu, zwolniłam blokadę w drzwiach.

Wyciągnął rękę i ponownie je zablokował.

Nie chciałam robić z tego powodu sceny, spojrzałam więc tylko przez szybę na szkolny gmach.

– Jestem po prostu ciekawy – powiedział. – Kim jest Jared Elkins?

– Co?

– Jared Elkins – powtórzył, wyjmując z kieszeni moją komórkę. – Rozmawiałaś z nim w piątkowy wieczór przez dziesięć minut. Co jest dziwne, ponieważ... nie odebrałaś, kiedy to ja dzwoniłem.

– Wziąłeś mój telefon?

– Kim on jest, Lex?

Każdy mięsień, każda komórka w moim ciele były w stanie pogotowia.

– Jest uczestnikiem konkursu fotograficznego – odpowiedziałam. – To nikt ważny.

– Nikt ważny – powtórzył Carter, zaciskając usta.

Wpatrywaliśmy się w siebie przez kilka sekund. Carter w końcu się rozluźnił.

– Wierzę ci – powiedział, uśmiechając się, i odblokował drzwi.

Chwyciłam telefon, na wpół oczekując, że zaciśnie na nim dłoń. Nie zrobił tego. Pozwolił mi go zabrać.

– Carterze... co się z tobą dzieje? Czy nic ci nie jest?

– Czuję się fantastycznie, ponieważ jestem tu z tobą. – Mimowolnie się odsunęłam, kiedy wyciągnął rękę i pogładził mnie po policzku. Uśmiechał się tym swoim zrelaksowanym uśmiechem. – To nic wielkiego, Lex. Po prostu się zastanawiałem.

– Rany – Megan wysłuchała mnie z szeroko otwartymi i współczującymi oczami. Włożyła do ust trochę sałatki. Posłała mi lekko zażenowany uśmiech. – Cóż, Lex... tak jakby gadałaś z tym chłopakiem po tym, jak spławiłaś Cartera.

Wyprostowałam się na krześle.

– Zastanów się nad tym. Wydaje sporą sumkę, by kupić ci naprawdę drogi podarek. A ty nie odbierasz telefonu, gdy dzwoni? – Wbiła spojrzenie w okleinę stołówkowego stolika. – Wydaje mi się, że w gruncie rzeczy jesteś mu winna przeprosiny.

– To… – usiłowałam znaleźć słowo odpowiednio dobitne i nadal mieszczące się w granicach uprzejmości – wariactwo.

– Doprawdy? – zapytała chłodniejszym tonem. Usiadła prosto i poprawiła fryzurę. – Dlaczego nie spojrzysz na to w taki sposób? Czego oczekiwałby od ciebie Aralt?

Czego oczekiwałby ode mnie Aralt?

– Chciałby, żebym nie ześwirowała kompletnie z powodu własnego chłopaka.

– Tak – potwierdziła Megan. – I jak to osiągniesz?

Wbiłam w nią spojrzenie. Nic nie przychodziło mi do głowy, może poza zerwaniem z Carterem. Rozmową niczego nie zdziałałam. Choć podczas lunchu, na moją prośbę, usiadł ze swoimi kolegami.

– Spokojnie, Lex. – Dźgnęła powietrze widelczykiem. – Skup się na byciu lepszą dziewczyną.

Wypuściłam powietrze przez nos.

– Nie zachowuj się tak – powiedziała. – Nawet nie zdajesz sobie sprawy, jakie masz szczęście. On za tobą szaleje. Ma na twoim punkcie kompletnego fioła. Tylko na niego popatrz.

Odwróciłam głowę w kierunku stolika, przy którym siedział Carter.

Zajął miejsce pośrodku grupy. Ale nie robił nic poza wpatrywaniem się we mnie.

21

NA PONIEDZIAŁKOWYM POPOŁUDNIOWYM SPOTKANIU unikałam wzroku Tashi. Wyczuwałam obecność Kasey w rogu pokoju niczym drzazgę pod skórą. Nagle zaczęłam się zastanawiać, jakim sposobem nigdy wcześniej nie zauważyłam, jak była odmienna, jak obca.

Tak jak się spodziewałam, podczas Ulepszenia zostałam wezwana na dywanik w związku z moim piątkowym garderobianym problemem. Megan także trafiła pod pręgierz za publiczne niegrzeczne zwrócenie się do babci.

Po powrocie do domu zamknęłam się w swoim pokoju. Kasey poszła się uczyć – skoro w oczywisty sposób musiała to robić. Carter dzwonił kilkukrotnie, lecz nie odbierałam. Obiad zjadłam w milczeniu. To przyciągnęło uwagę zatroskanych rodziców. Wymamrotałam wymówkę o skurczach. Potem ukryłam się u siebie, podczas gdy reszta rodziny oglądała idiotyczny reality show w telewizji.

Nie potrafiłam odegnać z myśli trzydziestoletniego zdjęcia Tashi.

Kiedy tylko na niebie zaczęły się pojawiać gwiazdy, wsunęłam na nogi buty i ruszyłam do drzwi wejściowych.

Mama zapytała, czy spacery po nocy są bezpieczne.

Nic mi nie będzie, powiedział głos.

– Nic mi nie będzie – mruknęłam. Po tych słowach nikt nie próbował mnie zatrzymać. Zeszłam po schodkach i zagłębiłam się w białe trzewia Silver Sage Acres.

Dziewczyna z klubu Promyczek nigdy by nie skrzywdziła innej klubowiczki.

Powtarzałam to sobie niczym mantrę przez całą drogę do Tashi.

Ale kiedy zbliżałam się do drzwi domu pod numerem sto trzydziestym trzecim, adrenalina buzowała mi w żyłach i miałam napięte mięśnie.

Serce mi stanęło. Wszystkie światła były pogaszone.

Dla pewności nacisnęłam dzwonek.

Po odczekaniu minuty odwróciłam się.

A potem się zatrzymałam. Tashi powiedziała, że jej dom ma taki sam układ jak nasz.

A to oznaczało, że tutaj także jest z tyłu felerne okno. U nas takie było. U Munyonów także. Zasuwka we framudze odskoczy, jeżeli naprzeć na nie odpowiednio biodrem. To właśnie pani Munyon pokazała mi, jak je otworzyć, kiedy pewnego dnia zatrzasnęłam za sobą drzwi.

Ruszyłam do bocznej furtki.

Serce tłukło mi się w piersi. W myślach powtarzałam sobie raz za razem: „Nie złapią mnie. Nie złapią mnie". Nie złapią mnie. Szczęśliwie, żeby zapewnić złudzenie prywatności, płoty między posesjami były wysokie i solidne. Tak więc żaden z sąsiadów nie zobaczy, jak przekradam się wokół domu.

Dałam oknu porządnego bodiczka. Zasuwka odskoczyła. Otworzyłam je i się zawahałam.

Jeżeli w domu zainstalowano system alarmowy, to mogłam skończyć w więzieniu. A jeśli Tashi to naprawdę jakaś forma bytu nadnaturalnego i dowie się, że znam jej sekret... To mogło oznaczać coś gorszego od więzienia. Bez względu na obowiązujące w klubie Promyczek reguły.

Przełożyłam nogę przez parapet. Ale kiedy tylko wgramoliłam się przez okno, poczułam cały ciężar własnej pomyłki.

Dom był pusty.

To znaczy, w oczywisty sposób ktoś tutaj mieszkał, jednak nie w zwyczajowym znaczeniu tego słowa. Nawet najskromniejsza egzystencja wymaga posiadania pewnych przedmiotów – jak choćby złachanej sofy z Ikei, w której gniazdo uwiły sobie myszy... Ale w miejscu, w którym moja rodzina miała sofę, fotele, sprzęt elektroniczny służący rozrywce, stolik do kawy i kilka roślinek doniczkowych, stało tylko dosunięte do ściany niewielkie pianino.

Poza nim nie było tutaj niczego.

Jedna z kuchennych lampek płonęła, choć ledwie. Rzucała stłumiony blask na kontuar. Na płytkach leżała nieduża flaga, którą Tashi wymachiwała w trakcie meczu.

Pomijając już nawet kłamstwo o czekającej na nią z obiadem mamie, to czy ona w ogóle płaciła czynsz, żeby tutaj mieszkać? Czy też wczołgiwała się przez tylne okienko i była dziką lokatorką, która urządziła tu sobie melinę?

Weszłam do domu głębiej, krzywiąc się, kiedy echo moich kroków odbijało się od gołych ścian. Szybkie zwiedzenie kuchni ujawniło więcej przypominających o przemijaniu niedostatków. Brakowało nawet kubła na śmieci. Jego funkcję pełniła plastikowa torba umocowana do uchwytu szuflady. Nie było tu żadnych ścierek, tylko spoczywająca na kontuarze rolka papierowych ręczników.

Otworzyłam lodówkę i aż się wzdrygnęłam. Wypełniały ją proteinowe koktajle, ogromne bloki sera oraz mięso – każdy możliwy rodzaj mięsa. Były w niej całe kurczaki, steki, żeberka, mielona wołowina, masa wielgachnych opakowań parówek do hot dogów i na wpół pełny pojemnik z sałatką z tuńczyka. A wszystko to ciasno upchnięto obok siebie jak klocki w tetrisie.

Żarcia było więcej, niż moja rodzina dałaby radę przejeść w ciągu miesiąca.

Zatrzasnęłam drzwiczki lodówki. Opuściłam kuchnię i przeszłam do ciemnego przedpokoju.

Pierwsza sypialnia okazała się pusta. Druga także.

Drzwi do głównej sypialni były zamknięte.

Nacisnęłam klamkę i je pchnęłam.

Gdybym występowała w horrorze, wokół udrapowano by czarny aksamit, a pomieszczenie rozświetlałyby setki drżących płomieni świec ociekających woskiem. Pośrodku mógłby mieścić się ołtarz, a pod ścianami półki pełne mikstur i złych talizmanów.

Ale miałam przed sobą jedynie pusty pokój. W odległym kącie leżał złachmaniony śpiwór. Nie widziałam żadnego prześcieradła ani nawet pojedynczej poduszki.

Na blacie w łazience znalazłam podstawowy zestaw do makijażu. Drzwi do kabiny prysznicowej były otwarte. Dojrzałam w niej butelkę szamponu, jednorazową maszynkę do golenia oraz kostkę mydła. Przez krawędź kabiny przewieszono samotny ręcznik. Brakowało dywanika czy mat antypoślizgowych.

Garderoba była otwarta. Pomijając równy rząd ubrań, z których jeszcze nie zerwano metek, kupę brudnych ciuchów oraz buty, schludnie ustawione parami w równym szeregu, była pusta. Zerknęłam na półeczki, o których wiedziałam, że są po wewnętrznej stronie drzwi.

Na trzeciej od dołu, tak po prostu owinięta niebieskim aksamitem, spoczywała książka.

Zanim zdążyłam się rozmyślić, wsadziłam ją pod pachę i wyszłam z garderoby. Zaniosłam pakunek na kuchenny kontuar i odwinęłam aksamit.

Sklęłam się w myślach za to, że nie zabrałam aparatu. Zamiast niego wyciągnęłam komórkę. Otworzyłam książkę, dotykając stron przez rąbek granatowego aksamitu. Miały niepokojącą tendencję do otwierania się i pozostawania w tej pozycji, jak gdyby były obciążone.

Zaczęłam fotografować aparatem w komórce. Zdjęcia będą rozmyte i w niskiej rozdzielczości. Ale lepsze to niż nic.

Na końcu tomu znajdowały się dwie strony, które niegdyś musiały być puste. Teraz wypełniały je kobiece imiona, zapisane różnorodnymi rodzajami atramentów i odmiennymi stylami pisma.

Przypominało to listę obecności.

Uniosłam telefon i cyknęłam zdjęcie.

Jedno z imion, wykaligrafowane kwiecistym stylem, przykuło mój wzrok: *Suzette Skalaski*.

Odłożyłam komórkę. Przez chwilę się gapiłam, usiłując zrozumieć, dlaczego wydaje mi się znajome.

Nagle sprzed domu dobiegł mnie hałas. Przez matową szybkę w drzwiach wejściowych dojrzałam tylne światła samochodu. Rozległy się pożegnania wymienione wysokimi i radosnymi głosami.

Zatrzasnęłam okładkę i szybko owinęłam tom aksamitem. Pobiegłam korytarzem, szorując ramieniem po ścianie. Wpadłam do głównej sypialni i dopadłam garderoby. Odłożywszy książkę na półkę, rozejrzałam się wokół.

Które światła były zapalone, kiedy tutaj weszłam, a które zapaliłam ja? Nie zwróciłam na to uwagi. Żaróweczka w garderobie się paliła, światło w łazience było zgaszone, czy też zapalone?

W końcu pstryknęłam przełącznikiem i wybiegłam za drzwi. Miałam nadzieję, że nim Tashi wejdzie do domu, zdołam opuścić salon. Ale klucz już obracał się w zamku.

Zanurkowałam z powrotem do sypialni i ukryłam się w garderobie. Zgasiłam światło w tym samym momencie, w którym zaskrzypiały otwierające się drzwi. Stałam bezradnie w ciemności i usiłowałam zaplanować następny ruch. Czy kiedy będzie brała prysznic, zdołam się wyślizgnąć? Czy też powinnam zaczekać, aż zaśnie? Czy dałabym radę przekraść się do garażu, otworzyć drzwi i dopaść jakiejś osłony, zanim wyjdzie na zewnątrz?

Z salonu dobiegł hałas – nieoczekiwany i wysoki dźwięk czegoś opadającego. Zmroziło mnie, ale po sekundzie usłyszałam wodospad akordów.

Grała na pianinie. Dwukrotnie przebiegła palcami po klawiaturze, a potem wydobyła z instrumentu kilka żwawych marszowych taktów.

Powinnam to wykorzystać. Spróbować się stąd wydostać. Prawdopodobnie zdołałabym przecisnąć się przez okienko w łazience. Każda normalna osoba opuściłaby w tym momencie dom. I prawie to uczyniłam…

Ale wtedy usłyszałam piosenkę.

Zaczęła się serią wysokich akordów, rezonujących wspólnie niczym mrugające do siebie gwiazdy w zimną noc. Potem melodia przyspieszyła, eksplodowała dźwiękami i narastała, coraz głośniejsza. Przypominało to nasłuchiwanie odgłosów bitwy toczonej po drugiej stronie muru. Zauroczona tkwiłam w miejscu.

Melodia zwolniła i znów przyspieszyła, pełna gwałtownych, tanecznych i dręczących nut, zdających się wprowadzać dysonans niczym jazgoczące ptaki. Przebiła się przez nie i wydostała się po drugiej stronie, wyzwolona, silna i zdecydowana niczym żołnierz maszerujący przez zasnute dymem pole bitwy.

A potem spośród cieni napłynął wijący się rytm, cichy i złowrogi jak czająca się w mroku morderczyni. I nagle doszło pomiędzy nimi do potężnych zmagań. A kiedy chaos minął, pozostał tylko zawodzący głos: zabiła go, ale żałowała tego, ponieważ właśnie zdała sobie sprawę, że zawsze go kochała, i wiruje, wiruje, a ta strata doprowadza ją do szaleństwa, i marzy, aby sprowadzić go z powrotem… Wiruje, wiruje, ale nie może cofnąć tego, co zrobiła.

Melodia gwałtownie się urwała.

Pianino ucichło.

Zapomniałam, że stoję w ciemnej garderobie. Zapomniałam o całym świecie. Przez chwilę istniała tylko ta muzyka.

Chciałam usłyszeć więcej. Inną piosenkę, powtórkę właśnie zagranej, wszystko jedno.

Nie zagrała niczego więcej. A ja zmarnowałam szansę, aby się stąd wydostać.

Tkwiłam w garderobie i przez chwilę drżałam. Potem powoli uchyliłam drzwi. Spojrzałam w lewo w stronę okna. Zdołam się przez nie przecisnąć, choć będę musiała odsunąć żaluzje…

– Nie spodziewałam się zastać cię tutaj – powiedziała Tashi. Stała w korytarzu przed drzwiami oparta plecami o ścianę, z ramionami splecionymi na piersi.

– Tak, niewątpliwie – odparłam. – Zatem… powinnam sobie pójść, jak sądzę.

– Nie ma pośpiechu. Możesz chwilę zostać.

W tym momencie opuściły mnie resztki odwagi.

– Naprawdę bardzo mi przykro. Jeśli pozwolisz mi odejść, nikomu nie zdradzę, co zrobiłaś… że masz albo nie masz…

– Alexis, uspokój się – rzuciła. – Zaczynasz mnie denerwować.

Nerwy nigdy nie prowadzą do niczego dobrego, zwłaszcza w przypadku mięsożernych nadnaturalnych bytów.

– Wyłaź stamtąd – poleciła, ruszając korytarzem. – Jesteś głodna?

Podążając za nią, przypomniałam sobie pełną surowego mięsa lodówkę i mój żołądek się zacisnął.

– Raczej nie.

– Przepraszam, nie bardzo jest na czym usiąść – odezwała się. – Ale to już wiesz, prawda?

Pokiwałam głową, krótko i bez śladu godności.

– Tak – przyznałam. – Jeszcze raz przepraszam.

– Wyluzuj – rzuciła, obchodząc instrument. Opadłam na podłogę. Kuliłam się na niej, dopóki się nie zorientowałam, że nie zmierzała w moją stronę. Usiadła na stołku od pianina i odruchowo przebiegła palcami po klawiszach.

– Słyszałam, jak grałaś – powiedziałam, na wpół pragnąc się jej przypodobać, a po części dlatego, że nie mogłam się powstrzymać. – To było niesamowite.

Uśmiechnęła się.

– Serenada Schizophrana, ekspozycja. Elfman. Udało mi się ją zagrać niemal tak, jak chciałam. – Przesunęła dłonią nad klawiaturą. Odnosiłam wrażenie, że nuty podążają za jej palcami, oczarowane niczym kobra wystawiająca łeb ponad krawędź plecionego kosza.

Odważyłam się odezwać.

– Od jak dawna grasz?

– Od stu sześćdziesięciu siedmiu lat – odpowiedziała.

– Och – westchnęłam, jakby to była zupełnie normalna odpowiedź.

Jej palce wydobyły z instrumentu kilka początkowych taktów utworu.

– Zatem… znasz Farrin? – zapytałam.

– Oczywiście.

Nagle coś sobie uświadomiłam.

– Czy moje uczestnictwo w tym konkursie i poznanie jej jest kwestią przypadku?

Słysząc to, Tashi nagrodziła mnie aprobującym uśmiechem.

– Nie całkiem – powiedziała. – Wysłałam ulotkę do twojej dyrektorki i zasugerowałam, aby dała ją tobie.

– Zasugerowałaś? W jaki sposób? – Kiedy tylko zadałam

to pytanie, znałam odpowiedź. W ten sam sposób, w jaki sugerowałyśmy różne rzeczy innym osobom. – Ale… to było, zanim się w ogóle poznałyśmy.

Tashi posłała mi zawoalowany uśmiech.

– Słyszałam o tobie.

– Od kogo? Nie rozumiem…

Spojrzała na mnie, a jej palce zawisły nad klawiaturą. Z jej oczu zniknął uśmiech.

– Cieszę się, że przyszłaś, Alexis. Musimy porozmawiać.

Jednocześnie cały czas odruchowo muskała klawisze, grając cicho fragmenty różnorakich utworów i strzępki melodii. Od czasu do czasu wygrywała dobitniejszy akord dla podkreślenia słów.

– Nigdy wcześniej tego nie robiłam – wyznała. – Ale czuję, że mogę ci zaufać.

Nie miałam zielonego pojęcia, czym zasłużyłam sobie na jej zaufanie, milczałam jednak.

– W oczywisty sposób różnię się od reszty z was. Zjawiam się wraz z książką. Wraz z Araltem.

Gapiłam się na nią.

– Jesteś tą Cyganką? Tą, która była przy nim, kiedy umierał? „Tą, która zabrała jego serce?"

Wygięła wargi.

– Możesz mnie tak nazywać, jeśli chcesz.

– I to ty… napisałaś książkę?

– Tak – potwierdziła. – Miałam siedemnaście lat i byłam zakochana. Stworzyłam więc księgę i połączyłam własną energię z energią Aralta. Sądziłam, że tym sposobem na zawsze będziemy razem.

– Wydaje mi się, że miałaś rację – powiedziałam.

Zerknęła na mnie z ukosa.

– Co teraz? – spytałam. – Czego chce od nas Aralt? Jak długo to wszystko będzie trwało?

– Już niedługo – odparła. – Zazwyczaj zostaje przez miesiąc, góra sześć tygodni. Potem mamy ceremonię wieńczącą i on rusza dalej. A ja wraz z nim.

– Zazwyczaj? – zapytałam. – Ale nie tym razem?

– Nie tym razem – potwierdziła. – Coś się zmieniło.

– Co takiego?

– Nie wiem. Ale… czuję to. – Zagrała fragment słodkiego i smutnego utworu. – Kocham Aralta równie mocno jak zawsze. Lecz on zaczyna być mną znużony. Jest niespokojny. Potrafię to wyczuć. Niecierpliwi się.

– Z jakiego powodu?

– Nie wiem. Pamiętasz ten wieczór, kiedy szukałyśmy psa Adrienne? Aralt na kilka minut wyślizgnął się spod mojej kontroli. Nigdy wcześniej tego nie uczynił.

Zatem to coś w lesie to był Aralt. Co oznaczało, że nasz złoty bohater, nasz idealny mężczyzna, nasz dobroczyńca… to szkaradny potwór?

– Nie możesz go powstrzymać?

– Należę do niego, Alexis. Pragnę tego, czego on pragnie. Dobrego i złego. Jeśli sobie czegoś życzy, to staje się to także moim życzeniem. – Zerknęła na mnie. – Podobnie rzecz ma się z pozostałymi dziewczętami z klubu Promyczek. Wszystkimi prócz jednej.

Z wszystkimi prócz jednej? Z wszystkimi oprócz mnie.

Ponieważ, będąc już związana z Araltem, zdążyłam spaprać sprawy tak bardzo, że nie miałam czasu cieszyć się naszą więzią. Na tę myśl poczułam się przybita.

– Widzisz, nie pozostało mi wiele czasu – powiedziała.

Co to miało oznaczać?

– Czy ty umierasz?

Miała smutną minę.

– Jeszcze nie.

Odchyliłam się do tyłu. Dzwonek przy drzwiach zadźwięczał i poczułam ulgę. Obie poderwałyśmy się na nogi. Tashi gestem dłoni nakazała mi nie ruszać się z miejsca.

– Zostań tutaj – poleciła. Słyszałam, jak wymieniła pozdrowienia z kimś stojącym w drzwiach i powiedziała, że zaraz przyjdzie. Potem wróciła do mnie.

Z zaskakującą szybkością i siłą chwyciła mnie za ramię i zmusiła do podążenia korytarzem.

– Co się dzieje? – zapytałam.

Przyparła mnie do ściany i spojrzała w kierunku drzwi wejściowych.

– Przepraszam, Alexis – zwróciła się do mnie. – Zostało mniej czasu, niż myślałam.

– Czasu na co?

Pociągnęła mnie za sobą do przedpokoju.

– Wybacz mi – poprosiła. Z chwili na chwilę wydawała się bardziej poruszona. Potrząsała głową, jak gdyby usiłowała przegnać z myśli jakąś wizję. – Przepraszam. Nigdy bym tego nie zrobiła, gdyby nie…

Wrzasnęłabym, gdyby nie zakryła mi dłonią ust. Jej rysy się wykrzywiły, jakby doświadczała fizycznego bólu. Spojrzała na mnie.

Policzki miała poznaczone czarnymi śladami łez. Łączyły się razem, nadając jej twarzy szary odcień.

– Aby odpuścić, spróbować ponownie – wyszeptała. – Muszę ci pokazać.

– Spróbować czego? Zaczekaj…

Otworzyła drzwi do garażu i zmusiła mnie do zejścia z pojedynczego stopnia. Drzwi zatrzasnęły się za mną. Zasuwka stuknęła, a w tym dźwięku było coś ostatecznego.

22

ZACHWIAŁAM SIĘ, ZDOŁAŁAM JEDNAK USTAĆ NA NOGACH. Podbiegłam do ściany i zapaliłam światło. Byłam gotowa dobijać się do drzwi i wrzeszczeć ile tchu w płucach.

Ale gdy tylko zapłonęła świetlówka, owe myśli prysnęły z mojej głowy.

Co właściwie spodziewałam się ujrzeć, wchodząc do tej sypialni: symbole i świece rodem z horroru?

No to właśnie stałam w samym środku czegoś takiego.

Na wylanej betonem podłodze czarnym markerem lub też jakimś rodzajem czarnej farby, nakreślono pajęczynę symboli. Rozchodziły się od środka pomieszczenia na zewnątrz. Były pośród nich gwiazdy, księżyce i inne kształty, których nie rozpoznałam. Instynktownie podniosłam stopę, usiłując na żaden nie nadepnąć. Próbowałam wydostać się z pajęczyny niczym z ruchomych piasków, okazała się jednak lepka. Moje podeszwy przylgnęły do niej jak przyklejone.

Zmuszona stać nieruchomo, w końcu dokładnie rozejrzałam się wokół.

A potem, jak gdybym stała w oceanie, ogarnęła mnie ogromna fala, która nadciągnęła znikąd, i zwaliłam się na podłogę. Zwinęłam się w kłębek, zakrywając oczy i uszy.

Siła, która powaliła mnie z nóg, nie była siłą fizyczną.

To odczucia tak mną targnęły. Surowy, narastający wir emocji – od oplatających mnie pnączy strachu i bólu po potężne pulsowanie gniewu, zazdrości i paranoi…

Zlały się w wypełniający moją głowę wir, wlewający się w duszę, w całe moje jestestwo.

Podejrzenia, odraza, męczarnie…

Byłam niczym bezradne pisklę w samym środku burzy z piorunami, z każdej strony uderzane przez jadowite, czarne mury nienawiści, egoizmu i głodu – głodu przede wszystkim. Jeśli potrwa to dłużej, zniszczy mnie niczym zdartą przez piaskowanie warstwę farby. Już traciłam cząstkę siebie, swojej świadomości. Nie potrafiłam przypomnieć sobie, kim jestem i gdzie się znajduję ani też skąd się tutaj wzięłam.

W wymazanym do czysta umyśle zaczęła zapuszczać korzenie nienawiść. Wypełniała moją głowę, niosąc ze sobą lepką niczym smoła potrzebę, by niszczyć, pożerać, zadawać cierpienie. I pęczniałam, aby wyjść naprzeciw owej sile, zjednoczyć się z jej pragnieniami, jak gdyby należały do mnie.

Tak bardzo pragnęłam kogoś zranić. Tak bardzo chciałam, aby ktoś pierzchał przede mną ze strachu, błagał o moje miłosierdzie, bym mogła zgnieść go w palcach. Świat rozmył się, czarny i straszny, i ja także byłam mroczna i przerażająca. Skrzek bólu na granicy jaźni przynosił mi rozkosz, uspokajał skołatane nerwy. Był ujściem dla najstraszliwszej świadomości…

Tego, że byłam uwięziona. Znajdowałam się w pułapce. Zgromadziłam tak wiele siły, a mimo to byłam tu więźniem, w tym pozbawionym mocy miejscu. Wściekłość rozpaliła się płomieniem i spopieliła wszystko w moim wnętrzu.

Chciałam unieść dłonie i patrzeć, jak wraz z tym gestem wzbiera ocean. Pragnęłam roznieść w pył wszystko na swej drodze niczym siejący śmierć i zniszczenie deszcz meteorów. Doświadczałam poczucia straszliwej siły i nie mniejszej frustracji. A na granicy ich obu czaił się głód, pragnienie ucieczki, chęć bycia okrutną, sadystyczną i bezlitosną. Chciałam eksplodować. Chciałam się stąd wyrwać.

I nagle wszystko to ustało.

Nie wiem, jak długo trwało, nim rozprostowałam się na podłodze. Pozwoliłam myślom wlać się strumyczkiem do świadomości. Oddzielić się od mroku pochłaniającej wszystko nienawiści, która mnie wypełniała.

A kiedy otworzyłam oczy, pomieszczenie okazało się puste. Wszystkie symbole zniknęły. Ze świec zostały jedynie roztopione i wygasłe ogarki. Talizmany spadły na podłogę i zamieniły się w kupki popiołu.

Odrętwiała zbliżyłam się do ściany i wcisnęłam podświetlony przycisk. Obserwowałam, jak drzwi garażu unoszą się ze stłumionym zgrzytem. Wbiłam spojrzenie w noc i nie potrafiłam pozbyć się wrażenia, że stoję jakiś metr od własnego ciała.

On jest wcielonym złem.

Manipulował nami. Kontrolował nas. A my spędzałyśmy każdą chwilę, usiłując go zadowolić. Ale on był tylko potworem złaknionym krwi na własnych dłoniach i jej posmaku na języku.

Byłam w połowie drogi do domu, gdy nogi zaczęły odmawiać mi posłuszeństwa. Usiadłam na krawężniku przed domem pod numerem sześćdziesiątym piątym i oplotłam ciało ramionami. Wstrząsały mną dreszcze, wytrącając oddech z moich płuc.

On był wcielonym złem, a my nie mogłyśmy z tym nic zrobić.

Był złem i był wewnątrz nas. Tak głęboko, że nie potrafiłam stwierdzić, gdzie kończy się Alexis, a zaczyna Aralt.

Był tak zły, że nawet dziewczyna, która kochała go przez prawie dwa stulecia, obawiała się go.

Dowlekłam się do domu. Nieprzytomnie machnęłam dłonią rodzicom i powlekłam się korytarzem. Przystanęłam przed pierwszymi drzwiami. Pukałam w nie, cicho, pomału i z wahaniem, dopóki siostra mi nie otworzyła.

Obrzuciła mnie spojrzeniem i jej twarz przybrała barwę popiołu.

– Potrzebuję twojej pomocy – powiedziałam, a słowa z charkotem wydobywały się z mojego wyschniętego gardła. – Właśnie spotkałam Aralta.

23

ZACZEKAŁYŚMY, AŻ RODZICE POŁOŻĄ SIĘ SPAĆ. POTEM, owinięte ściągniętymi z łóżek kocami, usiadłyśmy na sofie. Miałam na sobie piżamę, szlafrok, grube skarpety oraz kapcie. Zwinęłam się na siedzeniu w kłębek. Gdybym mogła zapaść się w wyściełające sofę poduszki, zrobiłabym to. Najsurowsze z emocji Aralta pozostawiły mnie bezradną, obnażoną. Moje ramiona nadal dygotały pod warstwami ubrań.

– Spróbuj ponownie – powiedziała Kasey po raz osiemdziesiąty. Usiłowałyśmy zrozumieć, co miała na myśli Tashi. – Elspeth powiedziała to samo.

– Nie łapię tego. – Mój głos nadal był schrypnięty jak u notorycznego palacza. – Dlaczego najpierw przeprosiła, a potem wepchnęła mnie do tego garażu?

– Powiedziała, że umiera?

– Nie, a przynajmniej jeszcze nie teraz. Ale powiedziała, że zostało mniej czasu, niż myślała. I że Aralt się niecierpliwi. Oraz to, że wybrała mnie, ponieważ różnię się od pozostałych dziewcząt.

Kasey zmarszczyła nos.

– Zawsze wiedziałam, że twoje buntownicze ciągotki pewnego dnia okażą się użyteczne.

– Użyteczne do czego? Czego ona ode mnie chce?

Kasey wzruszyła ramionami. Przesunęła palcami wzdłuż długiego warkocza.

– Chce, żebyś spróbowała jeszcze raz.

Westchnęłam.

– Zawsze możemy... ją zapytać. – Zmroziła mnie sama myśl o powrocie do tego domu.

Kasey potrząsnęła głową.

– Nie dziś w nocy.

Z ulgą opadłam na poduszki.

– Jest jedna rzecz, której nie rozumiem.

Spojrzała na mnie.

– Zanim Megan i ja dołączyłyśmy do klubu... Dlaczego nam nie powiedziałaś, że nie grozi ci niebezpieczeństwo?

Nie oczekiwała tego pytania.

– Usiłowałam cię powstrzymać przed wmieszaniem się w to. – Przycisnęła dłoń do czoła. – Naprawdę sądziłam, że zdołam im wytłumaczyć, dlaczego musimy przestać.

– Ale to by nie zadziałało.

– Nie wiem – odparła. – Nadal się zastanawiam... czy byłabym w stanie przemówić im do rozsądku... dotrzeć do Tashi...

– A potem co? – spytałam. – Jak byś to powstrzymała?

– Nie wiem. – Ukryła twarz w dłoniach. – Przepraszam, Lexi. Tak bardzo mi przykro.

– Nie. – Uspokajałam ją. – To nie twoja wina. Powinnam tam być i cię wspierać.

– Ale ja byłam uparta – odrzekła. – A one są moimi przyjaciółkami. Wiedziałam, że mi pomożesz, jeżeli tylko cię o to poproszę. Chciałam ci jednak pokazać, że potrafię poradzić sobie sama.

– Okazałyśmy się parą idiotek – podsumowałam.

Ściana od strony ogródka skąpana była w bladej niebieskawej poświacie księżyca, co czyniło atmosferę jeszcze bardziej przygnębiającą.

– I co teraz? – zapytałam. – Ufasz mi na tyle, aby mi pozwolić sobie pomóc?

– Nie wiem – odparła Kasey. – A czy ty ufasz sobie samej?

Zastanowiłam się nad tym. Czy powinnam sobie ufać?

Do tej pory w pewnym sensie zawsze mogłam polegać na Aralcie. Wiedziałam, co mam powiedzieć. Wierzyłam w siebie i we własną przyszłość.

Tak, Aralt był tak wielkim złem, że aż brakowało mi słów, aby to opisać. Ale czy naprawdę miałam dość sił, aby się go wyrzec? Czy też obudzę się następnego ranka i natychmiast doniosę na siostrę?

– Może zdołamy to obejść – stwierdziłam. – Jeśli wpadniemy na pomysł, może nie do końca będący szantażem, lecz czymś… na kształt planu awaryjnego? Żebyś, na wypadek, gdybym uległa pokusie, dysponowała czymś, za pomocą czego zdołasz utrzymać mnie w ryzach?

Uznałam pomysł za naprawdę natchniony.

Ale Kasey potrząsnęła głową.

– Nie – odparła. – Mam już dość kłamstw. I dość zastraszania. Nie chcę trzymać topora nad twoją głową. Jeśli nie zechcesz mi pomóc, będzie to twój wybór.

– Ale mogę przysporzyć ci ogromnych problemów, Kasey – odrzekłam.

– Tak. – Opadła na poduszki i utkwiła spojrzenie w wiatraku pod sufitem. – Pewnie tak.

– Wcześniej nie okazałam się wystarczająco silna – podjęłam.

– To nieprawda – sprzeciwiła się Kasey. – Po prostu nie wiedziałaś, czego chcesz. Czy teraz już to wiesz?

– Wiem, czego nie chcę – odrzekłam. „Chociaż..."

Z tylu rzeczy trzeba zrezygnować. To jak złożyć w ofierze cząstkę samej siebie.

– Zamknij się – powiedziałam na głos. – Zamknij, zamknij, zamknij.

Kasey mnie obserwowała. Wiedziała, że nie mówię do niej.

– Tak – powiedziałam w końcu. – Jestem pewna. Wiem, czego chcę.

Ściągnęłam z palca złoty pierścionek. Zbliżyłam się do rozsuwanych drzwi i cisnęłam go ponad murem w kierunku majaczących w dali wzgórz. Był tylko zewnętrznym symbolem i nie stanowił części nadnaturalnej więzi. Nadal byłam połączona z Araltem, tak jak jest się połączonym węzłem małżeńskim, nawet jeżeli wyrzuci się obrączkę do oceanu. Ale był to jakiś początek.

Chciałam odzyskać własne życie.

Kiedy obudziłam się następnego ranka, na moim palcu, w miejscu, w którym nosiłam pierścionek, widniała pręga przypominająca siniec. Na chybił trafił wyjęłam jakiś pierścionek ze szkatułki z biżuterią, by zakryć nim ciemny ślad.

Zanim opuściłam łazienkę, usiadłam i sprawdziłam stan własnego umysłu. Pomyślałam o Kasey. I Carterze. I Aralcie. I klubie Promyczek.

Poczułam przyciąganie – pragnienie. Przypominało czający się na wysokości skroni lekki ból głowy. Ale Kasey miała rację. Byłam wystarczająco silna, aby nie zaburzył tego, jak postrzegałam rzeczywistość.

Kiedy ruszyłam do kuchni, żeby zjeść śniadanie, siostra skinieniem głowy zaprosiła mnie do swojego pokoju. Zamknęłam za sobą drzwi.

– Jak się czujesz? – zapytała.

– Dobrze.

– Nie, pytałam poważnie… Co z tobą?

Rozdziawiłam usta w literę O.

– Dooooobrze.

Rzuciła we mnie poduszką, lecz widziałam, że poczuła ulgę.

– No to tak na początek. Oficjalnie dotarłam do kresów internetu – oświadczyła. – Pomyślałam, że możemy zajrzeć potem do biblioteki. Dasz radę się wyrwać?

– To bezcelowe – odpowiedziałam. – Wszystkie książki dotyczące zjawisk paranormalnych w miejskiej bibliotece trzymane są pod kluczem.

Na jej twarzy odmalowało się rozczarowanie.

– Tak samo jak w bibliotece szkolnej – dodałam. – Jednakże…

Pani Nagesh wydawała się zaskoczona. Poprosiłam ją, by po godzinach zostawiła dla nas bibliotekę otwartą. Ale zgodziła się od razu.

– Wprowadzam korekty w mojej powieści – poinformowała nas. – Równie dobrze jak w domu mogę popracować w szkole.

Podczas lunchu Carter przystanął za mną i musnął moje wygięte plecy.

– Czy możemy zjeść dziś we dwoje?

Odwróciłam się do niego, zaskoczona.

– Przepraszam – odpowiedziałam – Wiesz, że nie mogę.

– Daj spokój – nalegał. Wpatrywał się we mnie, nie mrugając. Czułam, jak jego palce delikatnie przesuwają się po moich plecach. Gapie przy sąsiednich stolikach przewiercali nas znudzonymi spojrzeniami niczym promieniami laserów.

Siadaj tutaj. Tęskniłam za tobą.

– Siadaj tutaj – wyrecytowałam, zbyt zmęczona, by się opierać. – Tęskniłam za tobą.

– Ach… dobrze. – Cofnął dłoń. – Zatem przysiądę się do was.

– Och – odparłam. – W porządku.

Przez cały lunch zerkałam na niego ukradkiem. Ale on nie spoglądał na mnie.

W ogóle. Nawet jeden jedyny raz.

Pani Nagesh gmerała przy wielkim kółku z kluczami. Usiłowała znaleźć ten właściwy, który otworzy metalową szafkę w jej gabinecie.

– Nigdy nawet nie przyszło mi na myśl, żeby do niej zajrzeć. Co za bibliotekarz trzyma książki w zamkniętej szafie?

Wzruszyłam ramionami. Najwyraźniej taki, który wyleciał z roboty.

– To niedorzeczne. Twoim pierwszym zadaniem w tym tygodniu jest przywrócenie tych pozycji do obiegu – powiedziała. – Jeśli kiedykolwiek zdołamy się do nich dostać.

– O czym jest pani książka? – zapytała Kasey.

Pani Nagesh uniosła wzrok, a jej oczy zalśniły.

– To będzie kolejny wielki przełom w literaturze młodzieżowej – oświadczyła z dumą. – O harpiach.

– Łał – rzuciła Kasey.

– Oczywiście bez opierzonych ciał czy czegokolwiek w tym stylu. Pozwoliłam sobie na dość luźną interpretację.

– Nie mogę się doczekać, żeby ją przeczytać – odparła Kasey.

– Najpierw muszę ją skończyć – odrzekła pani Nagesh. – Zaraz... Już prawie... Udało się!

Drzwi szafki stanęły otworem i naszym oczom ukazały się półki uginające się pod ciężarem książek.

– Śmiało – zachęciła mnie pani Nagesh. Odsunęła się. – Będę przy biurku w sali, gdybyście mnie potrzebowały.

Spędziłyśmy kolejne godziny, przekopując się przez książki i szukając czegoś użytecznego.

– Posłuchaj tego – powiedziała Kasey. – „Jedną rzeczą wspólną dla wszystkich *libris exanimus* jest istnienie strzegącego je stwora. Stwór ów jest ochroniarzem i sługą swego *libris*. Zawsze można znaleźć go w pobliżu; jeśli natkniecie się na *libris exanimus*, możecie być pewni, iż stwór jest na wyciągnięcie ręki. Działa to także i w drugą stronę. Bądźcie ostrożni, albowiem stwór nie cofnie się przed niczym, by służyć swemu mistrzowi i chronić go".

Mowa była o Tashi.

– Ten stwór jest człowiekiem, duchem czy jeszcze czymś innym?

– Nie wiem – westchnęła. – Nie ma tu nic więcej na ten temat. To książeczka z kodami do gry komputerowej pod tytułem *Spirit Killaz 2.*

– Och – westchnęłam.

Nuta zwątpienia w moim głosie nie umknęła Kasey.

– Ale wspomniano tu też o centrum mocy. Wydaje mi się, że twórcy gry odrobili pracę domową.

Mój telefon zawibrował. Zerknęłam na wyświetlacz, spodziewając się ujrzeć na nim imię Cartera. Ale dzwoniła Megan.

– Halo?

– Gdzie jesteś? – zapytała.

Zawahałam się. Na szczęście pytanie okazało się retoryczne.

– Ponieważ mogę ci powiedzieć, gdzie ja jestem. Siedzę na łóżku i wkuwam francuskie słówka.

– Uczysz się?

– Miałam dziś z nich test! – odparła. – I totalnie go zawaliłam.

– Rany, to do bani.

Wydała dźwięk świadczący o zniechęceniu.

– Wiem. Jestem z tego powodu wściekła.

Nastawiłam uszu. Wściekła na Aralta?

– Nie mogę przestać się zastanawiać, co też takiego zrobiłam, że Aralt postanowił dać mi nauczkę? Czy zaczęłam za bardzo polegać na jego wsparciu? Wyglądałam dziś brzydko? – Pociągnęła nosem. – Nigdy więcej nie założę już tej spódnicy… Czy coś zauważyłaś?

– Nie. Twoja spódnica wydawała mi się urocza.

Westchnęła.

– W porządku, cóż, pomyślałam, że spytam… Odezwę się później. Może jutro. *Je dois étudier.*

– *Bonjour* – odpowiedziałam.

Roześmiała się.

– W porządku, Lex. Bądź promienna.

– Bądź promienna – odparłam i się rozłączyłam.

Kasey mi się przypatrywała.

– Megan powiedziała…

– Słyszałam.

– Coś jest na rzeczy – stwierdziłam.

Kasey opuściła książkę na kolana.

– Nie chcę tego mówić, Lex, ale…

Wiedziałam, co chce mi powiedzieć, nim jeszcze te słowa padły. Trzeba porozmawiać z Tashi.

24

WROTA GARAŻU BYŁY UCHYLONE.

Jasnoróżowa koperta tkwiła wciśnięta pomiędzy drzwi wejściowe i framugę.

Kasey i ja stałyśmy na podjeździe i gapiłyśmy się na nią. Za naszymi plecami samochód skręcił z drogi.

– Przepraszam, dziewczęta – kierowca zwrócił się do nas przez okienko po stronie pasażera. – To wasz dom?

Potrząsnęłyśmy głowami.

Pochylił się nad siedzeniem i wyciągnął coś w naszą stronę. Kolejną jasnoróżową kopertę. W poprzek niej wielkimi czerwonymi literami wydrukowano: STOWARZYSZENIE WŁAŚCICIELI.

– Możecie wcisnąć ją obok tej pierwszej?

Kasey wzięła kopertę z jego dłoni i skinęła.

Kierowca zerknął na otwarte wrota i potrząsnął głową. Pogardliwie zmrużył oczy.

– Niektórzy ludzie niczego nie szanują, rozumiecie?

– To doprawdy zachowanie godne potępienia – odpowiedziałam automatycznie.

– W rzeczy samej – odparł, życzliwie unosząc dłoń. – Do zobaczenia.

Zastanawiałam się, czy byłby dla mnie taki miły, gdybym nadal miała różowe włosy.

– Nie ma jej w domu – odezwała się Kasey.

– Tak mi się wydaje. – Wiedziałam, że drzwi z garażu do mieszkania były zamknięte od wewnątrz. – Chodźmy.

Kasey podreptała moim śladem przez ogródek. Zatrzymała się, widząc, jak otwieram okno.

– To nielegalne.

To zadziwiające, na jak niską pozycję na liście moich priorytetów spadło poszanowanie prawa. Wgramoliłam się do środka i wyciągnęłam dłoń do siostry. Z wystraszoną miną spoglądała na dom.

Zamknęłam drzwi garażu. Potem odłożyłam obie różowe koperty na kontuar.

Rozejrzałyśmy się wokół. Zawołałyśmy Tashi i nie otrzymałyśmy odpowiedzi. Zaczęłyśmy myszkować, zaglądając do każdego pokoju i każdej szafy.

Rozglądałam się właśnie po głównej sypialni, kiedy z kuchni dobiegło mnie wołanie siostry.

Przebiegłam przez dom. Zastałam ją stojącą przy kontuarze.

– Co to takiego – zapytała, wskazując mi coś skinieniem głowy. – Czy to krew?

Pochyliłam się i przyjrzałam się ciemnej i gęstej kałuży.

– Tak – potwierdziłam. – To krew.

Odwróciłam się i sięgając po papierowy ręcznik, dojrzałam na podłodze niewielką kupkę śmieci. Składały się na nią należący do Tashi zmięty bilet na mecz, puste pudełko od zapałek i opakowanie po mielonej wołowinie.

– Skąd wzięła się krew na kontuarze? – zapytała Kasey. Była na granicy paniki. – Czy ktoś skrzywdził Tashi?

I dlaczego na podłodze leżały śmieci?

Ktoś je tutaj wysypał, żeby zabrać torbę. Ale na co była mu potrzebna torba na śmieci?

– Przepraszam – powiedziałam, obchodząc siostrę.

Otworzyłam lodówkę.

Na jednej z półek nie było nic prócz plam zaschniętej krwi. Ktokolwiek ją opróżnił – czy uczyniła to Tashi? – musiał ułożyć opakowania z mięsem na kontuarze, a następnie zapakować je do plastikowej torby i gdzieś zabrać.

Przynajmniej krew nie należała do Tashi.

Ale ona się bała. Czy była wystarczająco przestraszona, żeby uciec? Zmyć się stąd, zabierając książkę, Aralta i dość mięsa, aby przez kilka dni mieć co jeść? Lecz dokąd mogła się udać?

Kiedy wyszłam na korytarz, serce zaczęło tłuc mi się w piersi. Wróciłam do głównej sypialni, gdzie potwierdziłam własne podejrzenia. I mówiąc „potwierdziłam", mam na myśli to, że eksplodowały niczym fajerwerki podczas pokazu.

Szafa najwyraźniej została opróżniona. Zniknęła połowa butów oraz większość ubrań, które w niej wcześniej wisiały. Choć kupa brudnych rzeczy do prania nadal piętrzyła się w kącie.

Zabrała także książkę.

Przeszłam do łazienki. Mój wzrok przyciągnął stojący na skraju blatu kubek.

Gwałtownie zatrzymałam się na jego widok.

Ponieważ jeśli Tashi naprawdę wyniosła się z domu…

To dlaczego nie zabrała szczoteczki do zębów?

25

W ŚRODOWY PORANEK BYŁO JASNE, ŻE COŚ SIĘ ZMIENIŁO. Klub jak zawsze zebrał się na dziedzińcu. Dawało się jednak wyczuć, że ten dzień w jakiś sposób odbiega od normy.

Jedność zastąpiły podziały, skupienie zmieniło się w strapienie, stoicki spokój przywodzący na myśl stado krów przeszedł w nerwowość. Jak zapach ozonu po uderzeniu pioruna, dawało się wyczuć coś wiszącego w powietrzu.

Stan ten utrzymał się aż do lunchu. Paige rozlała na siebie jogurt. Zamiast oddać się zwyczajowym pogaduchom, zbite w grupki członkinie skupiły się na nauce. Okazało się, że nie tylko Megan zawaliła test.

Po dzwonku kilka z nas udało się całą grupą do łazienki, aby poprawić makijaż. Po bokach miałam Emily i Mimi.

– Co jest nie tak z twoimi włosami, Em? – zapytała Mimi. – Wszędzie z tyłu są… oklapnięte.

Emily sięgnęła dłonią do głowy, a potem się obróciła, usiłując coś dostrzec w lustrze.

– Naprawdę?

– Tak, to... dziwne. – Mimi bezskutecznie spróbowała zwichrzyć oklapnięte włosy Emily. – Powinnaś coś z tym zrobić.

Stopniowo wszystkie dziewczęta wyszły i zostałam z Emily sama. Kręciła się przed lustrem, usiłując dojrzeć to, co widziała Mimi.

– Przestań się przejmować. Wyglądasz świetnie – odezwałam się.

Usiłowała przyjrzeć się swojemu ciemieniu, spoglądając pod jeszcze innym kątem. Minę miała taką, jakby w każdej chwili mogła wybuchnąć płaczem.

– Jesteś dla mnie taka miła, Alexis. Ale nie mogę tak iść do klasy. Możesz mi pomóc? Masz może lokówkę?

Um.

– Lokówkę...? W szkole? Przykro mi, ale nie mam.

Emily rozpaczliwie rozglądała się wokół, jakby z głośnym „puf" miała zaraz wystrzelić w powietrze.

– Może poszukaj w składziku kółka teatralnego? – zasugerowałam. – Lub gdzieś pośród gratów cheerleaderek.

Otworzyła szeroko oczy.

– Cheerleaderki! Oczywiście!

– Ale do dzwonka zostały nam jakieś dwie minuty. Musimy iść na matmę.

Zbliżyła się do mnie i złożyła dłonie jak do modlitwy.

– Możesz mnie jakoś usprawiedliwić?

Westchnęłam.

– No nie wiem, Em...

– Proszę! To sytuacja awaryjna. Przyjdę najszybciej, jak tylko zdołam. Zagadaj go jakoś.

W końcu się zgodziłam. Ale tylko dlatego, że sprawa dotyczyła Emily.

Powiedziałam panu Demarco, że Emily dotknęła kobieca przypadłość. To wystarczyło i przegonił mnie machnięciem dłoni.

W Surrey High obowiązuje zasada, że podczas lekcji telefony muszą być wyłączone lub też ustawione na wibracje. Korzystać z nich wolno wyłącznie na przerwie. Tak więc kiedy dostrzegłam przez materiał torby, że ekranik pojaśniał, niemal to zignorowałam. Ale potem przekrzywiłam aparat i odczytałam wiadomość na ekranie. Wysłała ją Emily.

POTRZEBUJĘ CIĘ W DAMSKIEJ ŁAZIENCE.

Wywróciłam oczami. Wyciągała mnie z zajęć tylko po to, żebym pomogła jej poprawić oklapnięte włosy? Ale kiedy rozważyłam zignorowanie prośby, poczułam lekkie kłucie w skroniach. Nie złagodniało, dopóki nie wstałam i nie zbliżyłam się do biurka pana Demarco.

– Emily potrzebuje mojej pomocy – powiedziałam.

– Idź, po prostu idź – odparł belfer. – Nie potrzebuję żadnych szczegółów.

Kiedy weszłam do łazienki, pierwszą rzeczą, którą zrobiłam, było instynktowne zerknięcie w lustro.

Nadal wyglądałam nieźle.

Potem zobaczyłam Emily.

Klęczała w kącie, z nogami podwiniętymi pod siebie i z lokówką w dłoni.

Jej włosy były spalone. Tuż nad czołem miała jasnoróżowy placek skóry, a oparzenie wyglądało na bolesne.

Onyksowe łzy ściekały po jej policzkach. Skapywały na koszulę, znacząc ją mrowiem ciemnych plam. Ponownie uniosła lokówkę.

– Dlaczego to nie działa, Alexis? – sapnęła, owijając cienkie pasmo włosów wokół lokówki i przyciskając urządzenie do czaszki. – Nie rozumiem.

– Och, mój Boże, przestań! – krzyknęłam, podbiegając do niej.

– To nie działa! – odpowiedziała. – Są oklapnięte. Musisz mi pomóc. Nie jestem wystarczająco dobra.

Usiłowałam wyjąć lokówkę z jej dłoni. Szarpnęła nią w odpowiedzi, pozbawiając się przy tym kępki włosów. Wyrwałam przewód z gniazdka.

– Hej! – sprzeciwiła się.

Z bliska jej czaszka okazała się poprzecinana smugami w ciemnoczerwonym kolorze. Poczułam mdlący zapach spalonych włosów. Mój żołądek niebezpiecznie się poruszył.

Zmarszczyła twarz.

– Jestem brzydka – zaszlochała, przyciskając lokówkę do policzka.

– Przestań – pisnęłam i wyrywałam urządzenie z jej dłoni. Cisnęłam nim na drugą stronę pomieszczenia. – Chodź, musisz iść do szpitala.

– Nie! – zaprotestowała, odpychając mnie. – Nie mogę stąd wyjść w takim stanie. Wyglądam okropnie. I wszyscy to zobaczą.

Nie mogłam wywlec jej z łazienki siłą. I nie mogłam tak jej tu zostawić.

Rozważyłam zatelefonowanie po pomoc, co jednak miałabym powiedzieć? Jak mogłabym to wyjaśnić?

Wyciągnęłam komórkę i zadzwoniłam do Megan.

– Proszę, odbierz – wymamrotałam pod nosem. – Proszę.

Odebrała.

– Lex, wiesz, że jestem na lekcji.

– Potrzebuję cię w łazience, w tym skrzydle, gdzie mam zajęcia.

Zawahała się.

– Po prostu przyjdź – powiedziałam. – I o nic nie pytaj.

Kiedy rozmawiałam przez telefon, Emily zaczęła czołgać się po podłodze w kierunku lokówki. Doskoczyłam do niej i chwyciłam za metalowy koniec w momencie, gdy ona dosięgła rączki.

Mój mózg potrzebował chwili, by zarejestrować ciepło. I wówczas moje palce rozwarły się odruchowo, rozczapierzone jak odnóża pająka, który dostał wylewu.

– Dlaczego to zrobiłaś? – zapytała Emily, odwracając się ode mnie i tuląc do piersi lokówkę. – Jest mi potrzebna. Muszę być piękna. Nie jestem wystarczająco dobra.

Przez kilka sekund nawzajem wpatrywałyśmy się w siebie. Nie odda mi lokówki bez walki. Nie miałam specjalnej ochoty ponownie wyrywać jej urządzenia i znów się sparzyć.

– Alexis, co ty wyprawiasz? – W drzwiach pojawiła się Megan. Zerknęła ponad moim ramieniem i dojrzała Emily na podłodze.

Megan w mgnieniu oka przełączyła się w tryb uczennicy-asystentki. Odkręciła jeden z łazienkowych kranów.

– Pomóż mi ją tutaj zaciągnąć.

Jak długo nie próbowałyśmy pozbawić jej bezcennej lokówki, Emily nie miała nic przeciwko pokierowaniu sobą.

Pozwoliła nam zaprowadzić się do umywalki. Nabierając w dłonie wody, zaczęłyśmy polewać jej głowę.

– Musimy wsadzić ją do mojego samochodu – powiedziała Megan. – Mogę podrzucić ją do domu.

– Do domu? – zapytałam z niedowierzaniem. – Ona musi iść do szpitala.

– To nie wchodzi w rachubę i obie o tym wiemy – odparła Megan. – Poza tym Aralt jej pomoże.

Nabierając wody, zawadziłam oparzoną dłonią o kran i syknęłam z bólu.

Emily na mnie spojrzała.

– Och nie, Alexis! Sparzyłaś się w dłoń. – Ton miała zasmucony. – Takie oparzenia są naprawdę bolesne.

Potem powoli przeniosła spojrzenie z lokówki na własne odbicie w lustrze.

Sięgnęła dłonią do swojego poparzonego skalpu.

I krzyknęła...

Krzyczała i nie przestawała.

To nie był wydobywający się z głębi gardła skrzek ofiary z horroru, tylko niekończące się zawodzenie – agonalne, przepełnione paniką i załamujące się w piskliwe wrzaski na granicy płaczu. Przywodziły na myśl zranione zwierzę. Wstrząsające i świdrujące, sprawiały, że ściskało się serce, a wzdłuż kręgosłupa pełzły ciarki.

Emily upuściła lokówkę i owładnięta napadem histerii, zdołała się nam wyrwać. Usiłowała wspinać się na ściany, lecz jej dłonie ześlizgiwały się po gładkich kafelkach.

Zbliżyłam się, chcąc ją uspokoić, a ona zamachnęła się na mnie.

– Emily – powiedziała rozkazująco Megan. – Siedź nieruchomo. I nie dotykaj moich ubrań, jesteś brudna!

W końcu zawodzenie Emily przeszło w przejmujące jęki. Megan wykonała kilka telefonów i po paru minutach dołączyły do nas Lydia, Kendra oraz Paige.

– Musimy wsadzić ją do samochodu Megan – powiedziała Lydia. – Jak to zrobimy, by nie przyciągać uwagi?

Emily, wyraźnie w szoku, siedziała na podłodze w absolutnym bezruchu, niczym uprzejma nieznajoma zaproszona tu przez nas z ulicy i obserwująca, jak wszystko to przytrafia się komuś innemu.

– Podjedź najbliżej wyjścia, jak tylko zdołasz – poleciła Paige. – Zarzucę jej na głowę mój sweter.

Skrzywiłam się na samą myśl o czymkolwiek dotykającym poparzonej skóry. Ale wszystkie pozostałe dziewczyny zaakceptowały pomysł. Tak więc już po minucie eskortowałyśmy Emily przez korytarz. Głowę miała owiniętą swetrem, który kiepsko udawał chustę.

Megan podjechała samochodem i zapakowałyśmy Emily do środka. Nachyliłam się i przypięłam ją pasem.

– Jesteś pewna, że nie należy zawieźć jej do szpitala, Megan? – zapytałam.

Megan spojrzała na mnie z dezaprobatą.

– Wyluzuj, Lex. Wiemy, że wyzdrowieje.

Cofnęłam się i zatrzasnęłam drzwiczki. Żałowałam, że nie zawołałam nauczyciela, aby uporał się z tą sytuacją. Ale wówczas dziewczyny z klubu Promyczek zorientowałyby się, iż coś jest nie tak. Może nawet zaczęłyby podejrzewać, że nie jestem im już w pełni oddana.

Brudy pierze się w domu. Tak to tutaj działało.

Kiedy Megan odjechała, zbliżyła się do mnie Paige.

– Powinnaś iść do klasy. Przyniosłam ci rzeczy. – Podała mi moją szkolną torbę. Jednak zanim zdążyłam po nią sięgnąć, cofnęła rękę. – Och, zraniłaś się!

Jak tylko to powiedziała, skóra na dłoni zaczęła mnie boleśnie piec. Zupełnie jakbym ją zadrapała lub nabawiła się oparzenia słonecznego.

– Rzeczywiście – odparłam. Nie było to nic wielkiego w porównaniu z oparzeniami Emily.

– Och, cóż. – Paige wyciągnęła w moją stronę dłoń, z której zwisała torba. – Zagoi się.

Kiedy wracałam do klasy, zatrzymał mnie ochroniarz.

– Czy przed kilkoma minutami słyszałaś tutaj jakieś odgłosy? – zapytał. – Mogłabyś zajrzeć do damskiej łazienki? Powiedzieć mi, czy nie dzieje się w niej nic dziwnego?

Wsadziłam głowę za drzwi, a potem zmusiłam się do promiennego uśmiechu.

– Wszystko jest w jak najlepszym porządku. Po prostu doskonale.

Tego dnia spotkanie klubu Promyczek nie trwało długo. Atmosfera była przygaszona. Żadna z członkiń nie wywołała innej podczas Ulepszenia.

Kiedy Adrienne wydobyła książkę, ja rozejrzałam się, szukając Tashi. Nie zjawiła się jednak na spotkaniu. O tym, że książka przechowywana była w jej domu, wiedziałyśmy tylko ona, ja i Kasey. Jakim sposobem znalazła się zatem w dłoniach Adrienne?

Nie chciałam ściągnąć na siebie uwagi. Trzymałam więc język za zębami i czekałam, aż sprawy się wyjaśnią.

Ani jedna z dziewczyn nie zapytała, jak czuje się Emily, choć wiedziały, że musiała opuścić szkołę. Żadna z członkiń niczego po sobie nie pokazała, lecz wszystkie wiedziałyśmy, że wydarzyło się coś niedobrego.

Adrienne była podekscytowana pomimo dziwacznej atmosfery. Pełna entuzjazmu przeszła do ogłoszeń.

– Dziewczyny, mam dla was wspaniałe wieści – zwróciła się do nas. – Od dziś klub będzie sobie liczył dwadzieścia dwie członkinie, co oznacza... że czas na ceremonię wieńczącą.

Otworzyły się drzwi i Paige wprowadziła do środka nową dziewczynę. Zachowywała się przy tym jak gospodyni domowa z lat pięćdziesiątych z dumą wkraczająca z indykiem do salonu w Święto Dziękczynienia. Zaprezentowała nam najnowszy nabytek klubu.

Zoe.

Była taka chętna i prostolinijna. Zastanawiałam się, jak kiedykolwiek mogłam uważać, że mi zagraża. Wszystko w niej wręcz krzyczało: „Kochaj mnie, kochaj mnie, kochaj mnie".

– Czy którakolwiek z was chciałaby coś powiedzieć, zanim się rozejdziemy? – spytała Adrienne.

– Um – zaczęła Monika, unosząc dłoń. – Gdzie jest Tashi?

Adrienne i Lydia wymieniły zakłopotane spojrzenia. Poczułam, jak oddech zamiera mi w płucach.

– Dobrze, posłuchajcie – odezwała się Lydia. – Sprawy mają się tak: Tashi zaczęła odnosić wrażenie, że klub ją przerasta.

Dziewczyny gwałtownie nabrały powietrza. Rozległo się zbiorowe westchnienie.

– Zatem… postanowiła od nas odejść.

Ciszę, która zapadła po tych słowach, zmąciły urażone szepty. Dosłyszałam, jak Kendra powiedziała:

– Ale Aralt daje nam siłę!

– Posłuchajcie – odezwała się Lydia. – Nic się nie stało. Szkoda, że tak postanowiła, ale to jej wybór. To nie wpłynie na waszą ceremonię wieńczącą. I życzymy jej oczywiście powodzenia… prawda?

Odpowiedzią był niechętny chór zgodnych pomruków.

– Dobrze, posłuchajcie. – Radosny nastrój Adrienne nieco przygasł. – Pozostańcie promienne.

Wróciłam do domu i przygotowałam się do ostatniej rozmowy u Młodych Wizjonerów. Dłoń nadal była wrażliwa. Posmarowałam ją zatem balsamem z aloesem, żeby wspomóc Aralta. Kiedy mama zapytała, co sobie zrobiłam, odparłam, że się oparzyłam, układając włosy.

– Ach, ta próżność – powiedziała. – Może być niebezpieczna.

Taa, wszystko jedno.

Kiedy weszłam do sali, jurorzy unieśli się z krzeseł.

Wręczyłam im kopertę zawierającą cztery nowe fotografie. Dwie pierwsze przedstawiały mnie i Megan. Dwa kolejne zdjęcia pochodziły z meczu. Jedno przedstawiało Pepper Laird w połowie salta, w stroju w radosnych kolorach na tle ciemnego nocnego nieba. Dawały się dostrzec ułamane źdźbła mokrej trawy, odpadające w ruchu od jej butów, i sznureczek drobnych kropelek potu, które zaraz oderwą się od jej kolana. Druga fotografia przedstawiała wysokiego złotowłosego Cartera, otoczonego aureolą światła. Wyglądał na niej jak skrzyżowanie gwiazdora filmowego z pastorem odprawiającym rekolekcje.

Pochyleni nad odbitkami jurorzy zamruczeli.

– Doskonałe zdjęcia – pochwalił mnie mężczyzna z muchą. – Twoje prace nie przestają robić na mnie wrażenia.

– Dziękuję – odpowiedziałam.

– Są bardzo... dojrzałe – skomentowała jedna z kobiet, pani Liu. – Wybór tematów jest dość zaskakujący jak na kogoś w twoim wieku.

– Jest jedna rzecz... – Juror zmarszczył brwi, trzymając w dłoni zdjęcie Cartera. – Niepokoi mnie wyraz jego oczu na tej fotografii. Wydają się prawie... puste.

Usiadłam sztywno.

Farrin trzymała w dłoni zdjęcie Pepper.

– Mogłabyś zająć się fotografią sportową – stwierdziła. – Im dłużej patrzę na to zdjęcie, tym bardziej mi się ono podoba.

– Czy rozważasz zbadanie możliwości, jakie oferuje fotografia cyfrowa? – zapytała mnie pani Liu.

Choć nie byłam w pełni oddana Araltowi, nadal łączyła nas nić zaufania. Mogłam za nią pociągnąć, aby otrzymać właściwą odpowiedź. Czekałam, aż mi ją podsunie.

Ale żadna podpowiedź nie napłynęła. Poczułam się jak akrobata na trapezie, który nagle dostrzegł, że obsługa nie rozciągnęła siatki zabezpieczającej. I nagle przyszło mi do głowy: „Jestem zdana na siebie".

– Alexis? – popędziła mnie Farrin.

Nie mogłam dłużej milczeć.

– Tak, aparaty cyfrowe oferują wiele możliwości – powiedziałam. – W zasadzie jeden już mam. Zdążyłam z nim poeksperymentować.

Obserwowały mnie cztery pary zmrużonych oczu.

„Myśl, Alexis. Myśl".

– Fotografia cyfrowa oferuje... um, natychmiastowwą gratyfikację – podjęłam. – To bardzo satysfakcjonujące. Cieszę się, że uczyłam się na klasycznych filmach, ale... rozumiem, dlaczego ludzie lubią cyfrówki.

– Dlaczego cieszysz się, że uczyłaś się na filmach?

– Um, ponieważ... – zaczęłam.

I nagle w głowie miałam pustkę. Nie mogłam przypomnieć sobie pytania, odpowiedzi czy czegokolwiek innego, co chciałam rzec lub już zdążyłam powiedzieć.

– Alexis? – zapytała Farrin.

– Format cyfrowy... – podjęłam. – Um, kiedy korzysta się z filmu, jest się ograniczonym budżetem. Zmusza to do nauki... Podejmowania wyborów.

– Do selekcji? – podpowiedziała Farrin.

– Tak – potwierdziłam. – Dokonywanej na bieżąco. A to wymusza dyscyplinę.

Nastąpiła długa, straszliwa chwila ciszy.

– Cóż, to była dla mnie wielka przyjemność – powiedziała pani Liu, uśmiechając się mniej promiennie niż na początku rozmowy.

Reszta jurorów wymamrotała pożegnania, unikając patrzenia mi w oczy.

– Alexis – powiedziała Farrin. – Czy wychodząc, mogłabyś zaprosić do nas Jareda Elkinsa?

– Oczywiście – odparłam. – Dziękuję państwu.

– Nie ma za co – odpowiedziała Farrin i zakaszlała.

Nasze spojrzenia się spotkały. W jej szeroko otwartych oczach malowało się zaskoczenie. I przypuszczałam, że w moich także.

Dziewczyny Aralta nie chorowały.

Nie miewały też całkowitej pustki w głowach podczas ważnych rozmów.

Wyszłam pospiesznie na korytarz. Jared czekał na ławeczce, wpatrując się w jedną ze swoich nowych fotografii. Przystanęłam i zerknęłam mu nad ramieniem.

Zdjęcie przedstawiało dziewczynkę na huśtawce. Włosy miała rozwiane, wyprostowane nogi skierowane prosto przed siebie – doskonałe połączenie niewinności oraz działania. Tło stanowiło coś na kształt złomowiska. Stonowane kolory były barwami rozkładu i beznadziei.

– Podoba ci się? – zapytał.

Pokiwałam głową, nie unosząc wzroku. Radość i wolność małej dziewczynki kontrastowały ze strasznym tłem. W mgnieniu oka zdjęcie napawało obserwatora zarówno szczęściem, jak i pełnią obaw, i sprawiało, że czuł się opuszczony. Lekko zamieszało mi w głowie.

– Jak ci poszło? – zapytał.

– Dobrze. – Potem się otrząsnęłam. – Poprosili mnie, żebym cię zawołała.

– W porządku, dzięki – odparł, zabierając teczkę ze zdjęciami z zasięgu mojego wzroku.

Z trudem przełknęłam ślinę.

– Powodzenia.

– Dziękuję. – Wyciągnął rękę i w zdecydowany sposób uścisnął mi dłoń. – Niech wygra najlepszy lub najlepsza.

– Tak – zgodziłam się, czując, jak oddech więźnie mi w płucach.

Machnął mi dłonią na pożegnanie i ruszył korytarzem. Kiedy zniknął za drzwiami, w holu zapanował straszny, niemal śmiertelny bezruch.

Czy rzeczywiście wygra najlepszy bądź najlepsza?

Jak miałam żyć dalej w zgodzie ze sobą, jeśli odpowiedź brzmiała: „nie"?

Następnego ranka unikałam dziewcząt z klubu Promyczek. Udałam się do biblioteki i wcześniej rozpoczęłam pracę. Nie zdołałam jednak skryć się przed nimi podczas lunchu. Postawiłam pudełko z jedzeniem na samej krawędzi stolika.

Rozważyłam zajęcie krzesła dla Cartera. Nie dostrzegłam go jednak nigdzie w pobliżu. Cokolwiek działo się pomiędzy nami i Araltem, osłabiło to również mój wpływ na Cartera. Co po części nie było takie złe, lecz nie chciałam, żebyśmy oddalili się od siebie aż tak bardzo, że doprowadzi to do rozpadu naszego związku.

Megan prawie rzuciła swoją tackę na stół. Usiadła po mojej prawej stronie. Pochyliła się nad posiłkiem, jakby chciała, żebyśmy zostawiły ją w spokoju. Ale sposób, w jaki oddychała, szybko i przez nos, jak gdyby właśnie ukończyła maraton, czynił to niemożliwym.

– Um, wszystko w porządku? – zapytałam.

Nie odpowiedziała, skupiając się na wiosłowaniu łyżką w talerzu z zupą.

– W porządku – rzuciła w końcu.

Zatem dobrze.

Kasey opadła na krzesło obok mnie. Z drugiego końca stołu dobiegał nas cichy szmer rozmowy. Spojrzałam w tamtym kierunku i dostrzegłam Adrienne. Przewiercała nas wzrokiem.

Trąciłam Kasey łokciem.

– Czy Adrienne świdruje nas wzrokiem?

– Chodzi jej o mnie. – Megan odłożyła łyżkę. – To we mnie się tak wpatruje.

Adrienne zaczęła się podnosić, ale siedzące obok dziewczyny ją powstrzymały.

Kasey nachyliła się ku mnie i szepnęła tak cicho, że ledwie zdołałam ją dosłyszeć:

– Stry.

Co? Swetry? Megan miała na sobie jasnożółty sweterek z półokrągłym dekoltem i rękawami długości trzech czwartych, obszytymi delikatną koronkową tasiemką w kolorze kości słoniowej.

Dokładnie taki sam jak Adrienne.

Chrapliwy oddech Megan ani trochę nie przycichł.

– O rany, spokojnie, nie denerwuj się tak – powiedziałam, jakbym uspokajała klacz. – Nie ma się czym przejmować.

Spojrzenie Megan przeszyło mnie jak sztylet.

– Uprzedziłam ją wczoraj wieczorem, że zamierzam go dziś założyć.

Adrienne wyrwała się sąsiadkom. Ruszyła w naszą stronę z kartonikiem mleka w ręce.

– A ja się na to nie zgodziłam. Mówiłam ci, że to ja zamierzam go założyć i żebyś wybrała dla siebie coś innego!

– Pierwsza powiedziałam, że go założę – odparła Megan.

– A ja pierwsza to sobie zaplanowałam – warknęła Adrienne.

Zanim zdążyłam ją powstrzymać, Megan podniosła talerz i chlusnęła w Adrienne zupą. Zaraz potem Adrienne cisnęła kartonikiem z mlekiem i trafiła ją w ramię.

Kartonik zapadł się do środka. Mleko trysnęło we wszystkich kierunkach.

W następnej chwili rzuciły się na siebie.

– Bijatyka lasek! – wrzasnął ktoś i w mgnieniu oka otoczył nas rozochocony tłum.

Nie była to jednak typowa przepychanka z klapsami wymierzanymi otwartą dłonią i ciągnięciem za kudły.

Megan mocno trafiła Adrienne pięścią w lewy policzek. Adrienne złapała ją za włosy. Szarpnęła w dół. Głowa Megan o centymetr rozminęła się z twardym oparciem krzesła. Adrienne wolną ręką złapała tacę. Wyrżnęła nią przeciwniczkę w potylicę, z wystarczającą siłą, aby Megan zwinęła się w kłębek. Adrienne wygięła jej ramię za plecy i nie przestawała go wykręcać.

Dostrzegłam, jak dłoń Megan pełznie po blacie pobliskiego stolika i zaciska się na rękojeści noża.

One dosłownie próbowały się pozabijać.

– Przestańcie! – zawołałam. – Megan!

– Powstrzymaj ją! – krzyknęła Kasey i przyłączyłyśmy się do kotłowaniny. Druga grupka dziewczyn usiłowała odciągnąć Adrienne.

– Próbuję! – Uniknęłam kilku kopniaków oraz próby podrapania paznokciami. Rozczapierzyłam palce i zdołałam zacisnąć dłoń na mankiecie sweterka Megan. W tym momencie otrzymałam kopa obcasem w podbródek. Zatoczyłam się po nim do tyłu, ciągnąc ją za sobą.

Dopadł do nas szkolny ochroniarz.

– Rozdzielić się. Odsuńcie się od siebie, dziewczyny! – krzyknął. Usiłował wcisnąć się pomiędzy walczące, ile sił w płucach dmąc przy tym w gwizdek.

Megan przedarła się przez tłum gapiów. Powlekła mnie za sobą w kierunku bocznych drzwi do stołówki.

Nauczyciele usiłowali poskromić Adrienne, która parskała i prychała jak rozzłoszczona kocica.

Za drzwiami Megan oswobodziła się z mojego uścisku. Puściła się biegiem w stronę parkingu dla personelu. Na jego części postawiono baraki, w których również odbywały się lekcje.

Minęłam kilka blaszanych konstrukcji. Usłyszałam stłumione pokasływanie dochodzące zza pleców, z tylnych schodków. Odwróciłam się. Megan siedziała na stopniu z głową pomiędzy kolanami. Na mój widok zerwała się na równe nogi. Przez chwilę obawiałam się, iż rzuci się na mnie, ale zaraz się uspokoiła.

– Och, Lex, to ty – powiedziała.

Ubranie zachlapane miała mlekiem, a na jej twarzy widniały cztery świeże czerwone pręgi – zadrapania zadane paznokciami. Jej sweterek był podarty i zaplamiony. Z nosa kapała jej krew. Splunęła na chodnik zabarwioną na czerwono śliną.

Spróbowała grzbietem dłoni zetrzeć ze spódnicy ciemne smugi po łzach.

– Nie jestem niepromienna, przysięgam – odezwała się. – Po prostu trochę mnie boli.

Mój oddech się rwał.

– Nic ci nie jest?

– Y-y – odparła, opierając się plecami o schodki. Przycisnęła dłoń do brzucha. – Zdołała mi kilka razy przykopać. Mogę mieć pęknięte żebro. Ale to nic poważnego.

– To coś cholernie poważnego. Wdałaś się właśnie w bijatykę – odpowiedziałam. – Z powodu swetra. Możesz wpaść w nieliche tarapaty. Nie wspominając już o tym, że naprawdę mogła stać ci się krzywda.

Posłała mi spojrzenie, które mówiło: „i co z tego?".

– Nie zamierzam wracać tam z własnej woli – oświadczyła zdecydowanie. – Nie mogę iść do gabinetu dyrektorki, kiedy tak wyglądam.

Usłyszałam zbliżające się kroki. Spięłyśmy się obie, ale to była tylko Kasey. Trzymała w dłoni garść serwetek, które przyniosła dla Megan.

– Nawet nie wiem, co się dokładnie stało – powiedziała Megan, ocierając policzek. – Nagle poczułam się wściekła. Chodzi mi o to, że naprawdę ją uprzedziłam. Powiedziałam, że zamierzam założyć dziś ten sweterek… Nieważne. Chyba powinnam wrócić do domu.

– Musisz wrócić do szkoły – stwierdziła Kasey. – Wszyscy wiedzą, że uczestniczyłaś w bójce.

– Zapomnij o tym – odezwałam się. – Ona musi stąd zniknąć. I zapewne będzie lepiej, jeśli przez jakiś czas zdołamy ją trzymać z dala od Adrienne.

Miałam nadzieję, że Aralt nadal dbał o nas wystarczająco, aby ten incydent rozszedł się po kościach.

– Pewnie tak – powiedziała Megan, spoglądając na nas sceptycznie. – Nawet nie jestem już zła. Rozumiecie, to tylko sweter.

Rozumiałam to. Wszystkie rozumiałyśmy. I właśnie to mnie martwiło. Nawet najbardziej opętana na punkcie mody członkini klubu Promyczek wiedziała, że urządzenie publicznej sceny tego typu było znacznie gorsze od noszenia identycznego sweterka jak koleżanka.

Nie powinnyśmy wdawać się w bójki. Tak jak nie powinnyśmy kaszleć. Ani ześwirować i się poparzyć. Albo kompletnie się pogubić w trakcie ważnej rozmowy.

Kasey wróciła po nasze szkolne torby. Poprowadziłam Megan w kierunku samochodu. Rozglądałam się czujnie wokół – wypatrywałam głównie Adrienne, ale także szkolnego personelu.

Jakieś dziesięć metrów przed nami ktoś stanął nam na drodze. Gwałtownie skręciłam w lewo. Zza pleców dobiegł mnie tupot. Ktoś za nami biegł. Odwróciłam się, gotowa stawić czoła konsekwencjom.

Okazało się, że to Carter.

– Lex? Co ty wyprawiasz?

Pospiesznie do nas dołączył.

– Doszły mnie słuchy o jakiejś bijatyce. Czy to ty się w nią wdałaś? Jesteś ranna?

– Nie, nic mi nie jest. To Megan i Adrienne się pobiły.

Po raz pierwszy odwrócił się ku Megan, która wyglądała tak, jakby uczestniczyła w jednej z tych rozgrywanych w klatce konfrontacji mieszanych sportów walki. Twarz miała poznaczoną ciemnymi śladami, jak gdyby na policzkach rozmazała sobie pół litra tuszu do rzęs. Uśmiechnęła się do niego, prezentując czerwone zęby.

Złapał mnie za rękaw i odciągnął poza zasięg słuchu.

– Musimy o tym porozmawiać – powiedział, posyłając spanikowane spojrzenie w kierunku Megan. – O wielu sprawach. Mówię serio. I mam na myśli poważną rozmowę. Mogę przyjść po szkole do ciebie do domu?

– Nie – odpowiedziałam. – Spotkajmy się w parku.

– Lex – zawołała Megan. – Możesz się pospieszyć? Krew zalewa mi oko.

Carter cofnął się z wyrazem przerażenia na twarzy. Zaprowadziłam Megan na parking.

Ochroniarz na kampusie nawet nie mrugnął, obserwując, jak odjeżdżamy.

Siedziałam na trawie, wypatrując Cartera. Kiedy go zobaczyłam nadchodzącego ścieżką, powstałam. Obserwowałam, jak ruszył w stronę kładki przerzuconej nad zarośniętym kanałem burzowym.

– Cześć – powiedział, obejmując mnie lekko na powitanie. Każda komórka w moim ciele pragnęła, aby przytulił mnie mocniej i żeby uścisk przerodził się w pocałunek. Ale Carter się cofnął. Zrobiłam zatem to samo.

Usiedliśmy obok siebie, lecz nie twarzą w twarz, wpatrując się w kanał. Pomiędzy nami pozostało około pół metra wolnej przestrzeni.

– Jak ci poszła rozmowa ostatniego wieczoru? – zapytał.

– Świetnie – skłamałam.

– A teraz powiedz mi, proszę, co jest grane.

Potrząsnęłam głową.

– To skompliko…

– Tak, łapię, że to skomplikowane, Lex. Ale niektórzy mają mnie za wystarczająco rozgarniętego, bym pojął złożone kwestie. – Nachylił się w moją stronę. – Chcę ci pomóc.

– To nie tak – odpowiedziałam, podnosząc sosnową igiełkę i gnąc ją w palcach. – Nie potrzebuję pomocy.

Carter ponownie się wyprostował. Ptaki wydawały trele, owady bzyczały, wiatr szeleścił liśćmi. Dawniej moglibyśmy tak siedzieć w przyjacielskiej atmosferze w milczeniu. Teraz coś się zmieniło.

– Czy Megan nic nie jest? – zapytał i wychwyciłam w jego głosie nieznacznie kąśliwą nutę.

– Nie, wszystko dobrze – odparłam. Połamana sosnowa igiełka wyślizgnęła się spomiędzy moich palców.

Carter ją podniósł.

– Widziałem Zoe przy waszym stoliku na stołówce. Nie wiedziałem, że udało wam się ją nawrócić.

– Nie nawróciłyśmy jej – odparłam. – To tak nie działa.

– Lex, nie obchodzi mnie, jak to działa. Jeśli Zoe chce przynależeć do klubu Promyczek, to jej decyzja. – Zamilkł. – Po prostu wydaje mi się… że na rzeczy jest coś więcej… Różnym osobom dzieje się krzywda. Ta dzisiejsza bijatyka i dziwne plotki krążące o Emily… Cała ta sprawa jest niebezpieczna lub szaleńczo głupia. Albo jedno i drugie.

To nie tak, że wcale się z nim nie zgadzałam. W zasadzie podzielałam jego opinię w ogromnej mierze.

Ale kiedy nazywał klub Promyczek głupim, nazywał tak i mnie.

Ta myśl mnie rozsierdziła.

– W porządku. Skoro tak twierdzisz.

Złapał mnie za rękę.

– Lex, spójrz na mnie.

Posłuchałam.

– Czy to narkotyki?

Słysząc to, parsknęłam śmiechem.

– Narkotyki? Och, proszę.

– To nie jest zabawne – powiedział. – Nie mam pojęcia, dlaczego się śmiejesz.

– Ponieważ to tylko klub. Jeśli uważasz, że jest głupi, to w porządku. Wolno ci tak myśleć. Ale nie możesz mnie obrażać i oczekiwać, że porzucę własną siostrę oraz przyjaciółki tylko dlatego, że tak powiesz.

– Nie – odparł. – Nie dlatego, że tak powiem. Ponieważ coś się dzieje. W normalnych okolicznościach nie zbliżyłabyś się do tych dziewczyn nawet na kilka metrów. – Delikatnie uderzył pięścią o trawę. – Wiem, że zapatrujesz się na to odmiennie, być może dlatego, że nie potrafisz inaczej.

A jednak potrafiłam. Potrafiłam i to właśnie czyniłam. Wystarczyło, żebym mu o tym powiedziała, a przestanie uważać mnie za ofiarę prania mózgu. A ja będę mogła przestać udawać, że wszystko jest okej. Ale co stanie się potem? Będzie nalegał, żebyśmy to zgłosili. Zadzwonili do agentki Hasan. Doprowadzi do tego, że Kasey zostanie zabrana przez nie wiadomo kogo, na nie wiadomo, jak długo.

– Wiesz, ta dziewczyna, Tashi, nie chodzi do Wszystkich Świętych. Zapytałem o nią mojego kumpla Dave'a i powiedział…

– Żartujesz sobie? – spytałam. – Nie wierzę, że sprawdzałeś moje przyjaciółki.

Rozmowa nie zmierzała w dobrą stronę. Powinniśmy się pogodzić, wybaczyć sobie nawzajem i przyznać, że należymy do siebie, a nie kłócić się.

Dołączenie do klubu Promyczek było ogromną pomyłką.

Słowa pojawiły się w moich myślach jak jedna z podpowiedzi Aralta – szept, któremu nie sposób się oprzeć – właśnie wtedy, gdy ich potrzebowałam.

Nie. Nie. Nie. Nie mogłam ich wypowiedzieć.

Ale… to nie tak, żebym całkowicie uległa szeptowi. Chciałam wziąć tylko tę ich część, której potrzebowałam. Tylko tyle, aby powstrzymać Cartera przed spanikowaniem.

– Nie wiem nawet, po co się wysilałem i próbowałem. – Carter potrząsnął głową i zaczął otrzepywać spodnie z igiełek. Był zły. Zamierzał mnie tu zostawić.

Ten ostatni raz i przestanę. Nigdy więcej tego nie zrobię.

Odwróciłam się do niego. Położyłam płasko dłoń na jego piersi, powstrzymując go przed powstaniem z ziemi.

– Dołączenie do klubu Promyczek było ogromną pomyłką.

Spojrzał na moją dłoń i zmrużył oczy, jakby usiłował coś sobie przypomnieć.

Moją głowę wypełniły podszeptywane mi słowa: *Ale to jest tak ważne ze względu na Kasey i Megan.*

Carter obserwował mnie czujnie, kiedy powtarzałam wszystko to, co podpowiadał mi głos.

To krótkoterminowe działanie. Wkrótce będzie po wszystkim.

Na chwilę odwrócił wzrok. A potem jego spojrzenie stało się zamglone.

I mam nadzieję, że kiedy już będzie po wszystkim, wybaczysz mi.

– I mam nadzieję, że kiedy… – urwałam.

Te słowa ponownie zwabią do mnie Cartera, tak jak miska śmietanki wabi kota. Zaskarbią mi jego sympatię. Sprawią, że będzie za mną łaził, nosząc moją torbę i spijając słowa z moich ust. Uczynią go doskonałym i oddanym chłopakiem. Jedyne, co musiałam w tym celu zrobić, to otworzyć usta i je wypowiedzieć.

… kiedy już będzie po wszystkim, wybaczysz mi.

– Na co masz nadzieję? – zapytał Carter, muskając palcem mój policzek.

Jasne, mogłam odzyskać Cartera, jeśli tylko przełknę własną dumę i wyrecytuję garść gładkich, kłamliwych przeprosin.

Czy klub Promyczek był głupi? Tak. Niebezpieczny? Tak. Czy wstąpienie doń było ogromnym błędem? Tak. Odpowiedź na każde z tych pytań była twierdząca. Ale nie godziłam się na tę część, w której dla zdobycia miłości Cartera musiałam mu zrobić wodę z mózgu.

Zerwałam się na nogi.

– Muszę już iść.

– Nie, Lexi, zaczekaj. – Poderwał się z ziemi za moimi plecami. Ruszył w stronę kładki. Podciągnęłam spódnicę i pobiegłam w kierunku kanału. Odbiłam się od ziemi, by przesadzić go długim susem. Byłam całkowicie przekonana, że wyląduję miękko po drugiej stronie.

Moja torebka znalazła się na drugim brzegu.

Ja nie. W połowie skoku ta pewność opuściła mnie tak, jak ośmiornica puszcza schwytaną rybę. Uderzyłam w przeciwległą krawędź rowu. Odbiłam się od niej i wylądowałam pupą w wodzie.

– Lex! – zawołał Carter, podbiegając do mnie.

Wygramoliłam się z kanału, odmawiając przyjęcia jego pomocy czy choćby spojrzenia na niego.

– Co ty sobie wyobrażałaś? – zapytał. – Żeby go przeskoczyć, trzeba by oddać dwuipółmetrowy skok.

Trzęsłam się cała z gniewu i z upokorzenia. Odsunęłam z czoła mokre włosy i, ku własnemu przerażeniu, zorientowałam się, że płaczę.

Pochylał się nade mną. Bezsilny obserwator.

– Nic ci nie jest? Nie zraniłaś się?

Głos ponownie wypełnił moją głowę.

Przepraszam, że zachowywałam się tak dziwnie. Wiem, że nie jestem dziewczyną, na jaką zasługujesz, ale…

– Nie! – powiedziałam, odwracając twarz i ocierając łzy. – Przestań!

Carter cofnął się o krok, oszołomiony.

Jeśli dasz mi szansę, pokażę ci, że mogę być warta twojej miłości…

Przestałam dbać o własny wygląd i przerażona gapiłam się na Cartera. Miał zdruzgotaną minę. Nie sposób było oddzielić go od głosu. Nie zdołam przebywać w jego towarzystwie i wyciszyć w swojej głowie nieustannych podszeptów Aralta.

Jedynym sposobem na powstrzymanie Aralta przed kontrolowaniem moich myśli i uczuć było odcięcie się od Cartera.

– Proszę, przestań – powiedziałam. – Nie chcę twojej litości.

Moje słowa przeszyły go jak ostrze.

– Lex, chcę ci tylko pomóc. – Rozejrzał się bezradnie. – Powinniśmy być partnerami.

– Nie – odpowiedziałam, cofając się o krok. – Nie jesteśmy. Nie możemy, partnerstwo skończone. Nie ma już „nas". Trzymaj się ode mnie z daleka… Proszę, po prostu trzymaj się z dala.

Odwróciłam się i odeszłam, zmuszając się do każdego kroku i dziękując Bogu, że jestem zbyt odrętwiała, by czuć się smutna lub wystraszona. Aby w ogóle cokolwiek czuć.

26

MEGAN PRZYJECHAŁA DO PARKU, ŻEBY MNIE STĄD ZABRAĆ. Była tak rozkojarzona, że nawet nie zapytała, czy nic mi nie jest. Zamiast tego to ja spytałam ją, czy wszystko u niej w porządku.

Zerknęła w lusterka, jakby ktoś mógł nas śledzić.

– Nie – odpowiedziała. – Rozmawiałam z Mimi. Wracając do domu, miała stłuczkę z jakimś facetem. Musiały ją od niego odciągać aż trzy dziewczyny, tak bardzo chciała go zabić. A Monika i Paige stały w korytarzu i były bardzo niemiłe dla pierwszoklasistek. Przezywały je w paskudny sposób. Lydia nastąpiła na stopę jakiejś dziewczynie i zagroziła, że ją pobije, jeśli komukolwiek o tym wspomni. A Tashi opuściła klub. Nie możesz się z niego tak po prostu wypisać.

– Co ty powiesz. – Nie miałam siły na żaden inny komentarz. Potem zauważyłam, że skręciła w lewo zamiast w prawo. – Gdzie ty jedziesz?

– Do domu. Mamy zebranie awaryjne.

Och, na miłość boską. Dopiero co zerwałam z chłopakiem. Uczestniczenie w zebraniu klubu Promyczek zajmowało absolutnie ostatnią pozycję na liście pięćdziesięciu rzeczy, na których zrobienie nie miałam najmniejszej ochoty.

– Wszystkie dziewczyny odchodzą od zmysłów – powiedziała Megan. – Nie pojmuję tego. Czy Tashi odeszła, ponieważ wiedziała, że do tego dojdzie? Dlaczego Aralt nam nie pomaga?

Miała oczywiście rację. Wszystko wymykało się spod kontroli. Aralt spakował manatki i zostawił nas całkiem bezradne.

To musi się wkrótce skończyć lub też komuś może stać się poważna krzywda.

Ulepszenie zamieniło się w prawdziwe safari. W pewnym momencie dziewczyny zaczęły się przekrzykiwać.

Zostałam wezwana na dywanik aż osiem razy. Wpadnięcie do rowu melioracyjnego tuż przed nieplanowanym spotkaniem klubu Promyczek nie było największą z moich przewin. Listę otwierała moja niechęć do okazania Araltowi zaufania w przypadku Emily, za którą pod pręgierzem ustawiła mnie ona sama, występując w peruce z krótkimi blond włosami. Dalej było to, jak wymówiłam się od uczestnictwa w prywatce u Moniki podczas weekendu. I to, że po szkole nie zaczekałam na koleżanki na parkingu. I tak dalej, i tak dalej… Kiwałam głową i kiwałam, i kiwałam, składając przeprosiny zbyt wiele razy, abym mogła wszystkie zliczyć. Pozostałe dziewczęta też przepraszały. Każda z nas była czegoś winna.

W końcu poruszyłyśmy kwestię Tashi.

Lydia wstała i przytoczyła swoją rozmowę z Tashi, w trakcie której Tashi zadecydowała, że klub Promyczek nie jest dla niej odpowiedni, i postanowiła opuścić miasto.

Czy to mogła być prawda? Czy Tashi postanowiła uciec od Aralta? Czy to dlatego się bała? Ponieważ on nie chciał, żeby odchodziła? Może to właśnie dlatego Aralt zaczął świrować?

Jakaś część mnie pomyślała, że jeśli ktoś zechce opuścić klub, to promiennym zachowaniem będzie pozwolić mu z niego odejść, prawda?

Ale najwyraźniej byłam w tym rozumowaniu osamotniona.

– Ona nie może odejść! – powiedziała Mimi. – To z jej strony oznaka braku szacunku. Weź dary Aralta, a potem się zmyj? Nic dziwnego, że jest zły. Trudno go winić!

– Ona w zasadzie zna wszystkie nasze tajemnice – odezwała się Monika. – Wykorzystuje nas. Może nawet rozpowiada wokół o naszych prywatnych sprawach!

Nawet Lydia nie spodziewała się aż tak gwałtownych reakcji. Mogłam stwierdzić to po sposobie, w jaki wycofała się z dyskusji. Stała w milczeniu, przenosząc wzrok na kolejne dziewczyny.

Emily poprawiła perukę i z zatroskaną miną powstała.

– Uważam, że musimy rozmówić się z Tashi. Przekonać ją do zmiany zdania. Powiedzieć, że chciałybyśmy, żeby wróciła.

W duszy westchnęłam z ulgą. Wreszcie ktoś zachowywał się rozsądnie.

– A jeśli nie zechce wrócić? – zapytała Megan.

– Co ty mówisz? – Spojrzenie Emily stwardniało. – Ona nie ma wyboru.

– Posłuchajcie mnie – wtrąciła się Adrienne. – Wiemy, że jest w pobliżu. Aralt może pomóc nam ją odszukać. A kiedy ją znajdziemy... sprowadzimy ją do nas. Pomożemy jej dostrzec pomyłki w jej postępowaniu. Jej nielojalność.

– Ulepszymy ją – powiedziała Paige. – Ulepszymy tak bardzo, że nie ucieknie od nas już nigdy.

Usta Emily wygięły się w złym uśmieszku.

– Nauczy się, że nie można odwrócić się do Aralta plecami.

Uniosłam dłoń.

– Czemu musimy aż tak bardzo przejmować się Tashi? – zapytałam. – Dlaczego nie możemy po prostu odbyć ceremonii wieńczącej?

Adrienne spojrzała na mnie oczami jelenia sparaliżowanego przez światła nadjeżdżającego auta. Lydia przejęła pałeczkę.

– Możemy – powiedziała. – Już wkrótce. Wcześniej musimy tylko usunąć tę drobną skazę.

Dziewczęta jęknęły i Adrienne rozejrzała się z niepokojem.

– Jeśli którakolwiek z was zna jakąś kandydatkę na przyszłą członkinię…

– Żartujesz sobie? W tej chwili nikt nie zechce do nas dołączyć – odpowiedziała Mimi. – Nie po wszystkich tych dziwnych wydarzeniach.

– Sądziłam, że jesteśmy wystarczająco liczne! – zaprotestowała Paige.

Uśmiech Lydii był niczym przyklejony do twarzy.

– My też tak myślałyśmy – powiedziała.

I wtedy nagle się zorientowałam.

Zaliczały Kasey do grona członkiń. Jeśli naprawdę potrzebowały dwudziestu dwóch dziewcząt, aby ceremonia mogła się odbyć, Kasey była kijem wepchniętym w szprychy tego koła.

Gwałtownie odwróciłam wzrok, spoglądając w oczy siostrze. Potem rozejrzałam się wokół.

Megan obserwowała nas obie ze swojego miejsca na łóżku.

– A zatem jeśli odzyskamy Tashi… – powiedziała Monika. – Czy to wystarczy?

– Tak sądzę – odpowiedziała Lydia. – Lecz tymczasem skupcie się wszystkie na pozyskaniu nowych członkiń.

– I niech stanowi to przypomnienie dla nas wszystkich – dodała Adrienne. – Na wypadek, gdyby którakolwiek z was poczuła pokusę. Ta sytuacja dowodzi, że nie można tak po prostu odwrócić się od Aralta.

– A jeśli któraś spróbuje – odezwała się Emily – może nawet umrzeć i reszty z nas wcale to nie obejdzie.

– To niedorzeczne. – Kasey przysunęła się tak blisko, że niemal wpakowała mi się na kolana. – Nie możesz po prostu mnie z tego wykluczyć! Nie jestem bezradnym dzieckiem.

– Nie musisz już spędzać czasu w towarzystwie członkiń klubu Promyczek – odpowiedziałam. – Ostatnim, czego potrzebujemy, jest to, by się zorientowały, jaka z ciebie paskudna zdrajczyni.

Kasey rozdziawiła usta.

– Żartowałam.

– To nie jest śmieszne – odpowiedziała.

– Po drodze wymyślę coś zabawniejszego – odparłam, zdejmując z haczyka kluczyki od samochodu mamy. – I powiem ci, na co wpadłam, jak wrócę.

Dobijałam się do drzwi. Otworzyła mi Adrienne, odstrzelona i z makijażem.

– Alexis? Co się dzieje?

– Wybierasz się gdzieś?

– Co masz na myśli?

W tym momencie zdałam sobie sprawę, że teraz po prostu ubierała się tak na co dzień. Podobnie jak my wszystkie.

– Nieważne. Miałam nadzieję, że uda nam się porozmawiać. O Aralcie.

Ulubiony temat każdej z dziewcząt należących do klubu Promyczek. Jej oczy pojaśniały. Zaprosiła mnie do środka i wskazała mi miejsce przy stole w jadalni.

– Skąd wzięłaś książkę? – zapytałam.

Jej radość wyparowała. Lśnienie w oczach przygasło. Zacisnęła usta i odwróciła wzrok.

– Adrienne?

Wbiła spojrzenie w sufit.

– Rzecz w tym, Alexis, że naprawdę nie powinnam tego zdradzać.

Z tego, co wiedziałam, rzeczywiście nie powinna. Może stanowiło to jedną z zasad Aralta?

– Mogę ją zobaczyć?

Gwałtownie potrząsnęła głową.

– Nie – odpowiedziała. – Przykro mi, nie możesz.

– Nie będę jej dotykać. Po prostu… jest taka piękna.

Zmarszczyła czoło przepraszająco.

– Wiem – odpowiedziała. – Rzeczywiście. Tylko że… tu jej nie ma.

– A gdzie jest?

Przez chwilę patrzyła na mnie nieufnie. Ale potem splotła ramiona na piersi i spojrzała mi prosto w oczy.

– Jest u Lydii.

– Ale dlaczego?

– Lydia uważa, że tam będzie bezpieczniejsza.

– Bezpieczniejsza? A co niby jej grozi? – zapytałam.

Adrienne wzruszyła ramionami.

– Nie wiem. Ale to jej książka, więc decyzja należy do niej.

– Przepraszam, zaczekaj. Czy ty właśnie powiedziałaś, że to książka Lydii? Kasey mi mówiła, że należy do ciebie.

Jej oczy rozszerzyły się gwałtownie i zakryła dłońmi usta.

– Nie, wszystko w porządku – uspokoiłam ją. – Nie zdradzę jej, że się wygadałaś.

– Ale obiecałam. – Adrienne straciła rezon. – Bardzo ją to zmartwi, jeśli się dowie, że się z tym zdradziłam.

– Czemu miałoby ją to zmartwić?

– Nie wiem. Może dlatego, że chodzi o bycie pięknymi i popularnymi. A Lydia nigdy nie chciała, by inni wiedzieli, że jej na tym zależy. Ale nie będziemy jej osądzać… – Posłała mi pytające spojrzenie.

To był sygnał, na który czekałam.

– Nie, przenigdy.

– Próbowałam jej to powiedzieć. Ale ona naprawdę nie chce, żeby ludzie wiedzieli, że to jej książka. Poprosiła, abym mówiła, że jest moja. I wiesz co? Czemu miałabym jej odmówić? Wiedziałam, że jestem ofiarą. Wszyscy wiedzieli.

– Więc przyniosła ją do ciebie i poprosiła cię, żebyś kłamała?

– To nie kłamstwo – odpowiedziała Adrienne, nie chcąc być nielojalną. – Po prostu… nie mówiłam prawdy.

– Ale ona przestała uważać, że książka będzie tu bezpieczna? Czy przez jakiś czas książka nie znajdowała się u Tashi? A ona była zupełną nieznajomą.

– Lydia znała Tashi – odparła Adrienne. – Poznały się w… – Zamiast troski na jej twarzy malowała się teraz lekka podejrzliwość. – Dlaczego chcesz wiedzieć to wszystko?

– Pragnę się dowiedzieć o Aralcie najwięcej, jak tylko zdołam – powiedziałam. – Nie obchodzi mnie, jak poznały się Lydia i Tashi. Interesuje mnie natomiast zdobycie pewności, że książka jest bezpieczna.

– Oczywiście – odrzekła Adrienne. – Rozumiem to.

Pociągnęłam ten temat i kolejnych kilka minut upłynęło nam na niezobowiązującej rozmowie. Ale aż się trzęsłam ze zniecierpliwienia, by już wyjść. Adrienne nie miała już żadnych informacji, które mogłyby mi się przydać.

Zamiast tak gadać, miałam coś ważniejszego do zrobienia.

Dom Smallów nie był po prostu maleńkim domkiem w podłej okolicy. Okazał się wręcz zapuszczony. W niewielkich oznakach zaniedbania, takich jak porzucona i poniewierająca się na ganku niechciana poczta, było coś odpychającego. Torba ze śmieciami spoczywała oparta o schodki, czekając nie wiadomo, jak długo, aż ktoś wreszcie ją stąd wyniesie.

Zadzwoniłam do drzwi. Otworzył mi mężczyzna – pan Small. Miał na sobie dżinsy i pomiętą koszulę w kratę, która wyglądała tak, jakby przetrwała burzę piaskową.

– Dzień dobry – powiedział uprzejmie, choć z konsternacją.

– Czy zastałam Lydię? – spytałam.

Odwrócił się i spojrzał na pusty pokój za plecami.

– Wyszła gdzieś… Czy spodziewała się, że wpadniesz?

– Nie – odparłam. – Nie wydaje mi się.

– Cóż, wejdź. Wyskoczyła na chwilę do sklepu. Powinna zaraz wrócić. – Zerknął na zegar ścienny. – Powiedziałem jej, że o wpół do dziesiątej będę potrzebował samochodu. Powinna zjawić się w ciągu piętnastu minut.

Wskazał mi drogę do maciupkiego salonu, w którym pod ścianą niezgrabnie upchnięto wielką sofę. Rozpoznałam ją z czasów, kiedy wraz z Lydią zasiadałyśmy na niej, oglądając filmy i rozmawiając o tym, jak bardzo wszystkich nienawidzimy. Zupełnie nie pasowała do ich nowego domu.

– Czy miałabyś ochotę na szklankę wody? – zapytał pan Small.

– Nie, dziękuję. – Zauważyłam, jak zerka w stronę schodów. – Nie chcę pana zatrzymywać. Zaczekam na nią tutaj – dodałam.

Zawahał się w drzwiach.

– Och, cóż… jeśli nie masz nic przeciw temu, by zaczekać sama…

– Proszę się mną nie kłopotać.

Uśmiechnął się i zniknął za drzwiami. Dobiegł mnie odgłos kroków, kiedy wchodził po schodach.

Nagle ciszę wypełniła głośna muzyka – osobliwie gładki jazz z domieszką melodyjnych akordów splatających się w dziwną melodię, oceniając po brzmieniu, graną na keyboardzie.

Melodia płynęła i płynęła. Nie zdołałam się powstrzymać od porównania jej z grą Tashi, tak ściskającą za serce, pełną pasji, subtelną, kipiącą emocjami. W porównaniu z nią miałam wrażenie, że pan Small w bokserskich rękawicach bębni w klawisze na chybił trafił.

Kilka minut później ze skrzypieniem otworzyły się drzwi wejściowe. Do domu weszła rozmemłana Lydia, obładowana zakupami. Zatrzymała się w korytarzu i wbiła spojrzenie w sufit, wsłuchując się w muzykę.

– Och, daj spokój – wymruczała.

Potem mnie zauważyła.

Na jej policzki wystąpiły rumieńce, jakby nakryła mnie na grzebaniu w swojej szufladzie z bielizną. Rzuciła zakupy na podłogę i wybiegła z pokoju. Melodia się gwałtownie urwała. Z piętra dobiegł mnie podniesiony głos Lydii.

Minutę później zeszła na dół. Jej mina świadczyła jasno, że ze wszystkich sił usiłuje zachować panowanie nad sobą.

– Przepraszam za to... Daj mi chwilę na odłożenie zakupów. – Białka jej oczu błysnęły tuż pod rzęsami, nadając jej wygląd osoby obłąkanej. Na wpół zaniosła, na wpół zawlekła torby z zakupami poza zasięg mojego wzroku. Po dłuższej chwili, w trakcie której dobiegało mnie stukanie i grzechotanie, wróciła. Usiadła i skrzyżowała ramiona na piersi. – A teraz powiedz mi, co cię do mnie sprowadza.

– Co się dzieje, Lyd? – zapytałam. – Cała ta sprawa z Tashi jest pokręcona.

Zauważyłam grubą warstwę korektora pod jej oczami. Szminka rozmazywała się w kąciku ust. Lydia wyraźnie była zmęczona.

– Ale co możemy w tej sprawie zrobić? – spytała. – Szczerze, Alexis. Spójrz prawdzie w oczy. Mnie także się to nie podoba, ale ona odeszła.

– Tak, ale dokąd? Nic ci nie powiedziała?

– A niby kiedy miałybyśmy odbyć rozmowę?

– Gdy ci powiedziała, że odchodzi. Gdy dała ci książkę.

Posłała mi spojrzenie bez wyrazu.

– Wiem, że książka jest tutaj, okej?

Westchnęła i odchyliła się na oparcie.

– Tashi nie była osobą, za którą się podawała. Wykorzystywała nas. Zaczepiła mnie pewnego dnia w supermarkecie, zagadała gładkimi słówkami i zaprzyjaźniła się ze mną. Kiedy włóczyłyśmy się razem, wspomniała o książce, którą posiadała. Zachowywała się tak, jakby kupiła ją na garażowej wyprzedaży. Oczywiście kłamała.

– Ale to ty przyprowadziłaś ją na przyjęcie – powiedziałam. – Ty dałaś książkę Adrienne. I złożyłaś przysięgę.

– Już ci to mówiłam. – Posłała mi rozgniewane spojrzenie. – Sądziłam, że to jakaś zgrywa. Chciałam się z nich ponabijać za bycie łatwowiernymi. Skąd miałam wiedzieć, że Aralt jest taki niesamowity?

– Dlaczego poprosiłaś Adrienne, aby udawała, że książka nie jest twoja?

– Nigdy nie poprosiłam jej o coś takiego. – Potrząsnęła głową. – Prosiłam, aby mówiła, że należy do niej, a nie że nie jest moja. Bo nie jest. Nigdy nie była. Należy do Tashi.

– A teraz Tashi odeszła i po prostu ją tutaj zostawiła?

Na schodach rozległy się kroki. Pan Small zszedł na dół. Miał na sobie czarny fartuch z wyszytym na piersi napisem ARTYKUŁY ŻELAZNE SCHNELKERA.

– Wychodzisz wieczorem, Lyddie? – zapytał, wycierając dłonie o nogawki dżinsów. – Pracuję w magazynie. Wrócę przed wschodem słońca.

Wzruszyła ramionami. Wbijała spojrzenie w ścianę ponad moją głową, jakby nie potrafiła się zmusić, by spojrzeć na ojca.

– Cóż, zostaw karteczkę, jeśli gdzieś wyjdziesz. – Skinął nam głową i zgarnął leżące na stoliku obok drzwi kluczyki od samochodu. Ruszył do wyjścia. W ostatniej chwili przystanął. – Kocham cię – powiedział.

Lydia zacisnęła zęby.

– Zawstydzasz mnie – wysyczała.

Bez słowa wyszedł z domu.

Lydia wzruszyła ramionami. W jej oczach malowała się pogarda.

– Tashi nie radziła sobie z różnymi sprawami. Była naprawdę... wrażliwa. I nieco ogarnięta paranoją. Wiesz, w typie napuszonej artystki. Bez urazy.

Nie skomentowałam tego.

– Nigdy nie wspomniała o tym, że planuje odejść? Po prostu pojawiła się pewnego wieczoru, oświadczyła, że opuszcza miasto, i wręczyła ci książkę?

– W zasadzie tak to wyglądało – potwierdziła Lydia. – Posłuchaj, była miła, ale tak naprawdę nie byłyśmy bliskimi przyjaciółkami. I nie mogę powiedzieć, żeby zachwyciło mnie to, że po prostu podrzuciła mi książkę i się zmyła. Bez względu na to, jak bardzo kocham Aralta. Mam na myśli, że to jej zadaniem było jej strzec.

– Jasne – odparłam. Nieważne, że dziewczyna od dwustu lat była w zasadzie niewolnicą Aralta. Broń Boże, by nie wywiązała się ze swych obowiązków.

– Czy mogę coś jeszcze dla ciebie zrobić? – Lydia wstała.

– Mogę zerknąć na książkę? – zapytałam, również powstając.

– Szczerze, Alexis – zwróciła się do mnie, przystając przed drzwiami. – Nie chcę być niegościnna, ale nie miałam jeszcze czasu zjeść obiadu i…

– Słyszałaś, co dziś wieczorem mówiły dziewczyny – odparłam. – Wszystko zaczyna się sypać. Musimy to powstrzymać, zanim sprawy jeszcze bardziej wymkną się spod kontroli.

– Och, a więc to cię niepokoi? – Lydia uniosła brwi. – A ja sądziłam, że naprawdę martwisz się o Tashi.

– Cóż, martwię się, ale…

– Wiem, jak to powstrzymać, Alexis. – Potrząsnęła głową. – Dlaczego po prostu o to nie zapytałaś? Przychodzisz tu niczym policyjni śledczy, jakbyś szukała zaginionej osoby. A tak naprawdę chcesz się tylko dowiedzieć, jak rozwiązać własne problemy?

Kiedy w taki sposób ujęła to w słowa, zabrzmiało to tak, jakbym była kompletnym pustakiem.

– Martwię się o Tashi i o całą resztę spraw – odpowiedziałam.

– Cóż, pozwól, że cię uspokoję. Tashi, zanim się zmyła, podała mi nazwę zaklęcia na uroczystość wieńczącą.

– Naprawdę?

– Tak. Dlaczego miałoby to być sekretem? Zapisałam ją na kartce. Mam ją na górze.

– Możesz przynieść tę kartkę?

Lydia niebezpiecznie balansowała na krawędzi zachowania dopuszczalnego w klubie Promyczek i każde moje nowe żądanie mogło ją pchnąć na terytorium Szwadronu Zagłady. Uśmiechnęła się do mnie zbolałym uśmiechem i odparła:

– Zaczekaj tutaj. – Ruszyła po schodach na piętro.

Omiotłam spojrzeniem brudną podłogę. Wyobraziłam sobie, czego zdołałabym tu dokonać dzięki kilku godzinom pracy i wybielaczowi. Postąpiłam o krok do tyłu i zorientowałam się, że w miejscu, w którym Lydia postawiła wcześniej zakupy, widniała mokra i lepka plama. Przyklękłam obok niej.

Krew.

Zerkając w stronę schodów, zastanowiłam się, czy mam dość czasu, by zajrzeć do kuchni. Postąpiłam niepewnie w jej kierunku. Ale w tym samym momencie usłyszałam na schodach kroki Lydii. Więc zamiast tego drobnymi kroczkami podbiegłam do stoliczka, na który odłożyła torebkę. Porwałam wystający z niej świstek papieru z nadzieję, że to paragon.

Walcząc z wibrującym w każdej komórce mojego ciała instynktem, roztarłam podeszwą krwawą plamę, aż stała się ledwie widoczna i nikt nigdy by się nie domyślił, że tam była.

– Co ty wyprawiasz? – zapytała Lydia, wychodząc zza rogu. – To jakiś taniec?

– Chciałam się rozruszać – odparłam, udając, że się przeciągam. – Denerwuję się. Wszystkie się denerwujemy, jeśli tego nie zauważyłaś.

– Wiesz, Alexis, jeśli nie będziesz uważać, pewnego dnia się obudzisz i zorientujesz się, że stałaś się nudziarą. – Wydęła wargi. – Nie mogę znaleźć tej kartki z zaklęciem. Mój pokój jest trochę zabałaganiony. Ale wierz mi, odszukam ją. Chcę to zakończyć tak samo jak i ty. Co sądzisz o tym, żebyśmy wszystkie spotkały się w sobotę?

– Wydaje mi się, że to dobry pomysł – odpowiedziałam.

– A teraz nie chcę być nieuprzejma, ale czy mogłabyś już sobie iść? Konam z głodu.

Opuściłam jej dom. Powstrzymałam się od zerknięcia na świstek, dopóki nie dotarłam do skrzyżowania i nie zostałam zmuszona zatrzymać się na czerwonym świetle.

Kiedy nań spojrzałam, nie zdołałam oderwać od niego wzroku przez tak długi czas, że kierowcy za mną zaczęli trąbić.

Świstek okazał się paragonem. Rachunek opiewał na sto trzydzieści dziewięć dolarów i dwadzieścia cztery centy.

Kupiła za tę sumę samo mięso.

– A więc to Lydia jest nową kreaturą? – zapytała Kasey, spoglądając na paragon.

– Tak sądzę. To tłumaczyłoby, dlaczego wyglądała ostatnio tak niechlujnie.

Kasey spojrzała na mnie czujnie.

– Wyglądała dobrze.

– Nie jestem promienna. Po prostu mówię. Ochrona książki to ważne zadanie. Przerosło nawet Tashi.

– Cóż, Lydia nie będzie musiała wykonywać go zbyt długo – powiedziała Kasey.

Lydia zasugerowała, żebyśmy spotkały się w sobotę. Zakładała, że do tego czasu którejś z nas uda się zwerbować nową członkinię. Czegokolwiek wymagała ceremonia wieńcząca, zamierzałyśmy przez to przejść. Potem Kasey i ja znajdziemy jakiś sposób, aby wejść w posiadanie książki i ją zniszczyć.

Nasz plan był tak prosty, że – mówiąc szczerze – poczułam się z tego powodu niespokojna.

Ponieważ nic, co dotyczyło Aralta, nigdy nie było tak łatwe, jak się z początku wydawało.

NASTĘPNEGO RANKA MOJA KOMÓRKA ZADZWONIŁA O WPÓŁ do siódmej. Przekręciłam się na łóżku i odebrałam, nie sprawdzając, kto dzwoni.

Głos rozmówcy uderzył mnie jak pociąg towarowy.

– Alexis. Gdzie jest Tashiana?

Usiadłam.

– Farrin?

– Nie odpowiada na moje telefony. Widziałaś ją?

– Nie – odparłam, przecierając zaspane oczy. – Nie w tym tygodniu.

– Nie w tym tygodniu? Co masz na myśli?

– Odeszła.

– Odeszła – powtórzyła Farrin. Coś w jej głosie sprawiło, że natychmiast oprzytomniałam.

– Tak, ale wszystko w porządku – odparłam. – Nadal mamy książkę.

– To niemożliwe. Tashiana nigdy nie pozostawiłaby jej bez opieki.

– Ale … – Nie wiedziałam, jak to osłodzić. – Tak właśnie zrobiła.

– Nigdy – powiedziała Farrin z mocą. – To fizycznie niemożliwe, by oddaliła się od niej na dłużej niż kilka godzin. Czy rozumiesz, co mówię?

Przez chwilę nie rozumiałam. A potem nagle to pojęłam.

Tashi nie żyje. Jeśli nie mogła przeżyć bez książki, to musiała nie żyć.

Ponieważ książka przez cały tydzień była u Lydii w domu.

Ale wyglądało na to, że Farrin bardziej niepokoiło coś innego.

– Książka jest niestrzeżona – powiedziała. Przeraziło mnie to, jak nagle ściszyła głos. – Energia jest zaniedbana. Mój Boże, Alexis. Co wyście narobiły, dziewczyny?

– Nie jest niestrzeżona. Znajduje się... pod opieką – odpowiedziałam. – Pojawiła się nowa kreatura.

– Przepraszam, co powiedziałaś?

Miałam wrażenie, jakby każde słowo było szuflą ziemi z dołu, który sama kopałam sobie pod stopami. Nie potrafiłam jednak stwierdzić, co dokładnie złego powiedziałam. Nie wiedziałam tym samym, czego powinnam nie mówić.

– Jest nowa kreatura – odezwałam się w końcu. – Ona się troszczy o książkę.

Farrin miała tak skwaszony głos, że jej słowa wręcz ociekały octem.

– Czy ty w ogóle wiesz, co znaczy to słowo?

Cóż, myślałam, że wiem. Ale może się myliłam.

– To kreatura. Troszczy się o Aralta?

– Kreator, durny dzieciaku! – warknęła Farrin. – To po łacinie. Nie kreatura. Kreator.

Kreator?

– Nie możesz mieć nowego kreatora! Była związana z książką, a tym samym tylko ona mogła właściwie ukierunkować energię Aralta. A teraz, wy głupie dziewuchy, posiadacie coś, co może was wszystkie zniszczyć. – Jej głos nagle stał się niesamowicie spokojny. – A może nawet więcej osób niż tylko was.

Zakręciło mi się w głowie. Dosłownie mnie zatkało. Tashi nie żyła.

A my miałyśmy przerąbane.

– Zadzwonię do ciebie za pięć minut. Odbierz telefon! – Farrin odłożyła słuchawkę na widełki z taką siłą, że aż zadzwoniło mi w uszach.

Dwie minuty później komórka zabrzęczała ponownie.

– Oto, co musicie zrobić – powiedziała. – Książka zawiera zaklęcie. Macie je odszukać i odczytać. Każda z was. Zapisz to sobie. Zaklęcie nazywa się *Tugann Sibh*. Poszukajcie tych słów. Musi je przeczytać każda z was. A jedna dwukrotnie.

Dopadłam biurka i zapisałam nazwę, ściskając długopis w zdrętwiałych palcach.

– *Tugann Sibh*? Co to oznacza?

– Nieważne – odpowiedziała Farrin. – Po prostu to zróbcie.

– Kiedy?

– Najszybciej, jak zdołacie. Najlepiej jeszcze dziś. A kiedy już to zrobicie, przynieś książkę bezpośrednio do mnie.

– Nie wiem, czy damy radę to zrobić. Mam na myśli to, że spróbujemy. Ale nie mamy jeszcze wymaganej liczby członkiń.

– Nie ma czegoś takiego jak wymagana liczba członkiń – odparła. – Przestań się upierać i po prostu zrób, jak ci powiedziałam. Bez Tashiany ty i twoje koleżanki jesteście jak pasażerki samochodu mknącego bez kierowcy po autostradzie.

Ona każdego dnia spędzała całe godziny, upewniając się, że energia Aralta przepływa we właściwy sposób. Sytuacja już wygląda źle, ale łatwo może się pogorszyć.

Cała ta moc i nic, co mogłoby ją ukierunkować. Pomyślałam o sile, która obaliła mnie na podłogę w domu Tashi. Poczułam pełznące wzdłuż kręgosłupa ciarki.

– Czy zauważyłaś jakieś zawirowania? – zapytała. – Poza katastrofalnym przebiegiem własnej rozmowy i moją chorobą?

Od czego w ogóle miałam zacząć?

– Um… może jeden lub dwa przypadki.

– Bądź ostrożna. Możecie zachowywać się w sposób niezrównoważony. Spróbuj dopilnować, by nikomu nie stała się krzywda.

Och jasne. Łatwiej powiedzieć, niż zrobić.

– To katastrofa niewyobrażalnych rozmiarów – stwierdziła. – Nie jestem pewna, czy którejkolwiek z nas uda się otrząsnąć z jej skutków.

Byłam zbyt przerażona, aby odpowiedzieć.

– A tak przy okazji – powiedziała. – Wygrałaś konkurs. To powinien być dla ciebie wielki dzień. – Rozłączyła się.

Nie ma czegoś takiego jak wymagana liczba członkiń? Dlaczego zatem opętała nas obsesja związana z rekrutacją kolejnych dziewcząt? Czy Adrienne i Lydia uczyniły z tego procesu następną sztuczkę w stylu „połóż dłoń na księdze"?

Westchnęłam i spojrzałam na zanotowane słowa: *Tugann Sibh.*

Zdołałam wymanewrować Kasey i dorwać laptopa mamy. Sprawdziłam w internecie przekład gaelickich słów: „my dajemy".

Dajemy – w sensie poświęcamy?

W przysiędze było zdanie o darze, skarbie… Co zatem dawałyśmy? Farrin powiedziała, że jedna z dziewczyn musi odczytać zaklęcie dwukrotnie.

Z mętlikiem w głowie opadłam na oparcie.

Potem przypomniałam sobie ostatnią stronę w książce – tę wypełnioną podpisami. Przejrzałam fotografie w telefonie. W końcu udało mi się ją odszukać. Zdjęcie było rozmyte i zdołałam odczytać tylko kilka imion i nazwisk.

Jedno z nich brzmiało: Suzette Skalaski.

Skalaski. Gdzieś już słyszałam to nazwisko.

Rozbrzmiało w moich myślach, wypowiedziane aksamitnym głosem Farrin… na tamtym przyjęciu.

Akademia Wilsona.

Wróciłam do komputera. Wpisałam w wyszukiwarce: *Skalaski+Akademia Wilsona.*

Na stronie uczelni wydzielony był cały dział poświęcony Szkole Fotografii imienia Skalaskiej. Na samej górze widniał odnośnik oznaczony STRESZCZENIE.

Szkoła Fotografii imienia Skalaskiej na Akademii Wilsona została założona w tysiąc dziewięćset osiemdziesiątym ósmym roku dla uhonorowania pamięci maturzystki z rocznika siedemdziesiątego czwartego, która zmarła tuż przed ukończeniem nauki. Szkoła, wyposażona w najnowszy sprzęt, została nazwana na jej cześć podczas ceremonii, na której mowę wygłosił gubernator Kalifornii George Deukmejian. Wydarzeniu oficjalnie przewodniczyła koleżanka Skalaskiej z klasy, Barbara Draeger, pierwsza kobieta i zarazem najmłodsza burmistrz miasteczka Las Riveras w tymże stanie. Kolejna szkolna koleżanka Skalaskiej, ceniona fotografka Farrin McAllister, odegrała rolę konsultantki przy adaptacji budynków i wyposażaniu pracowni. Wygłaszając swą mowę, zadeklarowała: „Suzi miała dwie pasje: edukację oraz pomaganie innym. Świadomość, że ten program edukacyjny mógł zostać urzeczywistniony dzięki niej, uznałaby za jeden z największych powodów do dumy".

Znalazłam kilka kolejnych odnośników dotyczących szkolnych budynków, stypendiów, a nawet pobliskiej ulicy nazwanej na cześć Skalaskiej. W końcu udało mi się odszukać jej biografię na stronie prywatnego liceum, w dziale Wybitni Wychowankowie. Poznałam z niej szczegóły dotyczące jej śmierci z powodu wylewu w siedemdziesiątym trzecim roku.

Sięgnęłam po komórkę i sprawdziłam kilka kolejnych nazwisk. Zdjęcie było tak niewyraźne, że nawet przy maksymalnym powiększeniu z trudem zdołałam je odczytać. To na samym dole listy – które wyglądało na zapisane jako ostatnie – brzmiało: Narelle Simmons.

Wpisałam nazwisko w wyszukiwarkę i nacisnęłam enter. Pierwszy z wyników dotyczył Narelle Simons z White Pine w stanie Wisconsin.

Strona okazała się blogiem. Nagłówek brzmiał:

♥♥♥ *Świat Narelle* ♥♥♥.

W bocznym pasku widniało zdjęcie autorki. Była piękną czarnoskórą dziewczyną o krótkich kręconych włosach i białym uśmiechu.

Poniżej napisano kursywą.

SPOCZYWAJ W POKOJU
NARELLE DANIQUE SIMMONS
NA ZAWSZE POZOSTANIESZ W NASZYCH SERCACH

Kolejny akapit zawierał informacje o tym, że ambitna i błyskotliwa Narelle zmarła z powodu tętniaka.

Niezdolna zaczerpnąć tchu, wpatrywałam się w ekran.

Postanowiłam spróbować jeszcze raz. Kolejne imię i nazwisko, które udało mi się odczytać, brzmiało Marnie Peterson.

Wpisanie personaliów w wyszukiwarkę zwróciło zbyt wiele wyników. Spróbowałam ponownie, wpisując: *Marnie Peterson+śmierć nastolatki.*

Kliknęłam odnośnik do artykułu w „Kurierze Palm Beach" z datą sprzed pięciu lat.

> Mieszkająca w okolicy młodzież oraz rodzice boleją nad nieoczekiwaną śmiercią Marnie Peterson, uczennicy liceum Guacata. Dyrektorka placówki Helen Fritsch powiedziała, że Peterson zaczęła szkołę jako nastolatka z problemami. Jednak ostatnio jej nastawienie zmieniło się całkowicie i w pełni skupiła się na nauce oraz na własnej przyszłości. Szkolni doradcy służą pomocą każdemu, kto nie potrafi uporać się z żalem. Przyczyną śmierci Peterson był…

Tętniak.

Farrin stała nad tacką z odczynnikami z pęsetą w dłoni i obserwowała odbitkę.

– W czym mogę ci pomóc, Alexis? – zapytała.

– Tak jakby pominęła pani drobny szczegół. – Usiłowałam nie podnosić głosu.

– Mianowicie?

– Och, wie pani. To, że ktoś musi umrzeć.

Do jej tonu wkradła się zimna i drwiąca nuta.

– Nie sądziłam, że może ci to przeszkadzać. Wydaje się, że śmierć Tashiany niespecjalnie cię poruszyła.

To nie była prawda i oskarżenie było niesprawiedliwe. Śmierć Tashi mnie przeraziła. Wiedziałam jednak, że w tej chwili nie mogę pozwolić, aby ów straszny fakt wytrącił mnie z równowagi.

– Powiedziała to pani w taki sposób, że mogłam wybrać losową osobę. I ta dziewczyna by umarła. Z mojej winy. – Usiłowałam zdławić gniew, który poczułam na myśl o tym, że mogłabym o to poprosić Megan lub Emily, lub…

– Cóż, teraz nie wybierzesz na chybił trafił. Czy ta myśl cię pociesza?

– Nie! – odparłam. – Nie widzę powodu, dla którego ktoś musiałby umrzeć. I dlaczego nie wspomniała pani o tym ostatniego wieczoru?

– Nie zapytałaś.

– Nie mogę tego zrobić – oświadczyłam, waląc pięścią w kontuar. – I nie zrobię. Jak może pani sądzić, że zyskanie popularności lub uniknięcie kilku mandatów warte jest ludzkiego życia?

Nie poruszyła się.

– Nadal nie pojmujesz sytuacji, Alexis – powiedziała łagodnie.

– Nie czuje się pani źle z tego powodu? – zapytałam. – Suzette Skalaski umarła dla was. A pani jeździ mercedesem. Gratuluję.

Naprawdę się roześmiała. Krótko i szorstko.

– Zapewniam cię, że Suzette nie umarła po to, abym ja mogła jeździć luksusowym autem.

– Zatem dlaczego?

Farrin odwróciła się od odbitki.

– Posłuchaj mnie. Słuchaj bardzo uważnie.

Och jasne, przecież słuchałam.

– Suzette poświęciła się, ponieważ chciała to zrobić.

Słowa uderzyły mnie tak, jakby naprawdę zadała mi cios.

– Alexis, od tysięcy lat ludzie ustawiali się naprzeciwko luf dział lub wymierzonych w nich grotów strzał. Czynili to, by jakiś król mógł zdobyć kolejne miliony kilometrów kwadratowych ziemi i jeszcze bardziej wzbogacić się na podatkach.

– To nie jest żadne usprawiedliwienie.

– Kiedy Suzette poświęciła dla nas życie, oddała je za sprawę większą od niej samej. Jej przyjaciółki zostały senatorami, zdobyły Oskary…

– I kilka Pulitzerów? – przerwałam jej.

Pokiwała głową.

– Tak. Dokonały przełomowych odkryć w dziedzinie medycyny. Stworzyły ponadczasowe rzeźby. Każdego przeżytego przez nas dnia wszystkim, co robimy, oddajemy hołd jej poświęceniu.

– Tak, ale na co jej ten hołd? – zapytałam.

– Czy kiedykolwiek poświęciłaś coś dla kogoś, kogo kochałaś? – odpowiedziała pytaniem. – Czy kiedykolwiek zrezygnowałaś z jednej ważnej rzeczy, by mogła rozkwitnąć inna ważna rzecz?

– Nie wiem – odparłam.

Wyglądało na to, że u podstaw wszystkich moich problemów leżała moja niechęć do podobnego uczynku.

– Piękno. Popularność. Zwycięstwo w konkursie. Stypendium na Akademii Wilsona – powiedziała, unosząc brwi. – To tylko kwestie powierzchowne. Ale, Alexis, co z twoim skaleczonym palcem? Co z tym, jak się czułaś i reagowałaś, ufając Araltowi i słuchając go?

Wszystkie te dobre stopnie i oczarowani mną nauczyciele. Skaleczenie, które zniknęło z mojej dłoni. Nawet oparzenie od lokówki do włosów szybko się goiło – choć postęp tego procesu zdawał się zatrzymywać i ruszać dalej w losowych odstępach czasu.

– Zatrzymanie tak wielkiego błogosławieństwa dla skromnej grupy osób byłoby samolubne. Kiedy więc nadejdzie czas, jedna z twoich przyjaciółek – a może nawet ty sama – zgłosi się dobrowolnie. Złoży w darze własną energię życiową, żeby Aralt mógł trwać i nadal pomagać innym. Ów czyn uzupełni jego siłę.

Zamknęłam oczy.

– To bardzo niewłaściwe.

– A dlaczego? – spytała. – Jeśli Suzette uczyniła to z radością, dlaczego nie miałybyśmy zaakceptować jej bezbolesnej śmierci jako hojnego i cennego daru, jakim się stała?

– To straszne – odparłam. – To nie jest warte życia.

– Łatwo ci tak mówić – powiedziała, odchylając do tyłu głowę. – Jesteś pewną siebie, utalentowaną, zdrową i młodą kobietą. Ale co z innymi?

Zdrową – to sprawiło, że pomyślałam o Adrienne. O tym, jak czekała, aż spotka ją los jej mamy i skończy przykuta do wózka inwalidzkiego na resztę życia.

– Wszystkim, co usiłuję ci powiedzieć – podjęła cicho Farrin – jest to, że może nie wydaje ci się to znaczącą kwestią. Ale są tacy, dla których owe rzeczy są niezwykle istotne.

Czy Adrienne naprawdę pozwoliłaby komuś umrzeć, żeby uniknąć wózka inwalidzkiego?

– Doktor Janette Garzon wynalazła terapię pozwalającą wyleczyć wady genetyczne, która ocaliła życie tysiącom dzieci – powiedziała Farrin. – Janette była nową uczennicą w Akademii Wilsona, kiedy Suzi, Barbara i ja byłyśmy w trzeciej klasie. Była biedna jak mysz kościelna i groziła jej utrata stypendium.

Wbiłam wzrok w podłogę.

– Zapytaj rodziców dzieci, którym Janette ocaliła życie. Zapytaj same dzieci. Czy to, że dziś żyją, warte było dobrowolnej śmierci jednej osoby?

– Ale może jeśli ona nie poszłaby na studia medyczne, zrobiłby to ktoś inny. I być może wynalazłby lekarstwo na zupełnie inną chorobę.

Farrin zadarła podbródek.

– Nie sposób żyć według tak teoretycznych założeń. Jedyne, co możesz zrobić, to maksymalnie wykorzystać możliwości, które ci dano.

Wyprostowałam się i westchnęłam.

– Ale jeśli Tashi naprawdę… odeszła, to kto ukierunkuje energię?

Farrin się odwróciła.

– To komplikuje sprawy. Ale nie mamy powodów podejrzewać, że nie zdołamy przechować książki w bezpiecznym miejscu i dalej czerpać korzyści z hojności Aralta.

– Zamiast posyłać ją kolejnej grupie dziewcząt? – zapytałam. – Wówczas… nikt więcej nie musiałby umierać.

– Przypuszczalnie nie – potwierdziła Farrin. – Nie możemy zaryzykować przekazania książki dalej, gdy zabrakło Tashiany. Czy dzięki temu będzie ci łatwiej pogodzić się z sytuacją?

– Nie – odparłam, starając się, aby zabrzmiało to bardziej zdecydowanie, niż naprawdę czułam.

– Tak czy inaczej jest faktem, że po prostu nie macie innego wyboru niż odczytanie *Tugann Sibh*. Macie niewiarygodne szczęście, że zostało wam tak proste wyjście. Mądrze byłoby, żebyście go nie kwestionowały.

– Czy wygrałabym konkurs, gdybym nie była jedną z dziewczyn Aralta?

Nie odrywała wzroku od swojej pracy.

– Ale jesteś jedną z dziewcząt Aralta.

– Ale gdybym nie była?

Powiesiła odbitkę pod okienkiem klimatyzatora i odwróciła się do mnie.

– Alexis, z aparatem w dłoni możesz zmienić świat. Wpłynąć na to, co myślą ludzie. Walczyć w wojnach i doprowadzać do ich zakończenia. Tworzyć lub obalać bohaterów. Sprawić, że sprawiedliwość zalśni pełnią blasku nad niesprawiedliwością. Nie tylko lekarze zmieniają świat na lepsze.

Zastanowiłam się nad tym – nad znalezieniem czegoś, co mnie obchodziło, i wzbudzeniem pasji w innych ludziach. Przez zdradliwą chwilę wypełniło mnie poczucie władzy.

– Ale ja nie… Mam na myśli, że chcę coś osiągnąć, lecz nie za sprawą jakiegoś magicznego pierścienia. Nie za cenę czyjegoś życia.

– Aralt nie jest dżinem z butelki. Harowałam ciężko, naprawdę bardzo ciężko, aby osiągnąć obecną pozycję. I ty również będziesz musiała ciężko pracować… Ale jeśli podejmiesz ten trud, zobaczysz rezultaty. To wszystko.

Zaczynała mnie boleć głowa.

Zbliżyła się do mnie, ujęła moje dłonie.

– To twoje przeznaczenie, Alexis. Przyjmij je z radością.

– Nie. – Cofnęłam się o krok. – Przykro mi, ale nie mogę. Przepraszam.

– „Przykro mi, ale nie mogę" nie jest jedną z dostępnych możliwości. – Jej palce nadal obejmowały moje. – Nie masz wyboru.

– Mam – odpowiedziałam. – Możemy po prostu nie robić nic. Możemy też pozbyć się książki.

W ciemności, z czerwoną żarówką za plecami, jej oczy były plamami cienia. Włosy stanowiły ciemną masę o krawędzi podświetlonej tak, jakby otaczała ją aureola.

– Nie zrób niczego głupiego.

Z trudem przełknęłam ślinę, zwalczając chęć, by cofnąć się o krok.

– Nie, miałam na myśli to, że możemy oddać ją pani.

Rozluźniła się.

– Jesteś taka mądra – powiedziała szyderczo. – Dlaczego nie wrócisz do domu i nie poszukasz informacji o incydencie w South McBridge River?

Ruszyła za mną, kiedy zmierzałam do wyjścia. W dziwny sposób odnosiłam wrażenie, jakby mnie ścigała. Kiedy otworzyła mi drzwi, spojrzała na mnie z góry.

– Masz zobowiązania, Alexis. Nie zapominaj o tym.

Przebiegłam przez parking i kiedy dotarłam do samochodu mamy, dyszałam i kłuło mnie w płucach.

W porywach wiatru trzepotał wetknięty za wycieraczkę mandat za złe parkowanie.

Pojechałam prosto do biblioteki.

Latem tysiąc dziewięćset osiemdziesiątego siódmego roku grupa szesnastu licealistek z miasteczka South McBridge River w stanie Wirginia zapadła na chorobę umysłową. Najczęściej podawanym wyjaśnieniem było to, że dziewczyny w jakiś sposób zatruły się toksycznym osadem z dna pobliskiego jeziora. Najwyraźniej zawierał nieznaną bakterię. Infekcja sprawiła, że ich mózgi przestały funkcjonować, i ostatecznie doprowadziła do śpiączki. Jedna po drugiej zmarły.

Incydent opisano na wielu stronach w sieci. Większość skupiała się na teoriach spiskowych, winiąc za wszystko albo kosmitów, albo rządowe tajne służby. Jeden z autorów dotarł do szkolnych kartotek dziewcząt. Zawierały one zapisy o tym, że każda z nich, nawet jeśli z początku należała do uczennic najbardziej przeciętnych, ukończyła rok szkolny z samymi piątkami na świadectwie. Autor strony napisał, że po pogrążeniu się w szaleństwie kilka dziewczyn wycięło na swoich ciałach słowo ARALT. Obstawał, że jest ono akronimem ściśle tajnego rządowego departamentu o nazwie Agencja Rozwoju Atomowych i Laserowych Technologii.

Zatem drzwi do Aralta, raz otwarte, musiały też zostać zamknięte. W przeciwnym razie osoby odpowiedzialne za ich otwarcie popadały w szaleństwo, a ich mózgi zamieniały się w papkę.

Usiadłam sztywno, mając za plecami twarde oparcie bibliotecznego krzesła, a ta nowa wiedza ciążyła mi niczym spoczywający na piersi dziesięciokilogramowy ciężar.

Musiałyśmy odczytać to zaklęcie. Jedna z nas musiała umrzeć… bo inaczej umrzemy wszystkie.

28

WRÓCIŁAM PROSTO DO DOMU. POŁOŻYŁAM SIĘ NA ŁÓŻKU i wbiłam spojrzenie w sufit. Nie odbierałam telefonu. Skłamałam rodzicom, że nie czuję się dobrze, i ignorowałam Kasey, kiedy usiłowała ze mną porozmawiać. W końcu z oczami, w których zaczęły się zbierać pierwsze łzy, zrozumiała, że nic nie wskóra, i zostawiła mnie w spokoju.

Tashi nie żyła.

Byłyśmy związane z niewyobrażalnie samolubnym i złym duchem.

A jedynym wyjściem z tej sytuacji była śmierć jednej z nas.

Czułam tę dziwną potrzebę, by zachowywać się normalnie, podciągnąć kołdrę pod brodę i po prostu spróbować się przespać. A kiedy się obudzę, wszystko będzie dobrze. Rozpocznie się kolejny zwyczajny dzień.

„Nigdy do tego nie dojdzie", przypomniałam w myślach samej sobie. Już nigdy żaden dzień nie będzie normalny. Chyba że zdołam znaleźć jakiś sposób, aby to powstrzymać. Inaczej już nigdy nie będę normalna.

Nigdy.

Pomarańczowa poświata ulicznych latarni mieszała się na ścianie mojego pokoju z cieniami rzucanymi przez gałęzie.

W myślach uporządkowałam wszystko to, co wiedziałam o Aralcie i o Tashi. Zwłaszcza o Tashi. W nocy, kiedy odwiedziłam jej dom, bała się. Dlaczego? Czy to z Lydią rozmawiała w drzwiach? Dlaczego wepchnęła mnie do tego garażu?

Powiedziała, że musi mi coś pokazać.

Zademonstrować, jak zły jest Aralt?

Ponieważ wiedziała, że któraś z nas umrze? Ale kobiety umierały z powodu Aralta od ponad wieku. Ostatnie strony książki musiały zawierać około stu pięćdziesięciu podpisów. Czym różniłyśmy się od tych kobiet? Co się zmieniło?

„Spróbuj ponownie", powtarzałam w myślach ostatnie słowa Tashi.

Elspeth powiedziała to samo: *Spróbuj ponownie.*

Ale czego miałam spróbować?

Tabliczki Ouija?

Sięgnęłam pod łóżko, gdzie ją schowałam. Usiadłam na podłodze i rozłożyłam planszę w plamie pomarańczowego światła.

– Tashi – wyszeptałam. – Czy mnie słyszysz? Przykro mi, że umarłaś. Potrzebuję twojej pomocy… Nie rozumiem, co usiłowałaś mi powiedzieć.

Żadnej odpowiedzi.

– Elspeth? – wyszeptałam. A potem dodałam bezsilnie: Ktokolwiek?

Wskaźnik zadrżał, sprawiając, że się przestraszyłam. Cofnęłam dłonie z planszy i obserwowałam, jak się poruszał. Zdawał się ślizgać. Tym razem nie drgał niepewnie – poruszał się płynnie i celowo niczym wahadło.

J-E-S-T-E-M-T-U-T-A-J

– Elspeth? – zapytałam.

Ale w głębi duszy wiedziałam, że to nie Elspeth.

Powoli opuściłam dłonie. Zamierzałam złożyć planszę i przerwać połączenie, zanim wskaźnik przeliteruje kolejne słowa.

Lecz kiedy moje ręce zbliżyły się do tabliczki, wskaźnik znieruchomiał.

Czy on odszedł?

Bardzo wolno sięgnęłam w kierunku wskaźnika.

Tuż przed tym, nim go dotknęłam, wypłynęła z niego czarna maź.

Usiłowałam cofnąć dłoń, ale nie zdążyłam.

W ułamku sekundy po prostu eksplodował pajęczyną czerni. Otuliła moje ciało niczym kokon. Rozchyliłam wargi do krzyku i maź napłynęła mi do ust, dławiąc mnie w gardle. Była kleista i nieprzepuszczalna niczym gigantyczna pajęcza sieć. Osunęłam się na podłogę i usiłowałam ją rozerwać, uderzając pięściami. Ale mój wysiłek spowodował jedynie to, że otuliła mnie jeszcze szczelniej. Kiedy zgęstniała wokół moich uszu i oczu, straciłam równowagę i zwaliłam się bokiem na dywan.

W ciągu minuty mój świat został ograniczony do kurczącego się kokonu z czarnej pajęczyny. Choć byłam w stanie zaczerpnąć tchu, nie słyszałam własnego oddechu. Niczego nie widziałam ani nie słyszałam.

Straciłam poczucie czasu i wpadłam w szaleńcze przerażenie, skrępowana ciasno jak pacjent szpitala psychiatrycznego. Wiedziałam, że łkam, i czułam, jak wibrują moje struny głosowe. Ale okrywający mnie całun wytłumił wszystkie dźwięki.

Rzeczy takie jak czas, światło czy ruch przestały dla mnie istnieć.

Była tylko ciemność, nieskończona jak śmierć.

W końcu los się zlitował i straciłam przytomność.

Obudziłam się – po jak długim czasie? – na podłodze. Zadrżałam, gdy napłynęły wspomnienia. Czy to był sen? Tabliczka Ouija leżała na dywanie pod oknem. Na dłoniach miałam czerwone półksiężyce w miejscach, gdzie paznokcie zagłębiły mi się w ciało. Zadrapania piekły w kontakcie z powietrzem.

I byłam spragniona. Boże, jak bardzo chciało mi się pić.

Na nocnym stoliczku stała szklanka wody. Wychyliłam ją duszkiem. Nie ukoiła pieczenia w wysuszonym gardle. Przeszłam do kuchni i napełniłam, a następnie opróżniłam szklankę jeszcze dwa razy.

Chwiałam się na nogach, jakbym wypiła zbyt wiele syropu na kaszel. Aby nie stracić równowagi, musiałam oprzeć się o kontuar.

Potem przeszłam do łazienki i umyłam ręce. Zwróciłam uwagę, jak brudne mam paznokcie. Znalazłam pod zlewem szczoteczkę. Tarłam nią czubki palców, aż niemal zdarłam z nich skórę i nabrały różowej barwy. Z początku zabarwiał je czarno-czerwony płyn – moja krew z ran na dłoniach. Ale potem woda spływająca do umywalki znów stała się przeźroczysta. Jednak czerń pod paznokciami nie zniknęła. Nie mogłam ich doszorować.

Zapaliłam światło i przyjrzałam się sobie. Pomijając dłonie i paznokcie, nie dostrzegłam żadnych śladów świadczących o tym, że zostałam zaatakowana.

Nachyliłam się do lustra i otworzyłam buzię.

Widok sprawił, że aż się zatoczyłam i uderzyłam plecami o ścianę.

Całe wnętrze moich ust miało barwę węgla, tę samą co kokon od środka. Moje zęby, język, dziąsła… Gardło, tak głęboko, jak tylko zdołałam w nie zajrzeć – wszystko czarne.

Zebrałam się do kupy i zerknąwszy z bliska, na białkach oczu i na powiekach dostrzegłam szary nalot, delikatny jak najcieńsze czarne rajstopy. Zamrugałam kilkukrotnie. Dzięki Bogu przynajmniej go nie czułam.

Nic mnie nie bolało. W zasadzie, w świetle tego, czego doświadczyłam, czułam się całkiem dobrze.

Wyłączyłam światło w łazience i wróciłam do kuchni. Ponownie napełniłam szklankę. Wcześniej odstawiłam ją na kontuar i teraz znajdowała się pod ręką. Miałam wrażenie, że wycieka ze mnie energia. Niemal nie mogłam się doczekać, aż wejdę po schodach, wrócę do łóżka i zakopię się w pościeli.

Wyciągnę się na materacu i zanim zapadnę w słodki i wspaniały sen, poczuję na skórze gładki dotyk prześcieradła, a pod policzkiem chłód poduszki.

Ale to musiało chwilę poczekać. Na to przyjdzie czas później.

Najpierw musiałam zabić moją śpiącą rodzinę.

29

DOBYŁAM TKWIĄCEGO W DREWNIANEJ PODSTAWCE NOŻA do mięsa. Chwyciłam nieduży ręcznik do rąk, zwisający z haczyka na drzwiach lodówki. Pomyślałam z żalem, że plamy krwi całkowicie zrujnują biały ręczniczek.

Uznałam, że kupię nowy. Za moje własne pieniądze.

Aprobata Aralta owiewała mnie niczym bryza.

Najpierw rodzice. Zawroty głowy przybrały na sile, kiedy ruszyłam korytarzem. Zatoczyłam się i uderzyłam o ścianę. Odbiłam się od niej, zachwiałam i uderzyłam o tę po przeciwnej stronie.

Ale zdołałam dotrzeć do celu. Ujęłam w dłoń klamkę do sypialni rodziców, po czym nacisnęłam ją powoli i bezgłośnie.

W zeszłym roku Kasey próbowała zamordować w ten sposób naszą mamę, ale dotarła tylko do korytarza.

Amatorka.

Rodzice leżeli przytuleni na samym środku łóżka, skąpani w trójkątnej smudze wpadającej przez okno niebieskawej poświaty. Wyglądali na takich spokojnych i zadowolonych. Fakt, że nadal byli ze sobą blisko, gdy rodzina potrzebowała ich najbardziej, był miły. Inne pary nie przetrwałyby próby, jaką przeszli. Ale oni wyszli z niej silniejsi. To naprawdę ułatwiło wiele spraw dla mnie i dla Kasey.

Tata spał bliżej drzwi. Lepiej zacznę od niego. Wtedy mama znajdzie się w pułapce.

Kasey zostawiłam sobie na koniec, ponieważ, spójrzmy prawdzie w oczy, na pewno nie przysporzy mi problemów.

Szukając odpowiedniego kąta, który pozwoliłby mi zadać szybkie i śmiercionośne pchnięcie w gardło ojca, miałam nadzieję, że Kasey doceni wszystko to, co dla nas zrobili.

Uniosłam nóż w powietrze i zawahałam się.

Gdzie podziałam ręcznik? Musiałam upuścić go w korytarzu.

Bez niego nie będę miała o co wytrzeć noża do czysta, kiedy już skończę. Zostanę zmuszona nieść brudny nóż, z którego skapywały będą kropelki krwi, do pokoju Kasey. A potem przez całą drogę powrotną do kuchni. Zniszczę dywany w pokojach i może nawet zachlapię fugi w korytarzu.

Znalazłam ręcznik na ziemi, tuż pod rodzinnym portretem.

Kiedy się prostowałam, poczułam na plecach delikatny ucisk.

– Nie ruszaj się – wyszeptała Kasey.

Zamarłam pochylona.

– Rzuć nóż – poleciła.

– Przepraszam, ale jest mi potrzebny – odpowiedziałam.

Przełknęła głośno ślinę.

– Do czego?

– Na mamę, tatę i ciebie.

Nacisk na moje plecy stał się silniejszy.

– Rzuć go, Alexis.

Rzuć go? Jakbym była jakimś niegrzecznym psem, biegającym po domu ze skarpetą w pysku.

– Jak długo to potrwa? – zapytałam, odkładając nóż na podłogę. – Jestem w trakcie robienia czegoś ważnego.

– Właź do łazienki – powiedziała. Kopnięciem posłała nóż w odległy koniec korytarza.

Im szybciej spełnię jej żądania, tym szybciej z tym skończymy. Przekroczyłam próg łazienki. Weszła do niej za mną i włączyła w pomieszczeniu światło.

– O co chodzi, Kasey? – zapytałam, odwracając się do niej. Na widok mojej twarzy gwałtownie wypuściła powietrze. Czubek pogrzebacza, który trzymała w dłoniach, zadrżał. Sekundę za późno zdałam sobie sprawę, że przegapiłam okazję, aby jej go wyrwać i zdzielić ją nim w głowę.

– Co się z tobą dzieje? – wyszeptała.

Zerknęłam w lustro. Ciemność zaczynała rozprzestrzeniać się z moich ust i oczu, które przypominały krwawiące kałuże atramentu, a rozchodzące się z nich żmijki zacieków splatały się w delikatny wzór.

Co się ze mną dzieje? O czym ona mówi?

– No więc masz pręt z ostrym końcem. Wielka mi rzecz. Złaź mi z drogi.

Potrząsnęła głową.

Pogrzebacz miał zaostrzoną końcówkę i drugi ostry punkt na końcu haczyka.

– Co zamierzasz zrobić? – warknęłam szyderczo. Mówiąc, czułam w ustach kwaskowatą, czarną masę. – Szturchnąć mnie?

– Uderzę cię, Lex. – Miała kamienną minę. – Ze wszystkich sił.

Wszytko jedno. Naprawdę nie byłam w nastroju.

– Czy możemy porozmawiać o tym rano? – zapytałam. Po tym, jak już cię zabiję?

– Nie. – Jej spojrzenie stwardniało. – Bierz szczoteczkę do zębów.

– Co?

– Weź szczoteczkę – powiedziała, uważając, aby przez cały czas celował we mnie ostry czubek pogrzebacza – i włóż ją sobie głęboko do gardła.

– Kasey – powiedziałam i nagle ostry koniec pogrzebacza ukłuł mnie w obolały brzuch na wysokości żołądka.

– No dalej – poleciła.

– Ugh, dobra – odparłam, sięgając po szczoteczkę. – Jesteś stuknięta, wiesz o tym?

– Właź do wanny – rzuciła.

Unosząc jedną brew, przełożyłam nogę ponad krawędzią, a potem weszłam do wanny.

– Zadowolona?

Czekała.

Wepchnęłam szczoteczkę do gardła. Natychmiast poczułam odruch wymiotny. Zgięłam się wpół.

– Jeszcze raz! – poleciła.

– Boże, Kasey – załkałam. Jaki był w tym cel? Dźganie ludzi to jedno, ale zmuszanie ich do wymiotów było zachowaniem naprawdę niepokojącym.

Mimo wszystko wepchnęłam szczoteczkę do gardła. I nagle potężna fala nudności obaliła mnie w wannie na kolana. Zwymiotowałam obficie gorzką, ciemną cieczą.

Maź dostała mi się do nosa i utkwiła w gardle. Przyprawiła mnie o wrażenie, jakbym się dusiła.

Ale im mniej pozostawało jej we mnie, tym bardziej chciałam wymiotować – przez całą wieczność, jeśli okaże się to konieczne. Łkałam, oddychałam haustami i wymiotowałam, wsparta na dłoniach, z rękami zachlapanymi ciemną breją. I wtedy do mnie dotarło, że o mało nie wymordowałam całej rodziny.

To, wraz ze wspomnieniami bycia uwięzioną w czarnym kokonie, sprawiło, że moim ciałem wstrząsnął szloch. Uczyniło mnie drżącym i łkającym wrakiem.

Kasey obserwowała mnie przez minutę. Potem odłożyła pogrzebacz na stojącą w łazience szafkę. Zbliżyła się do wanny.

– Lexi? – wyszeptała.

Ogarnięta kolejną falą mdłości, zwymiotowałam ponownie. Oparłam czoło o upaćkany skraj wanny.

Nie byłam w stanie się odezwać. Ledwo mogłam oddychać. Paliło mnie w nosie i w gardle.

– Ciii – powiedziała łagodnie, delikatnie masując mi plecy. – Już dobrze.

– Czy ja... – Zamilkłam, aby odchrząknąć, i splunęłam obficie ciemną śliną. – Czy kogoś skrzywdziłam?

– Nie – uspokoiła mnie. – Nic nam nie jest.

Kiedy mdłości minęły, zaczęłam drżeć.

– Wstań, Lexi – powiedziała. – Musimy doprowadzić cię do porządku.

Nie mogłam uwierzyć, jaka była spokojna. Pomogła mi wstać i się rozebrać. Odkręciła pod prysznicem ciepłą wodę i gdy ja się myłam, ona siedziała na pokrywie toalety. Kiedy wyszłam z kabiny, czekała na mnie z ręcznikiem i świeżą piżamą.

Szorowałam zęby chyba z dziesięć minut. Kiedy skończyłam, szczoteczka była czarna. Kasey wyrzuciła ją do kubła.

Stałyśmy naprzeciwko i spoglądałyśmy na siebie.

– Sądzę, że teraz mamy remis – powiedziałam.

Zmarszczyła brwi.

– Nie liczyłam punktów.

A zatem stało się. Pociąg się wykoleił. Zadrżałam na myśl o tym, co może dziać się w domach dziewczyn z klubu Promyczek, rozsianych po Surrey. Pocieszałam się myślą, że z czarną mazią łączyła mnie bliższa znajomość, o krok wyprzedzająca tę, jaką mogła z nią zawrzeć którakolwiek z dziewcząt.

Ale Farrin miała rację. Nie miałyśmy wyboru. To musiało się skończyć.

Wyciągnęłam drżącą dłoń i otworzyłam szufladę. Wyjęłam z niej jasnoróżową szminkę i rozprowadziłam po spierzchniętych wargach.

Kasey rozczesała mi włosy szczotką. Usiłowała osuszyć końcówki ręcznikiem, aby nie zmoczyły mojej świeżej piżamy.

– Musisz odpocząć – powiedziała, rozdzielając moje włosy na trzy pasma i zaplatając je w prosty warkocz.

– Musisz mnie zamknąć – odparłam. – W szafie lub w czymś podobnym. Gdzieś, gdzie nie będę miała z nikim styczności. W jakimś bezpiecznym miejscu.

– Będziesz bezpieczna – odpowiedziała. Ale widziałam w lustrze, jak jej pierś faluje w rytm urywanego oddechu.

– Gdzie? – wyszeptałam. Świat był rozległy i niebezpiecznie pełen ludzi, których mogłam bez zastanowienia skrzywdzić.

Wytarła wilgotną szczotkę ręcznikiem i schowała ją do szuflady. Potem położyła mi dłonie na ramionach. Nasze spojrzenia skrzyżowały się w lustrze.

– Ze mną.

Zerknęłam na dołeczki w jej policzkach, które uwidoczniły się, gdy zdeterminowana zacisnęła szczęki.

Pomyślałam, że gdybym zdołała dosięgnąć pogrzebacza, mogłabym znacznie je pogłębić.

Och, Boże. Wyminęłam siostrę, wybiegłam z łazienki i popędziłam do swojego pokoju. Wskoczyłam w dżinsy i zapięłam bluzę, którą naciągnęłam na górę od piżamy.

Kasey zapukała delikatnie do drzwi, nie chcąc obudzić rodziców. Wiedziałam jednak, że musi być przerażona.

– Co ty wyprawiasz?

– Przepraszam – powiedziałam. – Muszę wyjść.

Spojrzała na mnie ponuro i mocno oplotła się ramionami.

– Dokąd?

– Nie wiem. Postaram się wysłać ci wiadomość.

– Co powiem rodzicom?

– Coś wymyślisz. – Bałam się zostać w domu choćby chwilę dłużej, niż musiałam.

Kasey odprowadziła mnie do korytarza i zamknęła za mną drzwi na zasuwkę, tak jak jej poleciłam.

Przeszłam na drugą stronę ulicy i wspięłam się na drabinkę dla dzieci. Wyjęłam komórkę i zadzwoniłam do Megan.

Opony samochodu zapiszczały na kiepskim asfalcie, gdy Megan zahamowała gwałtownie. Ta droga w ciągu pięciu lat będzie dziurawa jak sito. Otworzyła mi drzwiczki po stronie pasażera. Przypatrywała się, jak zapinam pas.

– Co się stało? – zapytała.

Nie chciałam powiedzieć tego głośno.

– Aż tak źle? – Wyjechała na główną drogę.

– Proszę, pomóż mi – odezwałam się. – Muszę znaleźć się w jakimś bezpiecznym miejscu.

Nagle wszystko dotarło do mnie z całą mocą i zaczęłam płakać. Łkałam, a po moich policzkach ściekały obficie czarne krople łez. Usta rozchyliły się, kiedy wstrząsnęła mną czkawka, a z nosa pociekły mi smarki.

Megan sięgnęła do torebki i wydobyła z niej paczkę chusteczek.

Przez cały ten czas – wszystkie nasze spotkania, zaklęcia, sprawę z Carterem, śmierć Tashi – tym, czego potrzebowałam naprawdę, było z kimś porozmawiać. Z najlepszą przyjaciółką. Moją najlepszą przyjaciółką.

– Megan – zwróciłam się do niej. – Wszystko wali się w gruzy.

– Ciii. – Poklepała mnie po ramieniu.

– Nie, nie rozumiesz – odparłam. A potem wszystko jej opowiedziałam. O tym, jak sądziłam, że oszukałam Aralta, a okazało się, że jest odwrotnie. O zniknięciu Tashi. Groźbach Farrin. *Tugann Sibh*. Wygraniu konkursu, choć nie zasługiwałam na zwycięstwo.

O wszystkim oprócz Kasey.

Rozgadałam się tak, że zaparkowała na podjeździe Lydii, zanim się zorientowałam, dokąd jedziemy.

– Co my tu robimy? – zapytałam.

– Będziesz tu bezpieczna – zapewniła mnie Megan. – Rodziców Lydii nie ma w domu.

Dostrzegła, jak czujnie spojrzałam na zasłonięte folią okna. Przy samych framugach blask przesączał się na zewnątrz.

– Nie bardzo mogę cię zabrać do siebie, Lex – wyjaśniła. – Babcia wsiadłaby nam na karki.

Miała rację.

Lydia wpuściła nas do domu, przemawiając cicho kojącym tonem. Zaparzyła mi nawet kubek herbaty. Przesiedziałyśmy dziesięć minut na kanapie, aż w końcu nie mogłam już dłużej opanować nerwów. Wstałam i zaczęłam krążyć po pokoju. Czułam na sobie ich spojrzenia. Przyglądały mi się tak, jakbym była odbezpieczonym granatem. Ostatecznie, czy tak właśnie nie było?

Na ścianach wisiała niedobrana kolekcja rodzinnych zdjęć. Sprawiało to takie wrażenie, jakby obwiesili pokój przypadkowymi fotografiami. Takimi, które po prostu znalazły się pod ręką, używając jako wieszaków byle jakich gwoździków. Kompozycja była zaburzona. Ramki nie pasowały do siebie wyglądem.

Pochyliłam się, by z bliska przyjrzeć się zdjęciu Lydii z gimnazjum, zanim została gotką. Uśmiechnięta, tuliła się na nim do starszej kobiety. Wykonano je w trakcie uroczystości religijnej lub innego podobnego wydarzenia. Obie miały na głowach głupawe słomkowe kapelusze, a na piersiach naklejki z imionami.

CZEŚĆ, MAM NA IMIĘ LYDIA!

CZEŚĆ, MAM NA IMIĘ ELSPETH!

Gapiłam się przez chwilę, która wydawała się bardzo, bardzo długa, aż fotografia zaczęła falować mi przed oczami.

– Lex? – zapytała Megan. – Czy już się dobrze czujesz?

– Może usiądziesz? – odezwała się Lydia. Zbliżyła się do mnie płynnym krokiem. Wyjęła mi z dłoni kubek z herbatą. Poprowadziła mnie ku sofie.

Elspeth powiedziała: *Nie ufaj mi.*

– Kto to? – Zmusiłam obrzmiały język do wyartykułowania pytania. Słowa zabrzmiały głucho.

Lydia odwróciła głowę i spojrzała na zdjęcie. W mojej głowie scena odbiła się echem:

odwróć głowę / spójrz, odwróć głowę / spójrz, odwróć głowę / spójrz

– To moja babcia – odparła, a jej głos wibrował w moim umyśle, jak gdyby mówiła przez rurę. – Zmarła w maju.

babcia / zmarła w maju, babcia / zmarła w maju

U mojego boku pojawiła się Megan. Ujęła mnie pod brodę.

– Jest tam kto? – zapytała. Potem się odwróciła. – Tak, nie ma jej. Jak długo to potrwa?

NIE UFAJ MI / NIE UFAJ MI / NIE UFAJ MI

Nie.

Świat pogrążył się w czerni, jakby na scenę opadła czarna kurtyna.

NIE UFAJ MEGAN*.

---

* Ginąca w przekładzie gra słów pomiędzy pokazanym wcześniej przez wskaźnik „DON'T TRUST ME" – w którym na końcu wystąpił zaimek „ME" (ja/mi/mnie) – a imieniem Megan, zaczynającym się od tych samych liter [przyp. tłum.].

30

Słyszałam ciche kapanie. Gdzieś w murze przeciekała rura.

Odległa i stłumiona pomarańczowa poświata latarni pełgała po ścianach.

W głowie łupało mnie tak, jak gdyby wnętrze mojej czaszki było szybą oceanarium, o którą tłukło stado delfinów.

I byłam przywiązana do krzesła.

Nie, nadchodzący dzień zdecydowanie nie zapowiadał się dobrze.

Opuściłam podbródek i dostrzegłam, że mam na sobie cudzą sukienkę. A potem zdołałam zebrać myśli i rozpoznałam ją. Należała do Megan. Na nogach miałam parę najlepszych butów pani Wiley. Nie znoszonych, ale świeżo wyjętych z jej szafy. Nie byłam w stanie dojrzeć własnych paznokci, odnosiłam jednak wrażenie, że zostały starannie pomalowane. Czułam zapach pudru i szminki, zapewne na mojej twarzy, ponieważ skóra miejscami wydawała mi się napięta. Ból głowy przypisałam jednej z fryzur Megan, wymagającej ściągnięcia ciasno włosów.

Zostałam ubrana jak na przyjęcie. Takie naprawdę ważne. Jednak nadal byłam na tyle oszołomiona, że przyjęłam to jak coś normalnego. Domyśliłam się, że osiągnęłyśmy szczęśliwą liczbę dwudziestu dwóch członkiń.

Ta myśl mnie otrzeźwiła.

Bo jeśli planowałyśmy imprezę, oznaczało to, że jedna z nas umrze.

A co z Kasey? Czy będzie mnie szukać? Co one z nią poczną?

Znajdowałam się w małej klitce bez okna. Nie trudziłam się wołaniem o pomoc. Nie chciałam zwracać na siebie uwagi Megan i Lydii wcześniej, niż okaże się to konieczne. Przypuszczałam, że tak czy inaczej nie zaryzykowałyby umieszczenia mnie w miejscu, z którego sąsiedzi mogliby dosłyszeć moje wołanie.

Drzwi za moimi plecami otworzyły się. Usiłowałam udawać, że głowa opadła mi bezwładnie na pierś. Ale ktokolwiek wszedł, zauważył ruch.

– Cóż, dzień dobry, panno Promienna! – Głos należał do Megan.

Nie odpowiedziałam.

– Jesteś gotowa na świętowanie? – zapytała. – Będziemy się świetnie bawić.

Poruszyłam nadgarstkami i poczułam, że skórę napina mi taśma klejąca.

– Jak mamy odprawić ceremonię wieńczącą, skoro nie mamy wystarczającej liczby członkiń? – odpowiedziałam pytaniem na pytanie.

– A kto powiedział, że nie mamy? – odrzekła Megan słodkim głosem. – Rozchmurz się, Lex. Przyprowadziłam ci przyjaciółkę.

Usłyszałam, jak ktoś został wepchnięty do pomieszczenia. Potem drzwi zatrzasnęły się z hukiem. Dobiegło mnie wypowiedziane cicho, urażonym tonem „au".

Znałam to „au".

– Kasey! – zawołałam, szarpiąc się w więzach, żeby spojrzeć przez ramię.

– Lexi?!? – Potykając się, podbiegła do mnie. Objęła mnie od tyłu. – Och, Boże, czy nic ci nie jest? Co się stało?

– Nic mi nie dolega. Możesz rozwiązać mi ręce?

– Tak – rzekła, biorąc się do dzieła. – Ale powiedz mi, co się dzieje. Czy Megan...?

– Znalazła się w posiadaniu zła? W skrócie mówiąc, tak. – Wykręciłam szyję, aby popatrzeć, jak szarpie palcami taśmę klejącą. – Skąd się tu wzięłaś, Kase? Nic ci nie jest?

– Nie. – Oczy miała rozszerzone. – Zadzwoniłam do Megan, żeby zapytać, czy wie, gdzie jesteś, a ona poleciła mi przyjść do Lydii. Więc się zjawiłam. Powiedziały mi, że jesteś w piwnicy. I wtedy zapytałam dlaczego. A Megan odpowiedziała: „chodź i sama zobacz". A potem poleciła mi przemówić ci do rozsądku i mnie tu wepchnęła.

Przymknęłam oczy. Przynajmniej jej nie skrzywdziły.

– Lexi, co się dzieje? Megan powiedziała, że klub ma się spotkać. Po raz ostatni. Co jest grane?

– To dzień ceremonii wieńczącej – odparłam. – Posłuchaj mnie, Kasey. Musisz odgrywać swoją rolę. Zrób wszystko, co konieczne, żeby wydostać się stąd przed spotkaniem. Nie jesteś tu bezpieczna.

– Nie ma mowy. Nie zostawię cię. Za każdym razem, kiedy usiłujesz zrobić coś sama, kończy się to katastrofą. Tak więc odpowiedź brzmi: „nie". Zapomnij o tym.

– Nie rozumiesz – powiedziałam. – Jeśli poznają prawdę, to cię zabiją.

– Ale jej nie znają, prawda? Więc niby jak miałyby się dowiedzieć?

Miała rację. Nigdy nie pozwoliłyby jej zobaczyć się ze mną, gdyby podejrzewały, że nie jest w pełni oddana Araltowi.

Skupiłam się na własnych dłoniach.

– Skończyłaś już? – zapytałam. – Może gdzieś tu poniewiera się coś, czym można przeciąć taśmę.

– Lexi, proszę. Wiem, że jest coś, o czym nie chcesz mi powiedzieć. Ale cokolwiek one każą ci zrobić, po prostu to zrób. To na pewno nic znaczącego. Jeśli coś ci się stanie, to co ja powiem mamie?

– Niestety, to jest coś znaczącego – odpowiedziałam. – Ktoś zostanie zabity, Kasey.

– Cóż… co z tego? – odparła. – Nie padnie na mnie ani na ciebie.

„Co z tego?".

– Co masz na myśli, mówiąc, że nie padnie na mnie ani na ciebie? Skąd możesz to wiedzieć?

– Miałam na myśli, że to nie musi być żadna z nas. Może paść na każdego.

– Szarpnęłam dłońmi.

Żadnego postępu w ich oswobodzeniu, odkąd się tu zjawiła.

– Kasey – powiedziałam. – Podejdź tutaj.

Po chwili ciszy zza pleców dobiegł mnie szelest.

– Nie mamy na to wszystko czasu, Lexi.

– Stań przede mną – poleciłam. – Chcę ci się przejrzeć.

– O co ci chodzi?

– Chcę coś zobaczyć.

W jej głosie pojawiła się irytacja.

– Nie ma niczego do…

– Kasey!

– Przestań mną dyrygować, Lexi. Usiłuję cię ocalić! Uratować nas wszystkie!

– Podejdź tutaj.

Okrążyła krzesło i przyklękła przede mną.

– Dlaczego nie chcesz pozwolić mi sobie pomóc? – zapytała. – Już raz przez to przeszłam, pamiętasz? Tym razem jest inaczej. Tym razem nie możesz po prostu roztrzaskać lalki i zostać bohaterką.

– Nie możemy pozwolić, żeby ktoś umarł, Kase – powiedziałam. A nawet gdybyśmy mogły, nie uwolniłybyśmy się dzięki temu spod władzy Aralta. Nadal należałybyśmy do niego, kontrolowałby nas, czerpał z nas przez resztę naszych żywotów.

Twarz Kasey stężała.

– Nie mogę cię stracić – powiedziała, pochylając się i łkając cicho. – Jesteś najlepszą siostrą na świecie. Proszę, po prostu zrób, co ci każą.

Przez chwilę czułam się poruszona. Nawet więcej niż poruszona. Spojrzałam na lśniące włosy na ciemieniu siostry. Obserwowałam, jak unosi wzrok, aby na mnie spojrzeć.

Jej oczy były czarne. Twarz pokrywały szare smugi.

– Złożyłaś przysięgę – stwierdziłam.

– I co z tego? – warknęła, gwałtownie się prostując.

W pomieszczeniu zapadła cisza.

Nabrała powietrza i powoli je wypuściła.

– To nie moja wina – powiedziała. – Domyśliły się.

– Jak? – zapytałam. – Jeżeli nie przyszłaś tu i tego nie wyznałaś, to jak zdołały się domyślić?

Powoli się obróciła. Uniosła włosy, odsłaniając kark.

W poprzek, niczym złowieszczy uśmiech, biegło długie ciemne rozcięcie.

Ponownie odwróciła się twarzą w moją stronę. W jej oczach lśniło coś na kształt przeprosin.

– Spanikowałam – wyjaśniła. – Wiedziałam, że się nie zagoi. Przyznałam się zatem, zanim zrobiłyby mi coś… gorszego.

Zamknęłam oczy.

Wezbrała we mnie ciemna kula gniewu. Megan i Lydia zaprosiły moją młodszą siostrę. Zwabiły ją w pułapkę, uwięziły i torturowały. A potem zmusiły ją do złożenia ślubów Araltowi.

Zabiję je. Pozwoliłam, aby przez pełną ponurej satysfakcji chwilę ta myśl wypełniła mi umysł. Potem zebrałam się do kupy.

– Ale to nic nie szkodzi. Wszystko jest w porządku. Jestem teraz o wiele szczęśliwsza, Lexi – powiedziała. – Popieram cię, jeśli chodzi o sprzeciw w tej sprawie. Lecz jaki mamy wybór?

Moja pierś uniosła się wolno i opadła. Dusznym piwnicznym powietrzem ciężko się oddychało.

Żadnego wyboru.

Nie miałam żadnego wyboru.

– A jeśli się nad tym zastanowić... – powiedziała. – Czy nie jest to niemal ekscytujące?

W przytłumionym świetle jej wyczekujący uśmiech miał w sobie słodycz płynu do odmrażania.

Wyciągnęła rękę i położyła dłoń na moim kolanie. Spojrzałam na pierścionek na jej palcu. Spodziewałam się ujrzeć lśniącą złotą obrączkę. Ale biżuteria, którą nosiła, była starsza, znacznie starsza.

Pierścionek był gustownie zdobiony, jego powierzchnię pokrywała patyna rysek.

Świadectwo stu sześćdziesięciu sześciu lat użytkowania.

– Skąd go masz? – zapytałam.

Kasey zerknęła na błyskotkę.

– Wcześniej posiadała go Lydia. Powiedziała mi, że należał do przyjaciółki rodziny, która zmarła.

Zacisnęłam mocno powieki.

– Na litość boską, nie płacz – powiedziała Kasey. – Zniszczysz sobie makijaż.

– Wynoś się – wyszeptałam.

Cofnęła się o krok.

– Co?

– Zostaw mnie samą.

– Jesteś nieuprzejma, Lexi. – Pociągnęła nosem. – Czy zdajesz sobie sprawę, jak ułatwi nam to życie? Sądzisz, że łatwo będzie mi się dostać do koledżu, skoro mam w papierach usiłowanie morderstwa?

– Idź – powiedziałam.

– Dobrze. Ale jeśli sądzisz, że cię teraz rozwiążę, to musisz być szalona! – Szybkim krokiem opuściła piwnicę i zamknęła za sobą drzwi z głośnym trzaśnięciem. Usłyszałam jej głos zza ściany:

– Zachowuje się zupełnie nierozsądnie.

Minutę później drzwi otworzyły się i głowę wetknęła przez nie Megan.

– Chciałam ci tylko dać znać. Spotkanie rozpocznie się za pół godziny.

– Co z tego? – zapytałam.

– Daj spokój, Lex. – Weszła i stanęła za mną. Ku mojemu zaskoczeniu zaczęła rozcinać krępującą mnie taśmę. – Zastanów się nad tym. Powinnaś dziękować Lydii i mnie. Rozwiązałyśmy problem z Kasey za ciebie. Teraz możesz ruszyć do przodu. Zapewnić sobie i siostrze to niewiarygodne życie.

Wyciągnęłam ręce przed siebie, usiłując odzyskać czucie w palcach.

– Wiem, jak bardzo się o nią troszczysz – powiedziała cicho. – Jeśli chcesz znać prawdę, Lex, czułam się trochę zazdrosna. Nigdy nie miałam z nikim podobnej więzi.

Skupiłam się na rozmasowywaniu nadgarstków.

– Może to dlatego nie byłaś oddana Araltowi w takim stopniu jak ja – powiedziała.

Gwałtownie uniosłam głowę.

– Byłam bardzo oddana Araltowi – odpowiedziałam. – Uznałam po prostu, że wolna wola jest dla mnie ważniejsza niż dostawanie wszystkiego, czego sobie zażyczę.

Moja wrogość nie speszyła Megan. Posłała mi zdziwiony uśmiech.

– Aralt ceni wolną wolę – odparła. – Dokonujesz własnych wyborów. To, jak postąpiłaś z Carterem, to była twoja decyzja. Chciałaś doskonałego chłopaka. I Aralt ci go dostarczył.

Moja definicja doskonałego chłopaka nie wspominała o byciu przez niego prześladowaną. Nie powiedziałam tego jednak głośno. W jej słowach było zbyt wiele prawdy. Carter świetnie sobie radził, dopóki nie zaczęłam nim manipulować.

– Tak czy inaczej, odczytasz to zaklęcie – oświadczyła Megan. – I w taki czy inny sposób zrozumiesz, jak ważny jest Aralt. Najwyższy czas dorosnąć i skończyć z biadoleniem. Zacząć być wdzięczną za wszystkie te rzeczy, które dla ciebie czyni, choć wcale na to nie zasługujesz.

– Nie zrobię tego – powiedziałam.

Westchnęła.

– Cóż za niewdzięcznica.

– Tashi nie żyje – odparłam. – Lydia ją zabiła. Nie pozwolę, żeby umarł ktoś jeszcze.

Megan potrząsnęła głową.

– Cóż, zatem rozwiązanie tego problemu powinno nasuwać ci się samo.

Spojrzałam na nią.

– Odczytasz zaklęcie dwukrotnie – powiedziała. – Poświęcisz się.

– To samobójstwo.

– Samobójstwo czy morderstwo. – Wzruszyła ramionami. – Dopóki nie nauczysz się spoglądać na życie w sposób mniej dosłowny, nic nie będzie dobrze brzmiało. W tym nie mogę ci pomóc.

Ruszyła do drzwi. Pochyliłam się i zaczęłam oswobadzać kostki z więzów.

– Poza tym – rzuciła przez ramię – mamy ochotniczkę. Dobra wieść, Lex. To tylko Zoe.

Drzwi zamknęły się za nią z kliknięciem.

Usiłowałam nie myśleć o tym, co mi właśnie powiedziała. Rzecz jednak w tym, że ona i Kasey miały rację. Musiałyśmy znaleźć takie czy inne rozwiązanie. A wedle stanu mojej wiedzy posłuchanie Farrin – odczytanie *Tugann Sibh* i zgoda na śmierć jednej z dziewczyn, zgoda na śmierć Zoe – było jedyną gwarancją, że nie postradamy wszystkie zmysłów i nie umrzemy w ośrodku dla obłąkanych.

Ale mogłam zostać ochotniczką. Istniało takie proste wyjście. Ocaliłabym Zoe, moją siostrę i przyjaciółki... i nie musiałabym żyć z czyjąś śmiercią na sumieniu.

Chodziło jedynie o to...

Że się bałam.

Nie potrafiłam wyobrazić sobie zgłoszenia się na ochotnika w miejsce Zoe i poświęcenia własnego życia, tak jak nie umiałam sobie wyobrazić, że wdrapię się na krawędź czynnego wulkanu i rzucę się w lawę.

„Tchórz", zbeształam samą siebie w myślach. „Samolubny cykor".

Czy naprawdę przejmowałam się tym, że ktoś inny umrze? Czy może obchodziło mnie tylko to, bym nie ponosiła za to winy? Chciałam wszystkiego: łatwego rozwiązania problemu i tego, aby wina nie spadła na mnie. Moja siostra i Megan były przynajmniej gotowe przyznać, że ktoś za nie umrze.

Samolubny, zestrachany, bezużyteczny cykor.

Mój oddech stał się urywany. Poczułam, jak drżą mi ramiona. Uniosłam dłonie do twarzy, spodziewając się łez, pragnąc ich i nie przejmując się tym, że płacząc, zniszczę sobie makijaż czy sukienkę.

Ale łzy nie popłynęły. Nie byłam w stanie zapłakać.

To dlatego, że obawiasz się zniszczyć sobie makijaż, zrugał mnie wściekły głos w moich myślach.

I tak właśnie było. Tak bardzo się bałam.

I byłam taka wyczerpana odpychaniem Aralta. Byciem autsajderką i tym przekonaniem, że wszystkich zawiodłam.

To będzie bardzo przyjemne, powiedział głos w mojej głowie. *Uczyni cię o wiele silniejszą.*

„Tylko na sekundkę, a potem nadal będę się opierała", powiedziałam sobie. I wówczas, na podobieństwo strumyczka wody przeciekającego pod drzwiami, który zwiastuje nadchodzącą powódź, minimalnie rozluźniłam samokontrolę.

Łupanie w skroniach natychmiast złagodniało. Przeszło w łagodne, promienne wrażenie, jakiego doświadczacie, gdy coś nagle przestanie was boleć. Było jak nieoczekiwany szok związany z poprawą samopoczucia.

Z wahaniem wypuściłam z dłoni kolejną nić: poczucie winy z powodu złożenia przysięgi przez Kasey.

Pomyślałam, że jest teraz taka szczęśliwa. Wreszcie pozna Aralta. Poczuje jego obecność.

A potem, niczym rwący się sznur, w którym po kolei pękają najcieńsze włókienka, mój opór zaczął się rozpadać.

Nic nie wydawało się już tak złe jak jeszcze przed kilkoma minutami.

Oczywiście, że się boisz, zamruczał miękko głos. *Oczywiście, że nie chcesz umrzeć. Któż mógłby cię za to winić?*

W moim umyśle zaczęła kształtować się wizja promiennej przyszłości. Odzyskam Cartera i tym razem nasze relację będą wyglądały inaczej. Nie będę nim manipulowała. Będę pracować na stażu i dokonam ważnych rzeczy. Kupię samochód. Moi rodzice będą ze mnie tacy dumni.

Poczułam się tak, jakbym po całym dniu ciężkiej pracy opadła na plecy w puchowe łoże.

I w mój umysł, niczym plugawy pasożyt, wwierciła się zdradziecka myśl: „To tylko Zoe".

Nim uwolniłam stopy i wstałam, byłam już zupełnie nową dziewczyną.

Dziewczyną Aralta.

31

LYDIA BYŁA UBRANA JAK GWIAZDA FILMOWA Z LAT czterdziestych. Jej wąska u góry czerwona suknia miała głęboki, ostro wycięty dekolt. Poniżej talii materiał luźno opływał sylwetkę. Włosy ciasno ściągnęła z tyłu i spięła na czubku głowy niedużą, ozdobną, czerwoną spinką w kształcie piórka.

Wyglądała pięknie. Sukienka zdawała się przyciągać i pochłaniać światło – na pewno nie była tania. Wydawało mi się, że widziałam ją w jednym z magazynów, którymi wymieniałyśmy się przy stoliku.

Nie myślałam o tym, że dała mojej siostrze pierścionek Tashi. To by automatycznie oznaczało, że Lydia zabiła Tashi. Cóż, może Tashi po prostu jej go dała.

Tak, oczywiście, powiedział głos w moim wnętrzu. *Ależ z ciebie spryciara, że na to wpadłaś. Cóż za słodkie i dobre dziewczę.*

– Chronimy twoją siedzibę nawet za cenę naszej krwi i życia – zaintonowała Lydia.

– Chronimy twoją siedzibę nawet za cenę naszej krwi i życia – powtórzyły chórem zgromadzone.

– Jak wszystkie wiecie – powiedziała Lydia – w minionych tygodniach spotkał nas zaszczyt w postaci przynależności do klubu Promyczek. Z błogosławieństwem Aralta mogłyśmy się doskonalić i stałyśmy się piękniejsze, bardziej popularne, odnoszące sukcesy i mądrzejsze. Wzięłyśmy to, co nam zaoferował, i wykorzystałyśmy owe dary jak najlepiej. Teraz zaś nadszedł czas na prawdziwą zmianę. Na poświęcenie naszych żywotów czemuś ważniejszemu niż nasza nieduża grupa.

Czemuś takiemu jak leczenie śmiertelnych chorób. Negocjowanie traktatów pokojowych. Tworzenie sztuki.

– Dzisiejszego wieczoru… odbędziemy ceremonię wieńczącą.

Rozległy się brawa.

Opadłam na oparcie i kiedy Lydia wygłaszała swą przemowę, rozejrzałam się wokół.

Siedząc w wilgotnej i obskurnej piwnicy Smallów, wszystkie sprawiałyśmy wrażenie przesadnie wystrojonych. Pomieszczenie miało długość mniej więcej dziesięciu metrów i było szerokie na jakieś siedem. Wylana betonem podłoga zdążyła popękać ze starości. Sklepienie było tak nisko, że zdawało się na nas napierać. Sprawiało to, że atmosfera była duszna. Prowadzące tu z korytarza skrzypiące schody ledwie zasługiwały na swoją nazwę i bardziej przypominały drabinę.

Jedna strona pomieszczenia była niemal całkowicie zastawiona pudłami. Drugą pozostawiono pustą. Pod długim i wąskim okienkiem ustawiono stolik z przekąskami. Jak na razie nikt z niego nawet nic nie skubnął.

Na poczęstunek przyjdzie czas po ceremonii.

Członkinie klubu rozsiadły się w kręgu na składanych krzesełkach. Każda z dziewcząt miała idealnie ułożone włosy, starannie wykonany makijaż i odprasowane ubranie.

W centrum kręgu stało prowizoryczne podwyższenie.

Kasey siedziała kilka krzeseł ode mnie. Podobnie jak od pozostałych dziewczyn, wręcz bił od niej blask, tak była podekscytowana. Dlaczego miała nie być? Po dzisiejszym wieczorze zaczniemy prowadzić życie, o jakim inni mogą tylko marzyć. Pieniądze. Sukces. Sława. W zasadzie wszystko, czego zapragniemy.

Jeśli zaś chodzi o Zoe, to nigdy nie wyglądała równie promiennie. Tajemnica, którą posiadała, zdawała się sprawiać, że siedząc w kręgu, dosłownie jaśniała. Jej oczy również lśniły blaskiem, gdy z uczuciem rozglądała się wokół. Dostrzegłam w nich także wyraz satysfakcji. Niemal samozadowolenia.

Naprawdę się cieszyła, mogąc to zrobić. Było dokładnie tak, jak powiedziała Farrin: że jedna z nas będzie się cieszyła.

Lydia sięgnęła w dół i otworzyła książkę.

– A teraz – powiedziała – zaczniemy. Alexis, czy podejmiesz się tego zaszczytu?

To wyróżnienie, czyli pozwolenie, abym była tą, która zapoczątkuje odczytywanie zaklęcia, stanowiło pomysł Lydii. Była tak podekscytowana odzyskaniem mnie dla Aralta, że natychmiast to zaproponowała.

Zbliżyłam się do książki. Omiotłam wzrokiem pomieszczenie. Przesunęłam nim po radosnych twarzach wokół.

Zapomniałam o Elspeth. Jeśli ktoś wręczyłby wam zwycięski los na loterię, to byście go wzięli, prawda? Zrezygnowałby z niego tylko idiota, tak czy nie?

„To może być najlepsza rzecz, jaka mi się kiedykolwiek przytrafiła".

Najlepsza rzecz, jaka mi się kiedykolwiek przytrafiła.

Gdzieś już to słyszałam.

Właśnie to powiedziała mi Farrin.

A ja jej uwierzyłam.

Nie dlatego, że doszłam do takiego wniosku. Ona sprawiła, że po prostu uwierzyłam. Manipulowała mną w ten sam sposób, w jaki ja manipulowałam innymi. Prawdopodobnie zrobiła to odruchowo, jakby odczytywała dialog ze sztuki teatralnej.

Czy kiedykolwiek była prawdziwa? Czy sama dokonywała własnych wyborów? Czy też zawsze chodziło o rzecz, którą Aralt uznałby za właściwą? Właściwą dla osiągnięcia celów jej przyjaciółek. Czy ona była więc wolna?

Czy też miała jedynie tyle wolności, na ile pozwolił jej Aralt?

Opuściłam wzrok na książkę i otworzyłam usta. A potem zatrzasnęłam wolumin.

Wokół rozległy się rozczarowane westchnienia, wznosząc się pod sufit niczym bąbelki powietrza w akwarium. Lydia niemal poderwała się z krzesła.

– Ja… chciałam wam tylko powiedzieć – odezwałam się – jak bardzo troszczę się o was wszystkie. I jak wspaniale było… być waszą siostrą.

Wymruczały uprzejme odpowiedzi. W oczywisty sposób oczekiwały, aż wreszcie rozpocznę ceremonię.

Nie mogłam jednak tego zrobić. Zdecydowałam. Tym razem sama. Pozostałe dziewczyny mogą rozszarpać mnie na strzępy i kontynuować beze mnie. Ale jeśli chodziło o moją rolę w tym wszystkim, to wiedziałam, że nigdy nie pokłonię się Araltowi.

Kiedyś sądziłam, że prędzej umrę, niż zdecyduję się na życie bez Aralta.

Ale teraz życie z nim wydawało się takie samo jak śmierć.

Ponownie otworzyłam książkę. Lydia wyprostowała się na krześle.

– Zaznaczyłam kartkę.

Spodziewałam się zobaczyć u góry strony wykaligrafowane TUGANN SIBH. Ale Lydia zaznaczyła inne miejsce. Nagłówek brzmiał TOGHRAIONN SIBH.

Nazwa była podobna. Książka zawierała jednak mnóstwo zaklęć. Łatwo je było pomylić.

Zerknęłam na Lydię.

– Jesteś pewna, że to właściwe zaklęcie?

– Tak – odpowiedziała. – Sprawdziłam trzykrotnie.

Jeśli *Tugann* znaczyło „dajemy", to co oznaczało *Toghraionn*? Albo Farrin, albo Lydia musiała się pomylić.

Wszystkie te myśli przemknęły mi przez głowę w czasie nie dłuższym niż dwie sekundy.

Zerknęłam na Lydię. Na jej czerwoną sukienkę.

Nie.

Na czerwoną sukienkę Tashi – sukienkę, którą Lydia zabrała z jej szafy po tym, jak ją zabiła, zabrała książkę i zsunęła pierścionek z jej bezwładnej dłoni.

Po tym, jak ją zamordowała.

Omiotłam pomieszczenie spojrzeniem. A potem wbiłam wzrok w książkę.

TOGHRAIONN SIBH zapisano na prawej stronie.

Na lewej widniało inne zaklęcie.

TRÉIGANN SIBH.

Słowa podkreślono ciemnoszarym szlaczkiem narysowanym jednym gwałtownym pociągnięciem przez kogoś, komu wyraźnie brakowało czasu.

Kogoś takiego jak Tashi.

Co wyszeptała mi gorączkowo Tashi, kiedy już wiedziała, że zbliża się jakieś wielkie niebezpieczeństwo? Żeby odpuścić… spróbować ponownie.

I co przeliterowała Elspeth przez tabliczkę Ouija? *Spróbuj ponownie.*

To nie było „spróbuj ponownie".

Tréigann[*].

Zaklęcie wyrzeczenia.

To właśnie było zaklęcie, którego potrzebowałyśmy. I jeśli Tashi postanowiła powierzyć je komuś, kto mógł się oprzeć Araltowi, oznaczało to, że nie będzie on uszczęśliwiony rezultatem jego odczytania. Aralt chciał zaklęcia ofiarującego, ponieważ pragnął czyjejś energii życiowej.

Może więc zaklęcie wyrzeczenia pozwoli nam pozbyć się go bez czyjejkolwiek śmierci?

Pozostawało jedno pytanie… Do zrobienia czego, na matkę ziemię, usiłowała nakłonić nas Lydia?

---

[*] Ginąca w przekładzie gra słów, oparta na podobnej wymowie nazwy zaklęcia *Tréigann* i angielskiego zwrotu *try again* (spróbuj ponownie) [przyp. tłum.].

32

TRÉIGANN SIBH. MY PORZUCAMY.

W tym momencie radom dwóch martwych kobiet ufałam bardziej niż komukolwiek innemu. Wliczając siebie samą.

Przeczytałam zatem zaklęcie wyrzeczenia, linijka po linijce. Dziewczyny w pokoju powtarzały je za mną.

Mniej więcej w połowie poczułam ostry ból w boku, jakby chwycił mnie nagły skurcz żołądka. Czytałam jednak dalej. A jeśli którakolwiek z pozostałych dziewcząt również coś poczuła, one także to zignorowały. Nie miały żadnego powodu, aby podejrzewać, że kilka niewielkich ukłuć bólu jest czymś, czego nie należało oczekiwać, i uznały, że po prostu trzeba to znieść. Dla Aralta gotowe były ścierpieć wszystko.

Żadna z nich nie znała prawdy: tego, że z każdym słowem wypierały go z siebie z powrotem do książki.

Kiedy skończyłam, zamknęłam wolumin i wydałam urywane westchnienie. Zaczynały mnie boleć nogi, jakbym właśnie ukończyła maraton. Rozglądając się po pomieszczeniu, zauważyłam, że pozostałe dziewczyny także to czuły. Masowały skronie i przekrzywiały głowy, aby rozciągnąć mięśnie szyi.

Choć, z drugiej strony, Lydia wyglądała tak, jakby jej nic nie dolegało.

I wtedy mnie to uderzyło: kiedy odczytywałam zaklęcie, ona jedna nie powtarzała jego słów. Siedziała w bezruchu i milczała.

Nie wiedziała, że odczytałam niepoprawne zaklęcie. Gdyby była tego świadoma, na pewno by zareagowała.

Co więc ona wyprawiała?

– A teraz… zostało nam do wypełnienia jeszcze jedno zadanie – powiedziałam, a głos uwiązł mi w gardle. Kilka razy odkaszlnęłam konwulsyjnie, zanim zdołałam się wyprostować.

Wszystkie usiłowały się uśmiechać, ale wyraźnie czuły się kiepsko. Zoe wygładziła spódnicę. Lecz zanim zdążyła postąpić o krok w stronę środka kręgu, obok mnie znalazła się Kasey.

– Chcę to zrobić – powiedziała. – Chcę być darem dla Aralta. Proszę, pozwól mi to uczynić.

Zoe wyglądała dokładnie tak, jak ja się czułam: jakby właśnie powalono ją na ziemię.

Spojrzałam w niebieskie oczy mojej siostry. Nie mrugała, a jej źrenice miały wielkość gumek na końcach ołówków.

– Kasey – odezwałam się do niej. Powiedziałam to z powodu szoku, ale ona pomyślała, że się z nią spieram.

– Proszę, Lexi – odparła. – Pozwól mi być darem.

Lydia obserwowała nas z zaniepokojoną i zaciekawioną miną.

A ponieważ wszystko musiało wyglądać, jakby działo się zgodnie z planem, odrętwiała wskazałam jej *Tréigann*. I Kasey odczytała go ponownie.

Modliłam się, aby wybór, którego dokonałam, okazał się właściwy, a dwukrotne odczytanie zaklęcia nie zaowocowało straszliwym skutkiem. Może zaufanie Tashi i Elspeth było z mojej strony głupotą?

Kiedy skończyła, w pomieszczeniu zapadła cisza.

– W porządku – powiedziałam, kartkując strony po omacku. Tak naprawdę nie zaplanowałam kolejnego kroku. Przypuszczalnie liczyłam na wielkie objawienie. Coś w tym stylu, że wszystkie z niedowierzaniem przecierają oczy i mówią: „O co właściwie w tym wszystkim chodziło?".

Nic z tego.

– Muszę się podpisać, prawda? – zapytała Kasey.

– Tak – potwierdziłam. – Powinnyśmy wyjść… zostać same.

Żadna z dziewczyn nic nie powiedziała, ponieważ wszystkie sądziły, że ona umiera. Siedziały tylko na swoich składanych krzesłach z wymanikiurowanymi dłońmi na kolanach i czekały, aż moja siostra umrze. Czy zaraz zgromadzą się wokół stolika z przekąskami? Czy ich zdaniem Kasey powinna gdzieś pójść, położyć się i odejść w spokoju, nie rujnując naszego przyjęcia?

Głos Lydii przeciął powietrze tak, jak rozgrzany nóż przecina kostkę masła.

– Tam dalej jest niewielkie pomieszczenie.

Miała na myśli klitkę, w której mnie wcześniej więziły. Spojrzałam na nią twardo.

– Kasey zasługuje na odrobinę komfortu.

Moja siostra zaczynała tracić panowanie nad sobą.

– Chyba lepiej pójdę na górę – powiedziała drżącym głosem. – Wydaje mi się, że wolałabym zostać sama.

– Dobrze – powiedziała Lydia. – Chodźmy na górę.

– Nie, tylko Lex i ja – wyszeptała Kasey.

Metr od nas Mimi zaczęła się wachlować.

– Źle się czuję – narzekała Kendra.

– Nie martwcie się – uspokajała je Lydia. Powstała i rozejrzała się po piwnicy, przesuwając wzrokiem po ciemnych kątach, jak gdyby czegoś szukała. Jej głos brzmiał tak, jakby coś ją trapiło. – To potrwa tylko minutę.

Kasey powlekła się po schodach, a ja ruszyłam za nią z książką pod pachą.

Wydawała się pobladła i jakby szczuplejsza.

– Czy powinnam się położyć? – wyszeptała.

Wiedziałam, że nie odczytała zaklęcia ofiarowania. Mimo to dostałam gęsiej skórki. Zamierzała je odczytać. Chciała to zrobić. Usiłowała się poświęcić.

– Usiądź na sofie w salonie – zaproponowałam. Im bliżej wyjścia, tym lepiej. – Poszukam długopisu.

Poczłapała do salonu, a ja wróciłam do piwnicznych drzwi. Sterczała z nich stara, obluzowana klamka. Taka z obracanym w dłoni uchwytem. Obok niej wisiał haczyk, który pasował do osadzonej w futrynie metalowej pętelki. Delikatnie nacisnęłam blokadę przy klamce, ale tak jak podejrzewałam, była rozchwiana i bezużyteczna. Wsunęłam haczyk w pętelkę. Ostrożnie przesunęłam pod klamkę jedno z kuchennych krzeseł.

Wróciłam do salonu. Kasey leżała jak ofiara omdlenia.

– Nie czuję się dobrze – szepnęła.

Ja też się tak nie czułam.

– Daj spokój, Kasey. Wstawaj!

Usiadła.

– Gdzie ten długopis?

– Nie mam żadnego długopisu – odpowiedziałam. – Wynosimy się stąd.

Opadła jej szczęka.

– Ale ja...

– Nie umierasz. To było inne zaklęcie. Wydaje mi się, że Aralt na powrót jest w książce i teraz muszę ją zniszczyć. A ty musisz iść ze mną, ponieważ będą podejrzewały, że miałaś z tym coś wspólnego.

– Och, Lexi. – Jej mina wyrażała rozczarowanie. – Jak mogłaś?

Jedyną rzeczą gorszą od czystej absurdalności tego pytania było to, że naprawdę rozczarował ją fakt, iż nie umrze.

– Musimy się stąd zmywać – oświadczyłam. – Rozejrzę się. Może poniewierają się gdzieś tutaj czyjeś kluczyki od samochodu. Zaczekaj na sofie.

Opadła na poduszki, kompletnie zrozpaczona.

Wróciłam do kuchni, szukając zapomnianej torebki. Aha! W kącie pomieszczenia spoczywała torebka Megan. Przekopałam jej zawartość, kluczyków jednak nie znalazłam.

Za moimi plecami rozległo się metaliczne podzwanianie.

– Czy to ich szukasz?

Odwróciwszy się, dostrzegłam Megan stojącą w drzwiach.

– Wierzyłam ci, Lex. Wspierałam cię. – Potrząsnęła głową. – Nawet kiedy odwróciłaś się ode mnie, opuściłaś mnie dla chłopaka czy siostry... przez cały czas byłam gotowa ci pomóc. A ty tak mi odpłacasz?

Potem wyciągnęła dłoń zza pleców. Ściskała w niej kuchenny nóż. Nie jakiś nożyk do jabłek ze sklepu wszystko-za-dolara, ale wielki majcher z czasów, gdy Smallowie posiadali doskonale wyposażoną kuchnię.

– Poważnie – powiedziała. – Czuję się taka rozczarowana.

Runęła na mnie, ale oddzielenie od Aralta spowolniło ją i przytępiło jej refleks. Zdążyłam się odsunąć i nóż ledwie zadrasnął mnie w ramię. Zmusiłam się, by zignorować pieczenie. Obiegłam stół i zatrzymałam się po jego drugiej stronie.

– Już za późno – powiedziałam. – Jest po wszystkim. Jeśli przestaniesz i zastanowisz się nad tym…

– Nie chcę przestać i się zastanawiać! – odparła. – Chcę cię nauczyć, co oznacza lojalność względem Aralta. I jaką cenę płaci się za zdradzenie go. Za zdradzenie mnie, Alexis.

Z salonu dobiegł mnie nieśmiały głos siostry.

– Lexi, co się dzieje?

Megan zamarła.

– A może twoja siostra mimo wszystko może zostać darem?

Uniosła nóż. Obróciła się na pięcie i ruszyła w kierunku Kasey.

Klamka w piwnicznych drzwiach na końcu korytarza zadrżała.

– Hej – dobiegł nas głos Lydii. – Co wy tam wyprawiacie?

Chwyciłam pierwszą rzecz, jaka wpadła mi w ręce – ciężki metalowy taboret – i pobiegłam za Megan. Przystanęła mniej więcej metr od mojej siostry i czekała na mnie.

– Och, znalazłaś krzesło – rzuciła drwiąco. – Tak się boję. Co zamierzasz zrobić? Usiąść na mnie? A może chcesz mnie zabić? Wiesz, nie zdołałaś zabić własnej rodziny. Ale ja jestem tylko twoją najlepszą przyjaciółką. Prawie się nie liczę.

Rzuciła się na Kasey, która usiłowała odskoczyć, jednak nóż Megan musnął jej nogę.

Moja siostra wrzasnęła z bólu. Sztywno zatoczyła się do tyłu. Megan szykowała się już do kolejnej szarży.

Nie straciłam zimnej krwi. Zamachnęłam się nisko krzesłem niczym kijem do krykieta. Z obrzydliwym chrupnięciem trafiło w lewe kolano Megan. Wrzasnęła i runęła na bok. A potem chwyciła się za kolano i zwinęła się w kłębek na podłodze.

Zaatakowana nożem Kasey otrząsnęła się i wyrwała ze spirali użalania się nad sobą. Zerwała się na równe nogi i była już w połowie drogi do drzwi wyjściowych.

Odgłosy dobijania się do piwnicznych drzwi przybrały na sile. Uwięzione usiłowały się wydostać. Najpewniej nie zajmie im to wiele czasu.

Chwyciłam książkę i pospiesznie ruszyłam za Kasey na dziedziniec przed domem. Niemal cały dzień spędziłam nieprzytomna w piwnicy i na dworze było już ciemno. Moja siostra ze zranioną nogą ledwie mogła kuśtykać.

– Nie czekaj na mnie – powiedziała. – Mogę ukryć się w krzakach.

– Znajdą cię i zabiją – odparłam.

– Nie znajdą – odpowiedziała. – Uciekaj!

Miałam właśnie zaprotestować i poszukać bezpieczniejszego rozwiązania, ale w tym momencie spojrzałam na chaszcze. Kasey miała rację. Były tak gęste i zapuszczone, że nikt nie zdoła jej dostrzec. Już kuśtykała w ich kierunku.

Rozejrzałam się szybko wokół. Kopnięciem zrzuciłam buty pani Wiley i poderwałam się do biegu.

Pędziłam, jak gdyby od tego zależało moje życie.

Ponieważ tak było.

33

CHROPOWATY CHODNIK RANIŁ MI STOPY, KIEDY BIEGIEM oddalałam się od domu.

Usłyszałam, jak ktoś woła moje imię:

– Alexis!

Oglądając się przez ramię, zmarnowałam ułamek sekundy. Ścigała mnie Lydia. Brakowało jej tchu. Mimo to pędziła szybko i skracała dzielący nas dystans. Nie odczytała zaklęcia wraz z nami, nadal mogła więc zyskać siłę i szybkość, czerpiąc z energii Aralta. W tym samym czasie ja coraz bardziej słabłam z powodu zerwanej więzi.

– Wracaj tu! – zaskrzeczała.

Po pokonaniu kolejnych dwóch przecznic miałam wrażenie, że zaraz zemdleję. Zmusiłam się, żeby biec dalej. Lydia była tak blisko, że wyraźnie słyszałam dudnienie jej kroków. Skręciłam w boczną dróżkę. Pognałam przez parking, pokryty odłamkami szkła z rozbitych butelek, w kierunku tyłów minimarketu. Kawałki szkła lśniły w świetle księżyca. Ostre okruchy wbijały mi się w stopy.

Przeskoczyłam nad głęboką dziurą. Sekundę później dobiegł mnie krzyk Lydii. Odwróciwszy się, dojrzałam ją leżącą na ziemi i ściskającą kostkę. Zerwała się i chwiejnym krokiem podjęła pościg.

Jedne z drzwi sklepu były przeszklone. Chwyciłam okruch odpryśniętego asfaltu i cisnęłam nim prosto w szklaną taflę. Wybiłam w niej wystarczająco dużą dziurę, aby móc wsunąć przez nią rękę i otworzyć drzwi.

Zamykałam je właśnie za sobą, kiedy Lydia całym ciężarem ciała rzuciła się na drzwi, odrzucając mnie do tyłu i przewracając. Książka wypadła mi z ręki i poszybowała w powietrzu. Lydia wbiegła do środka zaraz za mną.

Kiedy wymachiwała w powietrzu rękami i usiłowała nie upaść, porwałam z ziemi książkę. Ruszyłam w kierunku kas.

Ale znajdujące się za nimi główne drzwi wejściowe były zamknięte. Dojrzałam też opuszczoną kratę. Znalazłam się w potrzasku.

Rozejrzałam się w poszukiwaniu miejsca, do którego mogłabym uciec. Tam: salon kosmetyczny.

Za szybą lokalu wisiał neon z jego nazwą. Zerkając w jedno z luster, odczytałam ją: TYLKO SIĘ DROCZĘ.

„Nie tylko się droczę". Przecież to te same słowa, które przeliterowała nam Elspeth.

Powietrze wokół mnie na chwilę dosłownie zgęstniało.

Coś straszliwego miało się tutaj wydarzyć. Elspeth zrobiła, co w jej mocy, żeby nas ostrzec. Ale my zignorowałyśmy ją całkowicie.

Lydia miała kłopoty z pozbieraniem się z podłogi i utrzymaniem równowagi – wyglądało na to, że kostka przysparzała jej mnóstwo bólu. W końcu zdołała wstać. Utykając, ruszyła w moją stronę.

– Ach, o co chodzi? – zapytała. – Zapomniałaś, że znajdujesz się w getcie, Alexis? Wszyscy tu mamy kraty w oknach.

Potrzebowałam czegoś, co pozwoliłoby mi wywołać pożar. Na tyłach długiego pomieszczenia dostrzegłam otwarte drzwi łazienki. Zdołałam wyminąć Lydię, która, wymachując rękami, usiłowała mnie złapać. Ponownie straciła równowagę i runęła między obrotowe fotele.

Na kontuarze, obok zapachowej świeczki, leżał kartonik zapałek.

Teraz potrzebowałam jeszcze rozpałki.

Przed wejściem do toalety stała szafka z kosmetykami. Szarpnęłam drzwiczki. Szukałam łatwopalnych produktów do pielęgnacji włosów. Byłam świadoma, że Lydia, sapiąc i pomrukując, wlecze się w moją stronę niczym potwór stworzony przez Frankensteina.

Cały pojemnik lakieru do włosów wypsikałam na książkę. Gęsty płyn nasączył skórzaną okładkę. Przekartkowałam strony, usiłując pokryć nim jak największą ilość kartek.

Wyrwałam zapałkę z kartonika.

– Zostaw ją – powiedziała Lydia ochrypłym i śmiertelnie poważnym głosem. – Albo nie wyjdziesz stąd żywa.

Odwróciłam się z książką w ręce.

– Okłamałaś nas – powiedziałam. – To nie było właściwe zaklęcie. Co usiłowałaś zrobić, Lydio?

Parsknęła z odrazą i warknęła:

– To ty nas okłamałaś. Wybrałam zaklęcie przyzywające. Gdybyś odczytała je tak, jak powinnaś, Aralt zebrałby całą waszą energię i zmagazynował ją, szykując się na swój triumfalny powrót do życia.

Zebrałby naszą energię...

– Zamierzałaś zabić nas wszystkie?

– Z ważnego powodu! – warknęła.

– Przecież usiłowała cię ostrzec twoja własna babcia.

– Ostrzec mnie? To właśnie babcia opowiedziała mi historię Aralta: „Czyni cię piękną, czyni cię popularną...". A potem umarła i nagle stała się świętoszką – parsknęła. – Gdybym naprawdę obchodziła babcię, zostawiłaby nam część swojego majątku zamiast przekazywać wszystko jakiejś fundacji dobroczynnej. Wiesz, co mi zostawiła? Książki kucharskie!

W spoconej dłoni ściskałam kartonik zapałek oraz książkę.

– Ty naprawdę sporo wiesz o kłamaniu, prawda, Alexis? – zapytała. – Cała ta sprawa była dla ciebie tylko zabawą. Nigdy nie dbałaś o Aralta.

Dbałam, ale w sposób, którego ona nigdy nie uznałaby za satysfakcjonujący.

– A ty niby to robiłaś? – zapytałam. – Dbałaś o niego?

Jej mina zmieniła się w grymas.

– Kocham go! – Pociągnęła nosem. – Ponad wszystko. A on kocha mnie.

– A mimo to zabiłaś Tashi. Odebrałaś mu ją.

– Już jej nie potrzebował – odrzekła. – Nie chciał jej. Ma teraz mnie. Mogę być nowym kreatorem. Zdołam kontrolować jego energię. Uczę się tego.

– Poważnie? I ty to, co wydarzyło się w tym tygodniu, nazywasz kontrolowaniem energii...

Przewróciła oczami.

– Będę się doskonalić. Zostanę z nim. Obiecał, że będziemy razem.

– Ale dlaczego chcesz być z duchem?

– Właśnie dlatego muszę go przyzwać. Wyjdzie z książki. I zaopiekuje się mną – wyszeptała. Jej głos stwardniał. – Nie masz zielonego pojęcia, Alexis. Nie wiesz, jak straszne mam życie. Mój tata stracił pracę. Teraz zasuwa na pół etatu w sklepie żelaznym. Żyje w jakimś świecie fantazji, wydaje mu się, że zostanie gwiazdorem rocka. Cała ta sprawa jest taka żałosna, że mam ochotę się porzygać.

– Przykro mi – powiedziałam.

– Musieliśmy się przeprowadzić do tej ciasnej rudery. Moja mama każdego wieczoru wychodzi i pije na umór. Nie widziałam jej od dwóch dni. Rodzice myślą tylko o sobie. Mam wrażenie, jakbym w ogóle dla nich nie istniała.

– Naprawdę mi przykro, Lydio. Nie wiedziałam o tym. – Pomyślałam o wszystkich tych sytuacjach, kiedy byłam dla Lydii opryskliwa, ponieważ tak właśnie przywykłam się wobec niej zachowywać. A w tym czasie jej życie waliło się w gruzy.

– Wiesz, jak zdobywałam pieniądze na lunch? – zapytała. – Przed Araltem? Kosiłam trawniki, Alexis. Co sobota obchodziłam okolicę. Błagałam leniwych flejtuchów w workowatych ciuchach, by mi pozwolili spędzić popołudnie, pchając w palącym słońcu cholerną kosiarkę, a owady żarły mnie po kostkach. Czy wiesz, ile trawników musiałam skosić, żeby kupić książkę z Araltem? Przekonać Tashi, by przybyła do Surrey? A ty dostałaś to wszystko za darmo! Nic dziwnego, że nigdy tego nie doceniałaś.

Zdawała się drżeć i dygotać w coraz dziwniejszy sposób. Jeśli nie zerwała więzi z Araltem, była jedyną osobą, która nadal była z nim połączona. A to oznaczało, że przepływało przez nią mnóstwo energii.

– Lydio, posłuchaj mnie. Nie chcesz, żeby Aralt się tobą opiekował. Nie jest tym, za kogo go uważasz. Spotkałam go i…

Jej twarz wykrzywiła się w zazdrosnym grymasie. Najwyraźniej nie powinnam była jej tego mówić.

– On jest złem. Po prostu odczytaj zaklęcie wyrzeczenia i żyj własnym życiem. Sprawy jakoś się ułożą.

– Och, a ty uczynisz mnie obiektem swojego współczucia? – zapytała. – Dzięki, ale nie, Alexis. Aralt mnie kocha taką, jaka jestem. Nie z litości.

– On nie kocha nikogo, Lydio.

Wbijała we mnie szklane spojrzenie. Sukienka Tashi, która musiała kosztować jakieś trzydzieści skoszonych trawników, była podarta i usmarowana krwią i błotem.

– Oddaj mi książkę. Wyjdę tymi drzwiami i nigdy więcej mnie nie zobaczysz. Liczę do pięciu, a potem skręcę ci kark.

– Dobrze – odpowiedziałam. – W porządku.

– Połóż ją na ladzie.

Obróciłam się i odłożyłam książkę. Potem uniosłam dłonie w pokojowym geście i cofnęłam się o krok.

Rzuciłam się na Lydię, kiedy ruszyła w kierunku książki. Runęłyśmy na podłogę. Sięgnęła i zacisnęła dłoń na pojemniku z płynem dezynfekującym. Wyrżnęła mnie nim w głowę. Butelka nie pękła, jednak cios mnie oszołomił, a płyn ochlapał mi twarz.

Przez kilka sekund miałam wrażenie, jakbym śniła, a wszystko to przydarzyło się komuś innemu.

Zatoczyłam się do tyłu i osunęłam na ziemię.

Zamknęłam oczy i skuliłam się w pozycji embrionalnej, czekając, aż straszliwy ból w głowie zelżeje. Po minucie uniosłam się na czworaka.

Otworzyłam piekące oczy.

Świat był rozmyty i szary. Zacisnęłam dłonie na krześle i uniosłam wzrok. Wbiłam spojrzenie w sufit niczym ofiara katastrofy morskiej wpatrująca się w odległe światła statku ratowników.

– Co się stało. Coś nie tak z twoimi cennymi oczkami? – Głos Lydii ociekał udawaną troską. – To świństwo jest paskudne. Mama zawsze zakłada okulary. Nawet jeśli chce to tylko rozcieńczyć.

Oczy zaczynały mi łzawić, ale łzy wydawały się inne niż zazwyczaj – gęstsze, klajstrowate, jakby usiłowały zakleić mi powieki.

Sparaliżowało mnie przerażenie.

– Och, mój Boże, a jeśli oślepniesz? – zapytała Lydia. – Czy rozchwytywana fotografka może być niewidoma?

Jej drwiny nie dotknęły mnie ani trochę w porównaniu z narastającą w piersi paniką. Usiłowałam przeczołgać się w kierunku stanowiska do mycia włosów. Lydia stanęła mi na drodze.

– No nie wiem, Lexi – powiedziała. – Dodanie wody może tylko pogorszyć sprawę. Jesteś gotowa zaryzykować?

Blefowała. Musiała blefować. A potem przypomniałam sobie ostrzeżenie dotyczące wlewania wybielacza do wody czy też może dolewania wody do wybielacza.

– Wydaje mi się, że mam coś, co mogłoby ci pomóc – stwierdziła Lydia. Odwróciłam głowę w kierunku, z którego dobiegał jej głos. Roześmiała się gorzko. – Wyglądasz jak pijany lew morski.

Nie mogłam stracić wzroku.

Zniszczyłam wszystko inne w swoim życiu. Została mi już tylko fotografika.

– Poważnie? Co takiego? Pomóż mi, Lydio, proszę.

Moje oczy stały się gorące i suche. Łzy przestały z nich płynąć. Nawet mruganie wymagało wysiłku.

– Ty wiesz, co to, Alexis. – Jej głos stał się nagle oschły, poważny. – Aralt.

Ale nie mogłam się na to zgodzić. To nie wchodziło w grę.

„Tylko na kilka minut, dopóki nie zostanę wyleczona", zapewniłam w myślach samą siebie. A potem ponownie odczytam *Tréigann* i nie będzie to miało znaczenia.

Lecz nie, nie mogłam tego zrobić.

– Tik-tak – powiedziała Lydia. – Te cenne rogówki właśnie się roztapiają, kiedy my tak tu sobie paplamy.

Ślepa. Nigdy już nie ujrzę nieba tak niebieskiego, że od wpatrywania się w jaskrawy błękit w letni dzień aż łzawią oczy. Już nigdy nie spojrzę przez wizjer aparatu ani na wywołaną odbitkę, budzącą się w ciemni do życia. Nigdy więcej nie zobaczę Cartera, nawet z daleka.

– Dobrze! Zrobię to! – Mój głos przeszedł w szloch. Nie miałam siły choćby udawać, że zachowałam odrobinę godności. – Pospiesz się, Lydio, proszę.

– Jesteś pewna? – zapytała. – To nie bardzo w twoim stylu, Alexis. Nie potrzebujesz więcej czasu, żeby to sobie przemyśleć?

Zaczynałam czuć się tak, jakby mury zamykały się wokół mnie. Moja panika narastała.

– Nie – odpowiedziałam. – Nie muszę się nad tym zastanawiać.

Zdawała się zwlekać najdłużej, jak mogła. W końcu poprowadziła mnie przez proces składania przysięgi, wyraz po wyrazie.

Powtarzałam ją za nią słowo po słowie.

Kiedy tylko wypowiedziałam ostatnie zdanie, w moim ciele wezbrała energia. Tak musi czuć się ktoś, kto czołga się po pustyni i nagle zostanie oblany zimną wodą. Oczy już mnie nie piekły. Ramiona i nogi przestały boleć. Poczułam, że mi wybaczono. I znów poczułam się żywa. Leżałam na linoleum i wpatrywałam się w sufit. Delektowałam się ulgą niczym miodem w ustach, a gipsowe płyty z wolna stawały się wyraźne.

Z zaplecza dobiegło mnie mamrotanie. Byłam jednak za bardzo zatopiona w odczuciach, aby przejmować się Lydią. Po chwili usiadłam. Odwróciłam się, żeby na nią spojrzeć. Poruszała ustami, pochylona nad spoczywającą na kontuarze książką.

Zbliżyłam się do niej i przystanęłam za jej plecami. Zerknęłam jej przez ramię akurat na czas, by dojrzeć nagłówek strony: TOGHRAIONN

– Lydio – wydyszałam. – Co ty robisz?!?

– Przyzywam go – odpowiedziała triumfalnie, krzyżując ramiona na piersi. – Aralta. Przyjdzie po mnie.

– Dlaczego miałabyś… Nie możesz – powiedziałam. – Nie jest taki, jak myślisz.

– Zapominasz o czymś, Alexis. On mnie kocha. Nigdy by mnie nie skrzywdził. Nie zrozumiałabyś takiego zaufania. – Wzruszyła ramionami. – I wiesz co? Nic z tego by się nie wydarzyło, gdybyś pilnowała swoich spraw. Próbowałam przyzwać go pierwszej nocy, ale ten głupi pies musiał uciec... Aralt przyszedł mnie odszukać, lecz zanim zdołał mnie znaleźć, Tashi zapędziła go do książki.

Nie miała pojęcia. Nie wiedziała, jaki był naprawdę. Oczekiwała jakiegoś księcia Czarusia, który przyjedzie po nią na białym rumaku.

Pomieszczenie, jeszcze przed minutą tak pełne gwaru i zamieszania, teraz przypominało wnętrze kaplicy. Jedynymi słyszalnymi dźwiękami były szmer naszych oddechów i niosące się w powietrzu dziwne skwierczenie.

– Lydio, proszę, odczytaj inne zaklęcie.

– Będziemy już zawsze razem – wyszeptała. – Jestem taka szczęśliwa.

Włożyła książkę do jednego ze zlewów i uśmiechnęła się do mnie z wyższością.

– I nikt już nigdy nie spróbuje odebrać mi Aralta. Bądź promienna, Alexis.

Zapaliła zapałkę.

– Lydio, nie!

Upuściła ją na książkę.

Oczy miała roziskrzone, oczarowane. Na jej ustach uformował się słodki uśmiech. Spojrzenie utkwiła w jakimś punkcie ponad moim ramieniem.

– Czuję się taka szczę...

Jej oczy się gwałtownie rozszerzyły. Zza pleców dobiegło mnie skrobanie.

– Co to jest? – wrzasnęła.

Odwróciłam się akurat na czas, by dojrzeć zwalisty i bezkształtny czarny cień prześlizgujący się obok mnie.

Lydia usiłowała uciec. Cień dopadł ją w ułamku sekundy, powalił na ziemię i oplótł. Wtopił się w nią, pokrywając całe jej ciało niczym membrana. Kiedy chciała krzyczeć, wypełnił jej usta.

Szamotała się, ale czarna pajęczyna oplotła jej członki.

Głowę wypełniły mi dźwięki i emocje. Obserwowałam z odległości to, czego doświadczyłam w garażu Tashi.

Aralt nie kochał Lydii. Nie kochał nikogo ani niczego. Był zachłanny, wygłodniały i samolubny. W tle słyszałam chór cichych głosów, przerażonych i smutnych…

Kobiety, które złożyły się w ofierze, wcale nie umarły bezboleśnie.

Nie zamieniły się w łagodnie lśniącą aureolę wokół żywotów przyjaciółek…

Ich dusze, uwięzione przez Aralta, nadal trwały w nieustannym cierpieniu. Samotne i przerażone.

– Nie! – wykrzyknęłam, szarpiąc za pokrywającą usta Lydii warstwę ciemności. Moje palce wniknęły w jej istotę, wyszarpując ociekające mazią dziury. Wydawało się, że nawet mnie nie zauważyła.

Interesowała ją tylko Lydia.

Kiedy już ciemność owinęła ją ciasnym kokonem, zaczęła pulsować jak bijące serce.

Jakby się pożywiała.

Okładałam kokon pięściami, ale nie dawało to żadnych efektów.

– WYNOŚ SIĘ – krzyknęłam. Ledwie byłam w stanie usłyszeć własny głos, zagłuszany przez kakofonię w moich myślach. – WYNOŚ SIĘ.

A potem nagle ciemność zniknęła. Chór głosów, przejmujący ryk Aralta mieszający się ze szlochami jego więźniarek – wszystko to ucichło.

Spojrzałam na Lydię. Cerę miała pobladłą. Spoczywała na podłodze, zgięta wpół. Przypominała połamanego manekina. Oczy miała szeroko otwarte z przerażenia, a jej usta zamarły, rozchylone w połowie krzyku.

Przycisnęłam palce do jej szyi, tuż za uchem.

Nie wyczułam pulsu. Przewróciłam ciało tak, by leżała na plecach. Zaczęłam uciskać jej klatkę piersiową.

Ucisnąć kilkukrotnie, odczekać, sprawdzić puls. Ucisnąć kilkukrotnie, odczekać, sprawdzić puls.

Nagle ktoś mnie odciągnął do tyłu.

– Muszę ją uratować! – zawołałam, przewracając się. – Puść mnie. Muszę ją uratować!

– Nie zdołasz jej ocalić, Lexi – powiedziała Kasey, obejmując mnie mocno. – Spójrz na nią. Ona nie żyje.

Oczywiście miała rację. W ciele Lydii nie tliła się nawet iskierka życia. Było tylko skorupą. Zwłokami.

– Chodź – powiedziała Kasey. – Wynośmy się stąd.

– Nie, zaczekaj – sprzeciwiłam się, przypominając sobie o książce.

– To bez znaczenia – odrzekła Kasey. – Została z niej w zasadzie kupa popiołu.

Ale… jeśli książka została zniszczona, to co będzie ze mną? Czy stracę zmysły i umrę jak te dziewczyny z South McBridge River?

Przerażona odwróciłam się do Kasey.

– Zadzwoniłam do Cartera – rzekła. – Wiem, że ze sobą zerwaliście, ale…

Dojrzałam światła reflektorów, kiedy na parking wjechał samochód.

Carter wyskoczył z kabiny i pobiegł ku drzwiom salonu. Zerknął na Lydię, a potem ujął moją dłoń.

– Lex, co się stało?

– Do tego dojdziemy później – powiedziała Kasey. – Musimy stąd znikać.

Położyła mi dłoń na ramieniu i pokierowała mnie w stronę drzwi. Postawiłam na asfalcie zakrwawioną i posiniaczoną stopę. Kolana ugięły się pode mną z bólu.

Carter pochylił się i, niczym kowal sprawdzający końskie kopyto, obejrzał moją stopę. Podbicie pokrywała ciemna masa zaschniętej krwi oraz brudu.

– Wesprzyj się na mnie – polecił.

– Nie, jestem za ciężka.

– Alexis – powiedział. – Posłuchaj. Tym razem to ja proszę, żebyś mi zaufała.

Zawahałam się.

– Na tym właśnie polega problem, prawda? – Zwrócił twarz w kierunku nocnego nieba i roześmiał się makabrycznie, jakby sapnął z bólu. – Dlaczego jesteś jedyną osobą, której wolno być silną?

Oplotłam ramionami jego szyję.

Podniósł mnie z ziemi, jakbym nic nie ważyła, i poniósł.

– UPORALIŚMY SIĘ Z POLICJĄ, LEKARZEM SĄDOWYM, szpitalem, technikami ratownictwa medycznego, strażakami, kuratorem, dyrektorem szkoły i ważnymi nauczycielami. – Agentka Hasan zerknęła do notatnika. – Licealiści zmuszeni będą sami znaleźć wytłumaczenie. Zawsze tak robią i zazwyczaj lepiej zostawić sprawy własnemu biegowi.

Pokiwałam głową.

Moi rodzice wbijali spojrzenia w kuchenny kontuar.

– W tym wypadku musieliśmy połatać to wszystko prowizorycznie. Nie zdziwię się zatem, jeśli farba wyjaśnień zacznie się łuszczyć i będą spod niej przebijać gwoździe – oświadczyła agentka Hasan. – Sądzę, że sprawa wyjdzie na jaw.

Spojrzała na mamę i tatę.

– Mogłabym przez chwilą porozmawiać z dziewczętami na osobności?

Rodzice wolno wstali z krzeseł i wyszli na ganek.

Agentka Hasan przeniosła spojrzenie ze mnie na Kasey. Potem ponownie popatrzyła na mnie.

– W zwykłych okolicznościach miałabym do was obu mnóstwo pytań – powiedziała. – Ale zostałam „poproszona" przez mojego przełożonego, który został „poproszony" przez własnego zwierzchnika, którego „poprosiła" podkomisja senacka sprawująca kontrolę nad naszym budżetem, żebym was o nic nie pytała. Zatem dziś wrócę do domu wcześniej.

Pochyliła się konspiracyjnie w naszą stronę.

– Posłuchajcie, dziewczyny. Cieszę się, że macie tajemniczą przyjaciółkę na wysokim stanowisku, która może was z tego wyplątać. Ale prawda jest taka, że miałyście szczęście. Większe, niż potraficie sobie wyobrazić. Ta książka była odpowiedzialna za śmierć ponad stu pięćdziesięciu niewinnych kobiet. Cieszę się, że już po niej. Osobiście uważam, że postąpiłyście właściwie. Ale posłuchajcie.

Spojrzała mi głęboko w oczy.

– Dla moich przełożonych właściwe postępowanie nic nie znaczy. Słuchasz rozkazów albo znikasz. Nie wiem, dlaczego po raz drugi wplątałyście się w ten bałagan. Kiedy już się w to zaangażowałyście, udało wam się doprowadzić sprawy do końca. Szanuję to. – Zmrużyła oczy. – Ale oświadczam wam: trzeciej szansy nie otrzymacie. Nie wychylajcie się więcej.

Kasey wydawała się zdezorientowana.

– To taki zwrot – wyjaśniła agentka Hasan, zbierając dokumenty i wsuwając je do aktówki. – Trzymajcie się z dala od kłopotów.

Sama trafiła do drzwi. Żadna z nas nie wstała z krzesła – mnie ostrzeżono, abym unikała stawania całym ciężarem na obandażowanych stopach, a Kasey oszczędzała zranioną nogę.

Chciałam ją zatrzymać. Zapytać, co stanie się teraz ze mną, jakie będą skutki uboczne złożenia przysięgi na księgę, która została zniszczona. Zastanawiałam się, kiedy poczuję, że mój umysł zaczyna rozłazić się w szwach. Ale na razie nie czułam się ani trochę mniej zrównoważona, niż czułaby się każda zdrowa psychicznie osoba po przejściu przez to, co my. Niemniej bałam się zapytać, ponieważ, w przeciwieństwie do Kasey, nie uważałam się za wystarczająco odważną, aby na cały rok skończyć w takim miejscu jak Harmony Valley.

– Uważajcie na siebie, dziewczyny. – Agentka Hasan przystanęła w progu, skinęła nam krótko głową i wyszła.

Mama i tata wrócili do środka, nie spoglądając na siebie ani na żadną z nas.

– Chyba pójdę do siebie i skończę odrabiać lekcje – stwierdziła Kasey, podnosząc się z krzesła.

– Ja również – odezwałam się.

Ona już zdążyła zniknąć w korytarzu, a ja nadal usiłowałam wstać.

To sprawiło, że znalazłam się z rodzicami sam na sam, w mocno niekomfortowej sytuacji. Uznałam, że wypada coś powiedzieć. Nabrałam tchu.

– Alexis. – Głos taty był ciężki od całego tego bólu i rozczarowania. – Proszę. Po prostu idź do swojego pokoju.

W studiu panował kompletny chaos.

Przemierzałam pracownię, szukając Farrin. W końcu przeszłam przez cylinder do ciemni.

Światło było zapalone. Farrin klęczała w kącie, naklejając etykietki na pudła. Nie uniosła wzroku.

– Zastanawiałam się, kiedy przyjdziesz.

Usiłowałam ukryć zaskoczenie, gdy na mnie spojrzała. Nigdy nie widziałam jej tak mało zadbanej. W zasadzie nigdy nie widziałam, by wyglądała inaczej niż perfekcyjnie.

Spojrzała na mnie w taki sposób, jakby wiedziała, co sobie pomyślałam.

– A ty uważałaś, że co się wydarzy? – zapytała. – Okazuje się, że jestem bankrutem. Ludzie, o których sądziłam, że mogę na nich polegać, zniknęli. I nagle się zorientowałam, że jestem starą kobietą.

– Ale nadal ma pani swój talent – odpowiedziałam. – Tego nikt nie może pani odebrać.

Wzruszyła ramionami.

– Całe życie spędziłam, obserwując utalentowanych ludzi pomijanych na korzyść takich, którzy mieli lepsze koneksje, więcej pieniędzy, wyżej postawionych przyjaciół. Takich jak ja.

– Przykro mi – odparłam. I naprawdę tak było. Nie żałowałam zniszczenia książki. Ale życie Farrin waliło się jak domek z kart. – Czy przekaże pani moje podziękowania senator Draeger?

– Spróbuję – odrzekła Farrin. – Jest ostatnio niezwykle zajęta. Sposób finansowania jej kampanii został poddany audytowi. Sprawy nie układają się specjalnie dobrze dla żadnej z nas. I przykro mi z powodu konkursu. Wiesz, że magazyn został zamknięty?

– Rozumiem to – odparłam.

– Masz szczęście, Alexis – powiedziała z lekkim smutkiem. – Jesteś wystarczająco młoda, by zacząć od początku.

Pokiwałam głową.

– To, co spotkało twoją koleżankę, było tragiczne – odezwała się. – Byłaś tam, kiedy to się stało?

Ponownie pokiwałam głową. Obserwowała mnie, a jej spojrzenie paliło.

Zrozumiałam, że pytanie dotyczyło czegoś więcej niż tylko mojej obecności w salonie. Chciała dowiedzieć się jeszcze czegoś.

Spojrzałam na nią i pojęłam, że jest tylko zrujnowaną kobietą, samotną i przestraszoną.

Została pozbawiona wszystkiego. Nie mogłam pozwolić, aby straciła także Suzette. Może powinnam do tego dopuścić, ale nie potrafiłam.

– To… nie bolało – powiedziałam. – Odbyło się bardzo spokojnie.

Zdołała się zdobyć na drżący uśmiech. Potem odwróciła głowę. Wiedziałam, że moje kłamstwo nie do końca ją przekonało.

– Idź już. Muszę spakować do tych pudeł całe swoje życie.

35

W DNIU POGRZEBU BYŁO PONAD TRZYDZIEŚCI STOPNI w cieniu. Żałobniczki zjawiły się na ceremonii w czarnych topach i minispódniczkach.

Kasey i ja stałyśmy tylko we dwie z dala od tłumu, w cieniu drzewa.

Państwo Small stali objęci przy grobie. Pani Small pochylała się nieustannie, jakby zaraz miała upaść na trumnę. Prawdopodobnie wcześniej piła. Nikt nie zamierzał winić jej z tego powodu.

Megan nie przyszła. Nie pojawiła się nawet w szkole. Miała szlaban i zakaz korzystania z telefonu, poczty elektronicznej oraz każdej innej formy kontaktu z ludźmi. W czwartkowy poranek przeniesie się do Żeńskiej Akademii Świętego Serca. Babcia straszyła ją tym od lat.

Akademia Świętego Serca nie miała drużyny cheerleaderek. Nie zmieniało to specjalnie sytuacji, ponieważ kompletnie zniszczyłam to, co pozostało z jej lewego kolana. Pani Wiley powiedziała mi o tym, zanim się rozłączyła.

Obserwowałam Cartera zbliżającego się do nas od strony drogi. Miał na sobie szarą koszulę z krótkim rękawem i czarne spodnie.

Nie widzieliśmy się ani razu od tego wieczoru, kiedy umarła Lydia. Poczułam się zaskoczona na myśl, że upłynęło już tyle czasu. Wypełniły mi go inne sprawy, których musiałam dopilnować.

Kiwnął głową do Kasey, która skinęła mu w odpowiedzi.

– Um... pójdę się przywitać z Adrienne – powiedziała moja siostra. Odkuśtykała, pozostawiając nas samych. Adrienne, z laską w dłoni, tkwiła na skraju drogi tuż przy krawędzi trawnika, obok wózka inwalidzkiego matki.

Kiedy Kasey odeszła, zwróciłam się do Cartera:

– Jak się miewasz?

– W porządku. A ty?

– Dobrze.

Spojrzeliśmy na tłum młodzieży. Śmierć przysporzyła Lydii popularności. Najwyraźniej wiele osób nagle zaciekawiła jej postać. Kto by pomyślał? Ja nigdy bym tego nie przewidziała.

– To dziwne – powiedziałam. – Próbowała zabić połowę z tu obecnych.

Potrząsnął głową.

– Nie chciała tego – odparł. – Ta prawdziwa Lydia.

– Ha – rzuciłam.

– Pod jej stosunkiem do świata krył się smutek, Lex. – Spojrzał na usłaną herbacianymi różami trumnę.

Odebrałam to jako przytyk i odwróciłam się do niego.

– Jak możesz jej bronić?

Carter spojrzał na mnie.

– To nie była jej wina.

– Co masz na myśli? – zapytałam. – To ona to wszystko ustawiła. Zaplanowała. Udawała, że nie zamierza zabić Tashi, ale przez cały czas wiedziała, że to zrobi. Jak to może nie być jej wina?

– Nieważne. – Wzruszył ramionami. – To wszystko i tak nie jest dla ciebie łatwe. Nie chcę jeszcze pogarszać sytuacji.

– Powiedz mi – odrzekłam – Potrafię to znieść.

Carter wsadził dłonie do kieszeni.

– Miałaś dość doświadczenia, by do czegoś takiego nie dopuścić.

– Nie dopuścić? – zapytałam. – Czy ty żartujesz?

– Tak, nie dopuścić – powiedział. – Dlaczego nie poprosiłaś o pomoc, jak tylko się zorientowałaś, co się dzieje?

– No to powiedz mi – odparłam – do kogo mogłabym się o nią zwrócić.

Wbił we mnie spojrzenie.

– Hmm, może do mnie?

– Och, jasne.

– Widzisz? Nawet nie przyszło ci to na myśl.

– Ponieważ to niedorzeczny pomysł! – Wbijałam w niego wzrok. – Jeśli coś by ci się stało, jakaś krzywda…

– Albo nie do mnie. Wszystko jedno do kogo. Do rodziców? Do kogokolwiek innego, Lex?

– To nie w porządku.

– Nawet nie przyszło ci do głowy, by nie odcinać się od wszystkich. Nie zaufałaś mi ani razu. Czy ty w ogóle potrafisz komukolwiek zaufać?

Nie umiałam stwierdzić, czy jego słowa mnie rozgniewały, czy zasmuciły. Tak czy inaczej, do oczu napłynęły mi łzy.

Przegnałam je siłą woli. Walcząc o zachowanie kontroli nad sobą, wbiłam spojrzenie w horyzont.

– Mogłem coś w tej sprawie zrobić – powiedział. – Ale ty ze wszystkim musiałaś uporać się sama.

Ściszyłam głos.

– Przepraszam, Carterze... Usiłowałam cię chronić.

Carter niepewnie wyciągnął dłoń w stronę mojej twarzy. Musnął mój policzek i kącik moich ust.

– Nie rozumiesz tego? – zapytał. – Za każdym razem, kiedy usiłujesz mnie chronić, w ostatecznym rozrachunku łamiesz mi serce.

Spojrzałam na niego. I zanim się zorientowałam, co robimy, całowaliśmy się zachłannie i gwałtownie, raz za razem, niczym para rozdzielonych przez wojnę kochanków mających się zaraz rozejść ku stojącym naprzeciw siebie armiom.

– Carterze... – wyszeptałam.

– Potrzebuję trochę czasu, Lex – powiedział, cofając się o pół kroku. – Ostatnio nie czułem się sobą i... muszę przemyśleć różne kwestie.

Odsunęłam się od niego i zasłoniłam oczy dłonią. Kiedy ją cofnęłam, zdążył już odejść.

W miejscu, w którym jeszcze przed chwilą stał, na ziemię opadło kilka listków.

Kasey wróciła do mnie. Na jej twarzy lśniła warstewka potu. Wsunęła rękę pod moje ramię.

– Wszystko w porządku?

Mój chłopak potrzebował czasu. Moją najlepszą przyjaciółkę zamknięto, nie pozwalając jej kontaktować się ze mną.

Rodzice już nigdy mi nie zaufają. O ile wiedziałam, Aralt nadal w jakimś stopniu we mnie tkwił, niczym infekcja.

A Lydia nie żyła.

Już nawet nie wiedziałam, co oznaczało „w porządku".

Przynajmniej miałam siostrę.

Oparłam głowę na jej ramieniu i przez kilka minut obserwowałyśmy ceremonię. Trumna została pomału opuszczona do grobu. Żałobnicy ustawili się w szeregu. Przesuwając się powoli, rzucali na trumnę kwiaty. Kasey i ja ustawiłyśmy się na samym końcu. I nagle stałyśmy nad otwartym grobem. Wykopano go bezpośrednio w ziemi, a ściany zabezpieczono grubą zieloną tkaniną. Unosił się z niego zapach, jaki można poczuć w letni deszczowy dzień.

Kasey upuściła różę na trumnę. Zbliżyłam się, aby rzucić tę, którą ściskałam w dłoni.

Coś uderzyło mnie od tyłu w kolano, sprawiając, że się pode mną ugięło. Gdyby nie podtrzymała mnie Kasey, wpadłabym do grobu.

Ludzie wokół westchnęli głośno. Rozległ się przejmujący szloch pani Small.

W zasadzie cisnęłam różę do grobu. Ukłułam się przy tym w kciuk do krwi samotnym kolcem, którego nie usunęła kwiaciarka.

– Chodź – wyszeptała Kasey, ciągnąc mnie za rękę.

Zanim się ruszyła, zerknęłam ponad ramieniem pana Smalla na wzgórze, ku szarym, porośniętym mchem starym nagrobkom.

Zamarłam w miejscu.

Gapiłam się.

Na Lydię.

Stała pod drzewem. Jej sylwetka, choć doskonale widoczna, zdawała się rozmywać w ten sam sposób, w jaki powietrze faluje nad rozgrzaną drogą w upalny dzień. Zapewne znajdowała się jakieś trzydzieści metrów ode mnie. A mimo to czułam, jak z daleka spogląda mi w oczy. Odczuwałam jej gniew, przypominający zbierającą się na horyzoncie burzę.

– Ona musi się przesunąć – powiedział ktoś za moimi plecami. Odwróciłam się i spojrzałam z niedowierzaniem. A potem się zorientowałam, że mowa była o mnie. Że to ja muszę się odsunąć, by kolejni żałobnicy mogli okazać zmarłej szacunek i czym prędzej wrócić do klimatyzowanych samochodów i swoich domów.

Zignorowałam szepty i przez minutę spoglądałam na wzgórze.

Nagle sylwetka Lydii zadrgała. A potem popędziła wprost ku tłumowi żałobników i nam. Zniknęła pośród otaczających mnie osób. Krzyknęłam, jakbym dostrzegła pędzący wprost na mnie samochód.

Nigdy nie wyłoniła się z tłumu.

Kasey mocniej ujęła mnie za ramię. Spojrzałam jej w oczy, szukając w nich iskierki rozpoznania.

Nic.

Byłam jedyną, która coś dostrzegła.

– Chodźmy, Lexi – powiedziała Kasey.

Zesztywniała pozwoliłam odprowadzić się do samochodu.

Czekała tam na nas mama. Ocierała oczy palcami i wpatrywała się w bezchmurne niebo. Kasey zajęła tylne siedzenie. Okrążyłam samochód i otworzyłam drzwi.

Na mojej drodze na chodniku spoczywała herbaciana róża. Schyliłam się i podniosłam ją, raz jeszcze kalecząc się w kciuk samotnym kolcem.

– Ci biedni rodzice. To takie straszne – powiedziała mama, pociągając nosem. – Dzięki Bogu, że ceremonia dobiegła już końca.

Kiedy wyjeżdżałyśmy z cmentarza, wpatrywałam się we wzgórze, na którym stała Lydia.

Zniknęła.

Ale to nie był koniec.

KONIEC